GENEVA LEE

ROYAL LIES

GENEVA LEE

ROYAL
Lies

Roman

Band 9

Deutsch von Charlotte Seydel

blanvalet

Die Originalausgabe erschien 2019 unter dem Titel »Claim Me«
bei Ivy Estate, New York.

FSC
www.fsc.org
MIX
Papier aus verantwortungsvollen Quellen
FSC® C014496

Verlagsgruppe Random House FSC® N001967

2. Auflage

in der Verlagsgruppe Random House GmbH,
Neumarkter Str. 28, 81673 München
Redaktion: Susann Rehlein
Umschlaggestaltung: © Johannes Wiebel | punchdesign,
unter Verwendung von Motiven von Shutterstock.com (LANTERIA; Pacrovka)
JaB · Herstellung: sam
Satz: Uhl + Massopust, Aalen
Druck und Bindung: GGP Media GmbH, Pößneck
Printed in Germany
ISBN 978-3-7341-0885-3

www.blanvalet.de

Für Josh,
dem mein Herz gehört

1

Clara

Das Knarren der Tür machte die Krankenschwester auf Alexanders Ankunft aufmerksam, doch ich hatte sein Kommen schon lange davor gespürt. Bereits vor einer Stunde hatte ein Kribbeln meinen Körper erfasst, und kurz vor seinem Eintreffen überlief eine Gänsehaut meine Arme. Nur Augenblicke bevor sich die Tür öffnete, war mir ein Schauer über den Rücken gelaufen. Mein Körper reagierte auf seine Anwesenheit wie die Luft auf einen aufkommenden Sturm.

Doch heute war nicht Alexander der Überlegene. Sondern *ich.*

Ich wandte mich nicht nach ihm um. Nicht, weil ich mich nicht traute, ihm unter die Augen zu treten, vielmehr weigerte ich mich, ihn anzusehen. Also hielt ich den Blick weiter auf die Frau gerichtet und schloss kurz die Lider, als ich ihn sprechen hörte.

»Ich habe keine Geheimnisse vor meiner Frau.«

Hätte ich die Kraft dazu gehabt, hätte ich laut aufgelacht. Schon wieder eine Lüge. Es fiel mir zunehmend schwerer zu entscheiden, was ich mehr verabscheute, die Lügen oder die Geheimnisse, wobei dazwischen mittlerweile kein großer Unterschied mehr zu bestehen schien.

Sie sah auf und ließ Alexanders Worte auf sich wirken, dann sprang ihr Blick wieder zu mir. Allmählich setzte sie die Puzzleteilchen zusammen. Ich hatte ihr nicht erklärt, wer ich war. Es hätte sich irgendwie falsch angefühlt, wenn *ich* diejenige gewesen wäre, die es ihr erzählte. Sie hatte so große Teile von Alexanders Leben verpasst. Wie hätte ich ihr sagen sollen, dass ich Alexanders Frau war? Dass wir ein gemeinsames Kind hatten und ich erneut guter Hoffnung war? Es galt, ganze Jahre aufzuholen, und ich hatte meine Beziehung zu ihr damit begonnen, ihr nicht die Wahrheit zu sagen.

Vielleicht waren mein Mann und ich gar nicht so verschieden.

Andererseits hatte ich nicht viel Zeit gehabt, ihr überhaupt etwas mitzuteilen, bevor Alexander eintraf. Zunächst war die Krankenschwester in Panik geraten und hatte hektisch die Vitalfunktionen überprüft. Ich war zur Seite getreten und nicht weiter beachtet worden. Dann war der Arzt gekommen. Daher hatte ich nur wenige Minuten alleine mit ihr verbracht, und sie hatte bloß eine einzige Frage gestellt.

»Wo ist meine Familie?«

Ich hatte ihr geantwortet, dass Alexander auf dem Weg sei. Ich wusste, dass er mich finden würde, in dieser Hinsicht war stets Verlass auf ihn. Danach hatte sich peinliches Schweigen über den Raum gelegt. Ich hatte ihr meinen Namen genannt und gesagt, ich sei eine Freundin der Familie.

Als Alexander aufklärte, wer ich tatsächlich war, starrte sie mich nur weiter an.

»Frau?«, sagte sie mit brüchiger Stimme, die vom jahrelangen Schweigen geschwächt war. Doch das schmerzvolle Zittern, das dieses eine Wort begleitete, hatte nichts mit Schwäche zu tun. Ich brachte es nicht über mich, sie anzusehen und in die dunkle Leere ihrer Augen zu blicken.

Also nickte ich nur. Ich konnte das nicht. Es musste einen Grund geben, warum er mir das hier verheimlicht hatte, und zu gegebener Zeit würde ich Erklärungen von ihm verlangen. Doch jetzt wollte ich nur hier weg. Bei dieser Familienzusammenführung war ich fehl am Platz. Sie war mir ebenso fremd wie ich ihr. Dafür hatte Alexander gesorgt.

Ich stand auf und zwang mich zu einem schmalen Lächeln. »Entschuldigt mich bitte.«

Ich ging schnell, um mir keine Gelegenheit zu geben, es mir anders zu überlegen. Ich musste hier raus, musste weg von ihm. Ich musste in Ruhe nachdenken.

Als ich an ihm vorbeikam, streckte Alexander die Hand nach mir aus, doch ich wich zur Seite aus und schüttelte den Kopf. Sogar jetzt, in diesem Moment, musste ich gegen meinen Körper ankämpfen, der mich zu ihm drängte. Er hatte in aller Schnelle eine Jeans und ein T-Shirt übergeworfen, die seinen kräftigen Körperbau betonten. Auf seinem Kinn lag ein Bartschatten, und sein schwarzes Haar war zerzaust. Dies war der Mann, neben dem ich aufgewacht wäre, hätte ich nachts nicht das Bett verlassen. Wir hätten uns geliebt, und fast konnte ich das Kratzen seiner Bartstoppeln auf meinen Schenkeln spüren. Stattdessen war ich hergekommen, hatte in die dunklen Abgründe seiner Vergangenheit geblickt und die Verfehlungen gesehen, denen wir anscheinend nie entkommen konnten. Das war es, was mich jetzt von ihm fernhielt.

»Clara«, bat er mit hohler Stimme, und in seinen blauen Augen war Reue zu lesen. Er sagte kein weiteres Wort, als ich zur Tür ging. Er versuchte nicht, mich aufzuhalten.

Wir wussten beide, dass es nichts gab, was er hätte sagen können. Ich war der Meinung gewesen, er habe alles mit mir geteilt – seinen Körper, sein Herz, seine Seele. Ich hatte mich geirrt.

2

Alexander

»So kann das nicht weitergehen«, sagte Norris bestimmt. In letzter Zeit war mein zuverlässiger Freund und Berater zu meiner persönlichen Weckuhr geworden. Er musterte mich prüfend und ließ seinen Blick über meine hochgekrempelten Ärmel und das zerknitterte Hemd streifen. Meine Krawatte lag verlassen auf dem Fußboden, das Sakko von gestern hing über der Rückenlehne meines Stuhls.

Ich hatte seit Jahren nicht mehr allein geschlafen, und da Clara sich weigerte, zu mir ins Ehebett zu kommen, war ich dazu übergegangen, im Büro zu übernachten. Norris kam die inoffizielle Aufgabe zu, mich rechtzeitig zu wecken, bevor die morgendlichen Audienzen begannen.

Ich warf einen Blick auf meine Armbanduhr und war erstaunt, dass er heute etwas spät war. Norris hatte sich bereits kritisch dazu geäußert, wie ich die Situation mit meiner

Frau handhabte. »Können wir die Vorhaltungen auf später verschieben? Ich sollte noch kurz duschen, bevor ich irgendwelchen wichtigen Leuten gegenübertrete.«

Angesichts meiner leichtfertigen Antwort zog Norris missbilligend eine Augenbraue hoch. Es war müßig, so zu tun, als wäre der Großteil meiner Meetings nicht nur reine Formsache. Man erwartete lediglich von mir, dass ich etwaige Anliegen je nach Situation akzeptierte oder ablehnte. Man wollte meine Meinung hören, und ich musste gemeinnützige Initiativen unterstützen. Meine Aufgabe war es, den gütigen König zu spielen. Alles, was darüber hinausging, hätte bedeutet, meinen Handlungsspielraum zu überschreiten – das zumindest hatte das Parlament mir in den letzten Wochen klargemacht. Die Haltung der Abgeordneten mir gegenüber war zweifellos auf Absprachen zurückzuführen, die mein Vater und vor ihm sein Vater getroffen hatten. Die Monarchie war Schritt für Schritt modernisiert worden, was meines Erachtens bedeutete, dass die Verantwortung des Königshauses auf andere abgewälzt wurde. Ich war an die Grenzen der vor meiner Regentschaft vereinbarten Abmachungen gestoßen. Nun wurde immer klarer, dass sich etwas ändern musste. Und ich würde nicht derjenige sein, der nachgab – nicht solange die Sicherheit meiner Familie auf dem Spiel stand. Das war der einzige Grund, weshalb ich morgens überhaupt noch aufstand und diese verdammten Audienzen über mich ergehen ließ. Ich musste so tun, als würde ich das Spiel mitspielen. Zumindest vorerst.

»Die heutigen Meetings sind das kleinste deiner Probleme. Das Personal tuschelt bereits.« Er zog seinen Krawattenknoten zurecht, es schien ihm unangenehm zu sein, dieses Thema zur Sprache zu bringen.

»Das Personal tuschelt immer«, entgegnete ich und strich mir durchs Haar. Ich hatte von klein auf gelernt zu akzeptieren, dass die Wände Augen und Ohren hatten. Nur ein winziger Teil dessen, was ich hinter den Palastmauern tat und sagte, blieb geheim. Manchmal fragte ich mich, ob mein Schlafzimmer vor fremden Blicken sicher war.

»Das stimmt, doch früher oder später wird jemand der Presse stecken, dass deine Ehe in Schwierigkeiten ist.«

Bei seinen Worten zuckte ich zusammen. So, wie er das sagte, klang es furchtbar. Insbesondere, da Norris Probleme mit einer Genauigkeit einzuschätzen vermochte, die nur wenigen Menschen gegeben war. Wenn er seine Analysen mit nüchternen Worten paarte, war es noch schwerer zu ignorieren, dass er recht hatte.

Aber das wollte ich ihm gegenüber keinesfalls zugeben. »Wir haben nur ein bisschen Stress.«

Norris stellte diese Aussage nicht in Frage, doch sein Schweigen sprach Bände, als er sich mir gegenüber in den Sessel setzte. Einer von uns beiden war im Recht. Ich wusste genau, wer das war. Auch wenn ich versuchte, Norris anzulügen, mir selbst konnte ich nichts vormachen. Hier ging es nicht um ein bisschen Stress.

»Ich muss dich wohl kaum daran erinnern, dass wir uns in einer heiklen Lage befinden«, sagte er und wechselte damit zu einem Thema, das mir nicht weniger unangenehm war. »Früher oder später werden wir eine öffentliche Erklärung abgeben müssen. Und es wäre besser, wenn diese nicht gleichzeitig mit der Nachricht erschiene, dass Clara und du in getrennten Schlafzimmern übernachtet.«

Vielleicht hatten wir gar nicht das Thema gewechselt.

»Ich möchte sie nicht drängen«, antwortete ich leise.

»Sie wird dich nicht verlassen.«

Ich atmete scharf ein und schüttelte den Kopf. Wie konnte er sich dessen so sicher sein? Ich hatte keine Aristokratin mit untadeliger Erziehung geheiratet, die auf ihren Rang und ihren Ruf in der Öffentlichkeit Rücksicht nahm. Meine Ehe war nicht politisch motiviert gewesen. Wir hatten aus Liebe, Vertrauen und Leidenschaft geheiratet, und nun hatte ich alles vermasselt.

»Sie vertraut mir nicht mehr.« Es auszusprechen fühlte sich an, als müsse mir das Herz in der Brust zerreißen.

»Sie wird wieder Vertrauen fassen, wenn du vielleicht mal mit ihr sprichst«, entgegnete er spitz.

»Ich weiß. Doch dazu muss ich erst einmal die Gelegenheit bekommen.« In Wahrheit hatte ich mich nicht sonderlich darum bemüht. Normalerweise endeten unsere Streitigkeiten in wütendem, fast gewaltsamem Sex, doch ich vermutete, dass das diesmal nicht der Fall sein würde. Ich hätte mich schon glücklich geschätzt, wenn sie überhaupt eine Berührung zuließe. »Warum habe ich es ihr nicht erzählt?«

»Das weiß ich nicht«, sagte er schwermütig, als habe er sich das auch schon gefragt.

Ich schluckte. Ich war mir nicht sicher, ob ich bereit war, ihm alles zu erzählen. Norris kannte mich gut und hatte schon in schlimmeren Situationen an meiner Seite gestanden. Trotzdem fiel es mir schwer, ihm die ganze Wahrheit zu sagen. »Um ehrlich zu sein, ist es mir einfach nie in den Sinn gekommen.«

Norris schwieg, nur ein kurzes Zucken seines Kiefermuskels verriet, dass er mich gehört hatte. Etwas in mir wünschte, er würde mich beschimpfen, mich anschreien, mich in irgendeiner Weise bestrafen.

»Hast du nichts dazu zu sagen?«, drängte ich ihn. Jetzt, wo ich es ausgesprochen hatte, fühlte es sich schlimmer an, als ich mir das vorgestellt hatte.

»Was ist dir nicht in den Sinn gekommen?« Norris stieß jedes seiner Worte durch zusammengebissene Zähne hervor, er kannte die Antwort bereits.

»Mir ist nicht in den Sinn gekommen, Clara zu erzählen, dass …« Ich vergrub das Gesicht in den Händen und konnte mich nicht überwinden weiterzusprechen. Ich hatte keine Ahnung, was es über meinen Charakter aussagte, dass ich meiner Frau dieses Geheimnis gar nicht bewusst verschwiegen, sondern es insgesamt einfach verdrängt hatte. Mir war nicht wichtig gewesen, Clara von ihr zu erzählen, weil die Frau in jenem Zimmer für mich in jeder Hinsicht gestorben war.

Und nun war sie wieder zum Leben erwacht.

Tatsächlich hatte es in den letzten Wochen viele Gelegenheiten gegeben, Clara die ganze Geschichte zu erzählen. Als mein Vater umkam, hatte ich seine Verpflichtungen übernommen, was auch bedeutete, dass Norris mich hin und wieder über ihren Zustand unterrichtete. Mehr aber nicht. Nach einem weiteren Angriff auf meine Familie hatte ich die Sicherheitsmaßnahmen für alle Familienmitglieder erhöhen lassen, auch für sie. Trotzdem hatte ich meiner Frau nichts erzählt. Als Clara das Anwesen von Windsmoor als Hochzeitsgeschenk für Edward vorgeschlagen hatte, hatte sich eine weitere Gelegenheit geboten, endlich reinen Tisch zu machen. Das Leben hatte mir eine Chance nach der anderen serviert, doch ich hatte alle ausgeschlagen. Deshalb war ich der Einzige, dem die Schuld für diese Misere anzulasten war.

»Clara ist dein Leben. Sie hat dir die Möglichkeit gegeben, neu anzufangen, und du hast sie genutzt«, sagte Norris und brach damit das unangenehme Schweigen zwischen uns.

»Das entschuldigt nicht mein Verhalten.«

»Nein. Doch man kann das Vergangene nicht ändern.«

»Was genau die Denkweise ist, die mich in derartige Schwierigkeiten gebracht hat«, murmelte ich.

»Was *dich* in Schwierigkeiten gebracht hat, ist die Unart, überhaupt nicht nachzudenken«, korrigierte er.

Volltreffer.

»Wenn ich mir eine Anmerkung erlauben darf«, begann er. Ich befürchtete, was immer er zu sagen hatte, würde unangenehm werden. »Ein bisschen Abstand tut dir und Clara ganz gut.«

»Ach ja?« Ich lehnte mich in meinem Sessel zurück und schüttelte den Kopf. »Es fühlt sich aber schrecklich an. In den vergangenen neun Tagen habe ich sie nicht ein einziges Mal berührt.«

»Ganz genau. Ihr müsst lernen, eure Kommunikation zu verbessern.«

»Unsere Kommunikation ist ausgezeichnet«, blaffte ich zurück.

»Eure Kommunikation ist speziell, aber nicht immer zielführend«, entgegnete er, faltete die Hände im Schoß und sah dabei aus wie ein Geistlicher.

Norris sprach es zwar nicht aus, doch ich wusste genau, was er damit sagen wollte. »Redest du vom Vögeln? Dass wir es zu oft miteinander treiben?«

»Dass du den Geschlechtsverkehr als eine Art der Kommunikation betrachtest, beweist, dass ich recht habe. Ihr müsst mehr miteinander *reden.*«

»Nun, im Augenblick will sie weder mit mir reden *noch* mit mir vögeln«, platzte es aus mir heraus.

»Du solltest dich besser etwas frisch machen«, sagte Norris und wandte seine Aufmerksamkeit geflissentlich dem Fenster zu. Offensichtlich war er nicht bereit, weiter mit mir zu diskutieren. »Dein Tag beginnt bald.«

Ich hatte fast den Eindruck, dass ich auch bei ihm auf der schwarzen Liste stand, nicht nur bei Clara.

Als ich mich zu den Privatgemächern meiner Familie aufmachte, nahm das Personal gerade seine Arbeit auf. Alle gingen mir aus dem Weg. Die Hausmädchen drängten sich an die Wand, knicksten tief und wandten den Blick ab, wenn ich mit einem Nicken an ihnen vorbeiging. Sobald ich ihnen den Rücken kehrte, spürte ich, wie sie mir nachsahen. Norris hatte recht, es musste etwas passieren. Es war nicht zu leugnen, dass etwas nicht stimmte. Die Atmosphäre war aufgeladen, und der ganze Palast schien unter den Streitigkeiten zwischen Clara und mir zu leiden.

Ich hielt an der Tür zum Schlafzimmer inne und hoffte,

dies wäre einer der wenigen Glücksmomente, in denen ich sie dort antraf. Allerdings schien Clara meinen Zeitplan genau zu kennen, es gelang ihr fast immer, eine Begegnung mit mir zu vermeiden. Offenbar war das auch Norris aufgefallen, was vermutlich der Grund für sein spätes Erscheinen heute Morgen war. Gewiss war er fest entschlossen, ein Treffen zwischen Clara und mir herbeizuführen. Als ich die Tür öffnete, sah ich, dass unser Bett sorgfältig gemacht war. Entweder waren die Zimmermädchen schon hier gewesen, oder der Raum war über Nacht unbenutzt geblieben. Dass ich überhaupt beide Möglichkeiten erwog, war reines Wunschdenken, tief im Inneren wusste ich, dass Clara nicht hier übernachtet hatte. Ich trat ein, doch meine Beine schienen mir nicht zu gehorchen. Ich ertrug es nicht, mich in der Nähe unseres leeren Bettes aufzuhalten. Also drehte ich mich um und schlich in den Raum auf der gegenüberliegenden Seite des Korridors.

Gedämpftes Sonnenlicht erfüllte das Kinderzimmer und schien auf den Schaukelstuhl, der in der Ecke stand. Darin saß Clara mit Elizabeth, die quer über ihrer Brust lag, um den Babybauch ihrer Mutter nicht einzuengen. Beim Anblick meiner Frau und meines Kindes stockte mir der Atem. Clara sah wunderschön aus im Schlaf, ihr Gesicht leuchtete im frühen Morgenlicht. Sie hatte ihr dunkles Haar auf dem Kopf zusammengesteckt, und das Nachthemd war über eine ihrer weichen Schultern herabgerutscht. Ich dachte an die Sommersprossen, die sich darauf befanden, und wünschte inständig, meine Lippen auf ihre helle Haut pressen zu können. Doch die dunklen Schatten unter ihren Augen wiesen mich auf ein dringlicheres Problem hin. Hatte sie womöglich die ganze Nacht hier verbracht?

Leise durchquerte ich den Raum und hob Elizabeth aus den Armen ihrer Mutter. Beide zuckten zusammen, wachten jedoch nicht auf.

Sanft wiegte ich mein kleines Mädchen, trug sie zu ihrem Kinderbett und legte sie vorsichtig hinein. Als es mir gelang, die Hände unter ihrem Körper herauszuziehen, ohne sie zu wecken, atmete ich erleichtert auf.

Einen Augenblick blieb ich vor dem Bettchen stehen und betrachtete meine Tochter beim Schlafen. Sie hatte keine Ahnung, in welcher Krise sich ihre Eltern befanden, denn das Einzige, was sie kannte, war Liebe. Das war auch das Einzige, was ich ihr je zu kennen erlauben würde. Die Probleme, die zwischen Clara und mir standen, mussten schnellstmöglich aus dem Weg geräumt werden. Ich konnte den Gedanken nicht ertragen, dass unsere Kinder unter Eltern zu leiden hatten, die sich ständig stritten.

Als ich mich schließlich umwandte, sah ich, dass Clara mich unter schweren Augenlidern hervor beobachtete. Stille breitete sich zwischen uns aus. Es konnte nicht sein, dass dies nun unser Alltag war. Zwei Menschen, die sich nichts zu sagen hatten und sich bei jeder Gelegenheit aus dem Weg gingen. Hatte ich unsere Beziehung bereits unwiederbringlich zerstört? Oder wie zum Teufel konnte ich die Angelegenheit in Ordnung bringen?

Clara setzte sich auf, und ihr Nachthemd rutschte noch weiter herab, sodass ich den Ansatz ihrer Brust sehen konnte. Ich presste die Knie zusammen und zwang mich, nicht zu ihr hinüberzugehen und ihr den Rest der fast inexistenten Kleidung vom Leib zu reißen. Als hätte sie meine Gedanken erraten, zog sie schnell das Negligé zurecht. Fast musste ich lächeln.

In ihrem Gesicht war jedoch kein Anzeichen von Heiterkeit zu entdecken. Als sie schließlich das Wort ergriff, klang ihre Stimme kühl. »Sie zahnt gerade.«

»Warum hast du mich nicht gerufen?«, fragte ich leise, um das schlafende Baby nicht zu wecken. »Du bist doch nicht alleine für sie verantwortlich.«

Clara sah mich mit blitzenden Augen an, und ich merkte, dass ich – wieder einmal – etwas Falsches gesagt hatte. »Du warst nicht in unserem Schlafzimmer. Wie hätte ich da wissen sollen, wo du bist?«

Das war eine Lüge. Sie hatte gar nicht im Schlafzimmer nach mir gesehen und sehr wohl gewusst, wo ich war. Allerdings wollte ich sie keinesfalls provozieren. Sie hatte eine harmlose Lüge geäußert, was mit ihrer Wut über *meine* Lügen zusammenhing – all jene Lügen, die unsere Beziehung womöglich für immer zerstört hatten.

»Du hast dich um wichtigere Dinge zu kümmern«, gab sie zurück, und ich hörte die Schärfe in ihrer Stimme. Noch bevor ich antworten konnte, stand sie auf, gähnte und taumelte ein wenig.

Ich wusste, was ich nun zu tun hatte – egal ob es ihr gefiel oder nicht. Ich trat zu ihr und hob sie auf die Arme, noch ehe sie realisieren konnte, was vor sich ging. Clara wehrte sich nicht, als ich sie über den Gang zu unserem Schlafzimmer trug. Sie hatte den Arm um meinen Nacken geschlungen, als habe sie Angst zu fallen – was ich niemals zulassen würde. Und ich hätte schwören können, dass sie mit den Fingern sanft über meinen Nacken strich, doch das war wohl erneut meinem Wunschdenken geschuldet.

Ich trug sie zum Bett und fragte mich, wie weit sie mich würde gehen lassen. Doch sie *musste* sich ausruhen, ich musste ihr Zeit lassen, zu mir zurückzufinden, egal wie sehr es mich quälte, sie allein zu lassen. Ich zog den Überwurf beiseite, ließ sie aufs Bett sinken und betrachtete ihren vollkommenen Körper, während sie sich in die Decken kuschelte.

Ohne nachzudenken, legte ich die Hände um ihr Gesicht und ließ den Daumen über ihre Wange gleiten. Ich wagte es nicht, sie zu küssen, und es kostete mich alle Mühe, den Rest meines Körpers unter Kontrolle zu halten. Mein Daumen wanderte zu ihren vollen Lippen, ich strich darüber und erinnerte mich an ihren Geschmack. Ich vermisste sie. Und ich brauchte sie. Ich musste einen Weg finden, ihr das mitzuteilen.

Ihr Mund öffnete sich leicht, ein Seufzer entfuhr ihren Lippen, doch dann wandte sie das Gesicht ab. Begierig versuchte ich, sie erneut zu berühren. Sie gehörte zu mir, und wenn sie sich nur daran erinnern würde, könnten wir einen Weg aus diesem Schlamassel finden.

»Lass das«, murmelte sie schlaftrunken, wenngleich es mir vorkam, als hielte sie ihre Augen ein wenig zu fest geschlossen.

Ich zog die Hand zurück. Ich konnte es ihr nicht verübeln, dass sie Nein sagte, doch im Gegensatz zu vielen anderen Malen spürte ich, dass sie es diesmal ernst meinte. Es gab keine Möglichkeit, ihre Worte anders zu interpretieren. Als wollte sie das untermauern, drehte sie sich auf die Seite, kehrte mir den Rücken zu und rollte sich zusammen. Etwas in mir wollte sie in die Arme schließen und sie dazu zwingen, mit mir zu reden. Ein noch größerer Teil meiner selbst wollte selbst ins Bett steigen und einfordern, was mir gehörte. Ich bezweifelte zwar, dass sie mich aufhalten würde, doch ich konnte den entschiedenen Klang ihrer Stimme nicht ignorieren. Also zog ich ihr die Decke über den Körper, strich noch einmal sanft mit den Fingern über ihre Schulter und verließ den Raum.

Nun war sie zwar wieder in unserem Bett, doch sie hatte eine Mauer um sich errichtet – unsichtbar, aber deutlich spürbar. Das konnte ich ihr nicht vorwerfen. Ein anständiger Mann würde diese Mauer Stein für Stein abtragen. Ich hingegen hielt nach einer Ladung Dynamit Ausschau.

3

Clara

Gleich nachdem die Krankenschwester die Tür hinter uns geschlossen hatte, wandte Belle mir den sachkundigen Blick der besten Freundin zu.

»Raus damit! Was ist los mit dir und Alexander?«, fragte sie.

Ich zuckte die Achseln und war mir schmerzlich bewusst, dass sie mir keine der Entschuldigungen abnehmen würde, die ich üblicherweise für seine Abwesenheit vorbrachte. Sie wusste nicht, was geschehen war. Das wusste niemand. Ich hatte noch nicht einmal Georgia erzählt, was ich hinter jener verschlossenen Tür vorgefunden hatte, und Georgia hatte auch keine Fragen gestellt. Sie verstand, dass man Zeit zum Verarbeiten des Geschehenen brauchte, wenn einem der Boden unter den Füßen weggezogen worden war. Ein Charakterzug, mit dem Belle nicht gesegnet war.

»Clara«, drängte sie. »Sprich mit mir. Ich mache mir Sorgen.«

»Alles in Ordnung«, log ich und wünschte mir, ich würde überzeugender klingen. Nachdem Alexander mich auf unser Ehebett gelegt und allein gelassen hatte, war es mir nicht gelungen einzuschlafen. Hatte ich gehofft, dass er bleiben würde? Immerhin hatte ich ihn angewiesen, seine Berührungen zu unterlassen. Warum hörte er immer nur dann auf mich, wenn ich das eigentlich gar nicht wollte?

»Blödsinn! Du befindest dich praktisch im Koma, was ich durchaus beurteilen kann, da ich dich schon einmal in einem komatösen Zustand erlebt habe.« Sie verstummte einen Augenblick, und ihre blauen Augen verengten sich. »Dann hast du es ihm also nicht erzählt.«

»Nein«, gab ich eilig zurück, »und das werde ich auch nicht. Aber darum geht es auch gar nicht.«

»Er sollte es aber wissen«, begann sie, doch ich warf ihr einen Blick zu, der sie zum Schweigen brachte.

»Es führt zu nichts Gutem, wenn ich ihm sage, dass mit dem Baby vielleicht etwas nicht stimmt.« Mein Mann mochte mir in vielerlei Hinsicht ein Rätsel sein, doch wie er auf eine derartige Nachricht reagieren würde, wusste ich genau. Ich konnte die Vorstellung nicht ertragen, dass er mich ständig umsorgen und zu schützen versuchen würde. Nicht nach allem, was er mir so lange verheimlicht hatte. Sagte ich ihm alles, würde das nur Öl ins Feuer seiner Überzeugung gießen, ich sei zu zerbrechlich für die Welt, in der er lebte.

»Du solltest diese Angelegenheit nicht allein durchstehen müssen.«

»Das muss ich auch nicht«, erinnerte ich sie, »es sei denn, du…«

»Natürlich werde ich an deiner Seite sein«, antwortete sie schnell und ließ sich auf einen Stuhl in der Zimmerecke fallen. »Ich kann nur nicht verstehen, wie du damit umgehst. Ihr beide seid wie eine Achterbahn – rauf und runter und komplett durchgedreht. Manchmal verursacht es mir Schwindelgefühle, euch dabei bloß zuzusehen.«

»Das könnte aber auch mit deiner Schwangerschaftsübelkeit zusammenhängen«, erwiderte ich trocken.

»Nein, das kommt definitiv daher, dass ich euch bei dieser Berg-und-Tal-Fahrt zusehe.« Sie verschränkte die Arme vor der Brust, wobei ihre Bluse spannte und ich zum ersten Mal die Anzeichen eines Babybauchs bemerkte. »Stress ist weder gut für dich noch für das Kind.«

»Ich weiß«, antwortete ich, atmete tief ein und zwang mich zu einem, wie ich hoffte, beruhigenden Lächeln. »Alles ist gut. Wir haben uns nur ein bisschen gestritten.«

»Stress ist schädlich«, wiederholte sie trotzig.

»Ich hab's verstanden.« Ich musste dringend das Thema wechseln, denn jetzt war *sie* diejenige, die mich stresste. »Man sieht inzwischen, dass du schwanger bist.«

Der Trick funktionierte. Sogleich warf Belle sich das blonde Haar über die Schulter und strich mit der anderen Hand zärtlich über die winzige Wölbung. »Ich weiß. Smith lässt mich kaum mehr aus dem Haus.«

»Ist er schon jetzt überfürsorglich?«, fragte ich. Belle gab es zwar nicht gerne zu, doch ich wusste, dass ihr Gatte ein ebenso großer Macho wie meiner war.

»Das nicht, aber anscheinend kann er die Finger nicht von mir lassen«, antwortete sie mit einem Kichern.

»Das kenne ich. Ja, das scheint ein echtes Problem für Männer wie unsere zu sein.«

»Männer wie unsere?«, wiederholte sie.

»Männer vom Typ Höhlenbewohner, die sich gorillaartig auf die Brust hauen. Es gefällt ihnen mindestens ebenso gut, uns schwanger zu sehen, wie sie es genießen, uns in diesen Zustand zu versetzen«, erwiderte ich mit einem echten, wenngleich etwas kläglichen Lächeln. »Alexander wird erst damit aufhören, wenn wir eine ganze Armee beisammenhaben«, plapperte ich, ohne nachzudenken, doch dann erinnerte ich mich daran, dass das gar nicht möglich war. Eine komplizierte Schwangerschaft mochte Zufall sein. Zwei waren ein Zeichen. Ich rang um Atem und blinzelte meine Tränen fort. Ein Haus voller Kinder war keine realistische Zukunftsvision, denn dazu war ich offenbar nicht gemacht.

»Hey«, sagte Belle sanft und setzte sich neben mich. »Wir wissen doch noch gar nicht mit Sicherheit, ob etwas nicht stimmt, und es gibt keinen Grund anzunehmen, dass …«

»Ein Kaiserschnitt beim ersten Kind mag noch angehen«, schluchzte ich, »aber wahrscheinlich brauche ich wieder einen, falls das Herz des Babys …« Ich konnte diesen Gedanken nicht zu Ende denken. Die Vorstellung, Alexander erzählen zu müssen, dass wir keine weiteren Kinder bekommen konnten, war schlimm genug. Dass unser Baby, das in mir heranwuchs, sterben könnte, mochte ich mir gar nicht vorstellen. Ich wischte die Tränen weg und schämte mich, die Beherrschung verloren zu haben. »Sorry, ich bin nur …«

»… gestresst«, beendete Belle meinen Satz. Es klang nicht vorwurfsvoll. »Clara, was ist los? Möchtest du darüber reden?«

Ich sehnte mich danach, ihr mein Herz auszuschütten und ihr alles zu erzählen, doch das ging nicht. Noch nicht. Nicht solange ich keine plausible Antwort auf die Frage hatte, warum Alexander so vieles vor mir verbarg. Ich wusste noch nicht einmal, ob Edward davon Kenntnis hatte. Solange ich das nicht herausgefunden hatte, durfte ich sein Geheimnis mit niemandem teilen. »Wir streiten uns gerade«, gab ich zu. »Eine ganz normale Sache.«

»Du bist die Königin von England«, bemerkte sie spitz. »Daher bezweifle ich, dass es um ganz normale Dinge geht, aber ich verstehe, wenn du es mir nicht anvertrauen willst.«

Ich biss mir auf die Unterlippe, um zu verhindern, dass mir die Worte entglitten. Belle war meine beste Freundin. Ich erzählte ihr grundsätzlich alles. »Ich würde es dir gerne anvertrauen, aber das kann ich nicht. Noch nicht.«

»So, wie du ihm nichts von den Schwierigkeiten mit dem Baby erzählen kannst?«, fragte sie leise.

Ich öffnete den Mund, um ihr zu erklären, dass das etwas anderes war, doch in diesem Moment klopfte es an der Tür. Belle lächelte mir kurz zu und ging zu ihrem Stuhl in der Ecke zurück. Dann betrat der Arzt den Raum.

»Majestät«, sagte er, und ich musste einen Seufzer hinunterschlucken.

»Clara«, rief ich ihm ins Gedächtnis. Ich fand, jeder Mann, der meinen Unterleib von Nahem gesehen hatte, durfte mich beim Vornamen nennen.

Er nickte und schien zu überlegen, ob er mich tatsächlich mit dem Vornamen anreden sollte, doch ich wusste bereits, wie das enden würde. Das hatte ich schon Dutzende Male während meiner Schwangerschaft mit Elizabeth erlebt. Trotzdem versuchte ich es weiter, denn ich würde mich nie damit abfinden können, eine derartige Sonderrolle einzunehmen. Kein Wunder, dass Alexander so verkorkst war.

»Ich habe mit dem Spezialisten gesprochen, der Sie untersucht hat. Er wollte sich Ihre Patientenakte und die Ultraschalluntersuchungen noch genauer ansehen, bevor er sich äußert«, fuhr er fort und strich mit dem Finger über ein Datenblatt.

»Ja, er hat mir nicht viel gesagt«, antwortete ich und strich mein Kleid glatt. Einerseits hatte ich gehofft, zum jetzigen Zeitpunkt schon viel mehr zu wissen, andererseits war ich nicht hundertprozentig sicher, ob ich überhaupt erfahren wollte, was er mir zu sagen hatte.

»Der Kollege hat eine gewisse Vorsicht walten lassen, in Anbetracht der Tatsache …« Er verstummte, und ich brachte seine Rede innerlich zu Ende: in Anbetracht der Tatsache, wer ich war, oder besser, wessen Kind ich austrug. Er öffnete eine Akte und zog ein Schwarzweißfoto heraus. Dann trat er auf mich zu und hielt mir ein Bild hin. Dabei zeigte er auf eine Stelle, die digital eingekreist worden war. »Das ist die Trikuspidalklappe Ihres Babys. Sie verbindet die rechte Herzkammer mit dem rechten Vorhof. Es ist zwar noch zu früh, endgültige Aussagen zu treffen, doch es scheint, als sei sie ein wenig zu schmal.«

Das Herz sackte mir weg, während ich versuchte zu begreifen, was er mir sagen wollte. »Was geschieht, wenn sie zu schmal ist?«

»Das Blut Ihres Babys hat Schwierigkeiten, aus dem Herzen zur Lunge zu gelangen. In den meisten Fällen kann man über Arzneimittel die Gefäßverbindung des Ductus Arteriosus offen halten. Normalerweise schließt sich die Klappe, sobald ein Baby von selbst zu atmen beginnt.«

Ich brachte keinen klaren Gedanken zustande, zu viele Fragen schwirrten mir im Kopf herum. Hilfesuchend sah ich zu Belle und bemerkte erst jetzt, dass ich zu weinen begonnen hatte und mir heiße Tränen über die Wangen flossen.

»Dann halten wir die Verbindung also mit Arzneimitteln offen«, schaltete sich Belle in das Gespräch ein und nickte mir zu. Ich dankte dem Himmel dafür, eine beste Freundin zu haben. »Und was passiert dann?«

»Das hängt von einer Reihe von Faktoren ab. Wahrscheinlich benötigt das Baby kurz nach der Geburt einen chirurgischen Eingriff. Wir werden die Lage sehr genau beobachten, Maj…«, ich schoss ihm einen Blick zu, er haderte einen Moment, dann besann er sich, »… Clara.«

Belle sah mich an, und ich bemerkte, dass sie nicht sicher war, ob sie etwas sagen sollte. Als sich unsere Blicke trafen, wusste ich, dass sie sich dieselbe Frage stellte wie ich und nicht wagte, sie auszusprechen. Das sollte sie auch nicht, das musste ich tun. Ich schluckte den Kloß in meinem Hals hinunter und zwang mich, die Frage selbst zu stellen. »Wie gut stehen die Chancen für das Baby?«

»Sehr gut«, antwortete er hastig. »Es ist ein großes Glück, dass wir den Defekt sofort ausfindig gemacht haben. Bei einem frühen Eingriff sind die Überlebenschancen sehr gut.«

Überlebenschancen. Früher Eingriff – nie hatte ich erwartet, derartige Begriffe im Hinblick auf mein ungeborenes Kind zu hören. Langsam wich alle Kraft aus mir, und ich fühlte mich von der Last meines Schicksals erdrückt. Doch ich musste stark für mein Baby sein – das Einzige, was mich in diesem Moment bei der Stange hielt. Ein falsches Wort, und ich würde zusammenbrechen.

»Es gibt noch ein paar andere Dinge, die Sie wissen sollten«, begann der Arzt. Ich machte mich innerlich bereit und fragte mich, wie viel mehr mein Herz noch ertragen konnte.

4

Alexander

Als Clara nach Hause kam, wartete ich bereits auf sie. Es kostete mich jedes Fitzelchen meiner Selbstkontrolle – und davon besaß ich nicht viel –, ruhig zu bleiben. »Warum hast du mir nicht erzählt, dass du einen Termin beim Arzt hattest?«

»Weil du Wichtigeres zu tun hast.« Sie kickte die hochhackigen Schuhe von den Füßen, huschte in den Ankleideraum und vermied es geflissentlich, mir in die Augen zu sehen.

»Nichts ist mir wichtiger als du.« Ich war ihr gefolgt und stand nun in der Tür. Sie musterte mich skeptisch und ließ den Blick hinter mich wandern, als sie feststellte, dass ich sie in dem begehbaren Kleiderschrank gefangen hatte. »Ich möchte teilhaben. Ich will über solche Dinge informiert werden.«

Ich konnte sehen, wie meine Worte sie trafen, in meinem Kopf schrillten die Alarmglocken. Das zu sagen war ein Fehler gewesen. Ein Riesenfehler.

»Sieht ganz so aus, als hätte ich Geheimnisse. Du musst auf mich abgefärbt haben.« Clara wandte mir den Rücken zu und durchsuchte eine Reihe hängender Kleidungsstücke.

Es war dumm gewesen, den Arzttermin zu erwähnen. Wenn es etwas gab, das ich über die Schwangerschaft wissen musste, würde sie es mir erzählen. Es gefiel mir nicht, dass sie mich ausgeschlossen hatte, und ich wollte ihr vermitteln, dass es auch für mich wichtig war. Doch ich wusste, dass sie mir mit dieser Entscheidung etwas klarmachen wollte: Sie konnte genauso gut austeilen wie einstecken.

Also beschloss ich, die Taktik zu ändern. »Wir halten eine Pressekonferenz ab. Es wäre schön, wenn du dabei wärst.«

Clara schnaubte, sah mich aber noch immer nicht an. »Warum? Ist es nicht etwas zu spät, um mich einzubeziehen?«

»Ich möchte nicht, dass die Leute denken ...« Ich verstummte augenblicklich, als ich meinen nächsten Fehler bemerkte. Es war, als würde ich gerade Landminen verteilen und dann draufspringen. Offensichtlich funktionierte mein Selbsterhaltungsinstinkt im Moment nicht besonders, na ja, wie auch: Nichts funktionierte, wenn Clara mich aus ihrem Leben ausschloss.

Clara hörte auf, den Kleiderschrank zu durchsuchen, wirbelte herum und stemmte die Hände in die Hüften. »Du möchtest nicht, dass sie *was* denken? Dass du Geheimnisse vor deiner Frau hast? Willst du ihnen vormachen, ich hätte davon gewusst ...«

»Ich möchte eine Einheit mit dir bilden.« Noch immer befand ich mich auf gefährlichem Terrain, doch es war mir ernst.

»Dann hast du aber eine seltsame Art, das zu zeigen.« Sie wandte sich wieder der Suche zu.

»Wirst du überhaupt irgendwann wieder mit mir reden?«

»Wir reden doch gerade.«

»Das habe ich nicht gemeint.« In den letzten beiden Wochen waren unsere Gespräche ziemlich knapp ausgefallen, sie würgte mich ab, sobald ich zu reden begann.

Clara zuckte die Achseln und griff nach einem Seidenkleid. »Wirst du also endlich aufrichtig zu mir sein?«

»Ich habe keine Geheimnisse mehr vor dir.« Schon als ich die Worte aussprach, wusste ich, dass das nicht genügte, es kam zu spät. Andererseits ging mir dieses Hin und Her allmählich auf die Nerven. Wir mussten reden. Ich musste ihr alles erklären. Seit sie jenes Zimmer in Windsor verlassen hatte, hatte sie null Interesse an irgendwelchen Erklärungen gezeigt. Das konnte ich ihr nicht verübeln. Aber ich würde nicht zulassen, dass meine Vergangenheit und die Fehler, die mein Vater begangen hatte, mir meine Frau nahmen.

Clara versuchte, an mir vorbei ins Badezimmer zu gelangen, doch ich streckte den Arm aus und hielt sie auf.

»Im Ernst, X?« Sie schob meinen Arm weg und versuchte, sich an mir vorbeizudrücken. Nachdem sie jedoch im achten Monat schwanger war, würde sie nirgendwohin gehen, wenn ich es ihr nicht gestattete.

Ich wollte, dass sie mich anhörte.

»Wir müssen miteinander reden«, wiederholte ich mit mehr Nachdruck.

»Falsch! Du musst mir zuhören!« Sie starrte mich derart wütend an, dass ich den Arm sinken ließ.

Es war mir egal, auf welche Weise ich sie dazu brachte, mit mir zu sprechen. Sie konnte mich anschreien, mich beschimpfen, mir Vorwürfe machen. Ich würde alles hinnehmen, ich hatte es verdient. »Gut. Ich höre dir zu.«

Das brachte sie aus dem Konzept, allerdings nur einen kurzen Moment. Sie brauchte nicht lange, um sich zu fassen, dann sprudelte alles aus ihr heraus, was sie zurückgehalten hatte. »Es muss sich etwas ändern. Sollte ich herausfinden, dass du auch nur zum Mittagessen gegangen bist, ohne mich darüber zu unterrichten, bin ich weg. Vorerst wird Georgia die Leitung meiner Leibwache übernehmen. Keine Diskussion. Ich will nicht noch mal einen Mann beim Frauenarzt dabeihaben.«

Ich biss die Zähne zusammen und zwang mich, ihr zuzuhören, anstatt mit ihr zu diskutieren. Ich wollte, dass sie sich aussprach. Wenn sie aber glaubte, sie könnte mich tatsächlich verlassen, lag sie damit komplett falsch. Es wäre allerdings dumm gewesen, ihr das jetzt zu sagen.

»Sonst noch was?« Es stand mir nicht zu, an ihr zu zweifeln, doch ich war mir nicht sicher, ob sie überhaupt klar denken konnte. Egal wie sehr sie sich sträuben mochte, ich durfte nicht zulassen, dass sie sich oder unser Kind in Gefahr brachte, nur um ihren Willen durchzusetzen.

»Ja, aber darüber möchte ich nicht sprechen. Ich nehme jetzt ein Bad.«

Ich packte sie an der Schulter, drehte sie zu mir und schob sie rücklings gegen die Wand, ehe sie mir ausweichen konnte. »*Ich* will aber darüber sprechen. Was ist sonst noch?«

Ich stützte mich mit den Armen an der Wand ab und hielt

sie gefangen, während mein Körper sich auszumalen begann, wie lange es dauern würde, ihr die Kleider vom Leib zu streifen. Vielleicht wollte ich gar nicht reden. Wir verfügten über effektivere Mittel, unsere Streitigkeiten beizulegen – welche, die uns beiden Genuss bereiteten. Wenn ich sie berühren könnte, würde sie sich daran erinnern, warum sie mich liebte. Dann könnte sie mir verzeihen.

»Das wird diesmal nicht funktionieren«, murmelte sie und blinzelte.

»Was wird nicht funktionieren?«, fragte ich geistesabwesend, während ich mein Gesicht dem ihren näherte.

»Es auszuficken«, antwortete sie barsch. Doch obwohl ihre Augen blitzten, begann ihr Körper bereits, auf meinen zu reagieren. Der Babybauch war zwar ein Hindernis, doch er war nicht unüberwindbar. Ich hörte ihre leisen, flachen Atemzüge und sah, wie sich ihre blassen Wangen röteten. Ihre Hand, die sie gegen meine Brust gestemmt hatte, fühlte sich sanft und überhaupt nicht entschieden an. Im Grunde wehrte sie sich gar nicht, doch meine Clara war viel zu stur, um zuzugeben, dass sie mich ebenfalls vermisste.

»Süße«, flüsterte ich und brachte meinen Mund näher an ihr Ohr. Mit den Zähnen umfasste ich das weiche Ohrläppchen und saugte sanft daran, bevor ich meine Lippen ihren Hals hinunterwandern ließ. »Vermisst du das nicht auch? Es tut mir leid. Ich möchte mit dir reden. Wirklich. Doch vielleicht brauchen wir beide jetzt gerade eher das hier.«

»Alexander«, sagte sie warnend, und ich trat zurück. Sie drängte sich an mir vorbei ins Badezimmer, ohne sich noch einmal umzudrehen, dann drehte sie die Dusche auf.

»Ich dachte, du wolltest ein Bad nehmen.«

»Ich habe es mir anders überlegt.« Noch immer mied sie meinen Blick. »Ich bin müde, ich dusche lieber.«

Sie trieb mich zum Wahnsinn. Als sie ihr Kleid herabschob und nach dem Reißverschluss griff, konnte ich mich nicht länger zurückhalten. Ich trat hinter sie und übernahm die Führung. »Bitte, lass mich das machen.«

Clara erstarrte, als ich den Reißverschluss langsam aufzog und dabei Zentimeter um Zentimeter ihrer porzellanfarbenen Haut freilegte. Ich wollte ihr das Kleid über die Schultern streifen und die Arme um sie schließen. Schon stellte ich mir ihre vollen Brüste unter meinen Händen vor. Schmeckte die feuchte, süße Hitze zwischen ihren Schenkeln. Mein Schwanz wurde schmerzhaft hart und erinnerte mich daran, wie lange es her war, seit ich in ihr gewesen war. Clara bewegte sich etwas und presste den Po gegen mich, als ob sie das Gleiche dächte.

»Vermisst du mich?«, flüsterte sie und rieb sich sanft an meiner Erektion.

»Verdammt, ja, Süße.« Meine Hände wanderten zu ihren Hüften, ich packte sie und zog sie heftig an mich, um ihr zu zeigen, wie sehr ich sie vermisste. »Vermisst du meinen Schwanz? Fehlt es dir, von mir gefickt zu werden? Sag mir, wie sehr du mich in dir haben willst.«

»Ja, bitte.«

Ich konnte ihr Wimmern kaum verstehen, doch es genügte. Ich ließ ihre Hüften los, streifte ihr das Kleid über die Schultern und beförderte es mit ungeduldigen Händen auf den Boden. Ich musste sie schmecken. Ich musste in ihr sein. Ich musste sie vögeln.

Mit einem Ruck zerriss ich den Hauch von Spitze, den sie als Unterwäsche bezeichnete. Clara antwortete mit einem Stöhnen, das wie ein Blitz in meine Lenden fuhr. Den Strumpfhalter, der unterhalb des Babybauchs saß, beließ ich dort und genoss den Anblick der Bänder auf ihrer Haut, die die Seidenstrümpfe hielten. Clara war ein Meisterwerk, geradezu sündhaft schön. Fasziniert betrachtete ich ihren vollen, runden Hintern und die langen Beine. Ich würde nie genug von ihr bekommen. Doch als ich meine Gürtelschnalle löste, zog sie sich vor mir zurück.

»Clara«, sagte ich mit erstickter Stimme.

»Was ist?« Sie griff mit den Händen nach hinten und löste den BH. »Ich will es, aber das bedeutet noch lange nicht, dass ich es tue.«

»Wie lange willst du mich noch bestrafen?«, explodierte ich.

»Das habe ich noch nicht entschieden«, antwortete sie, von meinem Gefühlsausbruch nicht im Geringsten beeindruckt. Stattdessen löste sie die hochgesteckten Haare und ließ sie über ihre Schultern herabfallen. Als sie den Strumpfgürtel abnahm und nacheinander die beiden Seidenstrümpfe herabrollte, zwang ich mich zur Zurückhaltung. Als sie schließlich nackt war, sah sie mir herausfordernd in die Augen.

Sie wusste, wie schwer es für mich war, ihr so nahe zu sein, nachdem ich schon so lange nicht mehr mit ihr geschlafen hatte. Es war ein Test, doch ich wusste nicht, wie ich richtig darauf reagieren sollte. Sie wollte ihren Standpunkt deutlich machen, doch Clara sehnte sich auch nach Unterwerfung. Das war von unserer ersten Begegnung an so gewesen. Sie einfach zu nehmen war vielleicht der Beweis, den sie brauchte – der Beweis, dass ich mich immer wieder für sie entscheiden würde. Für *uns*. Wenn es aber die falsche Reaktion war, setzte ich eine Menge aufs Spiel, schließlich ging es hier um mein Herz.

»Clara, ich brauche dich. Und du brauchst mich. Bitte lass mich dich lieben«, sagte ich und ging einen Schritt auf sie zu.

»Du scheinst Sex mit Liebe zu verwechseln«, antwortete sie kurz angebunden und öffnete die Duschkabine.

»Tu das nicht.« Jetzt bettelte ich, doch sie trat unter den Wasserstrahl und schloss die Tür zwischen uns zu.

Ich war nicht derjenige, der verwirrt war. Ich wusste genau, was sie brauchte, und würde ihr das auch zeigen. Mit einer schnellen Bewegung löste ich meinen Gürtel, öffnete die Hose und legte meinen Schwanz frei. Ich nahm ihn in die Hand und begann ihn zu bearbeiten, wobei ich meine Frau nicht aus den Augen ließ. Sie beobachtete mich. Langsam beschlug das Glas zwischen uns, dabei hatte sie noch nicht einmal zur Seife gegriffen.

»Diese Wirkung hast du auf mich«, sagte ich. Ich hatte keine Ahnung, ob sie mich durch das Wasserrauschen hören konnte, doch sie konnte sehen, wie sich meine Lippen bewegten. Sollte sie hören, was sie hören wollte – oder was sie hören musste! »Du machst mich verrückt.«

Endlich rührte sie sich und ließ eine Hand zwischen ihre Beine gleiten. Während sie ihre Scham streichelte, rieb ich fester über meinen Schwanz. Ich wusste, welche Geräusche sie machte – das scharfe Atemholen, das sehnsüchtige Stöhnen.

»Du gehörst mir. Du gehörst zu mir.« Ich trat näher heran, sodass sich nur noch die gläserne Duschwand zwischen unseren Gesichtern befand. »Spiel ruhig dein Spiel. Tu so, als hättest du die Macht. Das ändert nichts. Du gehörst mir.«

Jetzt konnte sie mich hören. Ich merkte es daran, dass sie schluckte und das Gesicht verzog, als bereite die Lust ihr Schmerzen. Ich konnte ihre Antwort nicht verstehen, doch ich sah, wie sie mit ihren perfekten Lippen zwei Worte formte: »Fick dich.«

»Das wirst du tun, Süße«, antwortete ich stöhnend, während meine Hoden sich anspannten. Meine Hand bewegte sich schneller und trieb mich dem Höhepunkt entgegen. »Schon bald wirst du mich ficken. Du hast dich für mich entschieden, und allmählich verliere ich die Geduld. Ich werde mir nehmen, was mir gehört.«

Bei dieser letzten Warnung schloss sie die Augen, ihr Körper erzitterte leicht, als der Orgasmus sie überrollte. Als ich sah, wie sie sich in der Lust auflöste, kam ich ebenfalls, spritzte meinen Saft gegen die gläserne Duschwand und bekam weiche Knie, so überwältigend war der Orgasmus. Als ich aufblickte, hatte sie sich umgedreht und das Wasser abgestellt.

Doch als sie aus der Dusche trat, griff sie nach ihrem Bademantel und zog ihn rasch an.

»Clara, es ist unvermeidlich. Hör auf, dich dagegen zu wehren. Nichts kann das zerstören, was zwischen uns ist.«

Doch dann sprach sie mit leiser Stimme drei Worte aus, die mich Lügen straften, die mir das Herz zerrissen und alles änderten. Drei kleine Worte, die alles zerstörten – unsere Zukunft, unsere Familie, unsere Ehe. Drei Worte, die mir klarmachten, wie sehr ich mich irrte.

»Ich hasse dich.«

5

Clara

»Wo bist du?«, fragte Edward, als ich dranging, ich hatte das Handy zwischen Ohr und Schulter geklemmt und konnte gerade noch verhindern, dass mir die Teetasse aus der Hand fiel. Vor mir saß mit ausgestreckten Beinchen Elizabeth, die eine Teekanne in der Luft balancierte und wegen der Störung ein finsteres Gesicht machte.

»Zu Hause«, antwortete ich und hielt Elizabeth die Tasse hin, woraufhin sie so tat, als würde sie mir Tee einschenken.

Er lachte. »Falls du es noch nicht bemerkt haben solltest, dein Zuhause ist ziemlich groß. Geradezu palastartig, könnte man sagen. In welchem Gebäudeteil hältst du dich gerade auf?«

»Warum? Bist du hier?« Mühsam rappelte ich mich hoch, es fiel mir zunehmend schwerer, vom Boden aufzustehen. Mit einem kurzen Nicken bedeutete ich Penny, meinen Platz in

Elizabeths Teegesellschaft einzunehmen, und flüsterte meiner Kleinen zu, dass ich gleich zurück sein würde.

»Man hat mich zu einer offiziellen Unterredung gebeten, was nie ein gutes Zeichen ist. Ich dachte, du würdest auch kommen.«

Ich trat in den Korridor und ging in Richtung der Büros. »Nein, heute nicht. Wann ist das Meeting?«

»In wenigen Minuten. Man hat mir allerdings erklärt, dass er gerade mit dem Premierminister spricht. Ich glaube, du solltest kommen.«

»Scheiße! Ich bin im Kinderzimmer, vielleicht schaffe ich es also nicht rechtzeitig«, erwiderte ich und merkte, dass ich das womöglich auch gar nicht wollte. Alexander hatte wieder in seinem Büro übernachtet. Falls er in unser Schlafzimmer zurückgekehrt war, hatte ich ihn zumindest nicht gesehen.

»Was für eine Ausdrucksweise«, sagte Edward mit gespieltem Entsetzen. Ich konnte mir gut vorstellen, wie ein albernes Grinsen auf seinem hübschen Gesicht erschien. »Es ist doch nur ein Stockwerk tiefer.«

»Der Aufzug macht gerade Probleme, und ich brauche inzwischen doppelt so lange, um irgendwohin zu kommen«, brummte ich. »Aber ich würde dich gern noch vor der Besprechung sehen.«

»David ist auch hier. Warum kommst du nicht einfach herunter?«

Er ahnte, dass etwas nicht stimmte. Das war nicht verwunderlich, zwischen Alexander und mir herrschte meist Unruhe. Doch jetzt war auch die königliche Familie betroffen. Ich wusste, warum Alexander ihn hergebeten hatte. Die

Pressekonferenz stand ins Haus, und er musste seinem Bruder reinen Wein einschenken. Als mir bewusst wurde, dass Alexander mir diese Unterredung nicht angekündigt hatte, spürte ich eine seltsame Mischung aus Ärger und Erleichterung. Nach gestern Abend waren wir uns aus dem Weg gegangen. Ich hatte keine Ahnung, ob mein Mann verletzt war, ich war es jedenfalls. Angesichts der gewalttätigen Fantasien, die mir in den letzten Stunden durch den Kopf gegangen waren, hatte er gut daran getan, mir aus dem Weg zu gehen.

»Bin schon unterwegs.« Ich brauchte jetzt meinen besten Freund, auch wenn es nur für ein paar Minuten war. »Na, dann watschele mal ein bisschen schneller«, sagte er.

»Hast du gerade gesagt, ich watschele?« Offenbar hatten alle Männer in meinem Leben Todessehnsucht.

»Damit habe ich wohl ins Schwarze getroffen.«

»Sag mal, warum sind die Männer der Cambridge-Familie nur solche Arschlöcher?«, fragte ich.

»Gute Gene«, gab er umgehend zurück.

Da ich schon fast angekommen war, legte ich zur Bestrafung einfach auf. Der Unterschied zwischen Edwards Verhalten und dem von Alexander war, dass der jüngere Bruder meines Mannes immer in bester Absicht handelte. Keine Ahnung, wie es ihm gelungen war, sich seinen Sinn für Humor zu bewahren, wo er doch auch in diesem königlichen Käfig aufgewachsen war. Doch nun würde er von einem weiteren dunklen Geheimnis der Familie erfahren, und ich fragte mich, ob seine Großherzigkeit diesmal unwiederbringlich Schaden nehmen würde. Vielleicht würde er Alexander hassen, was ich ihm kaum verdenken konnte. Was aber, wenn er mich dann ebenfalls hasste?

Als ich um die Ecke bog, hörte ich Edward und David lachen. Edward strich mit der Hand über die Schulter seines Mannes, und ich spürte einen Stich in der Brust. Sie waren frisch verheiratet, was man daran erkannte, wie sich die beiden anschauten – als liege ihnen die Welt zu Füßen. Ich vermisste dieses Gefühl. Wobei ich es eigentlich nie gehabt hatte. Wir hatten keine Flitterwochen gehabt, stattdessen war meine Ehe von Beginn an von Gewalt und Gefahr begleitet gewesen. Im Grunde war es kein Wunder, dass die Dinge jetzt so schiefliefen.

Das würden wir niemals haben. Unser Leben würde nie einfach sein. Doch ich sollte mir ins Gedächtnis rufen, dass die beiden ihre eigenen Probleme hatten – insbesondere, wenn sie sich mit der öffentlichen Meinung herumschlagen mussten. Soweit ich wusste, hatten sie allerdings keine Geheimnisse voreinander.

Edward drehte sich um und entdeckte mich. »Alles Gute zum Hochzeitstag!«

Bei dieser Erinnerung wurde mir schwer ums Herz. Ich hatte mich redlich bemüht zu vergessen, dass heute mein Hochzeitstag war. Alexander war dies offensichtlich gelungen.

Edwards warmes Lächeln erinnerte mich daran, dass es lächerlich war, meinen besten Freund zu beneiden. Wichtig war, dass er ein Teil meines Lebens war. Ich beschleunigte meinen Schritt, warf mich in seine Arme, und er hielt mich fest.

»Wie geht es Eurer Majestät?«, fragte er leichthin, doch ich vernahm einen gezwungenen Unterton.

»Wir reden später«, versprach ich ihm, ich war mir nicht sicher, ob ich ihm sonst nicht schon zu viel verraten würde. Es stand mir nicht zu, ihn aufzuklären. Alexander sollte ruhig die Verantwortung für seine Entscheidungen übernehmen und sich seinem Bruder stellen. Also ignorierte ich, was bevorstand und welche Konsequenzen es beinhaltete. Ich schloss Alexander gerade aus meinem Leben aus, daher wusste ich jetzt auch nicht, ob er bei der folgenden Unterredung überhaupt darüber sprechen würde oder ob es um etwas anderes ging. Ich hatte klargestellt, dass ich kein Interesse an seinen Erklärungen hatte – nicht solange ich noch mit den Nachwirkungen meiner Entdeckung kämpfte.

Wenn er wollte, dass wir als Einheit auftraten, hätte er uns nicht auseinanderbringen dürfen.

Edward senkte die Stimme, sodass nur David und ich ihn hören konnten. Es schien zwar niemand in der Nähe zu sein, doch da über tausend Personen im Schloss arbeiteten, war man nie vor neugierigen Blicken sicher. »Wie geht es dem Baby?«

»Gut«, sagte ich und klammerte mich an ihn. Es fühlte sich gut an, umarmt zu werden. Nicht so gut wie bei Alexander, dafür aber wesentlich gesünder.

»Du nimmst es also nicht so schwer?«, hakte er nach.

Ich lehnte mich zurück und musterte ihn. Das schlechte Gewissen stand ihm ins Gesicht geschrieben, auf seiner Stirn lag ein Schweißfilm. Er wusste Bescheid.

Ich schloss die Augen und versuchte, mich zu beruhigen, was mir jedoch nicht gelang. Anscheinend war mein Mann der einzige Mensch in meinem Leben, der ein Geheimnis für sich behalten konnte. »Belle hat gequatscht.«

»Belle ist völlig durchgedreht. Sie macht sich wirklich Sorgen«, antwortete er sanft.

»Hör zu«, hob ich an, doch bevor ich weitersprechen konnte, öffnete sich die Tür zu Alexanders Büro. »Lass uns später reden. Und bitte behalte es für dich.«

Edward senkte den Blick, doch dann nickte er. Er mochte Alexanders Bruder sein, aber seine Loyalität galt mir.

Alexanders Erscheinen hielt mich davon ab, weitere Warnungen auszusprechen. Bei seinem Anblick zog sich mein Magen zusammen. Normalerweise trug er Blau oder Grau, doch heute hatte er sich für einen dreiteiligen schwarzen Anzug mit Krawatte entschieden, und auf seinem Kiefer lag ein leichter Bartschatten. Ich hatte ihn heute Morgen nicht gesehen. Offenbar hatte er sich die Kleidung bringen lassen. Er strahlte Macht aus, und ich versuchte, die Reaktion meines Körpers auf seine Erscheinung zu ignorieren. In meiner Brust bildete sich ein derart starker Druck, als könnte sie zerspringen und mein Herz herauspurzeln und ihm vor die Füße kullern. Ich gehörte zu ihm, das konnte ich nicht leugnen. Ich spürte es tief in mir. Alexander floss durch meine Adern. Ich gehörte ihm.

Einen Augenblick starrten wir uns nur an und vergaßen alles um uns herum. Alexanders Miene war unbewegt, seine Augen waren kalt. Harte Saphire, in denen nichts an das Feuer erinnerte, das sie üblicherweise zum Strahlen brachte, sobald wir uns sahen.

Ich hatte ihm gesagt, ich würde ihn hassen – und in jenem Moment hatte ich es so gemeint. Es war mir zuwider, dass ich in seiner Gegenwart die Selbstkontrolle verlor. Dass ich stets bereit war, ihm zu vergeben. Und ich hasste es, wie er mich aufzehrte.

Und genau aus denselben Gründen liebte ich ihn.

Doch hinter seiner Distanziertheit spürte ich gerade nur Gift. Unsere Liebe war zu einem Gift geworden, das uns beide langsam umbrachte.

Sekunden, Minuten oder auch Stunden später – ich vermochte nicht zu sagen, wie lange der Moment gedauert hatte – tauchte die Welt um uns herum wieder auf. Es fühlte sich wie eine Ewigkeit an.

Schweigend blickte Edward von ihm zu mir. Empfand er die bedrückende Stimmung ebenso stark wie ich?

Alexander wandte das Gesicht von mir ab, dann sagte er: »Ich muss mit meinem Bruder reden. Allein.«

»Ich habe David mitgebracht und dachte …«

»Nur mit dir«, sagte Alexander.

Edward warf seinem Mann einen entschuldigenden Blick zu. Er schien hin- und hergerissen, ob er den Wunsch seines Bruders respektieren oder von sich weisen sollte.

»Ist schon okay, Baby. Ich bleibe bei Clara.« David küsste ihn flüchtig, und sein Blick wanderte skeptisch zwischen uns allen hin und her.

»Vielleicht sollte Clara auch dabei sein?«, schlug Edward vor.

»Nein«, sagte ich, noch bevor Alexander klarstellen konnte, was ich bereits wusste. Es war nicht David, den er von der Unterredung ausschließen wollte, sondern ich. Ich war so lange einbezogen worden, bis ich den Mund zu weit aufgerissen und das Einzige gesagt hatte, was ich nie hätte sagen dürfen. Das Einzige, von dem ich versprochen hatte, es niemals zu sagen. Ich schluckte gegen die Tränen an, die in meiner Kehle brannten, denn ich wollte keinesfalls vor den anderen weinen.

Edward presste die Lippen zusammen und straffte die Schultern, dann schritt er in Alexanders Büro. Er sah aus wie ein Mann auf dem Weg zu seiner Hinrichtung, er wusste, dass ihn schlechte Neuigkeiten erwarteten. Ganz gleich ob David bei ihm wäre oder ob ich neben ihm säße, nichts konnte den Verrat lindern.

An der Tür blieb Alexander stehen, als wollte er noch etwas sagen, und sah mich aus seinen blauen Augen an, doch anstatt das Wort zu ergreifen, schloss er die Tür zwischen uns.

»Wollen wir ein Stück spazieren gehen?«, schlug David sanft vor.

»Ich muss erst Elizabeth holen.« Meine Stimme klang brüchig, und ich gab vor, husten zu müssen. Es gelang mir zwar nicht, ihm etwas vorzumachen, doch das zeigte er nicht.

Natürlich musste ich nicht zu Elizabeth, sie war bei Penny gut aufgehoben, doch ich musste in diesem Moment meine Verbindung zu Alexander spüren. Das Baby in meinem Bauch war heute besonders ruhig gewesen, und ich vermisste seine wilden Tritte. Meine Tochter würde mich von dem Gefühlschaos ablenken. Mit ihr zusammen zu sein erinnerte mich daran, was wirklich wichtig war.

Wir brauchten ein paar Minuten, um Elizabeth in eine Jacke zu zwängen und ihr Schuhe anzuziehen.

»Es tut mir leid, Ma'am. Sie wollte einfach nicht schlafen, sie hat wohl entschieden, wach zu bleiben«, sagte Penny, als

Elizabeth den kleinen Körper nach hinten bog und sich gegen das Schließen des Reißverschlusses wehrte.

»Du bist ein kleiner Dickkopf«, flüsterte ich ihr zu. »Genau wie dein Vater.«

Als ich sie schließlich warm genug für den kühlen Frühlingstag angezogen hatte, grinste David uns von der Tür aus entgegen.

»Lach nicht«, warnte ich ihn. »Wenn es bei euch so weit ist, werde ich kein bisschen Mitleid haben.«

»Vielleicht leihe ich mir deine Kinder aus«, sagte er mit einem Anflug von Bedauern.

»Wenn du darüber reden willst …«, bot ich an, während wir durch den westlichen Gebäudeflügel zu den Gärten gingen.

»Dasselbe könnte ich auch sagen.«

»Ich möchte nicht darüber reden«, gab ich zurück und sah Elizabeth nach, die taumelnd vor uns herlief.

»Ich auch nicht.«

»Wollen wir das Thema wechseln?«, schlug ich vor. David öffnete die Türen, und ich nahm Elizabeth auf den Arm, trug sie die Treppe hinunter und setzte sie auf dem Rasen ab.

»Wie geht es dir mit dem neuen Baby …« Er verstummte. »Es tut mir leid, Edward hat es mir erzählt. Wir haben keine Geheimnisse voreinander. Ist vermutlich eine Begleiterscheinung der Ehe.«

»Wie schön«, entgegnete ich trocken. »Es geht mir gut. Ehrlich.«

»Wir wollen dir nur helfen, so gut wir können. Ich weiß, dass du Alexander nichts davon erzählt hast. Und ich werde dich jetzt nicht fragen, warum«, fügte er an.

»Danke.« Ich hätte Belle erwürgen können, dass sie es Edward erzählt hatte.

David dachte einen Moment nach. »Muss ich mir große Sorgen wegen dieser Unterredung machen?«

Bei dieser Frage verzog ich das Gesicht. Ich hatte gehofft, nicht über das sprechen zu müssen, was hinter Alexanders verschlossener Tür vor sich ging. Ich öffnete den Mund und schloss ihn sogleich wieder, ich wusste nicht, was ich ihm sagen sollte.

»So schlimm also?« David stieß einen leisen Pfiff aus, woraufhin Elizabeth in die Hände klatschte. Er lächelte zu ihr hinunter. »Was ist es diesmal? Geheime Zwillingsschwestern in Sussex?«

»Das wäre schön«, murmelte ich. Es war uns leichtgefallen, Alexander zu verzeihen, dass er sich schwertat, mit dem unehelichen Kind seines Vaters klarzukommen. Das hier war etwas ganz anderes. Alexander hatte es gewusst und es uns verschwiegen. Ich fühlte mich betrogen und konnte nur erahnen, wie Edward sich fühlen musste.

»Himmel! Hört das denn nie auf?« David wandte den Blick zum Himmel und schüttelte den Kopf. Elizabeth tat es ihm gleich, doch die Bewegung war etwas zu gewagt für sie, und sie purzelte Hals über Kopf ins Gras. David hob sie auf, ehe das leichte Beben der Lippen in Weinen ausarten konnte.

»Danke«, sagte ich und strich mir über den Bauch, woraufhin das Baby mich mit einem Tritt begrüßte. »Ich glaube nicht, dass es jemals aufhört.«

»Schade, dass wir beide da ein Leben lang mitmachen müssen.« Er grinste, ohne dass das Lächeln sein Gesicht erhellte.

»Müssen wir das?«, fragte ich geistesabwesend.

»Hm.« Sein Zögern machte mir bewusst, dass ich diesen Gedanken laut ausgesprochen hatte. »Wahrscheinlich nicht. Zumindest nicht so wie sie, aber … Clara, du denkst doch nicht ernsthaft …«

»Natürlich nicht«, antwortete ich, aber es klang auch in meinen Ohren gezwungen.

»Diese Männer machen es uns nicht leicht, sie zu lieben«, sagte David ruhig, »aber lieben wir sie nicht gerade deshalb?«

»Das habe ich früher auch gedacht. Jetzt bin ich mir da nicht mehr so sicher.«

»Das verstehe ich, Clara. Wirklich. Aber du und Alexander, ihr liebt euch, wie es normalerweise nur in Romanen vorkommt.« Wahrscheinlich begriff David besser als jeder andere, wie es war, wenn das gesamte Leben auf den Kopf gestellt wurde, weil man sich in einen mächtigen Mann verliebt hatte.

»Das mag sein, doch Romane sind nicht die Wirklichkeit. Es sind nur schöne Worte.« Elizabeth streckte die Händchen nach mir aus, und ich schloss sie in die Arme. Mit ihrem dunklen Haar und den blauen Augen ähnelte sie so sehr ihrem Vater. Und ihre Dickköpfigkeit unterstrich die Ähnlichkeit noch mehr. Meist war sie ein wunderschönes Zeugnis unserer Liebe, heute hingegen tat es geradezu körperlich weh, sie anzusehen. Ich hatte alles verdorben. Ich hatte ihn zu weit von mir weggestoßen. Ich hatte unsere Beziehung zerstört, und nun würde sie den Preis für die zerbrochene Liebe ihrer Eltern zahlen müssen.

»Was hat er getan?«, fragte David schließlich. »Was …«

Eine Tür fiel mit lautem Knall zu, und als wir aufblickten, sahen wir Edward auf uns zustapfen. Selbst auf die Entfernung konnte ich sein von Kummer gezeichnetes Gesicht erkennen.

»Oh Gott, was hat er getan?«, fragte David noch einmal.

»Wir müssen gehen«, sagte Edward kurz angebunden. Er ließ den Blick über die Rasenflächen streifen, schien jedoch mit den Gedanken woanders zu sein.

»Edward, es tut mir so leid. Ich wollte nicht …«

»Ist schon okay«, schnitt er mir das Wort ab. »Ich bin nicht wütend auf dich. Er hat mir gesagt … dass du es nicht wusstest. Ich ertrage es nur im Moment nicht, länger hier zu sein.«

Er gab Elizabeth einen Kuss auf die Stirn und griff Davids Hand. »Wir reden bald.«

Ich bekam kein Wort heraus und nickte nur. Dann beobachtete ich, wie sie sich entfernten, und es fühlte sich an, als würde mir das Herz aus der Brust gerissen. Meine Familie brach in Stücke, und ich musste ohnmächtig zusehen und konnte nichts dagegen tun. Ich konnte nur versuchen, es zu überleben.

6

Alexander

Ich zog mich im Vorraum zur Toilette in meinem Büro an, und da ich nicht duschen konnte, spritzte ich mir Wasser ins Gesicht. Das Rasieren war schwieriger zu bewerkstelligen, heute jedoch ein unvermeidliches Übel. Man hatte mir einen neuen Anzug gebracht – einen von Claras Lieblingsstücken. Ich fragte nicht, wer ihn hatte herschicken lassen. Ich hatte Norris in Verdacht, der wollte, dass ich bei der anstehenden Pressekonferenz bestmöglich aussah. Es wäre mir allerdings lieber gewesen, meine Frau hätte ihn ausgesucht. Wenn sie dafür gesorgt hätte, dass ich saubere Sachen zum Anziehen hatte, hätte das zwar nicht unbedingt auch bedeutet, dass sich ihre Gefühle mir gegenüber geändert hatten, doch momentan klammerte ich mich an jeden Strohhalm. Kurz hatte ich überlegt, ihr zu unserem Hochzeitstag Rosen zu schicken, doch Blumen würden die Sache diesmal nicht in Ordnung bringen.

Als ich die Tür zu meinem Büro öffnete, stand ich sogleich vor Premierminister Clark – der Letzte, den ich heute Morgen sehen wollte.

»Guten Morgen«, sagte ich, obwohl sich dieser Morgen alles andere als gut anfühlte. »Mir war nicht bewusst, dass Premierminister an Pressekonferenzen teilnehmen.«

Hatte er nichts Wichtigeres zu tun? Irgendwie fochten wir noch immer einen Kampf darüber aus, wer das Sagen im Land hatte. Ich hätte ihm die Macht ohne Zögern überlassen – hätte ich nur den Eindruck gehabt, dass er ihr gewachsen war.

»Selbstverständlich werde ich *nicht* daran teilnehmen«, sagte er, als sei eine Pressekonferenz keinesfalls der richtige Ort, uns gemeinsam vor der Öffentlichkeit zu zeigen. Da konnte ich ihm nur zustimmen. »Ich wollte lediglich mit Ihnen besprechen, wie Sie es zu handhaben gedenken.«

»Was handhaben?« Es fiel mir schwer, meine Stimme gleichmütig klingen zu lassen. Wenn die Neuigkeit bereits ins Parlament durchgesickert war, war nicht vorauszusehen, wer sonst noch davon wusste. Man hatte mich nicht informiert, dass die Sache bereits größere Kreise gezogen hatte. Doch nun stand der verdammte Premierminister vor mir und wollte mir wieder einmal Ratschläge erteilen.

»Ich nehme an, es geht um den Antrag, den das Parlament gerade diskutiert?« Er warf einen Blick in mein Büro, als sei es ihm unbehaglich, vor der Tür mit mir darüber zu sprechen.

Erleichterung durchströmte mich. Um dieses Problem würde ich mich ein anderes Mal kümmern. Ich trat zur Seite und winkte ihn herein. Während ich die Tür schloss, überlegte ich mir genau, was ich sagte: »Nein, es geht um etwas anderes.«

»Vielleicht um die Königsspiele? Da hätte doch auch eine Pressemitteilung genügt.« Er versuchte, Informationen aus mir herauszukitzeln, doch das würde ihm nicht gelingen. Er würde mir nur irgendwelche väterlichen Ratschläge erteilen, die ich weder brauchte noch hören wollte, und das Ganze dadurch noch schlimmer machen.

»Es geht um eine Familienangelegenheit.« Es war am besten, die Dinge so simpel wie möglich zu halten. »Ich glaube nicht, dass ich den Antrag des Parlaments überhaupt erwähnen muss. Derartige Vorschläge zu Gesetzesänderungen hat es doch schon öfters gegeben. Es wird ohnehin nie etwas daraus und …«

»Diesmal nimmt die Sache aber Fahrt auf«, unterbrach er mich und wirkte geradezu erschrocken, dass ich noch nichts davon gehört hatte.

»Es wird trotzdem nichts daraus werden«, sagte ich mit größerer Sicherheit, als ich sie innerlich empfand. In den letzten beiden Jahren hatte ich mir einige Feinde im Parlament gemacht. Seit man herausgefunden hatte, dass ich einen von ihnen wegen Hochverrats hatte verhaften lassen, wurde eine Art Hexenjagd gegen mich veranstaltet. Ich verstand nicht ganz, warum. Dass man bemüht war, jeden Verdacht von der eigenen Person abzulenken, leuchtete mir ein, doch hier ging es um mehr. Wie viele Feinde hatte sich mein Vater im Parlament gemacht, dass sie sich nun in so großer Zahl gegen die Krone wandten?

»Sie müssen an die Abgeordneten appellieren«, riet Clark.

»Sie haben nicht genug getan, um die Verbündeten Ihres Vaters für sich zu gewinnen. Von denen hatte er viele – sowohl im Unter- als auch im Oberhaus. Wenn Sie die Macht Ihrer Familie halten wollen, müssen Sie anfangen, das Spiel mitzuspielen, junger Mann.«

»Ich dachte immer, der König wäre über Spielchen erhaben.« Das dachte ich zwar ganz und gar nicht, doch ich genoss es, wie Clark sich zu winden begann, sobald ich ihm meine Stellung in diesem Land ins Gedächtnis rief – und seine. Ab und an schien er das zu brauchen.

Zu meiner Enttäuschung wand sich Clark diesmal jedoch keineswegs. »Wenn Ihr Vater einen Fehler hatte, dann war es seine Arroganz. Ich hatte gehofft, Sie würden in dieser Hinsicht nicht seinem Beispiel folgen.«

Ich ging über die Tatsache hinweg, dass mich der Premierminister gerade beleidigt hatte, und bemühte mich, den Vergleich zwischen meinem Vater und mir bestmöglich zu ignorieren. Das war das Letzte, was ich heute gebrauchen konnte. »Wenn mein Vater einen Fehler gemacht hat, dann den, vor eine Pistolenkugel zu laufen, Premierminister.«

»Sie scheinen nicht zu verstehen«, sagte er, ohne auf meinen geschmacklosen Scherz einzugehen. »Dieser Antrag würde die Monarchie um einen Großteil der Macht bringen, über die sie noch verfügt. Er würde Ihnen das Recht entziehen, jemandem den Krieg zu erklären. Er würde Ihren Besitz beschneiden und Ihrer Familie einige Anwesen nehmen. Sie würden schlicht zu einem Mann, der in einem Schloss wohnt und König spielt.«

»Besser als ein Mann, der sich wünscht, König zu sein.« Ich

hatte keine Ahnung, warum ich ihn derart provozierte. Vielleicht weil ich die Sache schnellstmöglich zu Ende bringen wollte. Vielleicht ertrug ich es nicht, dass mir noch jemand vorhielt, ich würde einen beschissenen Job machen. Keiner von denen begriff, was wirklich auf dem Spiel stand.

»Ihr Vater hielt sich ebenfalls für unangreifbar. Denken Sie daran, was ihm zugestoßen ist.« Er stand auf und strich sein Jackett glatt, dann verließ er den Raum und überließ mich meinen Dämonen.

Jetzt war ich nicht nur zu spät, sondern auch noch schlecht gelaunt. Ich bog um die Ecke und nahm den nichtöffentlichen Korridor, der meine Büroräume mit den königlichen Gemächern verband. Die Pressekonferenz sollte im White Room stattfinden, in dem Clara erst vor wenigen Wochen verkündet hatte, sich von ihrer Rolle als Gastgeberin der Königsspiele zurückzuziehen. Bei der Häufigkeit, mit der wir Pressekonferenzen abhielten, würden wir dem Raum bald einen neuen Namen geben müssen.

Auf halbem Weg erwartete mich Norris und sah ungewöhnlich nervös aus. »Ich habe gehört, der Premierminister war bei dir.«

»Er hat mir nur eine Nachricht überbracht«, stieß ich zwischen zusammengebissenen Zähnen hervor. Meine Stimmung würde sich erst bessern, wenn ich diese Geschichte hinter mir hatte. »Oder vielmehr eine Warnung.«

»Welche?«, fragte Norris, zog ein Taschentuch aus der Westentasche und wischte sich über die Stirn. Diese Nervosität passte gar nicht zu ihm. Andererseits kehrte auch nicht alle Tage jemand vor aller Augen aus dem Reich der Toten zurück.

»Die Gesetzesmaßnahmen zur Einschränkung der königlichen Macht werden bald zur Abstimmung gelangen.«

»Die gehen nicht durch, nicht ohne die Zustimmung der Öffentlichkeit«, erwiderte er rasch. Ich wusste nicht, ob er damit sich selbst oder mich beruhigen wollte.

»Außerdem hat er ein paar Vergleiche zwischen mir und meinem Vater gezogen«, fügte ich an.

Norris verzog das Gesicht. Wenn jemand wusste, wie sehr mich das traf, dann er. Norris hatte bereits für meinen Vater gearbeitet, bevor dieser meine Mutter geheiratet hatte. Dann war er für die Sicherheit der Familie verantwortlich gewesen, weshalb ich unter seinen wachsamen Augen aufgewachsen war. Mehr als einmal hatte ich vermutet, dass er sich mit meinem Vater über dessen Erziehungsmaßnahmen auseinandergesetzt hatte. Norris war mir mehr ein Vorbild gewesen als mein Vater.

»Klär mich bitte auf«, sagte ich und senkte die Stimme zu einem verschwörerischen Flüstern. »Steht es in meiner Macht, jemanden umbringen zu lassen?«

Norris wurde kreidebleich, dann erst merkte er, dass ich einen Witz gemacht hatte. Gerechterweise musste ich zugeben, dass meine Witze heute etwas abwegig waren.

»Du wärst nicht der erste König, der so etwas tut«, sagte er und lachte schwach.

Meine Stimmung verbesserte sich, doch nur bis zu einem gewissen Grad. Das war immer so, es sei denn, ich war mit Clara zusammen. Doch sie war jetzt nicht an meiner Seite, nicht wirklich. Nicht, nachdem sie mir mitgeteilt hatte, was sie tatsächlich für mich empfand.

»Wird Clara auch teilnehmen?«, fragte ich und versuchte, beiläufig zu klingen.

Norris, der normalerweise kein Problem damit hatte, sich in meine Ehe einzumischen, war in den letzten Tagen seltsam stumm gewesen. Es war, als wüsste er – ebenso wie alle anderen –, dass ich die Beziehung zu meiner Frau diesmal endgültig verbockt hatte. Er hatte mir keine gutgemeinten Vorträge gehalten oder Versuche gestartet, uns beide wieder zusammenzubringen. Tief in meinem Inneren wusste ich sogar, dass er derjenige war, der mir jeden Morgen einen frischen Anzug ins Büro bringen ließ. Wenn aber nun sogar Norris uns aufgegeben hatte, gab es dann überhaupt noch Hoffnung?

»Sie ist …«, sagte er und unterbrach sich sofort, als Clara erschien.

Hinter ihr wartete die gesamte Pressemeute darauf, das Schlimmste herauszufinden, was ich je getan hatte. Das Geheimnis, das ich nie hätte geheim halten sollen. Das war aber nicht wichtig, denn im Augenblick sah ich nur sie.

Clara trug ein dunkles Blau, das gut zu meiner bedrückten Stimmung passte. Nie würde ich mich an den Anblick meiner Frau gewöhnen können – sie war das schönste Wesen, das ich je gesehen hatte. Zart, aber stark. Zerbrechlich, ohne dass sie je zerbrechen würde. Selbst wenn unsere Beziehung auseinanderging, würde sie nicht daran zerbrechen. Sie war nicht als eine Royal geboren, doch sie war dazu bestimmt, eine Königin zu sein.

Keiner von uns sagte ein Wort, und Norris entschuldigte sich und verschwand leise im White Room.

»Ich hätte nicht gedacht, dass du kommst.« Ich hatte kein Recht, irgendetwas von ihr zu erwarten, das hatte sie mir deutlich gemacht.

Clara biss sich auf die Unterlippe und senkte die Lider. Ich spürte, wie sie versuchte, ihrer Verzweiflung Herr zu werden. »Ich bin immer bei dir, Alexander. Auch wenn du glaubst, ich sei es nicht.«

Ich streckte ihr die Hand hin, war mir aber nicht sicher, ob sie sie ergreifen würde. Doch Clara verschränkte ihre Finger mit meinen. Es fühlte sich richtig an, sie zu berühren, doch diesen Gedanken behielt ich für mich und drückte stattdessen fest ihre Hand.

»Bist du bereit?«, fragte sie leise.

»Nein«, gab ich zurück, dann schritten wir durch die Tür.

Edward war bereits da, und ich war heilfroh, ihn zu sehen. Ich hatte nicht erwartet, dass meine Frau oder mein Bruder mir zur Seite stehen und mir helfen würden, mit den Konsequenzen der Entscheidung meines Vaters fertigzuwerden. Inzwischen war es allerdings ebenso mein Fehler wie der meines Vaters. Ich hatte dem zugestimmt, weil er mich am Tiefpunkt meines Lebens dazu gezwungen hatte, doch als ich mich entschieden hatte, weiterhin zu schweigen, war ich längst ein Mann gewesen. Mich traf ebenso viel Schuld wie ihn.

Heiteres Geplauder erfüllte den Raum, keiner der Journalisten ahnte, welche Schlagzeile ihm gleich geliefert würde. Meine Familie um mich zu haben war das Beste, was mir in dieser Situation passieren konnte. Damit beendeten wir auch die Spekulationen über unsere Eheprobleme. Edward lehnte sich vor und küsste Clara auf die Wange, dabei flüsterte er ihr etwas zu, was ich nicht verstand. Sie schenkte ihm ein leises Lachen, und ich empfand einen Anflug von Eifersucht. Ich konnte mich gar nicht erinnern, wann ich sie das letzte Mal zum Lachen gebracht hatte. Ich hingegen erhielt von meinem Bruder lediglich ein Kopfnicken, doch das war zumindest ein Anfang.

Schon bald würde sich die Lage für uns alle ändern. Ein Mitglied der königlichen Familie, das als tot gegolten hatte, war wieder aufgetaucht. Ich fragte mich unwillkürlich, welchen Preis wir wohl für ihre Rückkehr bezahlen mussten.

Für die Pressekonferenz waren weder Tische noch Stühle aufgestellt worden, sondern nur ein Podium. Ich wollte die Sache so kurz wie möglich halten. Es würde eine Million Fragen geben, doch es war egal, ob ich sie alle beantwortete. Die Zeitungen, von den Klatschblättern bis hin zur *Times*, würden sämtliche Informationen abdrucken, die sie bekommen konnten.

Als ich das Podium betrat, hielt Clara weiter meine Hand, und mein Bruder nahm den Platz zu meiner Linken ein. Ich wartete einen Moment, bis die Gespräche verstummten, dann räusperte ich mich.

»Sie werden sich sicher fragen, warum wir Sie ohne vorherige Pressemitteilung hergebeten haben. Am Ende der Pressekonferenz erhalten Sie ein Handout, das die wichtigsten Fakten zusammenfasst. Wir werden nur eine begrenzte Anzahl Fragen beantworten und bitten Sie um Verständnis für die Situation unserer Familie. Mit Freude darf ich Ihnen mitteilen …«, ich legte eine kurze Pause ein, um allen Mut zusammenzunehmen, der mir nach den Auseinandersetzungen mit meiner Frau und meinem Bruder noch geblieben war, »dass meine Schwester Sarah Cambridge, die vor fast zehn Jahren für tot erklärt wurde, aus dem Koma erwacht ist und schon bald in unsere Familie zurückkehren wird.«

Erwartungsgemäß schlugen meine Worte ein wie eine Bombe. Die Journalisten riefen mir von allen Seiten Fragen zu. Kameras klickten. Es war also richtig gewesen, die Konferenz jetzt anzusetzen, bevor wir sie nach Hause holten. Dieses Kreuz musste ich allein tragen.

Eine Frage schallte mir aus einem Dutzend unterschiedlicher Richtungen entgegen: *Warum wurde mitgeteilt, sie sei tot?*

»Wenn Sie erlauben«, sagte ich laut, hob die Hand und wartete, bis das hektische Rufen zu einem leisen Murmeln abklang. »Die Prognose bezüglich Sarahs Gesundheit nach ihrem Unfall war hoffnungslos. Man hatte uns mitgeteilt, es sei keine Gehirnaktivität mehr vorhanden und sie würde den Rest ihres Lebens im Wachkoma verbringen. Mein Vater konnte die Vorstellung nicht ertragen, sie von den lebenserhaltenden Maschinen zu trennen. Stattdessen ließ er sie in einer der königlichen Residenzen unterbringen und sie von privaten Leibärzten betreuen. Es war nicht damit zu rechnen, dass sie jemals wieder aufwachen würde.«

Sobald ich aufhörte zu sprechen, wurde ich erneut mit Fragen bombardiert.

Warum haben Sie gelogen und so getan, als wäre sie tot?

Was haben die lebenserhaltenden Maßnahmen gekostet? Zum Glück hatte ich nicht mitbekommen, wer mir diese Frage zugerufen hatte.

Wird sie wieder ganz gesund werden?

Ich beschloss, auf die letzte Frage einzugehen. Besser, sie hörten die Antwort von mir, als dass sie versuchten, Sarah ausfindig zu machen, um sie selbst danach zu fragen. »Seit ihrem Erwachen hat Sarah Fortschritte gemacht, die an ein Wunder grenzen. Die Ärzte scheinen zuversichtlich, dass sie sich vollständig erholen wird. Seit sie vor wenigen Wochen aus dem Koma erwacht ist, hat sie wieder zu sprechen und zu gehen begonnen. Wie Sie sich vorstellen können, muss sie über vieles unterrichtet werden, was sich in der Zeit ihrer Krankheit ereignet hat. Darum bitte ich Sie erneut, unserer Familie diesmal etwas Ruhe zu gönnen.«

Natürlich wusste ich genau, dass es ganz egal war, wie oft ich die Presse darum bat. Man würde uns keinesfalls in Ruhe lassen, sondern sich in Spekulationen ergehen. Es würde Gerüchte geben und Klatschgeschichten. Hässliche, grausame Klatschgeschichten. Auch das hätte ich meiner Familie gerne erspart. Ich wollte sie abschirmen, doch den Konsequenzen meiner Fehlentscheidungen war nicht zu entkommen.

Ein Reporter rief eine Frage, die ich in dem Lärm nur mit Mühe verstehen konnte. »Clara, wussten Sie, dass Prinzessin Sarah am Leben ist?«

Ich kannte meine Frau und wusste, dass sie unerschütterlich zu mir hielt. Als sie zu sprechen begann, lag ihre Hand noch immer in meiner, darum traf mich ihre Antwort völlig unerwartet. Clara stand neben mir und ließ mich im Stich.

»Ich kann Ihre Überraschung durchaus nachvollziehen«, sagte sie, »ich wusste auch nichts davon. Alexander hat mir sein Geheimnis vorenthalten.«

7

Clara

Ich blieb nicht länger, um noch weitere Fragen zu beantworten, sondern floh ins Royal Closet – ein kleines, verstecktes Zimmer hinter dem White Room, das wohl schon vielen Königinnen als Zufluchtsort gedient hatte. Ich nahm mir vor, in den nächsten zwanzig Jahren jegliche Nachrichtenquelle zu meiden. Vermutlich würde es so lange dauern, bis man aufhörte, Fotos von mir zu veröffentlichen, wie ich fluchtartig den Raum verließ.

Noch während ich sprach, hatte ich Alexanders Schmerz gespürt, ich hatte mich nicht beherrschen können und hatte in sein fassungsloses Gesicht geblickt. Es war bereits das zweite Mal in kürzester Zeit, dass ich ihn mit meinen Worten tief verletzt hatte.

Anscheinend war ich nicht imstande, meine Gedanken für mich zu behalten. Alles, was ich sagte, enthielt einen wahren

Kern, das war uns beiden klar. Alexander kannte jedoch nicht den Grund dafür.

Ich konnte nicht länger lügen. Es machte mich kaputt, und ich hatte nicht die Kraft, dagegen anzukämpfen. Nicht, wenn so viel auf dem Spiel stand.

Hinter mir schlug die Tür zu, und ich zuckte zusammen, drehte mich jedoch nicht zu ihm um.

»Wie konntest du nur?«, fragte er.

Mit diesem Vorwurf hatte ich gerechnet, doch das machte es nicht leichter, damit umzugehen.

»Einfach wegrennen? Ihnen erzählen, dass …« Seine Stimme verhallte.

Ich fuhr herum, um ihm in die Augen zu sehen, und blinzelte Tränen fort.

»Sorry, X, dass ich die Wahrheit gesagt habe, ich bin nicht zum Lügen geboren und auch nicht so erzogen worden.«

»Im Gegensatz zu mir, meinst du wohl.« Sein Gesicht war zu einer Maske erstarrt. Es war lange her, dass er mir diese Maske gezeigt hatte, und ich hatte vergessen, wie einschüchternd sie war. Alexander sah aus wie ein Racheengel. Dies war der Mann, der mich in die Knie gezwungen hatte. Doch dies war nicht der Mann, in den ich mich verliebt hatte, den ich geheiratet hatte. Jener Mann hatte seine Maske fallen lassen. Nun hatte er sie wieder angelegt, und das war meine Schuld.

»Ich erwarte nicht, dass du das verstehst«, sagte ich. Das konnte er nicht – nicht wenn er so war wie jetzt.

»Weil du mich nicht mehr liebst«, fauchte er.

»Natürlich liebe ich dich!« Das Baby begann zu treten

und erinnerte mich daran, dass ich ruhig bleiben musste. Beschwichtigend strich ich mir über den Bauch.

»Aber du hast gesagt, dass du mich hasst.« Eine Sekunde ließ er die Maske sinken, und ich sah die Verstörung und den Schmerz, die sich dahinter verbargen.

»Manchmal«, gab ich leise zu. »Du verschließt dich vor jedem, auch vor mir. Du hast keine Ahnung, wie einsam man sich fühlt, wenn man die Geheimnisse seines Mannes bewahren muss und weiß, dass es immer noch weitere geben wird. Denn egal wie viele deiner Geheimnisse ich für mich behalte, du wirst mir nie alles von dir anvertrauen. Das halte ich nicht mehr aus. Ich kann nicht für dich lügen. Ich kann nicht so tun, als wären wir eine Einheit, und damit riskieren, Edward und alle anderen zu verlieren. Ich kann keine Lügen erzählen und alle glauben machen, ich hätte sie betrogen, denn diese Menschen sind alles, was ich habe. Ich schaffe das nicht mehr allein. Du hast mir keine andere Wahl gelassen. Du hast mich zu einer Entscheidung gezwungen, und ich habe mich für diese Familie entschieden. Ich kann unsere Familie nicht zusammenhalten, indem ich so tue, als sei alles okay zwischen uns. Es ist *nicht* okay, X.«

»Du fühlst dich allein?«

Das war zwar nur ein Teil dessen, was ich ihm zu sagen versuchte, doch immerhin hörte er zu. Endlich. »Ja.«

Er schüttelte den Kopf, und sein Blick glitt zu meiner Hand, die über den Babybauch strich. Er hob an, etwas zu sagen, doch dann blieb ihm der Mund offen stehen.

»Du trägst keinen Ehering«, bemerkte er leise.

Das wusste ich, und ich fühlte mich nackt dabei.

»Meine Finger sind geschwollen«, sagte ich.

»Blödsinn!« Sein Blick hing an meinem nackten Finger.

»Na ja, es ist eher so, dass ich sein Gewicht in letzter Zeit nicht ertragen konnte. Der Ring war einmal ein Symbol, doch jetzt …« Als ich sah, dass der gutaussehende, starke Mann vor mir innerlich zusammenbrach, wollte ich die Worte sogleich zurücknehmen.

»Aber du trägst unser Kind aus. Du bist meine Frau«, flüsterte er, sprach allerdings nicht mehr zu mir. Dann verschärfte sich sein Ton. »Ich habe es dir gesagt. Ich habe dich gewarnt! Du kannst das nicht mehr? Das entscheidest du jetzt? Ich habe dir gesagt, dass ich das nicht schaffe. Ich habe dir gesagt, dass ich dich niemals würde lieben können. Dass ich keine Kinder wollte. Ich wollte nicht heiraten.«

Seine Worte trafen mich wie ein Schlag, und ich taumelte einen Schritt zurück.

Schließlich schaute er mir ins Gesicht, der Blick aus seinen blauen Augen war leer. »Warum hast du mir gegeben, was ich gar nicht haben wollte, wenn du mir jetzt wieder alles nimmst?«

»X, ich …« Doch er ließ mich nicht ausreden.

»Du solltest gehen.«

»Warum? Damit du in deinem Büro übernachten kannst? Damit ich wieder im Nordflügel allein bin?« Mir liefen Tränen über die Wangen, doch mir fehlte die Kraft, sie wegzuwischen.

»Nein«, antwortete er mit ausdrucksloser Stimme. »Du sollst von hier weggehen. Weg aus Buckingham, weg aus London. Du sollst mich verlassen.«

»Alexander!« Mein Herz zerbrach, als ich seinen Namen aussprach.

»Geh!«, wiederholte er, doch diesmal hörte ich, was diese Aufforderung eigentlich war – ein Hilferuf. »Wir wissen, worauf das Ganze hinausläuft. Das wussten wir immer, Clara.«

»Wohin soll ich gehen? Ich kann nirgendwo hin.«

»Egal wohin. Ich finde irgendeine Ausrede.« Er strich sich mit den Fingern durchs Haar, und meine Knie wurden weich. »Es wird ohnehin bald nicht mehr wichtig sein.«

Ich wusste nicht, was er damit meinte. Ich verstand nichts mehr. »Es ist egal, wie weit ich mich von dir entferne, verstehst du das denn nicht? Mein Leben ist dein Leben. Ich habe es dir geschenkt.«

»Und jetzt gebe ich es dir zurück!«, rief er aus. Er fuhr herum und kehrte mir den Rücken zu. Einen Moment herrschte Stille, und seine Worte standen zwischen uns. Plötzlich schoss seine Faust nach vorn und stieß durch die Wandverkleidung. Als er sich dagegen sinken ließ, war seine Hand voller Putz.

Ich konnte kaum atmen. Es war, als wäre alle Luft aus meiner Lunge herausgesaugt worden. Verzweifelt rang ich um Atem und fiel auf die Knie, als mir die Bedeutung der Geschehnisse bewusst wurde. Mir war das Herz aus der Brust gerissen worden, und ich presste die Hände auf die klaffende Wunde. »Bitte«, keuchte ich. »Ich bekomme keine Luft.«

Alexander war im Bruchteil einer Sekunde bei mir, sank auf die Knie und wischte mir die Tränen aus dem Gesicht. »Du musst atmen, Süße«, leitete er mich an. »Alles wird gut. Es wird dir besser gehen ohne … ohne mich.«

Bei seinen Worten schüttelte ich den Kopf und krallte meine Hand in sein Hemd, aus Angst, er könnte weggehen. Ich konnte das nicht. Nicht jetzt. »Mach, dass ich etwas anderes fühle. Bitte! Ich muss jetzt etwas anderes fühlen. Bitte, X.«

Sofort spürte ich seine Lippen auf meinen, und sie sprachen eine Sprache, die nur wir beide verstanden. Womöglich zum letzten Mal. Da wusste ich, dass ich alles für ihn geben würde. Ich hätte sogar meine Seele verkauft, wenn sie mir überhaupt noch gehört hätte.

Er löste meine Finger von seinem Hemd, und noch ehe ich protestieren konnte, nahm er mich in die Arme und zog mich auf seine Knie. Ich schlang die Arme um seinen Nacken und zog ihn wieder an mich, woraufhin er meinen Kopf fasste und seinen Mund auf meinen presste.

Wir ertranken gemeinsam, rangen beide nach Luft und wussten, dass es vergebens war. Wir waren beide nicht zu retten. Ich hielt es nicht länger aus, führte die Hand nach unten und versuchte, an meinem Babybauch vorbei seinen Gürtel zu finden, doch Alexander war schneller. Geschickt öffnete er ihn und befreite seinen Schwanz. Dann packte er meine Hüften und drehte mich um.

»Ich befürchte, unsere Möglichkeiten sind begrenzt«, sagte er und zerrte meinen Rock zu den Hüften hinauf.

»Nimm mich«, flehte ich und spreizte die Beine, nachdem er sie von der Enge des Rocks befreit hatte. »Mach mich wieder zu deinem Besitz.«

Ich hörte, wie er die Hose hinunterschob. Dann schlang er einen Arm um mich und führte mein Becken über sein Geschlecht. Als ich ihn in mir aufnahm, wimmerte ich dankbar.

»Schhh, ganz ruhig«, murmelte er, während er den anderen Arm unter meinem hindurchschob und gegen meinen Brustkorb drückte. Er legte die Hand auf mein Herz, und ich fragte mich, ob er spürte, wie heftig es schlug. »So ist es gut, Süße. Ich will dir nicht wehtun. Ganz langsam.«

Während wir miteinander verschmolzen, liefen mir weiter die Tränen über die Wangen. Ich wollte mir jeden Zentimeter seines Körpers einprägen, jede flüchtige Berührung seiner Haut auf meiner, jedes sanfte Wort von seinen Lippen. Als ich den letzten Abstand zwischen uns überwand und ihn ganz in mich aufnahm, entfuhr mir ein Stöhnen.

»Du wirst mir immer gehören«, flüsterte er, als er sich in mir zu bewegen begann.

Meine Hüften folgten seinen Bewegungen in einem tranceartigen Rhythmus. Ich wollte nicht, dass dieser Moment je zu Ende ging. Ich wollte nicht wissen, wie das Leben jenseits dieses Moments sein würde.

»Wo du auch bist, Clara, für mich hat es immer nur dich gegeben. Und es wird immer nur dich geben.« Er presste die Lippen auf meinen Nacken und trieb Schauder über meinen Rücken. »Lass los.«

Diese Aufforderung brachte mich zum Höhepunkt, und ich zerbarst, doch seine darauffolgenden Worte zerrissen mir das Herz: »Lass *mich* los.«

Er hielt mich fest, bis mein bebender Körper sich beruhigte. Ich biss mir auf die Unterlippe, um den nächsten Schwall Tränen zurückzuhalten, der aus meinem gebrochenen Herzen aufstieg. Als er mein Becken anhob und sich aus mir zurückzog, schluckte ich heftig. Er selbst war nicht gekommen. Er hatte mich nicht für sich beansprucht. Da wusste ich, dass er aufgegeben hatte.

Alexander stand auf und half mir auf die Beine. Er beugte sich hinunter, zog mir den Rock zurecht und glättete ihn mit geradezu schmerzhafter Zärtlichkeit. Seine Hand strich über meinen Bauch, in dem unser gemeinsames Kind heranwuchs. Ich hielt sie fest und drückte sie darauf. Das Baby versetzte ihm einen kleinen Tritt, und Alexander schloss die Augen, sein Kiefer spannte sich an.

»Ich werde dich nicht verlassen«, sagte ich leise. Er konnte gern versuchen, mich dazu zu zwingen, doch ich würde keine Befehle mehr entgegennehmen. Ich gehörte ihm zwar, aber umgekehrt gehörte er auch mir.

Er hielt die Augen geschlossen und ließ die Hand auf meinem Bauch ruhen. Dann löste er sie langsam und drehte sich weg. »Doch, das wirst du.«

8

Alexander

Der Bourbon lief brennend meine Kehle hinunter, doch er vermochte nicht, den Schmerz zu vertreiben. Ich schenkte mir noch ein Glas ein und fragte mich, ob ein zweiter Whisky den gewünschten Effekt haben würde. Es gab keinen Ausweg aus dieser Situation. Jahrelang hatte ich meine Schuld wie eine Narbe mit mir herumgetragen. Nach Sarahs Rückkehr müsste ich mich geheilt fühlen, doch das war keineswegs der Fall. Es fühlte sich an, als wäre sie zurückgekehrt, um die Rache der Unschuldigen zu üben.

Sarah war das Leben gestohlen worden. Ich hatte versagt und sie nicht beschützt, und dann hatte ich noch einmal versagt und ihr die ganzen Jahre über nicht beigestanden.

Zum ersten Mal seit langem wünschte ich, mein Vater wäre hier. Ich hatte seine Anweisung befolgt und verschwiegen, dass sie noch am Leben war. Nachdem ich nach Hause zurückgekehrt war, hatten wir nie mehr über das gesprochen, was ihr zugestoßen war. Ich hatte meiner Schwester jeden Monat exakt zwei Minuten meiner Zeit gewidmet, und zwar, wenn Norris mich über ihren Zustand informiert hatte. Danach aber hatte ich sie ganz und gar im Stich gelassen, und zur Strafe würde ich nun jeden Menschen verlieren, den ich liebte.

Ich war zu dem Mann geworden, den ich hasste und der mich vor Jahren in diese vermaledeite Situation gebracht hatte. Mein Vater. Die allerschrecklichste Wahrheit war jedoch, dass ich weit davon entfernt war, von diesem Weg abzuweichen.

Nun verstand ich, was Geheimnisse waren. Ich verstand, wie Menschen aus Angst instinktiv handelten. Ich wollte alles tun, um meine Familie zu schützen – um Clara zu schützen. Wenn es sein musste, würde ich sie immer wieder verletzen. Daran bestand kein Zweifel. Jedes Mal, wenn ich ihr versprach, dass ich keine Entscheidungen mehr ohne sie treffen würde, log ich – und richtete sie damit zugrunde. Das musste aufhören.

Ich musste sie schützen – und zwar vor mir.

»Du trinkst schon wieder allein?«, fragte Norris und trat in mein Büro.

Ich nahm ein Kristallglas vom Tablett, das ein Engel unter den Angestellten für mich hinterlassen hatte, und schenkte ihm einen Drink ein. »Jetzt nicht mehr.«

Er knöpfte sein Sakko auf und nahm das Glas entgegen.

»Keine Vorträge heute?«, fragte ich. Ich sehnte mich danach, von ihm angeschrien zu werden. Wenn mich jemand anschrie, musste ich im Geiste nicht mehr Claras herzzerreißende Schluchzer hören.

»Du würdest mir ohnehin nicht zuhören.« Norris trank langsam. Anders als ich hatte er keine Dämonen zu verjagen.

»Was steht als Nächstes an?«

Norris zog fragend eine Augenbraue hoch. »Als Nächstes?«

»Was muss ich als Nächstes in Ordnung bringen?« Welchen meiner zahlreichen Fehler musste ich nun korrigieren?

»Wir müssen uns über die Heimkehr deiner Schwester unterhalten«, sagte er vorsichtig. »Du hast der Presse mitgeteilt, sie würde nach London zurückkehren.«

»Davon gehe ich aus«, sagte ich und kratzte mich im Nacken.

»Es ist bald so weit«, klärte er mich auf. »Die Berichte sind verblüffend. Die Ärzte sagen, sie haben noch nie erlebt, dass sich ein Mensch nach einer so langen Zeit im Koma so gut entwickelt.«

Diese Information nagte an mir. Hätte ich den Berichten größere Aufmerksamkeit geschenkt, hätte ich es kommen sehen und Pläne machen können. Ihr Körper kämpfte offenbar schon lange darum aufzuwachen. »Das ist nicht normal?«

»Mit ihrer Pflege waren die besten Spezialisten betraut. Einer von ihnen hat eine neue Therapie angewandt, um zu verhindern, dass ihre Muskeln verkümmern«, erklärte Norris. »Das war eine Idee deines Vaters.«

Das hatte er mir nicht erzählt. Oder vielleicht hatte er es getan, und ich hatte nicht zugehört.

»Alexander.« Norris zog meine Aufmerksamkeit wieder auf sich. »Ihr Körper mag stark sein, doch sie wird wesentlich länger brauchen, um sich an all die Veränderungen zu gewöhnen. Das Leben ist ohne sie weitergegangen. Bist du dir sicher, dass es das Beste ist, sie herzubringen?«

»Wo sollte sie sonst hin? Du hast es doch selbst gesagt: Sie hat ein Leben zurückgelassen, das gerade erst begonnen hatte. Alles, was ihr nun bleibt, ist das hier.«

»Hast du das mit Clara besprochen?«, fragte er und trank ein weiteres Schlückchen Bourbon.

»Stell keine dummen Fragen. Damit beleidigst du uns beide«, blaffte ich. »Meine Frau und ich sprechen nicht miteinander. Sie hat sich gegen mich gestellt.«

Er neigte den Kopf und kniff die Augen zusammen, sodass ein Netz aus feinen Falten entstand. »Das glaubst du doch selbst nicht.«

»Nein«, sagte ich nach einer kurzen Pause. »Stimmt.«

»Sie zieht dich lediglich zur Rechenschaft.«

»Irgendjemand muss es ja tun.« Doch das war es nicht, was ich mir von ihr erhoffte. Ich wollte, dass sie mich daran erinnerte, dass ich nicht verloren war. »Ich weiß nicht, was ich tun soll. Ich kann mir nicht vorstellen, wie es nach heute weitergehen soll. Jede Stunde, die vor mir liegt, erscheint mir wie ein gewaltiges schwarzes Loch. So habe ich mich nicht mehr gefühlt, seit …«

Ich musste den Gedanken nicht zu Ende sprechen, Norris war in meinen dunkelsten Momenten an meiner Seite gewesen. Er hatte mich vor neun Jahren aus einem privaten Club gezerrt, nachdem ich fast Georgia Kincaid umgebracht hatte. Er war der Einzige, der die Wahrheit kannte. Ich wünschte, *ich* wäre auf der anderen Seite des Gürtels gewesen und gestorben. Norris hatte protestiert, als mein Vater mich an die Kriegsfront geschickt hatte, doch er hatte mich nichtsdestotrotz ins Flugzeug gesetzt.

Diesmal konnte er mich nicht wegschicken, ich musste die Sache durchstehen.

»Es gibt noch andere Punkte zu bedenken.« Ich trank einen Schluck, meine Kehle fühlte sich auf einmal trocken an. »Sie braucht Security. Was ist mit Brex?«

»Der behält Anders im Auge«, erinnerte mich Norris.

Kurz hatte ich vergessen, dass ich ihn beordert hatte, meinen unehelichen Halbbruder zu bewachen. Es war schon verrückt, dass ich innerhalb weniger Monate statt einem auf einmal zwei Brüder hatte und nun auch noch meine Schwester zurückgekehrt war. Schlimmer war allerdings der Gedanke, wie sehr sie mich alle hassten.

»Sie sind tatsächlich Freunde geworden.«

»Na klar.« Abgesehen davon, dass er versucht hatte, mir meine Frau auszuspannen, schien Anders ein netter Kerl zu sein.

»Sprich mit ihm darüber. Wir müssen bald eine Entscheidung treffen.«

»Außerdem steht die nächste Runde der Königsspiele an«, begann Norris.

»Scheiß auf die Spiele.« Es gab wichtigere Dinge, um die ich mich kümmern musste.

»Du brauchst die Öffentlichkeit auf deiner Seite. Deine Großmutter und dein Onkel werden nach London zurückkehren, um den Spielen beizuwohnen. Das wäre eine Gelegenheit zu zeigen, dass die königliche Familie …«

»… nicht so am Arsch ist, wie alle denken.«

»… zusammenhält«, korrigierte er mich. »Das wolltest du doch. Und es ist, was deine Frau braucht.«

»Ich kann meine Frau noch nicht einmal treffen«, murmelte ich. »Sie ist jetzt nicht bei mir.«

»Der einzige Weg aus der Dunkelheit besteht darin, auf das Licht zuzugehen.« Er stellte sein noch halbvolles Glas auf den Schreibtisch.

»Ich kann aber kein Licht sehen.« Nicht ohne Clara, und sie würde mich verlassen, das musste sie tun. Und das wusste ich. Ich musste die Kraft aufbringen, sie von mir zu stoßen, doch ich war ihr leider verfallen. Wenn sie mich verließ, war alles andere ohne Bedeutung.

»Hör nicht auf, danach zu suchen, auch wenn es nur ein winziger Schimmer ist. Folge dem Licht, dann findest du den Weg nach Hause.«

»Und wo sollte ich deiner Meinung nach Ausschau halten?«

»Fang da an, wo du es schon einmal gefunden hast.« Norris blickte auf seine Armbanduhr und runzelte die Stirn. Er stand auf und knöpfte die Jacke zu. »Bei deiner Frau.«

»Das kann ich nicht von ihr verlangen. Ich darf sie nicht …« Ich schluckte. Die Wahrheit saß mir wie ein Kloß im Hals. »… mehr verletzen, aber genau das werde ich. Ich schaffe es nicht, der Mann zu sein, der sie verdient.«

»Vielleicht genügt es, der Mann zu sein, der sie liebt«, antwortete er leise.

»Ich weiß nicht, wie ich das wieder in Ordnung bringen soll.«

»Egal was man in Ordnung bringen will – man muss irgendwo anfangen. Dein Bruder ist ebenfalls wütend auf dich. Du hast alle Entscheidungen ohne die beiden getroffen. Dabei braucht ihr euch jetzt mehr denn je. Triff also deine Entscheidungen bezüglich Sarah nicht ohne die zwei«, sagte er. »Wenn dir deine Familie am Herzen liegt, musst du um sie kämpfen. Aber darf ich dir raten, zuerst mit ihnen zu reden?«

Ich verzog das Gesicht, ich wusste genau, was er mir da vorschlug. »Du meinst also, es sei an der Zeit, eine Familienzusammenkunft abzuhalten.«

»Ganz genau.« Er nahm das Glas Bourbon und ging in Richtung Tür. »Immerhin hast du ein Land zu regieren.«

Und eine Familie zurückzugewinnen.

Einzuräumen, dass Norris recht hatte, wurde schwieriger, als ich die Nachricht erhielt, dass meine Großmutter und mein Onkel am Nachmittag nach London zurückkehren würden. Meine Großmutter schien einen sechsten Sinn für den ungünstigsten Zeitpunkt für einen Besuch zu besitzen. Vermutlich weil sie bei Dramen so richtig aufblühte. Henry war schwerer zu durchschauen. In meiner Kindheit war der Bruder meines Vaters ein fester Bestandteil meiner Welt gewesen, doch seit meiner Rückkehr aus Afghanistan hatte ich ihn nicht allzu oft gesehen. Nach meiner Krönung war meine Großmutter mit ihm zusammengezogen, und er hatte den Platz meines Vaters in ihrem Leben eingenommen. Es war nicht weiter überraschend, dass sie ihn gängelte, andererseits schien er die seltene Fähigkeit zu besitzen, sie im Zaum zu halten. Ich freute mich weder über ihren noch über seinen

Besuch – insbesondere am heutigen Abend, für den Norris die Familienzusammenkunft anberaumt hatte. Ich durfte das Treffen auf keinen Fall absagen, nicht nachdem es ihm gelungen war, sowohl Edward als auch Clara zur Teilnahme zu überreden.

Ich hatte gerade ein unergiebiges Telefonat mit einem der vielen Abgeordneten beendet, die ich wieder auf meine Seite ziehen musste, als Norris anrief.

»Dein Bruder ist hier. Er ist auf dem Weg in eure Privatgemächer.«

Ich legte auf und blaffte den erstbesten Assistenten an, er solle meine Termine für den Rest des Tages absagen. Die Uhr tickte. Wenn es mir gelang, die Angelegenheit noch vor dem abendlichen Familientreffen zu klären, umso besser.

Norris wartete am Ende des südlichen Korridors auf mich. »Du hast einfach aufgelegt.«

»Ich möchte die Sache hinter mich bringen.« Ich eilte an ihm vorbei in unseren Wohnbereich, blieb jedoch unvermittelt stehen, als ich die kleine Versammlung sah, die mich dort erwartete. Edward spielte auf dem Boden mit Elizabeth, Henry und Clara sahen ihm dabei zu. Meine Großmutter war von etwas gefesselt, das draußen vor dem Fenster vor sich ging, und hatte einen säuerlichen Ausdruck im Gesicht.

Sie entdeckte mich als Erste.

»Wie konntest du nur?«, rief sie aus. Alle drehten die Köpfe und starrten mich an. Sogar Elizabeth.

»Du hast mir keine Gelegenheit gegeben, dich zu warnen, dass sie schon früher eingetroffen sind«, flüsterte Norris mir zu. Er legte mir kurz eine Hand auf die Schulter, dann verließ er uns. Anscheinend musste ich dem Exekutionskommando allein entgegentreten.

»Und noch dazu ausgesprochen schlecht gelaunt«, murmelte ich. Ich zwang ein falsches Lächeln auf mein Gesicht und ging zu ihnen, um sie zu begrüßen. »Willkommen.«

Ich sparte mir das »zu Hause«. Das Letzte, was ich gebrauchen konnte, war, dass sich meine Großmutter eingeladen fühlte, wieder in den Palast zu ziehen.

»Du hast uns nicht vorgewarnt, dass du diese höllische Pressekonferenz abhalten würdest«, erboste sich Mary. »Wir mussten extra früh herkommen, um den Presseleuten zu entgehen.«

»Das tut mir leid«, sagte ich angespannt. Ich ging meine Optionen durch und beschloss, trotz ihrer Anwesenheit die Familienzusammenkunft schnellstmöglich hinter mich zu bringen. Weder meine Frau noch mein Bruder hatten mein Auftauchen zur Kenntnis genommen. Stattdessen war Edward aufgestanden und zu Clara hinübergegangen. Er hatte sich für eine Seite entschieden – er war Team Clara.

Hatte sie sich mit ihm abgesprochen? Wollten sie mir gemeinsam gegenübertreten?

Ich schüttelte den Gedanken ab, denn letztendlich war es egal.

»Und dann ist da auch noch die Geschichte mit dem unehelichen Sohn deines Vaters. Du hast es ihm erzählt«, sagte Mary und warf Clara einen giftigen Blick zu.

»Was machen wir, wenn er damit an die Presse geht?«

»Das wird er nicht«, sagten Clara und ich gleichzeitig.

»Besprechen wir doch eins nach dem anderen«, schlug ich

vor. Endlich sah Clara mich an, doch aus ihrem Blick konnte ich heftige Missbilligung herauslesen. Ich war stets der Meinung gewesen, ihre Augen hätten die Farbe des Meeres bei wolkenverhangenem Himmel. Nun aber erinnerten sie eher an einen Sturm.

Ich beschloss, einen anderen Ton anzuschlagen. »Ich wollte sowieso mit euch allen sprechen. Als Norris mir sagte, dass ihr da seid, bin ich sofort gekommen.«

Edward rollte mit den Augen und blickte skeptisch zu Clara hinüber. Es würde schwierig werden, sie davon zu überzeugen, dass ich mich ändern konnte – insbesondere, weil ich mir dessen selbst nicht sonderlich sicher war.

»Ich hatte angenommen, Sarah würde nach Hause zurückkehren. Ich dachte, dass sie das möchte. Aber das hätte ich vorher mit euch besprechen sollen.« Dann zwang ich mich zu dem Zusatz: »Mit euch allen.«

In Wahrheit war es mir scheißegal, was die Hälfte der Leute im Raum dachte. Das zuzugeben, würde mich den Menschen, die mir am Herzen lagen, jedoch nicht näherbringen.

»Ich bin mir nicht schlüssig, ob das die beste Lösung ist«, schniefte Mary. »Vielleicht sollte sie besser eine Weile bei uns wohnen, um sich zu akklimatisieren.«

»Das haben wir doch bereits besprochen, Mutter«, schaltete Henry sich ein. »Wir werden ein paar Wochen in London sein. Die Ärzte sagen, sie will ihre Familie sehen.«

»Ihr werdet von den Ärzten informiert?«, fragte Edward und starrte mich finster an.

Ich streckte die Handflächen aus und fragte mich, ob es Sinn hatte, ihm zu sagen, dass mir das ebenfalls neu war.

»Natürlich«, antwortete Mary. »Man hat uns stets über ihren Zustand auf dem Laufenden gehalten. Wenngleich Albert uns die Berichte mit größerer Regelmäßigkeit zukommen ließ.«

So viel dazu, wie ich mich aus diesem Loch wieder befreien konnte. Meine Familie schien vielmehr mit Schaufeln angerückt zu sein, um mich noch tiefer einzugraben. Wer aber hielt sie auf dem Laufenden? Das würde ich mit Norris klären müssen. Vielleicht war es einer Absprache geschuldet, die vor dem Tod meines Vaters getroffen worden war. Hätte ich das gewusst …

»Wo soll sie wohnen?«, fragte Edward. »In Clarence House wäre sicher Platz genug.«

Schon beim Gedanken daran nahm sein Gesicht einen grünlichen Farbton an. Zunächst verstand ich nicht, warum. Dann erinnerte ich mich, wie jung er gewesen war, als Sarah verunglückt war. Er kannte sie kaum.

»Ihr seid frisch verheiratet.« Clara legte ihm eine Hand auf den Arm. »Hat Sarah früher hier gelebt?«

Der Vorwurf in ihrer Frage entging mir nicht. Sie wusste ganz genau, dass Sarah bis zu ihrem Unfall im Buckingham-Palast gewohnt hatte, doch sie konnte sich die Gelegenheit nicht entgehen lassen, Salz in die Wunde zu streuen.

»Ja, das war ihr Zuhause.«

»Hierher kann sie trotzdem nicht kommen.« Mary blickte sich um, als wohnten wir in einer Bretterbude.

»Es gibt fast achthundert Zimmer in diesem Schloss«, entgegnete Clara trocken. »Da wird sich wohl eins für sie finden.«

Es gab nur wenige Menschen, die es wagten, sich mit Mary

anzulegen. Zumal Mary es zu ihrer Mission erklärt hatte, meine Frau bei jeder Gelegenheit herablassend zu behandeln. Doch das ließ Clara sich nicht länger gefallen.

Während ich mich gerade noch mehr in sie verliebte, hatte meine Frau ein Leben voller Pflichten auf sich genommen, zu denen nicht mehr gehörte, dass sie mir dieselben Gefühle entgegenbrachte. Bei diesem Gedanken biss ich die Zähne zusammen und bemerkte nur am Rande, dass um mich herum Streit ausgebrochen war.

Mit Demokratie kamen wir hier nicht weiter. Ich hätte mich daran halten sollen, einfach der König zu sein. »Es reicht. Sarah kommt her. Clara?«

Es sollte für alle eine Ansage sein, nur an Clara hatte ich es als Frage gerichtet. Unsere Blicke trafen sich, und die Menschen im Raum verblassten. Sie konnte meinen Beschluss rückgängig machen. Sie hatte die Macht dazu, und ich wollte, dass sie das wusste. Norris hatte recht. Vielleicht verdiente ich Clara nicht, aber ich brauchte sie. Und ich würde sie nicht dadurch zurückgewinnen, dass ich sie überging. Sie musste das gleiche Mitspracherecht wie ich haben.

»Sarah kommt zu uns nach Hause«, wiederholte sie meinen Satz. Beinahe. Die Änderung war leicht zu überhören. Dies war noch immer Claras Zuhause – unser Zuhause. Doch ich verstand, was Claras Worte tatsächlich bedeuteten, einen winzigen Lichtschimmer am Rand der Dunkelheit.

9

Clara

Sarahs Zimmer glich einer Zeitkapsel. Als ich die Vorhänge zurückzog, war ich erstaunt, kein Staubkörnchen zu entdecken. Das Sonnenlicht erhellte einen Raum, in dem die Zeit zwar stillgestanden, den das Personal jedoch keinesfalls vergessen hatte. In diesem Augenblick begriff ich, dass Albert die Hoffnung niemals aufgegeben hatte. Er hatte dafür gesorgt, dass ihr Zimmer allzeit bereit war, als könnte sie jeden Moment den Raum betreten.

Auf ihrem Nachttisch lag ein Band der *Twilight*-Saga, daneben ein lange totes Handy. Ob sie wohl nach diesen Dingen suchen würde? Sie war als Mädchen gegangen und kehrte nun als Frau zurück, die zehn Jahre ihres Lebens verpasst hatte. Soweit mir bekannt war, hatte sich Sarah nie verliebt, sie war nicht aufs College gegangen. Sie hatte die Hochzeiten ihrer Brüder versäumt, das Leben war ohne sie weitergegangen. Sie war ebenso in der Vergangenheit festgefroren wie dieser Raum.

Ich hatte das Zimmer noch nie betreten, und es fühlte sich wie eine unerlaubte Grenzüberschreitung an. Nun war es meine Aufgabe, es für ihre Rückkehr vorzubereiten, doch ich hatte keine Ahnung, wo ich anfangen sollte. Ich setzte mich aufs Bett und starrte auf die persönlichen Dinge dieses verlorenen Mädchens, dem ich mich seltsam verwandt fühlte.

Allerdings hatte ich nicht die letzten zehn Jahre versäumt, ich verpasste vielmehr die Gegenwart. Ich erfüllte routinemäßig meine Pflichten und war in einem endlosen Kreislauf gefangen – ich tat, was man mir sagte, und erlebte immer wieder, wie mir der Boden unter den Füßen weggezogen wurde. Ich wusste, wie sich Ohnmacht anfühlte. Ich kannte Sarah nicht und wusste nur sehr wenig über sie. Ich hatte mich stets gescheut, sie Alexander und Edward gegenüber zu erwähnen. Das bedauerte ich nun.

Was war sie wohl für ein Mädchen? Würde sie so tun wollen, als wäre nichts geschehen? Würde sie einfach in dieses Zimmer zurückkehren und weitermachen, wo sie damals aufgehört hatte? Oder würde es sie verletzen, ständig an die verlorene Zeit erinnert zu werden? Ich war sehr gut darin, so zu tun, als könnte ich so tun, als wäre nichts. Doch weitergebracht hatte es mich nicht.

Ich zog mein Handy heraus und rief meinen Freund an.

»Mein Gott, ich war seit Jahren nicht mehr hier«, sagte Edward und sah sich verwundert in dem Zimmer um. »Ich habe mich einmal hier hereingeschlichen, nachdem … nachdem sie verstorben war. Ich meine, nach ihrem Unfall.«

»Wir brauchen sicher alle eine Weile, um uns daran zu gewöhnen, dass sie zurück ist. Ich war mir nicht sicher, ob ich dich anrufen und um Hilfe bitten sollte, aber ich konnte keinesfalls Alexander herholen. Er gibt sich für alles die Schuld – für das Vertuschen und die Lügen. Ich kann ihm das hier nicht zumuten«, erklärte ich.

»Ich helfe dir gern.« Edward setzte sich neben mich und legte mir den Arm um die Schultern. »Aber er hat tatsächlich Schuld daran. Zumindest teilweise.«

»Ich weiß«, sagte ich, und als er mit der Zunge schnalzte, fügte ich hinzu: »Ehrlich.«

»Sicher?«

»Ja, und man muss ihn dafür zur Rechenschaft ziehen, aber man muss ihm auch verzeihen«, sagte ich sanft. Ich hatte gesehen, wie die Dunkelheit immer mehr Besitz von Alexander ergriff und drohte ihn zu überwältigen. Es war dumm gewesen, uns einzubilden, wir hätten sie bezwungen. Diese Abgründe waren ein Teil von ihm – sie hatten mich zu ihm hingezogen –, und irgendwie wartete ich die ganze Zeit darauf, dass erneut die Dunkelheit über uns hereinbrach.

»Ich bin mir nicht sicher, ob ich dazu fähig bin«, sagte Edward und senkte beschämt den Kopf. »Es ist mir ein Rätsel, wie du das schaffst.«

»Wenn ich Alexander nicht verzeihen würde, könnte ich ihn nicht mehr anschauen. Verzeihen gehört zu einer Ehe einfach dazu.«

»Ich habe gehört, wie ihr beide euch nach der Pressekonferenz angeschrien habt«, gestand Edward und taxierte mich. »Ich habe gehört, dass er dich aufgefordert hat zu gehen. Ich wollte schon reinkommen, aber dann …«

Ich schluckte und überlegte, was ich darauf antworten sollte. Im Grunde war ich froh, dass er nicht hereingekommen war, denn an jenem Nachmittag hatte ich das erste Mal seit Wochen mit meinem Mann geschlafen. In den vergangenen Nächten hatte ich mich jedoch schmerzlich damit abfinden müssen, dass es womöglich auch das letzte Mal gewesen war.

»Darüber kann ich nicht sprechen.« Die Worte klangen ebenso verzagt, wie ich mich fühlte. »Es tut mir leid.«

»Verstehe«, sagte er rasch, und seine Neugier wandelte sich in Besorgnis. Er nahm den Arm von meiner Schulter und schob seine Brille den Nasenrücken hoch. »Du weißt aber schon, dass er gar nicht will, dass du gehst.«

»Da bin ich mir nicht so sicher.« Herauszufinden, was Alexander wirklich wollte, war, als würde man versuchen, zwei verschiedene Puzzles zusammenzusetzen. Jedes Mal, wenn ich glaubte, ihn zu kennen, drehte ich ein neues Teil um, das nicht zum Rest passte.

»Im Grunde ist das aber auch nicht wichtig. Möchtest *du ihn* denn verlassen?«

»Nein. Doch. Ich weiß es nicht.« Ich streichelte meinen Babybauch und hielt krampfhaft die Tränen zurück, wobei ich mich wunderte, dass überhaupt noch welche übrig waren.

»Entschuldige. Du hast gesagt, dass du nicht darüber sprechen willst.« Edward sprang auf und zwang sich zu einem Lächeln, doch es war nicht das jungenhafte Grinsen, das ihm sonst zu eigen war. Spiel und Spaß waren anscheinend vorbei. Es gab keine Partys oder private Einkaufstouren mehr. Es war ja sogar unmöglich, außer Haus zu Mittag zu essen, denn seit seiner Hochzeit waren die Paparazzi unerträglich aufdringlich. Ich mochte mir gar nicht ausmalen, wie hinterhältig sie jetzt erst sein würden. In nur einem Augenblick war unser beider Leben völlig umgekrempelt worden.

»Ich dachte, wir sollten ihr Zimmer vorbereiten.« Ich ging auf sein Angebot ein, das Thema zu wechseln, und konzentrierte mich auf das, weshalb ich ihn hergebeten hatte. »Aber ich habe keine Ahnung, wo wir anfangen sollen. Sauber ist es ja schon. Das hier sind ihre Sachen.«

»Aber meinst du, sie will etwas davon behalten?«, fragte er und sprach damit meine Zweifel von vorhin aus.

»Ich würde nichts davon wollen«, antwortete ich, und er warf mir einen Blick zu. »Ich habe auch darüber nachgedacht. Ich hätte das Gefühl, in einem Leben gefangen zu sein, das gar nicht meins ist, aber …«

»Sie ist nicht du«, beendete er meinen Gedanken.

»Ich wusste, dass du mein Dilemma verstehen würdest.« Ich seufzte erleichtert.

»Deshalb hast du ja deinen GBFF angerufen.« Stirnrunzelnd drehte er sich einmal im Kreis.

»Meinen GB…was?«, fragte ich.

»Deinen Gay Best Friend Forever. Jede großartige Frau braucht einen«, erwiderte er grinsend. Es war zwar nicht sein übliches Grinsen, aber es war immerhin etwas. In meinem aktuellen Zustand nahm ich jede Aufmunterung, die sich bot.

»Dann bin ich also eine großartige Frau?«, fragte ich und stieß ein dringend benötigtes Kichern aus.

»Hallo?! Du bist die *Königin von England*«, antwortete er. »Du bist sozusagen der Inbegriff von ›großartig‹.«

Ich schüttelte den Kopf und wünschte, ich könnte es glauben. Dummerweise erinnerte mich der Raum aber nur daran, dass ich mich die meiste Zeit wie eine Hochstaplerin fühlte. »Was, wenn sie mich hasst?«

»Was, wenn sie *mich* hasst?«, fragte er zurück.

»Du bist ihr Bruder.«

»Das ist keine Garantie. Mein Vater hat mich gehasst«, sagte Edward spitz.

»Dein Vater hat dich geliebt«, sagte ich mitfühlend. Jetzt, wo ich in diesem Zimmer saß, wurde mir bewusst, wie sehr er seine Kinder geliebt hatte. Ich konnte mir kaum vorstellen, dass seine ganze Zuneigung seiner Tochter vorbehalten gewesen war. »Ich finde, dieser Raum beweist es. Er konnte sie nicht gehen lassen.«

»Das hätte er aber vielleicht tun sollen«, gab Edward zurück. »Clara, ich … ich bin wütend. Wegen Anders, wegen Sarah. Mein Vater hat unser aller Leben auf den Kopf gestellt und keinen einzigen Gedanken daran verschwendet, was wir dabei empfinden würden.«

Meine eigenen Gefühle Albert gegenüber waren mehr als gemischt. Er hatte sich in die Schusslinie einer Pistolenkugel gestellt, um das Leben seines Sohnes zu retten. Er war zwar oft genug gemein zu mir gewesen, hatte mir andererseits aber auch eine Zukunft mit seinem Sohn ermöglicht. Der Tod hatte ihn fortgerissen, noch bevor ich ihn richtig kennenlernen konnte, und nun war diese Chance auf immer verloren. Das war schon für mich hart zu ertragen. Ich wollte mir gar nicht ausmalen, wie es sich für seine Kinder anfühlte.

»Ich möchte ihn treffen«, kündigte Edward an und riss mich damit aus meinen Gedanken.

»Wen?«, fragte ich und überlegte, was ich gerade verpasst hatte.

»Anders.«

»Hast du doch schon.« Immerhin war ich persönlich dabei gewesen, als die beiden sich mehrfach bei offiziellen Anlässen begegnet waren. Zumindest eine dieser Begegnungen war mir unvergesslich.

»Ich möchte ihn als meinen Bruder treffen, nicht als Fremden«, entgegnete er und tigerte durchs Zimmer. Als er auf der anderen Seite angekommen war, machte er kehrt und drehte eine weitere Runde, wobei er die Hände hinter dem Rücken verschränkt hielt. »Aber er …«

»… will nichts mit uns zu tun haben?«, vermutete ich. Edward nickte. »Gib ihm etwas Zeit.«

»Die Zeit heilt nicht alle Wunden.«

»Das stimmt, aber er wird sich schon noch einkriegen.« Ich hatte Anderson Stone ein wenig besser kennengelernt, bevor Alexanders Enthüllung alles verdorben hatte. Wahrscheinlich würde er sich mit Alexander nie verstehen – dazu waren sich die zwei zu ähnlich –, aber die Chancen standen gut, dass er einen Versuch mit Edward wagen würde.

»Ich wüsste nicht, wie ich all das sonst bewältigen sollte«, sagte Edward und blieb am Fenster stehen. »Ich bin so wütend auf meinen Vater. Er hat mir nicht nur weitere Familienangehörige vorenthalten, sondern sich überdies der Trauer hingegeben, die fortan sein ganzes Leben bestimmt hat.«

»Nun, eine Frau und ein Kind zu verlieren …« Ich schüttelte den Kopf. Ich konnte mir nicht vorstellen, wie ich einen derartigen Verlust überstehen würde. Schon jetzt konnte ich nur mit Mühe die Probleme ertragen, die mich von Alexander fernhielten. Es war, als habe man mir das Herz aus dem Leib gerissen und an einem Ort versteckt, wo ich es niemals wiederfinden würde. »Wenn mir das passieren würde …« Ich verstummte, als mir die schreckliche Wahrheit ins Bewusstsein drang. »Wenn mir das passieren *sollte*, weiß ich nicht, wie ich mich verhalte.«

»Du wirst nie so werden«, sagte Edward leidenschaftlich und so kraftvoll, dass er seinem älteren Bruder mehr ähnelte als üblich.

»Das weißt du nicht.« Er konnte es nicht wissen, keiner konnte das. Nicht einmal ich selbst. »Wenn Alexander mich dazu bringt, ihn zu verlassen. Wenn das Baby …« Ich schaffte es nicht, die Worte auszusprechen. Ich senkte den Blick, da ich Edward nicht ansehen konnte. Wie würde ich damit umgehen, wenn das Herz meines Babys nicht geheilt werden konnte?

»Doch, das weiß ich.« Edward ging vor mir in die Hocke und hob mit einer Hand mein Kinn, damit ich seinem Blick nicht ausweichen konnte. »Das wird dir niemals passieren, weil ich es nicht zulasse. Belle auch nicht. Egal was geschieht, wir sind für dich da.«

Sie würden nicht dabei zuschauen, wie mir alle Kraft abhandenkam. Sie würden mir auch nicht gestatten, mein Herz so schwarz und hoffnungslos wie Alberts werden zu lassen. Ich hatte beste Freunde, die bei mir sein und mir mit ihrer Liebe über alles hinweghelfen würden.

»Das musst du auch für Alexander tun«, sagte ich leise.

»Ich weiß nicht, ob ich das kann«, sagte er seufzend.

»Doch, das kannst du. Er ist dein Bruder, und wir können nicht zulassen, dass er wird wie …« Ich konnte es nicht einmal aussprechen. Was musste geschehen, damit Alexander wie sein Vater wurde? Oder war er es bereits?

»Gut, dann werden wir das verhindern«, versprach Edward. Er stemmte sich hoch und streckte die Hand aus. »Komm, lass uns hier verschwinden.«

»Aber ich weiß noch immer nicht, wie ich den Raum gestalten soll.« Edward half mir auf die Beine, da das Aufstehen neuerdings eine echte Aufgabe für mich war.

»Lass ihn so, wie er ist«, antwortete er.

»Aber …«

»Wie viele Räume gibt es in diesem Palast? Etwa eine Million?«, fragte er. »Jedenfalls wäre es besser, sie nicht auf einer Etage mit euch unterzubringen. Mit dem Krach, den ihr beide macht, würdet ihr sie nur erschrecken.«

»Hey!« Ich boxte ihn gegen die Schulter.

»Ich sage nur die Wahrheit.« Er hob eine Hand. »Ihr beide seid wie Tiere. Das löst bei euren Mitmenschen Minderwertigkeitskomplexe aus. Außerdem sehne ich mich schon seit Jahren danach, die Gemächer meiner Großmutter niederzubrennen.«

Ich zog eine Augenbraue hoch.

»Okay, ich gestalte sie nur um«, versicherte er mir. »Dadurch bekommt Sarah Raum für sich, und gleichzeitig können wir Königinmutter Mary eins auswischen.«

»Eine Win-win-Situation?«

Zur Antwort schenkte er mir endlich ein strahlendes Lächeln. »Diplomatie macht richtig Spaß, findest du nicht?«

10

Alexander

Die neue Sekretärin war ein nervöses Ding, sie huschte wie eine aufgescheuchte Maus durch die Büros. Es fiel mir schwer, Geduld mit ihr zu haben, doch nachdem Norris mir kürzlich vorgeworfen hatte, ich würde das Personal vergraulen, gab ich mein Bestes. »Ja?«

»Eure Majestät, der Premierminister ist am Telefon.« Sie machte einen Knicks – das hatte sie sich neuerdings angewöhnt. Es war zum Mäusemelken.

»Sie müssen das nicht jedes Mal tun«, sagte ich abwinkend, merkte jedoch, dass es aussichtslos war. »Er soll eine Nachricht hinterlassen.«

»Er besteht aber darauf, mit Ihnen zu sprechen«, fuhr sie fort. Dabei rang sie die Hände, als wüsste sie nicht, was schlimmer war – dem Premierminister eine abschlägige Antwort zu erteilen oder meine Autorität in Frage zu stellen.

»Er soll eine Nachricht hinterlassen«, wiederholte ich mit zusammengebissenen Zähnen.

»Er sagte, er versuche bereits das dritte Mal, Sie zu erreichen …«

»Nehmen Sie seine Nachricht entgegen!«, brüllte ich.

Sie tippelte hinaus, sich ängstlich nach mir umsehend.

»Wieder eine weniger«, kommentierte Norris, als er hereinkam und die Tür hinter sich zuzog. »In den letzten beiden Monaten haben wir mehr Stellenausschreibungen veröffentlicht als in den letzten zwei Jahren.«

»Sie tun nicht, was man ihnen sagt.« Ich lehnte mich in meinem Bürostuhl zurück. Vielleicht machte ich etwas falsch. Das Personal folgte mir nicht. Das Parlament nicht. Meine Frau nicht. Bei allen drei Problemen war ich der gemeinsame Nenner. Es musste an mir liegen. »Ich habe mich sowieso gefragt, ob wir wirklich so viel Personal brauchen.«

»Du hast nachgedacht«, sagte Norris. »Das ist nicht gut.«

»Wäre es dir lieber, wenn ich *nicht* nachdenke?«

»Zumindest nicht über das Personal. Es gibt Wichtigeres, auf das du dich konzentrieren solltest.«

»Ich habe deinen Vorschlag bezüglich des Sicherheitsdienstes durchgesehen. Du hast dabei nur eines übersehen.« Norris hatte einen Plan aufgestellt, wie die Belagerung durch die Presse bei Sarahs Umzug von Windsmoor House nach London auf ein Minimum reduziert werden konnte. Ganz ließ sie sich nicht vermeiden, doch mein guter alter Freund hatte ein Talent dafür, Menschen heimlich aus Gebäuden heraus- und hineinzuschmuggeln. Diese Fähigkeit war extrem nützlich gewesen, als ich meine Beziehung zu Clara noch geheim halten musste. Jetzt wollte ich, dass meine Schwester sicher nach Hause kam. Die Zeiten hatten sich geändert.

»Was habe ich übersehen?« Er beugte sich über das Memo auf meinem Schreibtisch, das ich gerade studiert hatte.

»Mich.«

»Dazu bräuchte es mehr als meine bescheidenen Fähigkeiten.« Norris richtete sich wieder auf und verschränkte die Hände hinter dem Rücken. »Es ist unmöglich, dich unbemerkt aus London hinauszuschaffen. Die Presse hat praktisch Zelte vor den Ausgängen aufgeschlagen.«

»Das ist mir egal. Seit sie aufgewacht ist, war sie da draußen fast die ganze Zeit allein. Jetzt, wo sie nach Hause zurückkehrt, sollte jemand aus der Familie an ihrer Seite sein.« Zu Sarahs Schutz hatte ich mich bis zu der Pressekonferenz ferngehalten, denn ein Besuch in Windsor ohne offiziellen Grund hätte die Aufmerksamkeit der Presse erregt. Doch auch dafür würde ich mich entschuldigen müssen. Sarah war inzwischen über die meisten Veränderungen im Leben ihrer Familie unterrichtet. Sie wusste, dass unser Vater gestorben war, dass ich Frau und Kind hatte und auch, dass Edward verheiratet war. Doch Dinge zu wissen oder mit ihnen konfrontiert zu werden waren zwei ganz verschiedene Dinge. Sie sollte nicht allein durch die Tür ihres Zuhauses treten müssen. Mir war allerdings bewusst, dass ich Norris damit viel abverlangte, daher fügte ich sicherheitshalber hinzu: »Bitte.«

Norris seufzte, und ich wusste, dass ich gewonnen hatte. »Dann werde ich das neu machen müssen. Wahrscheinlich brauche ich ein paar Tage, um die notwendigen Sicherheitsmaßnahmen zu organisieren und zeitlich abzustimmen.«

In dem Moment, in dem Norris nach seinen Notizen griff, wurde die Tür zu meinem Büro aufgestoßen. Überrascht sahen wir auf und gingen unverzüglich in Verteidigungsstellung. Norris trat blitzschnell auf die andere Seite des Schreibtischs und schirmte mich ab, ich selbst sprang auf, doch der Eindringling hatte ein freundliches Gesicht – meistens.

Nur selten wurde ich nach meiner Zeit in Afghanistan gefragt, man sah mich bloß noch in meiner neuen Rolle als König. Brex hingegen war selbst im Anzug weiterhin ganz und gar Soldat. Noch immer trug er das Haar kurzgeschoren, und unter seinem Sakko war das Holster mit der Waffe zu sehen. Er versuchte nie zu verbergen, wer er war, was ihn zur perfekten Besetzung für mein Sicherheitsteam machte. Da fiel mir plötzlich ein, dass er eigentlich gar nicht hier sein durfte.

»Warum bist du nicht in Windsor?«, fuhr ich ihn an. Brex war von Silverstone und meinem unehelichen Bruder abgezogen und zum Leiter von Sarahs Leibgarde beordert worden. Diese Maßnahme hatte innerhalb des Personals für hochgezogene Augenbrauen gesorgt. Brex war ein notorischer Frauenheld, und nun war er Sarah zugeteilt? Immerhin hatte Sarah seit zehn Jahren keinen Mann mehr gesehen. Ich konnte nur hoffen, dass sie immer noch auf Boy Bands und nicht auf ehemalige Soldaten stand. Abgesehen davon wusste ich, dass ich Brex vertrauen konnte. Er würde mich niemals betrügen und meiner Schwester Avancen machen. Außerdem hatte er sein Herz bereits verschenkt, auch wenn die betreffende Dame seine Gefühle nicht erwiderte.

»In Windsor werde ich nicht gebraucht«, sagte er gereizt.

»Was für ein Schwachsinn!«, antwortete ich, ging um den Schreibtisch und war schon halb an der Tür, als Brex mir etwas hinterherrief.

»Vielleicht willst du erst hören, was ich zu sagen habe, bevor du zu ihr rennst.«

»Dafür ist keine Zeit.« Ich fuhr zu ihm herum. »Sie darf nicht allein gelassen werden.«

»Nur keine Sorge. Die Hälfte des Sicherheitspersonals liegt ihr bereits zu Füßen«, entgegnete Brex sarkastisch.

»Wie viele sind das? Fünf vielleicht?«, blaffte ich zurück. In Windsmoor hatten wir uns auf das nötigste Personal beschränkt. Es war schwer zu beurteilen, wem man ein derart heikles Geheimnis anvertrauen konnte.

»Ich denke, hier hast du etwas mehr Personal.«

Es dauerte einen Augenblick, bis ich begriff, was er andeutete, und als es mir klar wurde, legte ich den Kopf in den Nacken und stieß ein frustriertes Stöhnen aus. »Wie konntest du?«

»Hast du deine Schwester schon getroffen?«

Mein Kopf schoss herum, und ich starrte ihn finster an. »Nun, wir hatten in letzter Zeit wenig Gelegenheit, uns zu sehen.«

»Ich weiß ja nicht, wie sie früher war«, sagte Brex und schob die Hände in die Taschen, »aber jetzt ist sie noch anstrengender als du.«

»Nachdem ich dein Arbeitgeber bin, scheint mir das kaum von Belang zu sein.«

Norris räusperte sich bedeutungsvoll, um mir mitzuteilen, dass ich Gefahr lief, einen weiteren Angestellten zu verlieren. Dass Brex seinen Posten aufgab, konnte ich mir definitiv nicht leisten.

Die Sache war aussichtslos. Ich hatte mich schon gefragt, wie Sarah nach ihrem Wiedererwachen sein würde, nun hatte ich die Antwort. Genau wie früher. Nein, sicher nicht genauso. Sie musste erst alles verarbeiten, was geschehen war. Andererseits – warum sollte sie sich verändert haben? Aus ihrer Sicht war sie eingeschlafen und zehn Jahre später wieder erwacht. Wenn Brex' Andeutungen stimmten, war sie dieselbe zickige Göre, die ich an jenem Abend aus dem Club geschleift hatte.

»Ich bin lediglich gekommen, um dir mitzuteilen, dass ich dein reizendes Schwesterchen sicher hergebracht habe und um einen neuen Posten bitte«, erklärte er.

»Ich kümmere mich darum. Wen würdest du als Ersatz für dich vorschlagen? Georgia vielleicht?« Damit zwang ich ihn, Farbe zu bekennen, denn wir wussten beide, dass Georgia meine Schwester bei lebendigem Leibe auffressen würde – sofern Sarah sie nicht zuerst erwischte.

»Wenn ihr mit eurem Hahnenkampf fertig seid, dürfte ich vielleicht etwas anmerken?«, mischte Norris sich ein.

»Oh, der arme Junge und ich haben gerade erst mit dem Streiten angefangen.« Brex lachte und wirkte wie immer locker. Für ihn war unser lustiger Schwanzvergleich bereits abgehakt.

»Ich unterbreche euch nur ungern«, sagte Norris. Seine Mundwinkel zuckten ein wenig, dann sah er mich an. »Doch wenn Sarah bereits hier ist, wäre es vielleicht angebracht, deine Frau vorzuwarnen?«

»Scheiße!« Ich stapfte aus der Tür, woraufhin die verhuschte Sekretärin vor Schreck einen Stapel Papiere fallen ließ. Ich dachte gar nicht daran, mich zu entschuldigen.

Was Sarahs Rückkehr nach Hause anging, hatte ich einiges nicht bedacht. Ich war so mit ihrem sicheren Transport beschäftigt gewesen, dass ich mir gar nicht überlegt hatte, was ich tun würde, wenn sie erst einmal hier war. Clara hatte Sarahs Rückkehr nach Buckingham zwar zugestimmt, doch *wo* in Buckingham sollte sie untergebracht werden? Ihr altes Zimmer befand sich am Ende des Korridors, an dem auch die Wohnung meiner Familie lag. Doch es gab noch andere Dinge zu bedenken. Was sollte sie anziehen? Sollte sie wieder in die Schule gehen? Jetzt, wo sie hier war, wurde es plötzlich real. Sarah war zurück. Aber was bedeutete das im Einzelnen?

Brex und Norris folgten mir auf dem Fuße, obwohl sie nicht ganz so erpicht darauf waren wie ich, eine zufällige Begegnung zwischen meiner Frau und meiner Schwester zu verhindern. Das erste Treffen hatte ich sorgfältig vorbereiten wollen. Nun war mir auch das entglitten.

Als Clara sie an jenem Tag in Windsmoor House aufgespürt hatte, hatte Sarah kaum ein Wort gesprochen und war ebenso verwirrt gewesen wie meine Frau. Doch jetzt, wo beide die Wahrheit kannten, würde sich zwischen ihnen wahrscheinlich eine andere Dynamik entwickeln.

»Wo wir gerade dabei sind, falls du irgendwo noch weitere verstorbene Familienangehörige versteckt hältst, wäre jetzt ein günstiger Zeitpunkt, es mir zu sagen!«, rief Brex mir von hinten zu.

»Brexton«, sagte Norris scharf.

»Was denn? Ich wäre ganz gern vorbereitet, falls sein Vater gleich durch eine dieser Türen hereinplatzen sollte.«

»Es gibt niemanden mehr.« Als ich bemerkte, dass ich schon wieder einen Fehler begangen hatte, blieb ich abrupt stehen, und die beiden holten mich ein.

»Ich meinte nur, es wäre gut, wenn du mich über derartige Dinge auf dem Laufenden hältst.« Brex verstand es, seine Enttäuschung zu verbergen, doch ich kannte ihn lange genug, um hinter seine Maske zu blicken. Ich hatte ihm das mit Anderson anvertraut. Ich hatte ihn zum Leiter der Leibwache befördert, als ich Norris zu meinem Ersten Berater gemacht hatte. Warum nur hatte ich ihm diese Sache vorenthalten?

Aus demselben Grund, aus dem ich es Clara nicht erzählt hatte. Aus Scham und weil ich mich schuldig fühlte. Ich hatte mit den Ereignissen jener Nacht Frieden schließen wollen, doch das war mir nie wirklich gelungen – sonst wäre ich ehrlich zu ihnen gewesen. Jetzt konnte ich daran nicht mehr viel ändern. »Es tut mir leid.«

»Offenbar hast du es deiner Frau auch nicht erzählt. Ich habe gehört, wie sie das der Presse gesagt hat. Das geschieht dir recht.« Brex zuckte die Achseln. »Aber im Ernst, ich muss solche Sachen wissen! Es wäre *meine* Aufgabe gewesen, mich um die Sicherheitsmaßnahmen in Windsmoor House zu kümmern.«

Wäre dann alles anders gelaufen? Hätte Clara dann nicht den Weg dorthin gefunden? Wäre ich vorgewarnt worden, dass meine Schwester aufwachen könnte, sodass ich die Sache rechtzeitig hätte ins Reine bringen können? Und machte all das überhaupt einen Unterschied?

Nein, es spielte keine Rolle, außerdem war es sinnlos, Hypothesen zu entwickeln. Ich hatte genügend reale Probleme, um die ich mich kümmern musste, ich witterte bereits das nächste Unwetter, das sich über mir zusammenbraute.

»Wo genau hast du sie hingebracht?«, fragte ich.

»Sie ist direkt in den Nordflügel gegangen«, antwortete Brex. »Sie wollte nach Hause.«

»Herrgott!« Hastig eilte ich weiter, um der unvermeidlichen Katastrophe entgegenzueilen.

»Krieg nicht gleich einen Herzinfarkt. Clara und Elizabeth machen draußen einen Spaziergang«, sagte Brex, der mich eingeholt hatte.

»Spaziergänge dauern nicht ewig«, antwortete ich mit zusammengebissenen Zähnen.

»Ich weiß, dass du bei ihr sein wolltest, wenn sie nach Hause kommt. Doch warum ist das so wichtig? Schließlich kennt sie sich hier aus.«

»Sie kennt sich *nicht mehr* aus«, erinnerte ich ihn. »Und sie kennt weder meine Frau noch meine Tochter.«

Nach dem Tod meiner Mutter war Sarah die Königin im Schloss gewesen. Nun aber gab es eine neue Königin. Ich hatte keine Ahnung, was geschehen würde, wenn sich die beiden über den Weg liefen.

Und dann war da noch die Sache zwischen Clara und mir. Ich bemühte mich gerade, offener ihr gegenüber zu sein. Ich versuchte, sie in alle Entscheidungen miteinzubeziehen. Wenn meine Schwester nun einfach in unserem Wohnzimmer aufkreuzte, würde das so aussehen, als hätte ich erneut versagt.

»Ich bin mir sicher, alles ist in Ordnung«, sagte Brex eilig, lief jetzt allerdings noch schneller als ich.

Ich trat ins Wohnzimmer und blieb wie angewurzelt stehen, als ich sie erblickte. In ihrem Krankenhausbett hatte sie so klein und blass ausgesehen. Das Haar hatte ebenso leblos um ihre Schultern gelegen wie in den letzten zehn Jahren. Sie war älter geworden und hatte sich in jemanden verwandelt, den ich nicht mehr kannte. Das allerdings war nicht die Frau gewesen, die jetzt hier auf mich wartete.

Sie sah genau aus wie unsere Mutter.

Ich schüttelte den Kopf und versuchte zu begreifen, was ich sah. Meine Mutter war eine schöne Frau gewesen. Bei Edward und mir war aus ihrem griechischen Erbe, gepaart mit dem typisch britischen Aussehen meines Vaters, etwas ganz Neues entstanden. Während sich bei meinem Bruder und mir die Gesichtszüge unserer Eltern vermischt hatten, war Sarah ganz unsere Mutter. Ihr dunkles Haar fiel ihr über die Schultern und betonte ihren olivenfarbenen Teint und die schwarzen Augen. Obwohl sie ein Jahrzehnt in einem Krankenhausbett verbracht hatte, besaß sie den vollen Körper einer Frau. Ich hatte erwartet, dass ein Mädchen nach Hause kommen würde. Erst jetzt wurde mir klar, wie unvorbereitet ich war.

»Hallo, Bruder«, sagte sie. Sie hatte die Beine übereinandergeschlagen, lehnte sich zurück und breitete die Arme über der Sofalehne aus wie eine Königin bei der Begrüßung ihres Hofstaats. »Ich bin wieder zu Hause.«

11

Clara

Als ich von meinem Spaziergang zurückkehrte, stellte ich fest, dass unser Wohnzimmer nicht leer war. Der Arzt hatte mir geraten, zur Beruhigung spazieren zu gehen, wann immer ich mich gestresst fühlte. In den letzten Tagen hatte ich in den schlosseigenen Parkanlagen fast einen Marathon zurückgelegt. Als ich das Wohnzimmer betrat, wäre ich am liebsten umgekehrt und eine weitere Runde gelaufen. Mein Puls schoss in die Höhe, als ich die Szenerie vor mir betrachtete. Elizabeth wand sich aus meinen Armen, sobald sie ihren Vater erblickte, und ich ließ sie gehen, ohne darüber nachzudenken. Sie tappte zu ihm und streckte die Ärmchen in die Luft. Alexander nahm sie hoch, ließ mich dabei jedoch keine Sekunde aus den Augen.

»Clara«, sagte er mit ungewöhnlich ruhiger Stimme. »Ich möchte dir meine Schwester Sarah vorstellen. Sarah, das ist …«

»Oh, wir haben uns bereits kennengelernt«, zwitscherte Sarah gekünstelt und setzte ein Lächeln auf, das nicht ihre Augen erreichte.

Bis dahin hatte ich angenommen, sie könne sich vielleicht nicht an den Tag erinnern, als ich sie in Windsor aufgespürt hatte. Das war aber wohl nur dummes Wunschdenken gewesen. Damals hatte ich an ihrem Bett gesessen und sie nicht darüber aufgeklärt, wer ich war. Anschließend hatte ich weiter geschwiegen, während mein Mann herauszufinden versuchte, wie er mit der Situation umgehen sollte. Nun war die Bombe geplatzt, und sie war hier. Sie schien sich nicht im Geringsten dessen bewusst zu sein, was ihre Rückkehr bei uns allen ausgelöst hatte. Nein, vielmehr schien sie sich bestens zu unterhalten.

Aus schmalen katzenartigen Augen musterte sie Elizabeth. »Das ist also euer Kind.«

Es war keine Frage, sie war über die wichtigsten Ereignisse im Leben ihrer Familie aufgeklärt worden. Jetzt lag es bei uns, Lücken aufzuspüren und sie zu füllen. Ich hatte versucht mir auszumalen, wie sie bei ihrer Heimkehr sein würde. Ich hatte mich gefragt, wie sie damit umgehen würde, dass sich die Welt ohne sie weitergedreht hatte. Als ich jedoch ihre offenkundig feindselige Haltung bemerkte, sagte ich mir, dass sie durchaus das Recht hatte, wütend, enttäuscht und gereizt zu sein. Die Sarah in meiner Vorstellung war nicht real, sondern ein Bild, das sich aus Erinnerungen und Presseberichten zusammensetzte. Ich konnte mich an ihren Unfall erinnern und war damals genauso entsetzt gewesen wie der Rest der Welt. Doch damals war ich kaum an den Royals interessiert gewesen. Überdies fand ich es krank, mich auf Medienberichte und Fotos eines zerquetschten Wagens zu stürzen. Damals erholte ich mich gerade von meinem Kampf gegen die Essstörung und mied die Nachrichten, da ich mich auf positive Dinge konzentrieren wollte. Doch irgendwie hatte ich schon zu jener Zeit gespürt, dass die Geschichte für mich einen anderen Stellenwert hatte als für andere. Fast so, als hätte ich geahnt, was diese Familie mir eines Tages bedeuten würde. Statt detaillierte Berichte über sie zu verschlingen, hatte ich instinktiv gespürt, dass ich warten musste, bis meine Zeit gekommen war. Das hieß aber auch, dass ich nun sehr wenig über das Mädchen wusste, das gerade vor mir saß.

Ja, sie war ein Mädchen. Daran hatte ich keinen Zweifel, auch wenn sie aussah wie eine Frau. Sie war umwerfend schön – das weibliche Gegenstück zu ihren Brüdern. Doch anders als Alexander mit seinen kräftigen, markanten Zügen war sie weich und biegsam. Sie ähnelte den Fotos, die ich von ihrer Mutter kannte. Dennoch war sie keine Frau, denn sie hatte die Ereignisse verpasst, die sie zu einer Frau hätten heranreifen lassen. War sie sich dessen bewusst?

Sarah war als Mitglied der königlichen Familie geboren, daher verfügte sie über eine Rüstung, die sie niemals ablegte. Ich sah, wie diese Rüstung ihr wahres Ich verbarg. Es erinnerte mich daran, wie es gewesen war, als ich ihre Brüder kennengelernt hatte. Alexander hatte sich hinter dem großspurigen Image des Playboys versteckt, das ihm die Welt zugedacht hatte, und kaum jemandem mehr von sich gezeigt. Es hatte mich Zeit und viel Mühe gekostet, die Rüstung nach und nach zu entfernen. Edward wiederum war der charmante

Stellvertreter des Thronfolgers. Sie hatten so lange derart viele Geheimnisse bewahrt, dass sie sich beide mit Illusionen wohler fühlten als mit der Wirklichkeit. Doch sie hatten die Gelegenheit erhalten, in ihre Rollen hineinzuwachsen. Manchmal beobachtete ich, wie sie wieder in ihre alte vertraute Haut schlüpften. Zuweilen war es für uns alle einfacher, einen angestammten Platz auf dem Spielfeld einzunehmen – einsamer König, schützende Königin, treuer Diener –, als der Wahrheit ins Auge zu blicken: dass die wahren Feinde nicht außerhalb zu finden waren, sondern in uns selbst lauerten.

»Wir haben ein Zimmer für dich vorbereitet – Edward und ich«, platzte ich heraus, ich schaffte es nicht, mein nervöses Geplapper zurückzuhalten. »Du kannst aber auch in dein altes Zimmer zurück. Wir haben es so gelassen, wie es war.«

»Wie ein Grab?« Sie lachte, als wäre das ein lächerlicher Gedanke, stand jedoch sofort auf. »Das muss ich sehen.«

Ich ließ Elizabeth in Alexanders Armen zurück, warf Norris und Brex einen hilfesuchenden Blick zu und folgte Sarah zu ihrem alten Zimmer am Ende des Korridors.

»Das war also kein Scherz«, sagte sie, als sie eintrat und sich umsah. »Ich hätte nie gedacht, dass ich je wieder herkomme.«

»Wusstest du … hast du …« Ich wusste nicht, wie ich meine Frage in Worte fassen sollte. Sarah redete, als habe sie ein Gefühl dafür, wie viel Zeit vergangen war. Ich hatte mich gefragt, ob es sich für sie wohl anfühlte, als käme sie nach einer langen, durchzechten Nacht nach Hause. »Ich habe selbst einmal im Koma gelegen, nur ein paar Tage lang, aber ich habe etwas von dem mitbekommen, was um mich herum vorging. War das bei dir auch so?«

»Dann haben wir wohl etwas gemeinsam.« Sie blickte mich an, als sähe sie mich zum ersten Mal. »Ja, so ähnlich war es bei mir auch.«

Ich hätte ihr gern weitere Fragen gestellt, hielt mich aber zurück. Stattdessen blieb ich an der Tür stehen, um ihr ein bisschen Privatsphäre zu lassen. Sie ging zum Nachttisch und griff nach ihrem Handy. »Glaubst du, mein Freund hat noch dieselbe Nummer?«

Ich wusste nicht, was ich darauf antworten sollte. Sollte ich darüber lachen oder sie trösten?

»Entspann dich«, sagte sie, rollte mit den Augen und legte das Handy wieder weg. »Ich bin zwar fantastisch im Bett, aber ich bezweifle, dass er auf mich gewartet hat.« Ihr Blick fiel auf das Buch, sie nahm es in die Hand und blätterte bis zu dem Lesezeichen. »Kommt sie mit dem Vampir zusammen oder mit dem Werwolf?«

»Hm. Mit dem Vampir, glaube ich.« Ich konnte nicht fassen, dass wir über so etwas sprachen.

»Wie schade!«, sagte sie und legte das Buch wieder hin. Dann ließ sie den Blick über den Raum schweifen und zog eine Grimasse. »Himmelherrgott, wir müssen das Zimmer entrümpeln! Ich muss doch nicht hier schlafen, oder?«

»Nein, wir haben dir ein Zimmer in der oberen Etage hergerichtet.« Ich biss mir auf die Unterlippe. »Ich dachte, du willst vielleicht ein bisschen für dich sein.«

»Ich will auf keinen Fall eure kleine, glückliche Familie stören.« Sie spielte noch immer das coole Mädchen.

»Ich zeige es dir.«

Edward und ich hatten die letzten Tage damit zugebracht,

frisches Bettzeug und Vorhänge herbringen zu lassen. Wir hatten uns für Rosétöne entschieden, um den Räumlichkeiten Licht und Weite zu verleihen. Es war neutral genug, dass sie eigene Akzente setzen konnte – sofern sie sich entschied, dortzubleiben.

»Ich hoffe, es gefällt dir. Edward meinte, du würdest etwas Helles wollen, nachdem du …« Meine Worte verklangen. Vielleicht hätte ich unsere Gedanken lieber für mich behalten sollen.

»Danke«, sagte sie, hörte sich aber alles andere als dankbar an. »Es ist doch okay, wenn ich es verändere, oder? Ich bin eher an dunkle Farben gewöhnt.«

»Na… natürlich«, stammelte ich. »Wie du willst.«

»Du bist süß«, sagte sie, und ich spürte geradezu, wie sie beschloss, sich das gut zu merken.

Sie hielt mich für süß und meinte, das zu ihrem Vorteil nutzen zu können. Sie wusste nicht, dass ich auch ganz andere Saiten aufziehen konnte – noch nicht.

Alexander stieß zu uns und reichte mir Elizabeth, die mir die Ärmchen entgegenstreckte.

»Es ist ziemlich ungewohnt, dich als Vater zu sehen.« Sie klang allerdings nicht amüsiert, sondern aufgewühlt. Irgendetwas stimmte nicht. Sarahs körperliche Genesung mochte einem Wunder gleichen, doch sie hatte noch einen weiten Weg vor sich, bis sie auch seelisch geheilt war.

»Danke.« Alexander grinste und nahm ihren seltsamen Unterton offenbar gar nicht wahr. »Gefällt dir dein Zimmer?«

Sie zuckte mit den Schultern. »Es ist okay. Außerdem werde ich ohnehin nicht lange bleiben. Ich bin jetzt erwachsen. Musst du mir nicht ein Haus oder so etwas schenken?«

»Ein Schritt nach dem anderen«, entgegnete Alexander. »Bleibst du zum Abendessen?«

»Das hatte ich vor. Ich habe eine Freundin eingeladen«, sagte sie mit breitem Lächeln. »Ich hoffe, das ist okay.«

Mein Blick zuckte zu meinem Mann, ich straffte die Schultern und zwang mich zu einem wohlwollenden Nicken. »Deine Freunde sind auch unsere.«

Nachdem ich Elizabeth für ihren Mittagsschlaf hingelegt hatte, flüchtete ich ins Schlafzimmer, um mich zu sammeln. Ich war verwirrt und von Sarahs plötzlichem Auftauchen überfordert, doch wenn ich ehrlich war, hatte mein aufgewühlter Zustand mehr mit Alexanders Nähe zu tun. Seit ich eingewilligt hatte, Sarah nach Hause zu holen, hatte er unsere Privatgemächer gänzlich gemieden. Soviel ich wusste, war er in einen anderen Flügel des Palasts gezogen. Ihn zu sehen hatte denselben Effekt auf mich wie immer. Es war schwierig, stark und gütig zu sein und sich wie eine verdammte Königin zu verhalten, wenn der Mann, bei dem man weiche Knie bekam, im Raum war.

»Es tut mir leid.« Seine ruhige Stimme erschreckte mich. Ich fuhr herum und sah Alexander in einem Sessel am Kamin sitzen. Die Vorhänge waren zugezogen, um die Nachmittagssonne auszuschließen, und Alexander hatte sich in eine dunkle Ecke zurückgezogen – seine natürliche Umgebung.

»Was tut dir leid? Dass du mich zu Tode erschreckt hast?« Ich rieb mir mit der Hand über die Herzgegend und ließ sie dann zu meinem Bauch gleiten, in dem das Baby unwillig zu treten begonnen hatte, weil es so abrupt geweckt worden war.

Alexander beugte sich vor, wodurch Licht auf eine Gesichtshälfte fiel. Er runzelte die Stirn und schüttelte den Kopf. »Dass du derartig damit überfallen wurdest. Ich wusste nicht, dass Sarah schon jetzt kommt.«

»Was du nicht sagst!« Ich lehnte mich an die Wand und wartete, dass sich mein Herzschlag beruhigte. Dann wurde mir klar, dass dies in seiner Gegenwart ohnehin nicht geschehen würde. Diese Wirkung hatte er immer auf mich – manchmal sogar, wenn er gar nicht im Raum war. Es reichte ein Hauch Bergamotte oder Nelken in der Luft, schon sehnte sich mein Körper nach ihm und erinnerte sich daran, wie seine Haut roch, wenn sie nah an meiner war.

»Du bist also nicht wütend auf mich.« Er klang erleichtert, stand auf und ging langsam zur Tür. »Dann kann ich ja gehen.«

»Nein«, sagte ich unvermittelt und biss mir sofort auf die Lippe, weil ich den Eindruck hatte, ein wenig *zu* bedürftig zu wirken.

Er erstarrte, und einen Moment lang maßen wir uns mit Blicken. Zwischen uns schwangen widersprüchliche Gefühle – Wut und Angst, Hoffnung und Verlangen. All das ließ sich mit nur einem Wort zusammenfassen: Liebe.

»Hast du schon …«, begann er bedächtig, räusperte sich und versuchte es erneut: »Hast du schon über meinen Vorschlag nachgedacht?«

»Spricht die ganze Familie in Rätseln? Soeben habe ich

mich zwanzig Minuten mit der Grinsekatze herumschlagen müssen und jetzt du? Wovon redest du?« Das lief ja großartig. Gerade erst hatten wir miteinander zu sprechen begonnen, und schon stritten wir uns.

Er verschränkte die Arme vor der breiten Brust, und fasziniert beobachtete ich, wie sich die Nähte seines Sakkos über den Muskeln spannten. Nichts konnte ihn im Zaum halten. Er war mächtiger als alles oder jeder andere auf der Welt. Ich würde ihm nie widerstehen können, und allmählich wurde ich müde, es überhaupt zu versuchen.

»Ich habe«, begann er zögerlich, »einen Blick auf die Liste unserer Familienanwesen geworfen. Es gibt ein paar, die nur eine Stunde entfernt liegen und für dich und Elizabeth geeignet wären. Einige sind moderner, andere weniger ...«

Mir wurde schwer ums Herz, und mir wurde schmerzhaft bewusst, dass es noch da war – in tausend Stücke zerbrochen. Jedes Mal, wenn ich glaubte, das Thema wäre erledigt, bewies er mir, dass ich mich irrte. An jenem Tag, als er mich aufgefordert hatte zu gehen, hatte ich mich ihm geöffnet und ihm gezeigt, was der Gedanke in mir auslöste. Ich dachte, er hätte gespürt, dass ich das nicht konnte – dass wir stattdessen gemeinsam einen Weg aus der Krise finden mussten. Dann war er gegangen, hatte seine Aufforderung wiederholt und mich wieder einmal verwirrt zurückgelassen. Als er mich in die Entscheidung, Sarah betreffend, mit eingebunden hatte, war ich davon ausgegangen ...

Vielleicht war das völlig irrational gewesen, blinde naive Hoffnung. Früher hatte ich mich stets an die Hoffnung geklammert, hatte sie für eine unversiegbare Quelle gehalten, doch nun wurden meine Vorräte knapp. Schon bald würde nichts mehr davon übrig sein.

»Hör auf«, flüsterte ich, während er mir weiter seine Pläne schilderte. Und wie durch ein Wunder hörte er mich.

»Wir müssen aber darüber reden. Schon bald wird das Baby da sein. Bis dahin solltest du eingezogen sein und …«

»Ich will nicht darüber reden. Ich will nicht weg von hier.«

»Erst willst du weg, dann willst du es nicht. Einmal willst du reden, dann wieder nicht. Was willst du eigentlich, Clara?«, fragte er.

»Ich weiß es nicht. Ich bin angespannt, schwanger und rollig …« Letzteres war mir rausgerutscht, ich hätte es gern zurückgenommen, aber es war zu spät. Ich verbarg das Gesicht in den Händen. Warum schämte ich mich, das einem Mann gegenüber zuzugeben, der jeden Zentimeter meines Körpers auswendig kannte?

»Du bist …« Seine Stimme klang heiser, und er ließ meine Worte auf sich wirken. Als ich es schließlich wagte, ihn anzusehen, trat er in den Schatten zurück. Einen Moment sagte er nichts, und ich betete, ich möge schnellstmöglich aus diesem demütigenden Albtraum erwachen, doch dann wandte er sich zum Sessel. Entschlossen streifte er sich das Jackett von den Schultern und legte es über die Sessellehne. Es war dunkel im Raum, doch ich hatte diese Bewegungen Hunderte Male gesehen. Er löste die Krawatte, zog sie sich vom Kragen und ließ sie auf das Jackett fallen. Dann ging er zum Nachttisch hinüber, öffnete seine Manschettenknöpfe und legte sie ab.

»Was machst du da?« Natürlich wusste ich es, doch ich fragte mich plötzlich, ob ich womöglich träumte.

Er schritt auf mich zu, knöpfte sich dabei das Hemd auf und warf es auf den Boden.

»Ich kann mich nicht um alles kümmern. Ich kann auch nicht all deine Fragen beantworten, aber dieses Problem kann ich lösen.«

»Ich meinte es nicht so, dass …« Ich schüttelte den Kopf, seine berauschende Nähe wirbelte meine Gedanken durcheinander.

»Schhh. Das ist es, was wir beide am besten können, Süße.« Er ließ den Zeigefinger über meine Wange gleiten, über meinen Mund und zwickte mich leicht in die Unterlippe. Erwartungsvoll öffnete ich den Mund. »Sag mir, was du brauchst. Ich kann es dir geben.«

In dieser einfachen, selbstsicheren Äußerung hörte ich, was er eigentlich sagte. Er brauchte es genauso. Er musste mir zeigen, dass er mich liebte – und zwar auf seine Art. Sosehr ich es brauchte, er brauchte es auch. Er brauchte mich. Wir brauchten einander. Vielleicht rutschten wir damit in den alten Teufelskreis zurück, doch ich war es leid, dagegen anzukämpfen. Das letzte Mal, als wir uns auf dem Boden geliebt hatten, war es ein kurzer, verzweifelter Akt gewesen, der viel zu schnell vorbei gewesen war. Ich brauchte mehr. Er brauchte mehr.

»Ich möchte deine Bedürfnisse erfüllen – in jeder Beziehung«, fügte ich leise und schüchtern hinzu.

Er trat zurück, in seinen Augen lag ein besorgter Ausdruck, doch ich sah auch, was dahinter aufblitzte – unbeherrscht und dunkel. Er hatte sich wochenlang zurückgehalten, vielleicht länger. Wir hatten uns an das normale Liebemachen gewöhnt. Es war viel zu lange her, dass einer von uns die Grenzen des anderen ausgelotet hatte.

»Clara, ich brauche das nicht.«

»Aber ich«, entgegnete ich. »Zuerst dachte ich, ich müsste etwas anderes als diesen dumpfen Schmerz oder die Wut spüren. Jetzt weiß ich, was ich tatsächlich brauche, X. Erlöse mich.«

»Ich werde dich nicht benutzen«, sagte er kopfschüttelnd, doch ich sah, welcher Kampf in ihm tobte.

»Ich möchte mich dir ausliefern. Nicht das übliche Liebemachen. Kein wütender Sex. Und kein Verstecken. Führ mich in die Dunkelheit, X. Ich habe keine Angst davor.« Ich strich mit der Hand über sein Gesicht, und er hielt sie fest. »Keine Safeworte. Keine Grenzen. Das brauchen wir nicht mehr.«

»Du weißt nicht, worum du mich bittest.« In seinen blauen Augen lag ein gehetzter Ausdruck, als er mich ansah.

»Doch, das weiß ich. Ich bitte dich, ein paar Minuten lang die Kontrolle zu übernehmen, damit ich Frieden finde. Ich möchte spüren, was nur du mich spüren lassen kannst. Ich möchte von dir besessen werden. Ich möchte der Inbegriff jeder sexuellen Fantasie sein, die du je hattest.« Diese Offenbarung hörte sich sogar für mich selbst schwindelerregend an. Es hatte Momente zwischen uns gegeben, in denen er mich an einen Ort geführt hatte, an dem nur Empfindungen und Verlangen, Begierde und Freiheit existierten. Dieser Ort lag jenseits von Schmerz und Lust. Es war ein Ort, den nur wir beide gemeinsam finden konnten.

»Verdammt, Süße.« Stöhnend legte er seinen Mund auf

meinen, und wir küssten uns gierig. Atemlos löste er sich von mir und hob mein Kinn an, sodass sich unsere Blicke trafen. Seine Augen leuchteten intensiver, als ich sie je gesehen hatte. »Ich kann immer noch aufhören, wenn du mich darum bittest.«

»Das werde ich nicht«, versprach ich.

»Das einzige Problem ist, dass du noch angezogen bist«, sagte er mit tiefer Stimme, bei der sich meine Mitte zusammenzog.

»Und was ist mit dir?«, fragte ich und ließ meine Hand zu seiner Hose gleiten, doch er schlug sie weg.

»Zieh dich aus!«, befahl er. »Wenn deine Muschi nicht in sechzig Sekunden nackt ist, wird es dir leidtun. Ich kann dich bis kurz vor den Höhepunkt bringen und dich dann stundenlang auf deine Erlösung warten lassen. Und ich verspreche dir – *ich* werde jede Minute davon genießen.«

Ich bitte dich, ja.

Ich streifte mir das Kleid über den Kopf und war froh, dass es sich dabei nur um ein einfaches Modell aus Baumwolle handelte, das nicht über zeitraubende Reißverschlüsse verfügte. Gegen das »stundenlang« hatte ich nichts einzuwenden, doch lieber mit multiplen Orgasmen. Alexander half mir nicht, sondern sah mir dabei zu, wie ich den BH öffnete und ihn zu Boden fallen ließ. Schnell streifte ich den Slip hinunter und schob ihn mit dem Fuß weg.

Alexander schritt um mich herum, strich sich nachdenklich mit dem Daumen über den Mund und vögelte mit seinen Blicken jeden Zentimeter meines Körpers.

»Komm her.« Mit dem Zeigefinger bedeutete er mir, ihm

zu folgen. Mein Pulsschlag erhöhte sich, als er mich in Richtung Bett lotste. Doch statt mich daraufzulegen, nahm er ein Kissen und warf es auf den Boden. »Knie dich hin.«

Er streckte mir die Hand hin, und ich ließ mir beim Hinknien von ihm helfen.

»Braves Mädchen«, lobte er mich, beugte sich vor und küsste mich auf die Stirn. »Du bist so vollkommen, so bereit zum Ficken. Aber du brauchst mehr als das, stimmt's?«

Ich nickte. »Ja, bitte.«

»Nun, wenn du mich so nett darum bittest«, er warf mir ein verruchtes Lächeln zu, »werde ich jeden Zentimeter deiner Haut zum Vibrieren bringen, aber erst musst du mir zeigen, dass du das auch verdienst.«

Ich öffnete den Mund, um etwas zu entgegnen, denn ich wollte nicht länger auf ihn warten. Ich stand in Flammen, war entzündet nur von seinem Blick. Doch er versetzte mir einen sanften Klaps auf die Lippen. »Du darfst nicht sprechen. Du bist stumm. Solange du nackt bist, wirst du deine Stimme nur dann gebrauchen, wenn ich es dir erlaube. Aber du darfst nicken. Solltest du deine Meinung jedoch geändert haben …«

Rasch schüttelte ich den Kopf, blickte hoch und starrte ihn an. Auf seiner Hose zeichnete sich die Silhouette seines Glieds ab. Ich wollte danach greifen und es befreien, doch das wagte ich nicht.

»Du wirst warten«, beschwichtigte er mich sanft, als ich wimmerte. »Nur einen Augenblick, aber versuch, dich nicht zu rühren.« Er beugte sich herab und streichelte meinen Bauch. »Es sei denn …«

Ich verstand sogleich, was er meinte. Nichts war wichtiger als unser Baby, nicht meine Bedürfnisse und nicht seine. Ich hatte mich ihm völlig ausgeliefert, und er war sich dieses Geschenks bewusst. Tränen brannten mir in den Augen, doch ich traute mich nicht, sie fortzuwischen. Alexander ging zum Ankleideraum hinüber, und ich spürte, wie mir die Tränen über die Wangen liefen. Als er einen Augenblick später wiederkam, sog er lautstark die Luft ein.

»Du bist immer hinreißend, aber wenn du weinst, bist du geradezu atemberaubend. Nicht immer natürlich, aber jetzt? Ich habe dich noch nie so schön gesehen, weil ich genau spüre, was du fühlst. *Glückseligkeit.* Erfüllung. Das ist gut so. Ich bin dazu geboren, dich zu besitzen.« Er trat vor mich und löste den Bund seiner Hose. Er zog seinen Schwanz heraus und massierte ihn vor meinen Augen. »Lutsch meinen Schwanz, und zeig mir deine hübschen Tränen. Zeig mir, wie dankbar du dafür bist, wie viel dir unsere Lust bedeutet.«

Ich beugte mich vor und stützte mich auf seinen Schenkeln ab. Es ging ihm nicht um seinen Höhepunkt, so einfach würde er es nicht machen. Er wollte einen Liebesdienst, und ich wusste, was ich als Gegenleistung dafür erhalten würde. Als ich mit der Zunge über die Spitze seines Penis strich, schenkte er mir ein Stöhnen. Ich wollte ihn eigentlich nur reizen, konnte mich aber nicht beherrschen und nahm ihn ganz in den Mund. Als ich aufblickte, verlor ich den letzten Rest von Kontrolle, und Tränen liefen mir über die Wangen.

»Himmel, mein Schwanz gehört in deinen Mund, findest du nicht? Sag nichts, Süße. Du bist hungrig. Ich will dich sättigen.« Er stieß in meine Mundhöhle, und sein Geschmack vermischte sich mit dem Salz meiner Tränen. Ich sog die Wangen ein und zog ihn so tief in mich, wie es mir möglich war. Seine Lust machte mich trunken. Schließlich schob er mein Gesicht weg, obwohl sein Schwanz noch immer hart war. »Ich bin noch nicht so weit.«

Er streckte mir die Hände hin, und ich ergriff sie und stand auf. Ein bisschen taumelte ich in meinem Rausch.

»Du bist sehr artig gewesen, daher werde ich dir nun geben, worum du gebeten hast: Erlösung.« Er neigte den Kopf zu meinem Ohr und flüsterte weiter, während seine Brust über meine Nippel strich. »Es geht hier nicht um Orgasmen, auch wenn du eine Menge davon haben wirst. Du willst vergessen, und das können wir – gemeinsam.«

Ich schluckte, als sein Mund zu meinen Brüsten wanderte und meine Nippel mit feuchter Hitze bedeckte. Er ließ die Zunge um die eine Knospe kreisen, bis sie zu einer harten Perle wurde. Dann befasste er sich mit der anderen, richtete sich auf und betrachtete sein Werk. »Wie vollkommen deine Brüste sind! Ich sollte sie jeden Tag anbeten. Würde dir das gefallen? Möchtest du, dass ich deine Titten mit dem Mund ficke, bis du zum Höhepunkt kommst?«

Ich nickte und wünschte, er würde sofort damit anfangen.

»Darum geht es heute aber nicht. Ich habe ein paar Dinge für dich aufgespart, die wir noch nie gemacht haben. Für den Sex mit dir habe ich nie viele *Accessoires* gebraucht, doch nun ist es an der Zeit, dich in die Finsternis zu führen. Bist du sicher, dass du dazu bereit bist?«

»Ja«, antwortete ich, ohne zu zögern.

Alexander leckte sich die Lippen und nahm meine Hand.

Er führte mich zum Bett und zeigte auf einen Stapel Kissen in dessen Mitte. »Auf die Knie. Du darfst dich daran festhalten.«

Er wartete, bis ich auf die Matratze gekrochen war, und korrigierte dann meine Position, bis er zufrieden war.

»Ich dachte, das Wichtigste daran …«, begann ich, als er das Kissen zum zehnten Mal zurechtrückte, um meinen Babybauch zu stützen.

»Pst«, unterbrach er mich harsch. »Du hast keine Meinung. Deine einzige Aufgabe ist es zuzulassen, dass ich mich um dich kümmere.«

Ich seufzte, denn seine Rücksichtnahme frustrierte mich ein wenig. Dann zog er ein Seil hervor.

»Bist du erregt?«, fragte er mich, als er es neben das Kissen auf das Bett legte. »Ich sehe es in deinen Augen. Du hast befürchtet, ich würde mich zurückhalten, doch das werde ich nicht tun. Das bedeutet aber nicht, dass ich meine Pflicht vernachlässige, dich zu schützen. Du wirst in jedem Augenblick sicher und geliebt sein.«

Ich nickte knapp und ließ alle Widerstände fahren.

Nachdem ich meine Arme um das Kissen geschlungen hatte, nahm er das Seil und wickelte es um eines meiner Fußgelenke. Ich spürte ein leichtes Ziehen, als er das Seil straffte und sich dem anderen Fußgelenk widmete. Er band mich an den Bettpfosten fest, dessen war ich mir sicher, durfte es jedoch nicht wagen, nachzusehen und so vielleicht die genaue Position zu gefährden, die ihm so wichtig war. Ich bemerkte, wie das Bett hinter mir unter seinem Gewicht einsank, dann spürte ich kühle Finger, die über meine Schamlippen strichen.

»Deine Muschi ist so geschwollen«, murmelte er. »Du darfst sie nie wieder so lange leiden lassen. Verstehst du? Antworte mir, Süße.«

»Ja«, flüsterte ich und musste gegen den Impuls ankämpfen, mich gegen seine Berührung zu drängen. Ich wollte, dass er meine Begierde stillte, nicht dass er sie weiter anheizte.

»Es ist schwierig, etwas zu begehren und sich gleichzeitig zurückzuhalten«, sagte er und strich weiter über meine Scham. »Ich weiß, wovon ich rede. Ich habe mich so lange danach gesehnt, dich auf diese Weise vor mir zu haben. Ich weiß nicht, ob ich aufhören kann. Darum sind wir nie gemeinsam in die Dunkelheit vorgedrungen. Deshalb habe ich so getan, als würde ich es nicht brauchen. Stattdessen habe ich das Ungeheuer in mir in Ketten gelegt.«

Er fürchtete also, mich mit seinen dunklen Seiten zu verschrecken. Ich jedoch hatte mich in das Ungeheuer verliebt, noch bevor ich dem Mann verfallen war.

»Lass es frei.« Irgendwie spürte ich, dass ich sprechen durfte, wenn ich ihm damit die Erlaubnis erteilte, seine letzte Maske sinken zu lassen – die er so lange getragen hatte.

»Ich muss es sehen. Ich muss sehen, wie dein Körper aussieht, wenn ich meine Markierung auf ihm hinterlassen habe, aber es wird nicht so sein wie damals mit dem Gürtel. Da hast du versucht, alles im Griff zu behalten, und warst nicht reif dafür. Du hattest Angst.«

»Jetzt habe ich keine Angst mehr.«

Der erste Schlag brannte. Er hatte mir schon früher den Hintern versohlt, auf spielerische Weise, doch das hier war anders. Es war härter und entschiedener. Ich biss in das Kissen und war fest entschlossen, keinen Schrei auszustoßen. Er massierte die wunde Stelle und verteilte die Hitze ein wenig, bevor er mich auf die andere Pobacke schlug. Wieder massierte er den Schmerz weg, langsam und mehrere Male, bis ich mich entspannte und wieder in das Kissen sank. Ich wusste, was mich erwartete – rhythmische, maßvolle Gewalt. Während die Hitze so stark wurde, dass er sie nicht mehr wegmassieren konnte, merkte ich, wie ich in eine andere Sphäre wechselte. Ich spürte jeden einzelnen Schlag und hörte jedes geflüsterte Lobeswort.

»Braves Mädchen«, sagte er anerkennend. »Starkes Mädchen.«

Ich bewegte mich wie in einem Traum, stand in Flammen, brannte lichterloh und fühlte mich lebendig. Unvermittelt wurde das Brennen schwächer, da es vom weichen, feuchten Strich seiner Zunge gelöscht wurde.

»Oh«, stöhnte ich, ich wusste, dass ich das durfte, dass er es hören wollte. Er schob einen Finger in mich, reizte und liebkoste mich, und ich schrie vor Lust in das Kopfkissen. Alle Empfindungen, die verblasst waren, kamen zurück – heftiges Begehren, das Beben herannahender Erfüllung und Schmerz. Gemeinsam bildeten sie auf meinem Körper ein Geflecht aus Sinneseindrücken, die meine Haut zum Vibrieren brachten, genau wie er es versprochen hatte. Die Vibration schwoll zu einer Symphonie an, doch dann verstummte die Musik.

»Bitte!«, schrie ich und spürte, wie sich sein Körper über meinem bewegte. Er küsste mich auf den Nacken und versenkte seinen Schwanz mit einem einzigen, mächtigen Stoß in mir.

»Verdammt, bist du eng«, sagte er, während er vor- und zurückglitt. »Du musst kommen, ich kann mich nicht länger zurückhalten. Nicht jetzt.«

In seiner Stimme lag eine Anspannung, die ich noch nie bei ihm gehört hatte, und die Verletzlichkeit, die darin anklang, trieb eine Welle der Lust durch meinen Körper und erschütterte ihn mit ihrer Macht. Als der Höhepunkt verebbte, stöhnte Alexander auf und stieß heftig in mich hinein, dann zog er sich aus mir zurück. Ich konnte die Hitze seines Ergusses auf meinem noch immer brennenden Po spüren.

Das Verklingen der Wogen war beinahe ebenso schön wie der Rausch, in den mich seine Schläge versetzt hatten. Ich befand mich in einem Zustand reiner und vollkommener Glückseligkeit. Nach und nach bemerkte ich, dass zunächst die Seile gelöst wurden, dann massierte Alexander mit seinen starken Händen die Stellen, an denen die Stricke in mein Fleisch geschnitten hatten. Schließlich fühlte ich, wie er mit einem warmen, feuchten Tuch seinen Saft von mir wischte. Er verharrte eine Weile, und ich konnte fast körperlich spüren, wie sich die Atmosphäre im Raum veränderte.

»Das gibt einen Bluterguss«, merkte er sachlich an.

Ich atmete tief ein und stemmte mich hoch. »Ich weiß.«

»Clara, es tut mir …«

»Wage es nicht!«, unterbrach ich ihn, während ich mit Mühe meinen Babybauch und meine tauben Glieder unter Kontrolle zu bringen versuchte. Als es mir schließlich gelang, sah ich, dass er den Kopf in die Hände gestützt hatte. Ich kroch zu ihm, setzte mich neben ihn und löste die Hände von seinem Gesicht.

»Ich bin zu weit gegangen«, begann er.

»Nein. Du bist endlich weit genug gegangen.« Ich drückte seine Arme nach unten und versuchte, auf seinen Schoß zu klettern. »Verdammt, hilf mir doch mal!«

Er musste gegen seinen Willen lachen, und auch wenn ihm das wohl nicht bewusst war, er hatte nie entspannter geklungen, auch wenn er sich gerade geißelte.

»In ein paar Wochen wird das alles leichter«, sagte ich. »Wenn ich mir nicht mehr vorkomme, als hätte ich eine Bowlingkugel verschluckt.«

»Möchtest du wirklich …«, sagte er und starrte mich entgeistert an.

»Natürlich. Warum sollte ich das nicht wollen?« Ich streichelte seine Wange und wollte ihm ein wenig von dem Trost zurückgeben, den er mir geschenkt hatte.

»Du hast einmal gesagt, du könntest niemals … die Kontrolle ganz aufgeben«, rief er mir in Erinnerung.

Das hatte ich gesagt, doch in der Zwischenzeit hatte sich so vieles verändert. »Und du hast gesagt, dass du es gar nicht brauchen würdest. Dass du eigentlich gar kein dominanter Typ bist.«

»Ich kann alles sein, was du von mir brauchst. Vielmehr *werde* ich alles sein.«

»Was ich von dir brauche, ist Offenheit«, flüsterte ich. »Ich möchte, dass du mir alles von dir gibst.«

»Ich habe dir wehgetan«, sagte er leise. »Ich habe Zeichen auf deinem Körper hinterlassen.«

»Du hast mir wehgetan, aber du hast mir keinen *Schaden* zugefügt. Wäre es mir zu viel gewesen, hätte ich dich gestoppt. Die Grenze, die du dir gesetzt hast, war weit von dem entfernt, wo du mich eigentlich hättest hinbringen wollen, X. Stattdessen hast du die ganze Zeit dagestanden und dich mit weniger zufriedengegeben. Zwischen uns war immer ein Abstand.« Das war mir jetzt klar geworden. Seine Wut, seine Verzweiflung rührten daher, dass er versucht hatte, irgendwelchen eingebildeten Standards gerecht zu werden. Das entschuldigte zwar nicht alles, was er getan hatte, doch es erklärte mir mehr, als ich mir je hätte vorstellen können.

»Ich wollte das Dunkle aber nicht brauchen. Nicht, nachdem mir klar geworden ist, dass ich dich liebe, und du mir gesagt hast, dass du dazu nicht imstande bist. Meine Verantwortung als dein Partner – dein *dominanter* Partner – ist es, dir ein Gefühl von Sicherheit zu vermitteln. Ich musste deine Grenzen respektieren.«

»Ich weiß, und dafür danke ich dir.« Ich küsste ihn zärtlich. »Du hast mir den Raum gegeben, den ich zum Heilen brauchte. Falls du es nicht bemerkt haben solltest, ich kann nicht genug davon bekommen. Im Grunde wusste ich immer, dass du mich jederzeit gehen lassen würdest, auch wenn du mich wegsperrst, um mich vor gefährlichen Menschen zu schützen. Ich wusste immer, dass du mich und meine Grenzen respektierst. Dass du tief im Inneren nur ein zahmes Hündchen bist.«

Seine Augen blitzten auf, und er packte mich an den Hüften. »Ich glaube, ich hätte dich ein wenig härter versohlen sollen.«

»Oh, das hast du durchaus«, versicherte ich ihm lachend. »Aber im Ernst, X, damals waren wir andere Menschen als heute. Wir waren gerade erst dabei, uns ineinander zu verlieben. Wir haben nicht geglaubt, dass wir überhaupt zusammenbleiben würden.«

»Mit anderen Worten, wir waren Idioten.« Er küsste mich.

»Das heißt aber nicht, dass jetzt alles in Ordnung ist«, fügte ich an. Wenn wir offen miteinander sprachen, konnte ich ihm das nicht vorenthalten. »Ich vertraue dir, was meinen Körper anbelangt. Das wird immer so bleiben, aber …«

»Aber in einigen anderen Punkten muss ich dein Vertrauen erst wieder zurückgewinnen.« Er lehnte seine Stirn gegen meine. »Ich weiß, Süße.«

»Ich will dir nur klarmachen, dass du mich nicht fesseln und mir den besten Orgasmus meines Lebens schenken kannst und dann einfach mit allem davonkommst.«

»Der beste?«, fragte er mit jungenhaftem Grinsen, das so gar nicht typisch für ihn war, er wirkte sorglos und glücklich. Ich schmiegte mich an ihn und schlang die Arme um seinen Nacken, doch sein Lächeln verschwand allzu schnell. »Vielleicht sollte ich auch offen sein. Ich bin immer noch der Meinung, du solltest dir das mit dem Umzug auf ein anderes Anwesen überlegen.«

»Das kann ich nicht, Alexander«, sagte ich kopfschüttelnd, und meine Stimmung verfinsterte sich.

»Lass mich ausreden. Nur so lange, bis wir die beschissene Situation mit meiner Schwester und dem Parlament gelöst haben. Ich möchte, dass du dich auf das Baby konzentrierst, nicht auf meine Launen.«

»Ich denke darüber nach«, sagte ich und kreuzte heimlich die Finger in seinem Nacken.

»Aber du wirst nicht tun, was ich dir sage, oder?«

»Ich glaube, ich war heute schon ziemlich gehorsam. Du solltest dein Glück nicht überstrapazieren, X.«

Seine Hand wanderte unter meinen Bauch, wo sein Daumen sich auf meine Klitoris legte. »Dann sollten wir vielleicht lieber ein bisschen an unserer Kommunikation arbeiten.«

»Sehr gern.«

12

Alexander

Als ich an jenem Tag zum Abendessen ging, lächelte ich. Ich freute mich zwar nicht darauf, meine Schwester und ihren Gast zu bewirten, doch Clara würde auch dabei sein. Und ich würde durch die Hölle gehen, nur um einen Moment neben ihr zu sitzen. Einige Mitglieder des Personals gafften mich an, als ich vorbeikam, und huschten sogleich davon, als hielten sie meinen Frohsinn für die Ruhe vor dem Sturm. Ich konnte kaum behaupten, sie hätten nicht allen Grund dazu gehabt.

Am Ende des Gangs wartete mein Bruder auf mich. Einen Moment beneidete ich ihn um seinen bequemen Look aus Jeans und Oxford-Pullover, ich musste ständig diese fürchterlichen Anzüge tragen. Dann aber erinnerte ich mich daran, wie lange auch er sich hatte verstecken müssen. Ich warf ihm ein breites Lächeln zu und spürte, dass er endlich glücklich war. Was wollte ich mehr?

»Du scheinst heute besserer Laune zu sein«, sagte Edward und musterte mich misstrauisch.

»Wäre es dir lieber, ich wäre schlecht gelaunt?« Ich war tatsächlich bester Stimmung. Nur mit Mühe konnte ich ein selbstzufriedenes Grinsen unterdrücken, wenn ich daran dachte, wo ich den Nachmittag verbracht hatte – tief in meiner Frau.

»Sie verzeiht dir immer wieder«, stellte Edward verblüfft fest, der den Grund für meine gute Laune erriet.

»Wäre es dir lieber, sie würde es nicht tun?«, antwortete ich und kam mir vor wie eine hängengebliebene Schallplatte. Würde ich jemals einfach nur Glück empfinden können, ohne dass die Fehler meiner Vergangenheit es sofort zunichtemachten?

Er dachte einen Augenblick nach, dann schüttelte er den Kopf. »Nein. Aber nur deshalb, weil sie eine bessere Schwägerin ist als du ein Bruder.«

Ich bog um die Ecke in Richtung Esszimmer, und er folgte mir. »Warum bist du überhaupt hier?«, fragte ich. »Nicht dass ich etwas dagegen hätte. Aber das letzte Mal, das wir uns gesehen haben, hast du kein Wort mit mir gewechselt.«

»Clara hat mich angerufen. Sie wollte Verstärkung, glaube ich.«

»Aha.« Ich verstummte und überlegte, was er wohl dachte. »Hör mal, ich wusste nicht, dass Sarah heute nach Hause kommt.«

»Ja, das hat Clara mir erzählt. Ihr beide scheint wieder besser miteinander … auszukommen.«

»Wir wollen den Tag nicht vor dem Abend loben«, entgegnete ich. Ich bildete mir nicht ein, dass unser gemeinsamer Nachmittag all unsere Probleme gelöst hatte. Die Tatsache, dass Edward hier war, war der Beweis dafür. Ich konnte nur hoffen, dass dieser Nachmittag zumindest ein Anfang war. Wenn ich Clara nichts anderes geben konnte als sexuelle Befriedigung – meinen Körper –, würde ich das tun, doch natürlich wollte ich ihr mehr schenken. Ich wollte mich ihr ganz hingeben. Endlich war ich dazu bereit.

»*Du* hättest mich ja auch einladen können.«

Anscheinend kam Edward mit dem Ganzen nicht so gut zurecht, wie ich gedacht hatte. »Ich war sehr beschäftigt«, gab ich zu. »Und Sarah sagte, sie hätte eine Freundin zum Essen eingeladen.«

»Eine Freundin?«

»Keine Ahnung, wen. Ich wollte mich nicht damit auseinandersetzen.« Tatsächlich hatte ich es sofort verdrängt. Ich war mir nicht sicher, ob ich wissen wollte, mit wem meine Schwester nach zehnjähriger Abwesenheit schon wieder so dicke war. »Ist das der Grund, aus dem du …«

»Aus dem ich David nicht mitgebracht habe?« Edward nickte heftig. »Egal wer Sarahs Freundin sein mag …«

»… sie ist vermutlich eine falsche Schlange«, führte ich seinen Satz zu Ende.

»Ich wusste nicht, dass sie überhaupt schon mit jemandem Kontakt aufgenommen hat«, sagte Edward.

»Ich auch nicht.« Ich nahm mir vor, Brex anzuweisen, ein Auge auf Sarahs *Freunde* zu haben. »Wahrscheinlich hätten wir damit rechnen müssen.«

Wir wechselten einen Blick. Keiner von uns wusste, was

wir genau zu erwarten hatten, doch wir konnten es uns ziemlich gut vorstellen. Immerhin hatten wir uns in denselben Kreisen bewegt, bis Clara gekommen war und uns von ihnen erlöst hatte. Jetzt hatten wir schon lange nichts mehr mit ihnen zu tun gehabt.

»Ich hätte nicht gedacht, dass ich noch mal mit den Royalen Rotznasen zu tun haben würde«, brummte Edward.

»Royale Rotznasen?«, fragte ich mit hochgezogener Braue. Eine hervorragende Bezeichnung.

»Die Bezeichnung stammt von deiner hübschen Frau, allerdings beschränkte sich eure Beziehung damals noch auf Rendezvous.«

Das war nett ausgedrückt. Mein Verhältnis zu Clara hatte von Anfang an einen sehr körperlichen Charakter gehabt. Das erste Mal war mir im Kreise der Leute, die meine Schwester als Freunde bezeichnete, bewusst geworden, was Clara mir wirklich bedeutete – nicht, weil ich auf deren Meinung Wert legte, sondern weil ich wusste, wie grausam, manipulativ und elitär sie sein konnten. Ich war froh gewesen, sie los zu sein.

»Was hat Sarah zu ihrem Zimmer gesagt?«, fragte Edward.

Ich schüttelte den Kopf. »Ich würde das Thema lieber nicht anschneiden.«

Weitere Einzelheiten konnte ich ihm nicht mehr schildern, denn wir standen bereits vor der Tür zu unseren privaten Gemächern. Wir hatten beschlossen, lieber hier zu essen als in einem der offiziellen Prunkgemächer mit den ewig langen Tischen, in denen man sich unweigerlich komisch vorkam. Es war Claras Entscheidung gewesen, und ich hatte zugestimmt, denn mir war alles recht, was ihrem Wohlbefinden diente.

Ich hoffte, sie hatte sich nach unserem gemeinsamen Nachmittag nicht überanstrengt, doch da ich Clara kannte, wusste ich, dass diese Hoffnung vergebens war. Egal wie wütend und verwirrt sie noch immer sein mochte, meine Frau würde alles tun, um Sarah daheim willkommen zu heißen – auch wenn meine Schwester sie wie eine x-beliebige Bürgerliche behandelte. Ich wusste aber auch, dass Clara sich eine derartige Behandlung nicht ewig gefallen lassen würde. Falls Sarah glaubte, sie könnte Clara auf der Nase herumtanzen, würde sie sich noch wundern.

Der Tisch war festlich gedeckt. In der Mitte standen silberne Vasen mit weißen Rosen, da ich Clara gesagt hatte, dass dies Sarahs Lieblingsblumen waren. Sie hatte ihr liebstes Geschirr ausgewählt, das meine Mutter gleich nach der Hochzeit mit meinem Vater angeschafft hatte. Der gedeckte Tisch wirkte mit dem Besteck und dem Geschirr elegant, aber nicht überladen. Es war schon lange her, dass wir ein Abendessen im Kreis der Familie ausgerichtet hatten. Ich sah mich nach Elizabeths Hochstuhl um, konnte ihn aber nicht entdecken.

»Ich dachte, heute Abend bleiben wir als Erwachsene unter uns«, ertönte Claras Stimme hinter mir.

Ich hätte lieber mit meiner Frau und meiner Tochter gegessen, doch als ich mich zu ihr umdrehte, vergaß ich, was ich hatte sagen wollen.

Sie trug ein tief ausgeschnittenes Kleid, das ihre vollen Brüste zur Geltung brachte und sich über ihrem Babybauch dehnte. Die elfenbeinfarbene Seide schien mit Claras Haut zu verschmelzen. Clara war ein heller Typ, doch heute waren ihre Wangen noch immer von der Hitze gerötet, die ich nachmittags in ihr hatte aufsteigen lassen. Ich biss mir auf die Lippe und erinnerte mich daran, wie sich ihre samtenen Nippel auf meiner Zunge angefühlt hatten. Ob sie wohl geduscht und den Geruch weggewaschen hatte, den ich zwischen ihren Beinen hinterlassen hatte? Bestimmt nicht. Fast konnte ich ihn noch auf ihrer Haut riechen, was in mir den Wunsch weckte, sie über den Tisch zu beugen und erneut in sie einzudringen. Ich sehnte mich danach, die Markierungen zu sehen, die ich auf ihrem Körper hinterlassen hatte, und meine Lippen darauf zu legen.

»Na, anscheinend habt ihr beide euch versöhnt«, murmelte Edward und wandte den Blick von uns ab.

Unsere Köpfe schnellten gleichzeitig zu ihm herum. »Nein, haben wir nicht!«

Edward hob abwehrend die Hände und lachte in sich hinein. »Na klar. Gebt mir einfach Bescheid, wenn ich euch allein lassen soll.«

»Ich weiß nicht, wovon du sprichst«, sagte Clara, doch ihre Wangen färbten sich feuerrot.

»Ich rede davon, dass ihr kurz davor seid, es auf dem Tisch zu treiben.«

»Also mir ist gerade der Appetit vergangen«, ertönte eine hochmütige Stimme aus dem Flur.

Ich hätte ahnen müssen, wen meine Schwester zum Abendessen einladen würde. Und ich hätte es verhindern sollen. Als ich sah, wie die wunderbar rosige Färbung aus Claras Wangen wich, wusste ich, dass ich richtig gehört hatte.

Sarah war zurück, und das bedeutete, dass Pepper Lockwood ebenfalls zurück war.

Clara erholte sich schneller von dem Schock als ich, streckte die Hand aus und deutete auf den Tisch. »Es freut uns, dass ihr hier seid. Alexander hat mir erzählt, weiße Rosen sind deine Lieblingsblumen.«

»Waren sie mal«, entgegnete Sarah kühl.

»Du siehst hübsch aus.« Clara gab trotz Peppers Anwesenheit den Versuch nicht auf, Sarah für sich zu gewinnen. In dieser Hinsicht hatte sie einen besseren Charakter als ich, denn wenn es nach mir gegangen wäre, hätte ich das Dinner abgesagt und die beiden fortgeschickt.

»Wir wollen nach dem Essen noch ausgehen.« Pepper grinste höhnisch und richtete den Blick auf Claras schwangeren Bauch. »Wir würden euch ja bitten mitzukommen, aber …«

»Ist nicht mein Ding«, antwortete Clara und nahm ihren Platz am Tisch ein.

»Uns war nicht bewusst, dass die Sache so familiär ausfallen würde«, sagte Sarah und deutete auf ihr Outfit. Für ein Abendessen in der Familie war sie viel zu aufgetakelt – wobei sie eher zu wenig als zu viel anhatte, denn ihr enges schwarzes Kleid bedeckte nur das Allernötigste. Pepper schien sich an Sarah orientiert zu haben, denn auch sie trug lediglich einen silberfarbenen Fetzen Stoff und haushohe Stilettos. Sie passten perfekt zueinander – die zickige schöne Blondine und die coole dunkelhäutige Brünette. Mir tat schon jetzt jeder Mann leid, den sie ins Visier nahmen.

»Ich bin mir sicher, Brex wird euch gern begleiten.« Ich wählte meine Worte mit Bedacht. Meine Schwester war zwar kein Kind mehr, doch auch keine richtige Erwachsene. Brex würde sie im Auge behalten, aber wahrscheinlich würden wir

Norris brauchen, um die Presse abzuwimmeln. Nach zehn Jahren hatte ich nicht den Mut, ihr diesen Wunsch abzuschlagen, doch ich würde bald mit ihr reden müssen. Zuerst aber mussten wir dieses Abendessen hinter uns bringen.

»Ist Brex der Typ, der mich hergefahren hat?«, fragte sie. Als ich nickte, leckte sie sich die Lippen. »Der wird dir gefallen, Pepper.«

Ich blendete die Unterhaltung aus, die mir auf den Magen zu schlagen drohte, setzte mich neben Clara und legte ihr die Hand auf den Schenkel. Überrascht von dieser Geste wandte sie mir ihren Blick zu, sagte jedoch nichts.

»Sitzt du nicht am Kopfende des Tischs?«, fragte Sarah, die uns genau beobachtete.

»Mein Platz ist an der Seite meiner Frau.« Dieser Satz war mehr für Clara als für sie bestimmt. Vielleicht hatten wir nicht alle Probleme zwischen uns gelöst, doch Clara sollte wissen, dass ich noch immer daran glaubte.

»Wie überaus modern ihr seid«, kommentierte Sarah, sah zu ihrer Freundin und verdrehte die Augen.

Pepper faltete die Serviette auseinander und breitete sie auf dem Schoß aus. »Und, Clara? Fällt es dir schwer, genügend Nahrung für dich und das Baby aufzunehmen?« Sie warf Sarah einen besorgten Blick zu. »Clara hat nämlich eine Essstörung.«

»Wirklich? Das hat man mir gar nicht erzählt.« Sarah stützte das Kinn auf die Hand und blickte mir herausfordernd in die Augen.

»Meine Frau …«, begann ich, doch Clara legte die Hand auf meine.

»Schon in Ordnung. Sie machen sich nur Sorgen«, antwortete sie vielsagend. »Die morgendliche Übelkeit hat mir etwas zugesetzt, aber wir sind beide gesund. Wenn man nichts herunterbringt, weiß man gutes Essen wohl umso mehr zu schätzen.«

Ich sah meine Frau bewundernd an. Da saß sie an ihrem eigenen Tisch zwei Vipern gegenüber und tat, als seien sie alte Freunde. Dass Clara großartig war, wusste ich, doch nie war sie mir königlicher erschienen als jetzt. Das würde die beiden Schlangen zwar nicht zähmen, doch vielleicht würden sie sich zweimal überlegen, ob sie zubissen.

»Es hat mir leidgetan zu hören, dass deine Hochzeit geplatzt ist«, wandte sich Edward vom anderen Ende des Tischs an die beiden. »Pepper war mit Philip Abernathy verlobt. Stimmt es, dass er dich am Altar hat stehen lassen?«

Pepper blähte die Nasenflügel und hätte beinahe ihren Wein auf das Tischtuch verschüttet. »*Ich* habe die Hochzeit platzen lassen. Er war noch immer vernarrt in seine Ex, diese Schlampe.«

Ich schloss die Lider und versuchte, Kraft zu sammeln, denn in nur wenigen Sekunden würde ich sie dringend brauchen. Doch zu meinem Erstaunen ging weder Edward noch Clara darauf ein.

»Belle ist eine einzigartige Frau«, sagte ich, nachdem die beiden schwiegen. Das brachte mir einen überraschten Blick von meinem Bruder ein, während meine Frau mich dankbar ansah. In Wahrheit war ich davon überzeugt, dass Belle mich leidenschaftlich hasste, doch ich ließ nicht zu, dass irgendjemand über die beste Freundin der beiden herzog. Pepper konnte gern weiter versuchen, die Königin herauszufordern, doch ich wollte ihr in Erinnerung rufen, dass auch noch ein König am Tisch saß.

»Ja, ich finde sie großartig«, sagte Edward.

»Das wundert mich jetzt aber. Ich dachte nicht, dass du Frauen auf diese Weise siehst«, sagte Pepper in dem Versuch, Edwards Homosexualität gegen ihn zu verwenden.

Sarah winkte lachend ab. »Das wusste ich schon vor meinem Unfall.«

»Ich war gerade mal dreizehn, als du deinen Unfall hattest«, sagte Edward nüchtern.

»Für uns war es durchaus eine Überraschung«, sagte Pepper. »Damit hat keine von uns gerechnet. Er hat sich immer so *normal* verhalten.«

»Normal?«, wiederholte ich. »Habe ich mich da gerade verhört?«

»Ach«, sagte Sarah und klang zum ersten Mal aufrichtig, »ich habe mir nie ein Urteil darüber erlaubt. Ich wünschte nur, ich hätte für dich da sein können.«

Sie gab sich so heilig und unschuldig, dass ich mir nicht schlüssig war, ob sie es ernst meinte oder nur weiter herumstichelte.

»Das wünschten wir uns alle.« Edward pickte in seinem Salat herum, und ich nahm mir vor, Pepper offiziell Hausverbot erteilen zu lassen.

Trotz vieler Spitzen schafften wir es bis zum Hauptgang, bevor alles aus dem Ruder lief. Claras Fähigkeit zur Diplomatie hatte Grenzen, sie spielte ihre Karten auf subtile Weise aus, was sich in der Auswahl des Hauptgerichts widerspiegelte – ein dickes Steak mit Sauce Béarnaise.

Pepper starrte ihren Teller an, als liege ein Haufen Dreck darauf.

»Ich esse kein rotes Fleisch«, jammerte sie.

Sarah runzelte die Stirn und ließ die Finger auf Gabel und Messer ruhen. »Ich hatte das Küchenpersonal angewiesen, etwas Leichtes zuzubereiten. Entschuldige.«

»Manche von uns müssen auf ihre Linie achten, weil wir uns noch keinen Mann unter den Nagel gerissen haben.« Pepper klimperte mit den Wimpern und lächelte Clara süßlich zu, als sei das ein Kompliment. Ich war versucht, mein Messer auf sie zu schleudern.

Clara jedoch nahm Gabel und Messer zur Hand und schnitt, ohne mit der Wimper zu zucken, ihr Steak an. »Ich habe ebenfalls mit dem Personal gesprochen«, sagte sie ohne das geringste Bedauern. »Ich habe um das Steak gebeten. Das Eisen ist gut für das Baby.«

Sie hatte sich nicht entschuldigt und damit eine klare Botschaft gesandt. Hier – in diesem Palast – hatte sie das Sagen.

»Ich verzichte.« Pepper schob ihren Teller weg, woraufhin ein Bediensteter ihn an sich nahm und in die Küche eilte. »Es muss so entspannend sein, wenn man sich keine Sorgen mehr um sein Aussehen zu machen braucht, Clara.«

»Pepper«, sagte Edward und verzog den Mund, als habe er etwas Bitteres gegessen. Ich konnte praktisch zusehen, wie der Geduldsfaden meines Bruders von Minute zu Minute dünner wurde. Ich für meinen Teil hatte mir bereits ausgemalt, wie ich Peppers mageren Hintern vor die Tür setzte.

»Eigentlich habe ich mir nie sonderlich viele Gedanken über mein Aussehen gemacht«, gab Clara achselzuckend zurück.

»Alexander hat nichts an ihr auszusetzen«, pflichtete Edward Clara bei, indem er ihr ins Gedächtnis zurückrief, wie er uns noch vorhin mit unseren Schlafzimmergewohnheiten aufgezogen hatte.

»Er hat dich ja auch schon wieder geschwängert«, kommentierte Sarah. »Allerdings habe ich gehört, dass sie schon schwanger war, als du sie geheiratet hast. Ich hätte nicht gedacht, dass du auf so etwas hereinfallen würdest. Es ist durchaus von Vorteil, wenn man …«

»Sarah!«, fuhr ich ihr über den Mund. Ich hatte kein Problem damit, meiner Schwester ein wenig freien Lauf zu lassen, keiner von uns konnte nachvollziehen, wie sie sich fühlte, doch nun betrat sie gefährliches Terrain.

»Ich denke, das war von Anfang an ihr Plan«, sprang Pepper ihr zur Seite, ohne meine Warnung zu beachten. »Sie ist wie ein Tier. Wann immer ich sie sehe, haben sie gerade gepoppt.«

»Wir sollten das Gespräch an dieser Stelle beenden«, sagte ich leise. Hitze durchströmte mich, und meine Wut drohte sich zu entladen.

»Was ist?«, fragte Pepper mit gespielter Unschuld. Sie lehnte sich näher zu Sarah, als wollte sie ihr etwas Pikantes verraten, doch sie machte sich nicht die Mühe zu flüstern. »Clara weiß, wovon ich spreche. Erinnerst du dich noch, als ich euch überrascht habe? Nun ja, Alexander hat nichts gemerkt, aber sie hat mich direkt angesehen. Das war während des Jagd-Wochenendes auf dem Land. Ich habe noch nie eine so verruchte Frau gesehen. Sie hat es ihm auf dem Balkon besorgt. Er hat ihren Slip gepackt und …«

Ich sprang auf und schlug mit der Faust auf den Tisch, ehe sie ihre Erinnerungen weiter ausführen konnte. »Raus hier!«

»Sie ist mein Gast«, hob Sarah an.

»Betrachte ihre Einladung hiermit als aufgehoben«, knurrte ich.

Clara legte mir die Hand auf den Oberarm. »X!«

»Versuch bitte nicht, diplomatisch zu sein«, sagte ich, ohne sie anzusehen. »Anscheinend hat meine Schwester ein Problem. Der Königspalast gehört jetzt uns. Ebenso der Thron und die Krone. Mir und *ihr*.« Dabei zeigte ich auf Clara, um Sarah die Sache unmissverständlich klarzumachen. Wenn sie sehen wollte, wie weit sie mich treiben konnte, würde sie herausfinden, dass die Grenze schnell erreicht war, sobald es um meine Frau ging.

Sarah war aufgestanden und lehnte sich über den Tisch zu mir. »Warum hast du mich dann nicht in Windsor gelassen? Ich sehe doch, dass du hier dein idyllisches Familienglück pflegst. Da stört die kleine Schwester natürlich nur.«

Ich öffnete den Mund, um ihr zu antworten, doch in dem Moment ertönte ein lautes Klopfen an der Tür. Wir wandten uns um, und dort stand Norris, der gänzlich unbeeindruckt schien, dass wir uns bereits an die Gurgel gingen. »Entschuldigt die Störung, aber ich muss Ihre Majestät auf der Stelle sprechen.«

»Wir sind mitten beim Essen«, knurrte ich.

»Eigentlich sind wir fertig.« Sarah stand vom Tisch auf, und Pepper warf ihre Serviette weg und folgte ihr. Sie stolzierten aus dem Raum und in die Räumlichkeiten zurück, die wir für Sarah hergerichtet hatten.

Ich sah zu Norris und hoffte, er würde mir einen Aufschub gewähren, ich wollte meine Frau jetzt nicht allein lassen. Nicht nach den verbalen Entgleisungen, die sich die zwei ihr gegenüber geleistet hatten. »Kann die Angelegenheit nicht warten?«

Bedauernd schüttelte er den Kopf. »Ich fürchte, nein.«

»Mach dir keine Sorgen«, sagte Edward. »Clara und ich werden unsere Steaks und danach den Nachtisch der ganzen Truppe aufessen. In der Zwischenzeit können wir uns neue Spitznamen für Pepper überlegen.«

Clara kicherte, doch es klang halbherzig. »Geh nur, X. Mir geht es gut.«

Ich zögerte, aber sie gab mir einen spielerischen Schubs. Wir hatten heute Abend eine Show abgezogen und uns als Einheit präsentiert, doch ab irgendeinem Punkt war aus dem Spiel Ernst geworden. Ich befürchtete, wenn ich sie nun verließ, würde ich bei meiner Rückkehr wieder auf verschlossene Türen stoßen. Schweren Herzens riss ich den Blick von ihr los und sah meinen Bruder an. »Zwing ein bisschen Schokolade in sie hinein, damit sie den Besuch von Pepper vergisst.«

»Dein Wunsch ist mir Befehl«, antwortete er grinsend.

Sobald wir im Gang waren, wandte ich mich an Norris. »Ich hoffe, du hast einen guten Grund für diese Störung. Ich war gerade dabei, Pepper Lockwood den Marsch zu blasen.«

»Wurde auch Zeit, dass das mal jemand macht! Es sah allerdings so aus, als hätte Sarah ebenfalls ihren Teil abbekommen«, erwiderte er mit einem tiefen Seufzer. »Aber ich fürchte, die Sache kann nicht warten.«

»Was kann nicht warten an einem Abend wie diesem, wenn

meine Schwester nach zehn Jahren nach Hause zurückkehrt?« Ein Volksaufruhr war das Mindeste. Oder wenigstens gewalttätige Ausschreitungen.

»Das Parlament hat eine Sondersitzung abgehalten«, berichtete Norris. Ich ahnte, dass bei seinen nächsten Worten meine Welt aus den Fugen geraten würde. »Sie haben deine Entscheidung bezüglich Oliver Jacobson außer Kraft gesetzt.«

»Was heißt das?«, fragte ich, während Bilder von meiner blutigen Hochzeit vor meinem inneren Auge aufblitzten, bei der mein Vater ums Leben gekommen war.

»Alexander«, sagte er und legte mir die Hand auf die Schulter, als wollte er mich auf das Kommende vorbereiten. »Sie haben ihn aus dem Gefängnis entlassen.«

13

Clara

»Ich kann nicht glauben, dass Pepper bei euch war.« Belle verzog das Gesicht, trank einen Schluck Mineralwasser und rümpfte die Nase. »Schon bei dem Gedanken wünschte ich, ich hätte etwas Alkoholisches im Glas.«

Edward hatte uns mit einem nachmittäglichen privaten Besuch in Tamaras Laden überrascht. Erst hatte ich gezögert, doch dann erzählte er mir, die Designerin habe eine ganze Kollektion für Schwangere entworfen, zu der ich sie inspiriert habe. Schon am Anfang, als ich die ersten Male mit Alexander ausgegangen war, hatten Tamaras Kreationen einen Großteil meiner Garderobe ausgemacht, weshalb ich die Geste zu schätzen wusste. Dass ich schließlich zustimmte, hatte allerdings weniger damit zu tun, dass ich mein Ego aufpolieren wollte, als vielmehr mit der Aussicht auf einen Nachmittag unter Freunden. Ich musste endlich wieder etwas Normales tun – was in Anbetracht der Tatsache, wen ich geheiratet hatte, gar nicht so einfach war. Eine Shopping-Tour schien eine akzeptable Lösung.

»Geht mir genauso«, antwortete ich und massierte meinen Babybauch. Ich war gelinde gesagt entnervt. Obwohl ich mich am Vorabend so gut wie möglich beherrscht hatte, musste ich jetzt mit meinen Freunden darüber sprechen. »Ich wollte Alexander noch nie so gern sein Weinglas wegnehmen.«

»Aber, aber! Keine von euch wird Alkohol trinken«, sagte Edward, nippte an seinem Champagner und hob drohend den Finger. »Du könntest aus Solidarität ebenfalls abstinent bleiben«, schmollte Belle.

»Ich bin nicht mit einer Gebärmutter auf die Welt gekommen«, antwortete er, spürte aber sofort, dass er sich damit auf gefährliches Terrain begab, und ruderte sogleich zurück. Eine weise Entscheidung, denn ich erwog bereits, ihm mein nichtalkoholisches Getränk über den Kopf zu kippen. Er hob sein Glas und prostete mir zu. »Du hättest Clara sehen sollen! Sie hat sich wie eine vollendete Königin verhalten.«

»Was soll das heißen?«, fragte ich. Da er selbst ein Royal war, war dies vermutlich nicht als Beleidigung gemeint, doch wann immer man mir erklärt hatte, wie sich eine perfekte Königin zu verhalten habe, hatte man mir zugleich signalisiert, dass ich weit davon entfernt war. Was Alexanders Vater und seiner Großmutter zufolge eine perfekte Königin ausmachte, widerstrebte mir. Ich hatte kein Interesse daran, gehorsam zu sein oder mich gesetzt zu verhalten. Edward nahm meine Hand und drückte sie, während er mich schwärmerisch ansah.

»Du bist völlig ruhig geblieben. Das war spektakulär«, sagte er, an Belle gerichtet. »Pepper hat die ganze Zeit versucht, Clara zu provozieren, doch sie hat noch nicht mal mit der Wimper gezuckt.«

Darauf war ich tatsächlich ein bisschen stolz. »Wenn du wüsstest! Innerlich habe ich geschrien. Und hätte sie ihre Geschichte zu Ende erzählt …«

»Oh! Welche Geschichte?« Belle lehnte sich vor, ihre Schwangerschaft war noch nicht so weit gediehen, dass das unmöglich war, und ich empfand einen Anflug von Eifersucht. Ich würde nämlich beider Hilfe brauchen, um aus dem engen Stuhl des Showrooms wieder herauszukommen.

»Anscheinend«, sagte Edward und zog verschmitzt eine Augenbraue hoch, »hat sie unsere beiden Turteltäubchen bei einem Akt der Unzucht erwischt.«

»*Unzucht?*«, wiederholte Belle. »Wie alt bist du eigentlich? Achtzig?«

Edward schob seine Brille hoch. »So drücken wohlerzogene Menschen aus, dass sie sie beim Vögeln erwischt hat.«

»Danke für die Übersetzung.« Belles Augen glänzten vor Aufregung über diese Neuigkeit. »Dann gehe ich davon aus, ihr beide habt euch wieder versöhnt. Sonst hätte Pepper euch ja nicht dabei erwischen können.«

»Das ist eine Ewigkeit her«, sagte ich und konnte mein Lachen nicht zurückhalten. Hätte Pepper uns am gestrigen Tag gesehen … ich wollte mir gar nicht ausmalen, was sie davon gehalten hätte. Es war Pepper zu verdanken, dass es ein Foto vom ersten Kuss zwischen Alexander und mir gab. Die von ihr gemachte Aufnahme war damals in den Klatschblättern gelandet, daher war es gut, dass wir einen gewissen Sicherheitsabstand voneinander hielten.

Belle zog enttäuscht die Mundwinkel nach unten. »Dann habt ihr beide euch nicht versöhnt?«

»Ich dachte, du bist auch wütend auf ihn?« Als ich Belle ansah, merkte ich, dass meine scherzhafte Bemerkung ein Fehler gewesen war.

»Bin ich«, antwortete sie, und ihre Unterlippe begann zu zittern. »Doch die Schwangerschaft schlägt mir aufs Gemüt. Ich will einfach nur, dass alle Menschen glücklich sind.«

»Da besteht wohl wenig Hoffnung«, murmelte Edward, und ich warf ihm einen fragenden Blick zu.

Einen Moment später verstand ich, was er meinte. Belles Augen füllten sich mit Tränen, und sie begann hektisch, in ihrer Tasche herumzukramen. »Mist! Ich habe keine Taschentücher mehr.«

Edward zog ein Stofftaschentuch aus dem Sakko und reichte es ihr. »Vermutlich hast du alle aufgebraucht.«

»Ein Stofftaschentuch? Du bist wirklich achtzig«, sagte sie schluchzend.

Er gab vor, es ihr wieder wegnehmen zu wollen, doch sie brachte es in Sicherheit.

»Versuch *du* mal, ein Menschenleben in dir heranwachsen zu lassen, dann siehst du, wie einfach das ist.« Sie tupfte sich die Augen ab und schnäuzte sich. »Ich bekomme ein Baby, schon vergessen?«

»Erinnere mich nicht daran«, entgegnete Edward verdrießlich, »sonst ersäufe ich mich in Champagner.«

»Hey!«

»Nein«, sagte er rasch, nahm die Brille ab und polierte die Gläser. »Ihr seid nicht die Einzigen, die sich ständig darüber Gedanken machen, dass ich kein Baby bekommen kann.«

»Dann ist das für David immer noch ein Thema?«

Edwards Mann hatte nie ein Geheimnis daraus gemacht, wie sehr er sich ein Kind wünschte. Jetzt, wo sie verheiratet waren, schien sich sein Wunsch deutlich verstärkt zu haben. Er hatte sich sogar als Kindermädchen bei uns angeboten, falls Not am Mann sein sollte.

»Mehr denn je. Nur scheint es mir nicht der richtige Zeitpunkt zu sein«, gestand Edward.

»Wieso? Weil in der Königsfamilie gerade alles drunter und drüber geht?«, fragte ich.

Edward kippte den Rest seines Champagners hinunter. »Erst die Sache mit Anders, dann die Rückkehr meiner Schwester – es scheint einfach nie aufzuhören. Wir hatten schon genug Drama, als wir uns entschieden haben zu heiraten. Ihr wisst ja, wie das ist. Meine Kinder würden von der Presse abgelichtet werden, wann immer sie das Haus verlassen. Jeder kleine Fehler würde auf dem Titelblatt einer Illustrierten erscheinen. Nicht zu vergessen, dass die Hälfte der Bevölkerung ohnehin der Meinung ist, eine Ehe zwischen Schwulen sei unmoralisch. Ich glaube nicht, dass ich damit umgehen kann. David sieht das allerdings anders. Wie kann er nur denken, dass das eine gute Idee wäre?«

»Nicht die Hälfte der Bevölkerung«, korrigierte Belle. »Eher ein Drittel. Der Mehrheit war egal, wen du geheiratet hast, sie hat sich mehr für die Hochzeit an sich interessiert. Und auch da war nur die eine Hälfte sauer, dass du keine große Sause gemacht hast, wohingegen die andere froh war, dass keine Steuern verschwendet wurden.«

»Ein paar Pfund hat die Monarchie tatsächlich eingespart«, sagte Edward trocken.

Ich war in Gedanken noch bei dem, was er zuvor gesagt hatte. Während ich mir den Bauch rieb, dachte ich an die vielen Male, die Alexander geäußert hatte, er wolle keine Kinder. Edward hatte recht, sie würden ständig auf dem Prüfstand stehen, die Leute fällten über jede Bewegung, die unsere Familie machte, ihr Urteil. Es war mir zutiefst zuwider, dass mein Kind dem ausgesetzt sein würde. Daher wünschte sich ein Teil von mir, ich könnte es einfach im Bauch behalten, um es vor all dem zu beschützen.

»Oje«, sagte Belle und unterbrach damit meine Gedanken, »jetzt hast du sie zum Grübeln gebracht.«

»Entschuldige, Clara. Das wollte ich nicht.«

Ich wischte seine Entschuldigung weg. »Es ist ja nicht so, dass ich zum ersten Mal darüber nachdenke. Alexander hatte dieselben Befürchtungen wie du, doch dann kam Elizabeth. Ich weiß nicht, ob wir je Kinder bekommen hätten, wenn …«

In Wahrheit konnte ich mir eine Welt ohne meine Familie gar nicht mehr vorstellen.

»Siehst du? Alexander wollte auch keine Kinder, und nun schau ihn dir an.« Offensichtlich hielt Belle dieses Argument für entscheidend.

»Er ist ein großartiger Vater«, gab Edward zu.

»Du klingst ziemlich überrascht.« Ich hatte nie daran gezweifelt, dass Alexander ein wunderbarer Vater sein würde, denn ich kannte sein großes Herz.

»Na ja, dafür ist er ein beschissener König«, entgegnete Edward feixend.

»Ist er nicht«, rief ich.

Meine Freunde wechselten einen Blick. Ich war in ihre Falle getappt, und sie wussten, dass sie mich erwischt hatten.

»Ich sage doch, sie haben sich versöhnt«, kommentierte Edward.

»Fang nicht wieder damit an«, warnte Belle.

»Du warst ziemlich aufgeregt, als du vorhin dachtest, wir hätten uns nicht wieder vertragen«, entgegnete ich verwirrt.

»Sie steigert sich in alles hinein, auch wenn sie glücklich ist«, klärte Edward mich auf und zog ein weiteres Taschentuch heraus. »Ich habe heute Morgen extra meine Jackentasche aufgefüllt, um mit ihrem Tränenfluss Schritt halten zu können.«

»Störe ich?«, fragte Tamara.

Mühsam versuchte ich, mich auf die Füße hochzukämpfen, was mir erst gelang, als Edward sich vorbeugte und von hinten schob. »Danke«, sagte ich spröde. »Es gibt keine Ritterlichkeit mehr.«

»Clara«, sagte Tamara und breitete zur Begrüßung die Arme aus. »Ich habe reizende Sachen für dich. Damit wirst du deinem Mann den Kopf verdrehen – auch wenn es nicht so aussieht, als bräuchtest du dabei Hilfe.«

Sie berührte sanft meinen Bauch, und ich umarmte sie. »Deine Frisur!«

»Gefällt sie dir? Meine entsetzliche Schwester war der Meinung, an meinem Fünfzigsten müsse ich aussehen, wie es einer Frau meines Alters entspricht.« Sie tastete nach ihren pinkfarbenen Locken, vorher hatte sie einen platinblonden Bob getragen.

»Du siehst hinreißend aus.« Der Look hätte nicht vielen gestanden, doch Tamara war anders als die meisten Frauen. »Die Frisur steht dir.«

»Dann werde ich euch jetzt mal zeigen, was ich habe«, sagte Tamara und deutete auf Belle. »Auch für dich. Ich habe gehört, du bietest jetzt auch Schwangerschaftsmode an.«

»Ich muss ein paar gute Designer finden«, sagte Belle. Ihr Garderobenverleih war auf exklusive Mode spezialisiert, und seit sie ein Kind erwartete, hatte sie ihre Kollektion um Schwangerschaftskleidung erweitert.

»Dabei kann ich dir helfen«, versprach Tamara. »Ich habe für heute keine Models herbestellt, denn ich wollte, dass ihr die Ersten seid, die die Sachen anprobieren.«

»Wie lieb, dass du an uns gedacht hast«, sagte ich, während Tamara auf die andere Seite des Raums ging und ein Gestell mit fantastischen Kleidungsstücken zu uns herüberrollte.

»Ihr beide seid die beste Werbung, die ich bekommen kann. Daher sollte ich mich bei euch bedanken.« Sie nahm ein smaragdgrünes Kleid von der Stange und reichte es mir.

Edward hustete vielsagend. »Und mir dankt keiner?«

»Er möchte einen Finderlohn«, flüsterte ich ihr zu und strich mit den Fingern über den seidigen Stoff. Unglaublich, das Kleid fühlte sich genauso gut an, wie es aussah.

»Entschuldige, Edward. Möchtest du auch ein Kleid?«, fragte Tamara gänzlich ungerührt.

»Ach Baby, ich bin zwar ein Royal, aber keine Dragqueen«, gab Edward zurück. Er schenkte sich noch ein Glas Champagner ein und scherzte weiter mit Tamara, die nun etwas für Belle herauszog.

Das Kleid war geschmeidig wie Butter, und ich wunderte mich, dass etwas so Elegantes gleichzeitig auch bequem sein konnte. Der Schnitt betonte die schönen Kurven, die mir die Schwangerschaft geschenkt hatte. Statt unter der Brustlinie abzufallen, war das Kleid hoch geschnitten und umspielte meinen Nacken. Ich streifte meine hochhackigen Schuhe in einem natürlichen Nude-Ton über und stolzierte aus der Umkleidekabine, um mich ihnen zu zeigen.

Als Edward mich sah, stockte er mitten im Satz.

»Und?«, fragte ich und drehte mich im Kreis.

»Lang lebe die Königin«, rief er und stieß einen leisen Pfiff aus. »Wie schaffst du es, so sexy darin auszusehen?«

»Der Schnitt trägt sicher dazu bei«, klärte Tamara ihn auf. Eifrig kam sie zu mir, überprüfte die Passform und lächelte zufrieden. »Ich wusste, dass dir die Farbe steht. Was hältst du von dem hohen Halsband?«

Meine Finger wanderten nach oben. Der von ihr gewählte Begriff löste ein seltsames Gefühl in mir aus, doch ich nickte. »Jedes Kleid, das ich habe, lässt mich wie eine Bardame aussehen. Dieses hier ist anders, und es gefällt mir sehr.«

»Keine Sorge«, flüsterte Tamara verschwörerisch, »ich habe noch ein paar andere Kleider, die dein Dekolleté für Alexander zur Geltung bringen.«

Einen Augenblick später trat Belle vor uns. Sie trug eine weiße weit geschnittene Hose mit hohem Bund, der über ihrem kleinen Babybauch abschloss, dazu eine schwarze Bluse.

»Ich sehe schwanger aus und finde es großartig!«

Das Outfit stand ihr hervorragend, und es betonte ihre Schwangerschaft auf stilvolle Weise. Es war der perfekte Look für eine erfolgreiche Geschäftsfrau.

»So eine Hose hätte ich auch gern«, sagte ich, als ich sie betrachtete. »Es sei denn, ich bin schon zu weit dafür.« Ich strich mit der Hand über meinen wesentlich dickeren Bauch.

»Kein Problem, die passt sich an.« Belle schlenderte zu mir herüber und zeigte mir, dass der hohe Bund sich am oberen Ende tatsächlich dehnen ließ. »Außerdem hat sie diese raffinierten Knöpfe, die dafür sorgen, dass die Bluse an ihrem Platz bleibt. Tamara, du bist ein Genie!«

»Dann habe ich definitiv einen Finderlohn verdient«, grummelte Edward in freundlichem Ton.

»Ich werde dir einen seidenen Pyjama nähen lassen«, versprach Tamara und reichte mir ein weiteres Outfit.

Als ich mich später verabschiedete, besprach Belle gerade mit Tamara, wie viele Exemplare diese für ihren Web-Shop herstellen konnte. Da Tamara darauf bestand, dass unsere Outfits Einzelstücke blieben, diskutierten sie über andere Farbtöne. Nachdem ich alle zum Abschied geküsst hatte und zur Tür ging, fühlte ich mich heiterer als seit Ewigkeiten.

»Das muss alles mit?«, fragte Georgia, als eine Verkäuferin einen Schwung Taschen und Schachteln hinter uns hertrug. »Ich hätte einen zweiten Wagen herbeordern sollen.«

»Sie hätten gern mitkommen können«, sagte ich. Norris wartete beim Shoppen immer draußen, aber Georgia wollte womöglich dabei sein. Ich hatte sie meistens in Schwarz gesehen, doch wenn sie sich schick anzog, hatte sie durchaus Stil. Wahrscheinlich würde sie sich auch gut mit Tamara verstehen.

»Ist nicht mein Ding«, sagte Georgia und wartete darauf, dass ich ins Auto stieg. Ich zögerte einen Moment und entschied mich dann für den Beifahrersitz. Eine Sekunde huschte ein überraschter Ausdruck über ihre Gesichtszüge, doch sie sagte nichts. Normalerweise fuhr ich hinten mit, doch heute hatte ich etwas mit ihr zu bereden. Seit Tamara das Wort »Halsband« ausgesprochen hatte, war es mir nicht mehr aus dem Kopf gegangen.

»Ich wollte Sie etwas fragen«, sagte ich ein wenig zögerlich, als Georgia den Wagen startete.

»Klar.« Georgia gab sich wie immer eher desinteressiert. Sie hatte sich allerdings oft genug in meine Angelegenheiten eingemischt, ich wusste, dass sie nicht so unbeteiligt war, wie sie vorgab.

In den vergangenen Jahren war ich nicht sonderlich offen für ihre Beiträge gewesen – nicht nachdem sie mich darüber aufgeklärt hatte, welcher Natur ihre frühere Beziehung zu Alexander gewesen war. Ich war eifersüchtig gewesen, und zwar nicht weil sie eine Exfreundin von ihm war, zwischen den beiden war es nie um Liebe gegangen. Vielmehr hatte ich sie um das beneidet, was sie miteinander geteilt hatten – einen Ort der Lust, an den er mich jedoch nicht führen wollte. Wir hatten ein paar halbherzige Versuche gestartet, hatten ein bisschen herumgespielt. Noch nie war er so weit gegangen wie gestern. Die wunde Stelle an meinem Körper war der Beweis. Jetzt hatte ich eine Menge Fragen und wusste nicht, wem ich sie stellen sollte.

»Ich sterbe vor Neugier«, kommentierte sie trocken und wendete den Wagen.

»Könnten wir vielleicht irgendwo hingehen und in Ruhe reden?«, platzte ich heraus. Die kurze Strecke nach Hause bot nicht genügend Zeit zum Reden, außerdem wollte ich nicht, dass jemand mithörte. Georgia hatte sich stets diskret verhalten, und ich wusste, dass man ihr trauen konnte.

»Wollten Sie mich das fragen? Geht es um ein Date? Sie sind nicht mein Typ.«

»Vergessen wir's«, sagte ich. Es war eine dumme Idee gewesen.

»Sie könnten mich doch einfach anweisen, Sie irgendwo hinzufahren«, sagte sie. »Wenn Sie nicht nach Hause wollen, sagen Sie mir einfach, wohin ich Sie bringen soll.«

»Darum geht es nicht.« Ich schüttelte den Kopf und sammelte meinen Mut zusammen, um sie auf das Thema Unterwerfung anzusprechen. »Ich will mich nur mit Ihnen unterhalten.«

»Tatsächlich? Ich dachte, das wäre eine Ausrede.«

»Aber wenn Sie nicht wollen …«

»Ihr Wunsch ist mir Befehl«, murmelte sie. Sie suchte die Straße ab, bis ihr Blick einen freien Parkplatz fand. »Ich denke, hier ist es okay.«

Sie parkte den Wagen und drehte sich in ihrem Sitz zu mir. »Raus damit.«

»Wollen Sie Kaffee oder so?«, fragte ich und sah mich nach einem Café um.

»Kommen wir lieber gleich zur Sache. Wir sind vielbeschäftigte Frauen, und ich vermute, dass das, was Sie mich fragen wollen, unter uns bleiben soll.«

Damit hatte sie recht. Ich atmete tief ein und fasste Mut,

was leichter war, als ich angenommen hatte. Vielleicht, weil ich mich dem, was mir große Angst machte, bereits gestellt hatte. »Sie sagten einmal, wir sollten von Frau zu Frau miteinander reden.«

Ich wollte, dass sie sich an jenes Gespräch erinnerte, noch war ich nicht ganz bereit, mit der Wahrheit herauszurücken.

»Sie wollen ein Gespräch unter Frauen mit mir führen?«, fragte sie und verzog keine Miene.

Ich sagte mir, ich sollte es besser hinter mich bringen und zum Punkt kommen. »Ich möchte etwas über Unterwerfung erfahren.«

Georgia lehnte sich gegen die Tür des Wagens und setzte ein anzügliches Grinsen auf. »Ich wusste, dass Sie darauf stehen.«

»Woher?«, fragte ich ratlos. Da musste ich ansetzen. Sie hatte es vor mir gewusst, hatte seit unserer ersten Begegnung Bemerkungen darüber gemacht. Alexander hatte sich zu mir hingezogen gefühlt. Er hatte das Thema Unterwerfung zur Sprache gebracht, jedoch einen Rückzieher gemacht, als er gesehen hatte, dass ich mich davor scheute.

»Wollen Sie wissen, ob mit Ihnen etwas nicht stimmt?«

Ich nickte. Ich wusste nicht genügend über Dominanz, um genau zu verstehen, worauf ich mich eingelassen hatte oder warum. Plötzlich fiel es mir leicht, die Vorstellung zu akzeptieren.

»Nicht alle, die auf Unterwerfung stehen, sind durchgeknallt. Nur einige, so wie ich.«

»Das wollte ich nicht behaupten«, sagte ich eilig, da ich fürchtete, sie verletzt zu haben. »Ich hätte mir nur nie vorstellen können, etwas Derartiges zu wollen.«

Sie sah mich unverwandt an. »Haben Sie sich denn je ernsthaft darüber Gedanken gemacht? Die meisten Menschen tun das nicht, sondern werden von jemand anderem in das Thema Unterwerfung eingeführt. Oder sie suchen danach. Ich glaube, bei Ihnen war es ein bisschen von beidem. Sie wussten von Anfang an, dass Alexander solche Bedürfnisse hatte. Ich glaube nicht, dass er es so gut verstecken konnte, wie Sie beide vorgegeben haben.«

Ihre Worte hatten einen düsteren Unterton, weshalb ich mich wieder fragte, wie Georgia diese Seite bei sich selbst kennengelernt hatte. Alles an Georgia war dominant. Sie war kalt, berechnend und umwerfend schön, hatte jedoch nie ein Geheimnis aus ihrer Neigung zur sexuellen Unterwerfung gemacht. Diese Seite an ihr schien nicht zu ihrem sonstigen Charakter zu passen, aber sie schämte sich nicht dafür.

»Wahrscheinlich nicht«, gab ich zu. »Als er mich das erste Mal darauf ansprach, konnte ich mir nicht vorstellen, ihm so viel Macht über mich zu geben.«

»Und jetzt können Sie es.« Es war keine Frage, sondern eine Feststellung. »Ich gehe davon aus, dass Sie es sich nicht mehr nur vorstellen.« Sie ließ den Blick über mich gleiten, als halte sie nach Beweisen Ausschau.

Ich schlug die Füße übereinander, da ich wusste, dass ein fachkundiger Blick den Abdruck des Seils an den Knöcheln erkennen würde. Bei dem Gedanken an die roten Striemen und meine brennende Haut wurden meine Wangen heiß.

»Umso besser«, sagte Georgia, und ihre Ehrlichkeit erstaunte mich. »Das wird Ihnen helfen.«

»Wobei?«

»Bei der Kommunikation. Er versucht ständig, Sie zu kontrollieren, und Sie versuchen ständig, ihm etwas zu beweisen. Sie *sprechen* nie miteinander.«

»Nun, gestern haben wir tatsächlich nicht gerade viel miteinander gesprochen«, entgegnete ich trocken. Diesen Ratschlag hatten mir fast alle gegeben, mit denen ich in Kontakt stand, doch Georgia schien im Gegensatz zu allen anderen zu glauben, dass wir damit die Lösung gefunden hatten.

»Sie wollen wissen, warum er Ihnen Dinge verschweigt. Jetzt tun Sie nicht so überrascht!«, fügte sie hinzu, als ich sie verblüfft ansah. »Jeder vom Sicherheitsdienst weiß, dass Sie sich gestritten haben. Wahrscheinlich weiß es auch ein Großteil des Personals, denn Sie verhalten sich nicht gerade unauffällig. Hören Sie, er hat Geheimnisse vor Ihnen, weil er Ihnen einen Teil seiner selbst vorenthält. Jetzt aber haben Sie diese letzte Grenze überwunden.«

Das hatten wir tatsächlich. Ich hatte die feine Veränderung gespürt.

»Allerdings liebt er Sie, was die Sache verkompliziert.«

»Verkompliziert? Sollte das nicht alles einfacher machen?«

»Bei Unterwerfung geht es nicht nur um Sex«, sagte sie, »und meistens auch nicht um Liebe. Sie beide haben das jetzt alles vermischt. Sie müssen dafür sorgen, dass Sie die einzelnen Bereiche bewusst voneinander trennen.«

»Und wie soll ich das anstellen?«

»Sie sollten ein paar klare Grenzen ziehen«, riet sie mir. »Dinge, die Sie nicht tun wollen. Verhaltensweisen, die Sie nicht tolerieren werden. Entscheiden Sie, ob Sie sich ihm ständig unterwerfen wollen oder nur zeitweilig.«

»Ständig? Zeitweilig?« Es kam mir vor, als würde man mir neue Vokabeln beibringen.

»Sie sind keine Frau, die sich ständig unterwirft«, erklärte Georgia. Ich öffnete den Mund, um zu widersprechen, doch sie hob die Hand. »Machen Sie sich darüber keine Sorgen – ich bin es auch nicht. Ich will immer noch selbst bestimmen, wann und wie ich mich jemandem unterordne. Halsbänder interessieren mich nicht, und ich lege auch keinen Wert darauf, eine Sklavin zu sein.«

»Eine Sklavin?«, fragte ich mit trockenem Mund. Ich musste noch eine Menge lernen.

»Befehle entgegenzunehmen oder Erniedrigung. Das liegt mir nicht«, sagte sie, wandte dabei jedoch den Blick ab. Vielleicht war sie bereit, mich in das Thema einzuführen, doch etwas sagte mir, dass Georgia Kincaid Seiten hatte, die sie mir niemals zeigen würde. »Alexander wird Grenzen brauchen. Er ist von Natur aus dominant, hat jedoch ein paar kranke Vorstellungen diesbezüglich. Er glaubt, er müsse sich für sein wahres Ich bestrafen.«

»Ich denke, ich habe ihn davon abgehalten, sich auszuleben«, gestand ich.

»Er hat sich Ihretwegen zurückgehalten«, sagte sie, »aber ich habe immer vermutet …«

»… dass er nicht davon lassen kann«, erwiderte ich. Wie hatte ich das übersehen können?

»Ich vermute, er hat Sie darauf vorbereitet, ohne dass es ihm selbst bewusst war. Ist immer weiter gegangen, hat Ihre Grenzen ausgetestet.«

»Ich habe ihm gestattet … Er …« Es fühlte sich falsch an,

ihr zu sagen, was genau sich zwischen uns abgespielt hatte – es war, als würde ich ihn verraten. Immerhin hatte Alexander mir endlich diesen Teil seiner selbst offenbart.

»Sie müssen mir nicht erzählen, was er getan hat. Ich kann es mir lebhaft vorstellen.« Sie schien sich an etwas zu erinnern, und ein Schauder überlief mich. Ich musste mir ins Gedächtnis rufen, dass es hier nicht um Georgias Vergangenheit mit Alexander ging, sondern um meine Zukunft mit ihm. »Sie können mir aber sagen, wie Sie sich dabei gefühlt haben.«

»Ich habe nichts gefühlt«, sagte ich leise, »und alles. Es war, als würde alles andere verschwinden. Es gab nur diese Verbindung zwischen ihm und mir. Ich habe ihn dabei mehr gespürt als mich selbst.«

Sie hörte zu und presste die Lippen aufeinander. Als ich fertig war, sagte sie: »Diesen Zustand nennt man Subspace. Man vergisst alles um sich herum und fühlt sich …«

»… frei«, sagte ich. »Machst du es deshalb?«

»Ich werde dir keine Details verraten – es sei denn, du bestehst darauf, kinky Bitch.« Sie wich mir nicht aus, doch ich beschloss, nicht nachzuhaken. Georgia musste mir nicht verraten, worauf sie stand.

»Es war aber nicht nur der Sex«, fuhr ich fort. »Du hast ja vorhin selbst gesagt, es geht dabei nicht um Sex.«

»Es ist etwas anderes, aber viele Leute genießen den Sex als Teil davon. Wenn ich mir überlege, wie oft ich so tun musste, als würde ich nicht hören, wie ihr zwei es treibt, nehme ich an, dass du zu diesen Leuten gehörst.«

Ich überging ihre Bemerkung. »Was noch? Brauchen wir Accessoires?«

»Du brauchst ein Safewort.«

Die Hitze auf meinen Wangen verstärkte sich. »Das haben wir schon.«

»Ich verstehe, was er an dir mag«, sagte sie und lachte über mein Erröten. »Ich frage mich, ob der Rest von dir auch so rot wird.«

»Wer ist hier die Bitch? Sonst noch was?«

»Soll ich mit dir shoppen gehen?«, fragte sie rundheraus. »Ich bin zwar diskret, aber du kannst unmöglich in einen Laden marschieren und eine Peitsche kaufen, ohne danach auf dem Titelblatt aller Klatschblätter auf der ganzen Welt zu erscheinen.«

»Stimmt.« Ich nagte an meiner Unterlippe.

»Ich schau mal, was ich tun kann. Ich besorge dir ein Einsteigerpaket. Betrachte es als Geschenk zur Geburt des Babys.«

»Das ist mit Sicherheit das speziellste, das ich erhalten werde«, sagte ich.

»Du brauchst nicht viel. Ich bin mir sicher, dass er das Notwendige selbst besorgen wird.«

»Ich will ihm aber zeigen, dass ich es auch möchte«, vertraute ich ihr an. »Er glaubt nämlich, ich täte es nur, um ihm einen Gefallen zu tun. Er hat sich anschließend sogar bei mir entschuldigt.«

»Das hat mit seinem eigenen wirren Kopf zu tun. Alexander ist noch nie für das geliebt worden, was er wirklich ist«, erklärte Georgia mit überraschendem Verständnis. »Du musst ihm etwas schenken …«

»Ein kleines Seil?«

»Das wäre ein guter Anfang«, sagte sie mit einem Kichern, das sie sogleich unterdrückte. »Ich muss zugeben, ich bin ein bisschen eifersüchtig.«

»Sollte ich nicht mit dir darüber sprechen?«

»Ich werde dir nicht den Mann ausspannen. Reg dich nicht auf, aber ich habe erlebt, wozu er fähig ist«, entgegnete Georgia, seufzte jedoch, als handle es sich dabei um eine liebe Erinnerung. Sie hatte mir einmal erzählt, er habe Narben auf ihr hinterlassen.

»Ich nicht«, antwortete ich ruhig.

»Das wirst du noch.«

Ich wusste nicht, ob das als Versprechen oder Drohung gemeint war. Georgia startete den Wagen und fuhr in Richtung Buckingham-Palast. Es gab viel, worüber ich nachdenken musste, doch seltsamerweise beschäftigte mich momentan ein Punkt am meisten. »Ich glaube, wir laufen Gefahr, Freundinnen zu werden.«

Georgia hielt den Blick fest auf die Straße gerichtet: »An deiner Stelle würde ich noch keine Freundschaftsbändchen kaufen.«

14

Alexander

Ich warf die Morgenausgaben der Klatschblätter auf Sarahs Teller. Sie nahm weit nach zwölf ihr Frühstück ein. Wahrscheinlich war das der Grund dafür, warum sie nach einer durchfeierten Nacht so gut erholt aussah.

»Die Eier können noch so perfekt sein, mit Druckerschwärze schmecken sie nicht«, sagte Sarah und hob angeekelt die Zeitungen hoch, von denen das Eigelb herabtroff.

»Ich dachte, du willst vielleicht einen Blick unter deinen Rock werfen, nachdem es schon halb England getan hat.« Das Titelbild auf der obersten Zeitung zeigte ein wenig schmeichelhaftes Foto von Sarah und ihrem Hintern, irgendwo im Osten Londons.

»Entspann dich. Früher bist du selbst mit mir in diesen Club gegangen«, erwiderte sie achselzuckend und führte die Teetasse an die Lippen. »Du hörst dich schon an wie Dad.«

Hilfesuchend richtete ich den Blick zur Decke. Wenn es einen Gott gab, mochte er mir Geduld verleihen. Da Sarah sich wie ein Kind verhielt, fühlte ich mich tatsächlich wie ihr Vater. »Ich gehe seit Jahren nicht mehr in diesen Club.«

»Seit du geheiratet hast, stimmt's? Seit du erwachsen geworden bist«, stieß sie hervor.

»Das Leben ist ohne dich weitergegangen, Sarah. Entschuldige, dass wir nicht alle gewartet haben, bis du nach Hause kommst.«

»Du hast ja noch nicht einmal darauf gewartet, dass ich wieder aufwache. Du hast allen erzählt, ich sei tot.« Sie erhob sich, um mit mir auf Augenhöhe zu sein. »Ich zeige nur allen, dass das nicht der Fall ist.«

»Du bist gerade mal einen Tag wieder hier …«, begann ich.

»… und schon bin ich einen Abend ausgegangen.« Mit zitternden Lippen ließ sie sich auf den Stuhl sinken. »Möchtest du wissen, was ich getan habe, nachdem man mir ein Telefon gegeben und gezeigt hat, wie man das verdammte Ding bedient? Ich habe geschaut, was meine Freunde heute machen. Sie sind verheiratet, haben Kinder, sind geschieden. Oder tot. Ich *weiß*, dass das Leben ohne mich weitergegangen ist. Du hast keine Ahnung, wie es sich anfühlt, so viel verpasst zu haben.«

»Nicht alle deine Freunde sind in einer neuen Lebensphase«, sagte ich. Sarah hatte recht, sie war gerade einmal einen Tag hier, und schon putzte ich sie herunter.

»Pepper nicht«, entgegnete sie vielsagend, »aber die hast du aus dem Haus geworfen.«

»Das hat sie sich selbst zuzuschreiben.« Ich wollte mir Sarahs

Seite anhören, aber das hieß nicht, dass ich sie nicht korrigierte.

»Wusstest du, dass ich vor dem Unfall einen Freund hatte? Jetzt ist er mit irgendeiner Schlampe aus Devonshire verheiratet.« In Sarahs Augen schwammen Tränen. »Das Einzige, was ich habe, ist Geld und dass ich frei von Pflichten bin. Ansonsten habe ich keinen Job, kein Abitur und, ach ja, mein Dad ist tot. Aber, hey, immerhin bin ich auf dem zweiten Platz in der Thronfolge.«

»Auf dem dritten«, korrigierte ich freundlich.

»Na klar«, schnaubte sie. »Und schon bald werde ich auf Rang vier rutschen, denn deine vollkommene Gattin bekommt schon wieder ein Kind.«

»Sie hat dich in unserem Haus willkommen geheißen«, sagte ich. Mein Geduldsfaden wurde allmählich dünner, und dass sie Clara erwähnte, machte es nicht besser.

»Sie hatte keine andere Wahl!«

»Doch. Sie hat es frei entschieden.« Hätte Clara Nein gesagt, hätte ich das ohne Widerrede akzeptiert.

»Sie hat dich tatsächlich an der Kandare.« Sarah starrte mich an, als sei ihr das soeben erst klar geworden.

»Ich würde dir raten, meine Frau nicht zu unterschätzen.«

Sarah schüttelte den Kopf und runzelte mit mitleidigem Ausdruck die Stirn. Da begriff ich, dass sie mich missverstanden hatte. »Ich dachte mir schon, dass sie ein hinterlistiges Biest ist. Verheiratet und zwei Kinder – sie hat dich reingelegt. Ich habe nachgerechnet, sie hat sich schwängern lassen, damit du sie heiratest. Du kannst mir ruhig die Wahrheit sagen. Bist du überhaupt sicher, dass das Baby …«

»Halt den Mund«, unterbrach ich sie mit leiser Stimme. Sie war kurz davor, etwas zu sagen, das ich nicht würde ignorieren können. »Ich habe weder Clara noch meine Tochter verdient. Die beiden sind die wichtigsten Menschen in meinem Leben.«

»Und was soll das heißen?«, fauchte sie. »Dass du an niemand anders mehr denken kannst? Mir ist aufgefallen, dass du mich nicht besucht hast, nachdem ich aufgewacht war. Jeden Tag habe ich eine weitere schreckliche Tatsache erfahren, und das alles von wildfremden Menschen.«

»Ich wollte nur sicherstellen, dass die Presse dich in Ruhe lässt.« Das hatte ihr Brex bereits erläutert, doch meine Abwesenheit sagte offenbar mehr als irgendeine Nachricht.

»Du wolltest nur nicht, dass sie herausfinden, was du getan hast, aber du kannst mir nicht den Mund verbieten, Alexander, und du kannst mich auch nicht wegsperren. Das hatte ich genug für den Rest meines Lebens.« Sie stand auf und griff nach ihrer Teetasse. »Wenn ich das nächste halbe Jahr nackt auf der Straße tanzen möchte, mache ich das. Ich bin jetzt erwachsen.«

Fast hätte ich gesagt, dann sollte sie sich auch entsprechend benehmen, doch wir wurden von Norris unterbrochen. Hinter ihm trat ein Mann in einem marineblauen Anzug herein. Ich hielt den Mund, denn ich wollte kein Publikum bei dieser Auseinandersetzung. Auf Sarah hatte die Ankunft der beiden eine ähnliche Wirkung. Sie musterte den neuen Gast mit gierigem Blick, bis sie seinen Ehering bemerkte.

»Entschuldigt mich«, schnaubte sie und schlenderte den Gang hinunter.

»Tut mir leid.«

Er zuckte mit den Schultern. »Teenager.«

Damit hatte er nicht unrecht.

Ich stand auf, winkte den Mann hinter mir her und machte mich auf den Weg zu meinem Büro, diese Unterredung musste auf jeden Fall vertraulich bleiben. Norris entschuldigte sich, um nachzusehen, ob beim Personal alles in Ordnung war.

Wir schlossen die Tür hinter uns, und ich griff nach einer Flasche Scotch.

»Danke, dass Sie gekommen sind.« Das war in Anbetracht unserer gemeinsamen Geschichte zwar eine überaus förmliche Begrüßung, doch Smith Price machte mich nervös. Ich wusste genug über ihn, um sagen zu können, dass wir ähnliche Vorlieben pflegten, doch damit endeten unsere Gemeinsamkeiten auch schon. Wir waren ganz unterschiedlich aufgewachsen und führten völlig verschiedene Leben. Er vertuschte die Sünden anderer, ich hingegen zahlte für sie.

Smith nahm den Drink, den ich ihm anbot, und ließ den Whisky nachdenklich im Glas kreisen. »Mir bleibt wohl kaum etwas anderes übrig, oder?«

»Wenn Sie gehen wollen, sagen Sie es einfach.«

Smith hatte wesentlich dazu beigetragen, herauszufinden, wer hinter den Anschlägen stand, die meinen Vater das Leben gekostet und meine Familie bedroht hatten. Fast wäre er dabei selbst ums Leben gekommen, trotzdem war er kein treuer Diener der Krone. Vielleicht eher ein Verbündeter, doch ich hätte ihn nie als Freund bezeichnet. Soweit ich wusste, war er ein Schurke, der sich irgendwann auf seinem Lebensweg ein

Gewissen zugelegt hatte. Ich hatte ihm nie ganz vertraut, bis er mit Claras bester Freundin zusammengekommen war. Ich wusste besser als die meisten Menschen, wie sehr die Liebe einen Menschen verändern konnte. Als seine Aufgabe Belle in Gefahr gebracht hatte, hatte er sie dennoch zu Ende geführt. Vielleicht, weil er ebenso wie ich wusste, dass er nicht würde schlafen können, bis wir das Übel an der Wurzel ausgerottet hatten.

»Clara weiß Bescheid«, warnte ich ihn. »Sie könnte es Belle erzählen.« Am liebsten hätte ich Clara die neuesten Entwicklungen vorenthalten, doch das ging nicht mehr, und letztlich war, es ihr zu erzählen, leichter gewesen als erwartet.

»Ich würde das Belle sowieso nicht verschweigen«, gestand er und zeigte sich damit ungewöhnlich verletzlich. »Ich hatte nur gehofft, das Problem wäre ein für alle Mal aus der Welt.«

Das hatte ich ebenfalls gedacht. Noch vor einem Monat saß Oliver Jacobson in einer Gefängniszelle und hatte mir folgenlose Drohungen entgegengeschleudert. Nun war er wieder auf freiem Fuß. »Das Ganze ist meine Schuld. Ich war überzeugt, das Parlament würde einsehen, wie gefährlich er ist.«

»Ich verstehe das nicht. Die Abgeordneten haben doch sein Geständnis«, sagte Smith, der in die Einzelheiten eingeweiht war. Es war im Grunde nicht korrekt gewesen, ihn einzubeziehen, doch er hatte sich dieses Vertrauen verdient.

»Die behaupten jetzt, er sei dazu genötigt worden.« Ich hatte mich an die Regeln gehalten und war dafür mit Vorwürfen belohnt worden. Viele Male hatte ich mir vorgestellt, was ich tun würde, wenn ich den Mann in die Finger bekäme, der versucht hatte, mir Clara zu nehmen. Ich wollte ihn langsam ersticken und genussvoll dabei zusehen, wie das Leben aus ihm wich. Und obwohl ich mich zurückgehalten hatte, war *ich* nun derjenige, der bestraft wurde. Hätte ich den Mumm gehabt, Jacobson zu erledigen, würde er jetzt nicht frei herumlaufen.

»Irgendwie war es klar, dass das Parlament die Wahrheit nicht sehen wollte«, sagte Smith. »Die können schlecht zugeben, dass einer von ihnen die Seiten gewechselt hat. Das würde ein negatives Licht auf den Rest werfen.«

Allerdings hatte sich nicht nur das Parlament gegen uns verschworen. »Ich dachte, die öffentliche Meinung wäre auf unserer Seite, sobald die Nachricht raus wäre.«

Da hatte ich mich getäuscht. Die Presse hatte die Angelegenheit als eine Überschreitung der Macht seitens der Monarchie dargestellt. Und mich als einen Mann, der wild entschlossen war, den Tod seines Vaters zu rächen. »Ich befürchte, Albert war nicht sonderlich beliebt.«

»Ganz im Gegensatz zu Jacobson«, brummte Smith.

»Sie kennen ihn doch von früher. Wie war er damals?« Ich hatte von der Existenz jenes Mannes erst erfahren, als wir seinen Namen herausgefunden hatten. Auf dem Papier war er der Letzte, den man verdächtigen würde.

»Er hat zuweilen ein paar verächtliche Bemerkungen über die Königsfamilie gemacht, aber ansonsten schien er in Ordnung zu sein. Allerdings war er vernarrt in Belles Mutter, und die ist eine schreckliche Frau. Ich habe zwar keinen Verdacht gegen ihn gehegt, ihm aber auch nicht vertraut«, fügte er an.

»Doch schien er zu so etwas in der Lage zu sein?« Jacobson stammte aus armen Verhältnissen und hatte sich durch die Ränge des Parlaments hochgearbeitet. Er hatte sich durch die Universität gekämpft und erstklassige Noten errungen. Er unterstützte gemeinnützige Organisationen. Offen gesagt, war er langweilig.

»Nein, und genau das hat mir immer zu denken gegeben. Sonst hätte er jetzt eine Kugel im Kopf«, gab Smith zu und bestätigte damit eine Vermutung, die ich schon eine Weile hatte.

»Ich muss gestehen, es hat mich überrascht, dass wir ihn lebend festnehmen konnten.« Aus Höflichkeit hatte ich Smith den Namen des Täters genannt, bevor wir zur Verhaftung schritten. Ich war mir nicht sicher gewesen, ob wir Jacobson tot oder lebendig vorfinden würden, hätte aber auf Ersteres gewettet.

»Das hätten Sie auch fast nicht.« Smith sah mich an, und seine Augen glichen kalten Smaragden. »Hatten Sie das Gegenteil gehofft?«

Leugnen schien mir angebrachter zu sein als die Wahrheit. Auch jetzt war ich mir nicht hundertprozentig sicher, ob ich Smith Price trauen konnte. Er hatte einen Verbündeten im Stich gelassen und war kein Fan von mir – etwas, das auf Gegenseitigkeit beruhte. Doch mein Instinkt riet mir, ihm zu trauen, da für uns beide etwas Unersetzliches auf dem Spiel stand.

Also zuckte ich die Achseln. »Manchmal ja. Das hätte zwar einen Tumult verursacht, wäre jedoch leichter zu bereinigen gewesen.«

»Und jetzt ist er unantastbar. Obwohl, vielleicht gibt es Wege …«

»Ab sofort wird von den Leuten da draußen alles hinterfragt werden. Sollte sich dieser Mann heute Abend vor Augenzeugen erhängen, würde man dennoch von Mord sprechen.« Ich hätte nie gedacht, dass ich derartige Dinge so kaltblütig besprechen könnte wie einen beliebigen Geschäftsabschluss. Dass es mir so leichtfiel, verursachte mir Unbehagen.

»Wenn man ihn schon nicht umbringen kann, wäre es hilfreich, ihn zumindest mit dem Bombenanschlag in Verbindung zu bringen.«

»Während des Symposiums hat er im Gefängnis gesessen. Das ist das Einzige, was alle sehen. Doch er wusste davon«, berichtete ich Smith und erinnerte mich an die eiskalte Genugtuung in Jacobsons Gesicht, als er davon gesprochen hatte. »Er hat mich gefragt, was passiert sei, aber er wusste es. Vielleicht hat er den Anschlag nicht selbst angeordnet, doch er wusste, dass er stattfinden würde.«

Dann hatte er vorausgesagt, dass weitere Dinge passieren würden. Ich hatte es damals bewusst ignoriert und versuchte nun, nicht darüber nachzudenken, ob Jacobson recht hatte und was er im Schilde führte.

»Darüber habe ich mir ebenfalls Gedanken gemacht«, räumte Smith ein. »Der Bombenanschlag ergibt keinen Sinn. Er schien eher eine Art …«

»… Ablenkungsmanöver zu sein.« Ich rieb mir den Kiefer und schüttelte den Kopf. Es war kein gutes Zeichen, dass Smith dasselbe dachte wie ich. »Diesen Gedanken hatte ich auch schon.«

»Was meint Norris dazu?«, fragte Smith. Norris war während der Operation Smiths wichtigster Ansprechpartner gewesen. Die beiden hatten eine Art Respekt füreinander entwickelt, die ich nicht verstand. Andererseits war auch Norris ein Mann, der ohne Zögern handeln würde, um ihm nahestehende Menschen zu schützen. Deshalb hatte ich ihn an meine Seite beordert.

Norris hatte jedoch auch nicht mehr Informationen als wir. »Das ergibt alles keinen Sinn, was die Sache noch besorgniserregender macht.«

Nach dem Anschlag auf das Child Watch Symposium im Januar, wo sich neben vielen anderen auch meine Frau befunden hatte, hatte sich niemand zu der Tat bekannt. Wir hatten kaum Anhaltspunkte. Der Informant, der uns gewarnt und damit sichergestellt hatte, dass wir Clara rechtzeitig aus dem Gebäude herausbekamen, war untergetaucht. »Das ging alles zu glatt. Die Information hätte keine Minute später kommen dürfen.«

»Man hat uns gerade genug Zeit gegeben, um die Menschen in Sicherheit zu bringen, aber die Bombe ging trotzdem hoch.« Er verstummte und dachte nach. Als er wieder zu sprechen begann, wählte er seine Worte mit Bedacht. »Sind wir ganz sicher, dass Clara das Ziel des Anschlags war? Wenn die Täter ihr hätten schaden wollen, hätten sie die Möglichkeit dazu gehabt.«

»Was sollte sonst das Ziel gewesen sein?« Ich hatte diesen Gedanken sofort verworfen, als er mir schon einmal gekommen war.

»Warum sollte man die Dame bedrohen, sie aber nicht schlagen?«, fragte Smith.

»Das macht man nur, wenn man…« Ich umklammerte

mit beiden Händen die Armlehnen und grub die Fingernägel in den Lederbezug. Vielleicht war Clara an jenem Tag gar nicht in Gefahr gewesen, doch sie würde mit uns allen fallen, wenn der Gegenspieler uns im Schach hatte.

»Sie war ein Ablenkungsmanöver. Alle Pferde des Königs und all seine Männer«, sagte er mit hohler Stimme. »Jeder Einzelne, all Ihre Leute waren darauf konzentriert. Was haben wir übersehen?«

»Sie wissen ebenso gut wie ich, wie es ist, im Krieg zu sein.« Smith war zwar nicht wie ich Soldat gewesen, doch er hatte auf seine eigene Weise an der Front gestanden. Er war von Jack Hammond aufgezogen wurden, der zu Londons berühmtesten Gangsterbossen gehörte – ein alter Freund, aber auch Feind der Familie.

»Das hier fühlt sich nicht wie ein Krieg an«, sagte Smith.

»Weil es kein Krieg ist. Wir haben die Sache nur so behandelt. Das war unser Fehler. Wir sind davon ausgegangen, dass sie unseren Tod wollen.« Doch es war noch viel schlimmer. Krieg hatte etwas Ehrliches – eine brutale, gewalttätige Wahrheit. Der Feind wollte den Gegner umbringen, denn nur so waren Kriege zu gewinnen. Feinde spielten nicht mit ihren Gegnern. »Wenn es sich hierbei aber um ein Spiel handelt, was ist dann der Gewinn?«

15

Alexander

»Kommst du überhaupt nicht mehr ins Bett?«

Ich blickte auf und bemerkte, dass es bereits Abend war und ich in einem fast dunklen Zimmer saß. In den Händen hielt ich Dokumente, die ich seit Stunden anstarrte, ohne etwas zu sehen. Clara stand in der Tür, und das Licht aus dem Vorzimmer umfing ihre Silhouette. Sie war ein Engel, der ausgesandt worden war, um mich von meinen Dämonen zu befreien, aber ich war mir nicht sicher, ob ich die Erlösung überhaupt verdiente.

Vor ein paar Tagen hatten wir einen Schritt in die richtige Richtung getan, doch in unserer Beziehung war es schon öfter vorgekommen, dass wir zu sprinten begonnen hatten, bevor die Ziellinie in Sicht war. Ich konnte es mir nicht leisten, noch mehr zu verlieren. Das hier musste gut werden. *Zwischen uns* musste es gut werden. In Wahrheit war noch nicht alles wieder gut, und es war an mir, Buße für die von mir begangenen Fehler zu leisten. Clara musste wieder Vertrauen zu mir fassen, und ich musste ihr Zeit und Raum lassen herauszufinden, dass sie mir tatsächlich vertrauen konnte. »Möchtest du, dass ich komme?«

»Ich habe dich schon gestern Nacht erwartet«, gab sie zu. Sie betrat das Büro, und ich sah, dass sie nur ihren Morgenmantel trug. Die weiche rosafarbene Seide umfloss ihren Körper und umschmeichelte ihre Kurven in einer Weise, dass ich scharf die Luft einsog. »Doch bei allem, was gerade los ist«, sagte sie sanft, »verstehe ich natürlich, warum du nicht gekommen bist.«

Ich hatte Clara in die Einzelheiten über Oliver Jacobson eingeweiht. Früher hatte ich den Fehler begangen, solche Dinge von ihr fernzuhalten, und auch jetzt fragte ich mich, ob es die richtige Entscheidung gewesen war, ihr alles zu sagen. Mit dem Baby und dem Einzug meiner Schwester in unser Zuhause hatte Clara bereits genügend Aufregung zu bewältigen. Andererseits hatten derartige Angelegenheiten die unselige Eigenschaft, ohnehin immer ans Licht zu kommen. Als ich am Morgen aufgewacht war, hatte meine Schwester sämtliche Klatschblätter des Landes geziert, während Jacobsons Gesicht auf den Titelseiten aller seriösen Nachrichtenblätter abgebildet gewesen war.

Clara kam zu meinem Schreibtisch und lehnte sich dagegen. Ihr Haar war noch feucht vom Bad, und ihre Haut duftete schwach nach Rosen. Meine Selbstkontrolle versagte, ich griff nach ihren Hüften und zog ihren Körper zu mir, bis sie direkt vor mir stand. Gerne hätte ich mich in ihr vergraben und die vergangenen Tage vergessen. Stattdessen lehnte ich den Kopf an ihren Bauch und lauschte dem Wunder, das sie für uns beide behütete.

»Ich wusste nicht, ob du bereit bist, mich wieder in deinem Bett zu haben«, sagte ich leise.

»In *unserem* Bett«, korrigierte sie mich und strich mir mit den Fingern durchs Haar. »Zuerst habe ich woanders geschlafen, jetzt schläfst du in deinem Büro. Es hat einen Grund, warum wir ein gemeinsames Bett besitzen, X.«

»Ich sollte mir das aber verdienen.«

»Was verdienen?«, fragte sie sanft.

»Den Platz neben dir. In unserem Bett. In unserem gemeinsamen Leben.«

Es gab eine Million Gründe, warum ich im Büro bleiben sollte. Ich wollte, dass Clara London und mich verließ. Sie sollte irgendwohin gehen, wo dieses heimtückische Spiel, das da jemand mit uns spielte, ihr nichts anhaben konnte – und wo *ich* sie nicht verletzen konnte.

»Verdienen? Du verdienst Vertrauen. Und Respekt.« Sie legte die Hand unter mein Kinn und zwang mich aufzusehen. »Liebe kann man sich nicht verdienen, X. Mein Herz ist ein Geschenk, ich habe es dir gegeben. Du trägst mein Herz in dir und ich deins in mir.«

»Bislang hast du besser auf meins aufgepasst als ich auf deins«, flüsterte ich und rückte etwas von ihr ab.

»Hör auf, dich für die Vergangenheit zu geißeln, und sei stattdessen an meiner Seite. Wir müssen irgendwo anfangen.« Sie streckte die Hand aus, es war ein Angebot. Wenn ich es annahm, war das ein Anfang. Wir mussten nur noch entscheiden, in welche Richtung wir gehen wollten.

Ich folgte ihr in unsere Privatgemächer und schwor mir, sie in keiner Weise zu drängen. Ich wollte nicht mehr nehmen, als sie mir zu geben bereit war. Sobald wir das Schlafzimmer erreichten, eilte sie ins Bad und streifte auf dem Weg dorthin den Morgenrock ab. Ich sah zu, wie sie sich die Zähne putzte, und verliebte mich dabei noch mehr in sie. Als sie fertig war, kam sie ins Schlafzimmer zurück und sah mich mit einem seltsamen Gesichtsausdruck an.

»Schläfst du heute im Anzug?«, fragte sie mit angehobener Braue und wies mich damit auf das Offensichtliche hin. Sie ging zum Bett und glitt in ihrem hauchdünnen Nachthemd an mir vorbei. Als sie die Tagesdecke abzog, zwang ich mich dazu, ins Ankleidezimmer zu gehen. Ich hängte mein Jackett auf einen Kleiderbügel und dachte über die Lächerlichkeit der Situation nach. Sie war meine Frau, erinnerte ich mich, während ich meine Krawatte löste und auf die Kommode warf. Dies hier war unser Bett. Ich zog den Gürtel ab und fragte mich, wie sie wohl jetzt darauf reagieren würde. Das Bild ihres vollkommenen Hinterns, bedeckt mit roten Striemen tauchte vor meinem geistigen Auge auf, und ich verdrängte es, doch mein Schwanz hatte bereits Interesse signalisiert. Ob sie schon bereit dafür war? Nein, noch nicht. Außerdem ging es hier gerade nicht um Unterwerfung, sondern darum, mit ihr ins Bett zu gehen. Wir hatten das schon getan. Mehrmals täglich, wenn es nach mir gegangen wäre. Es war bereits ein Luxus, neben ihr schlafen zu dürfen, dennoch konnte ich mich nicht davon abhalten, mir auszumalen, was ich mit ihr anstellen würde, wenn ich es erst einmal so weit gebracht hatte.

Wie noch nie zuvor war mit diesen Fantasien Angst verbunden, denn endlich hatte ich verstanden, was für mich dabei auf dem Spiel stand. Sie hatte sich mir ganz ausgeliefert, auch jene Teile, die sie früher noch geschützt hatte. Ich wiederum hatte ihr die dunklen Abgründe gezeigt, die ich so lange zu leugnen versucht hatte.

Offensichtlich dauerte meiner Geliebten mein Gedankenkarussell zu lange, sie stand auf, trat zu mir ins Ankleidezimmer und zog mich, halb angezogen wie ich war, an der Hand zum Bett. Als sie sich auf den Bettrand setzte, verzog sie das Gesicht, und das Herz wurde mir schwer. »Alles in Ordnung? Ist das …«

»Bild dir nichts ein«, sagte sie kichernd. »Mir tut nur der Rücken weh. Falls du es noch nicht bemerkt haben solltest, schleppe ich ein paar Extrapfunde mit mir herum.«

Das erleichterte mich, aber ich musste mich vergewissern. »Ich musste das fragen, Süße. Das ist meine Verantwortung. Lass mich sehen, was ich für deinen Rücken tun kann. Wo tut es weh?«

Ihre Hand glitt in den Lendenwirbelbereich. Ich legte meine Handfläche darauf und begann, ihre angespannten Muskeln mit etwas Druck kreisförmig zu massieren. Clara entfuhr ein Stöhnen, das im Raum widerhallte.

»Diesen Laut habe ich noch nie von dir gehört«, bemerkte ich trocken. Mit der anderen Hand rückte ich meine Hose zurecht, da mein Schwanz einen falschen Eindruck der Geschehnisse bekommen hatte.

»Offensichtlich machst du etwas falsch«, murmelte sie, stöhnte aber weiterhin genussvoll.

Mit jedem weiteren Laut, den sie von sich gab, entglitt mir meine Selbstbeherrschung etwas mehr, doch ich wollte ihr etwas Gutes tun und ihre Bedürfnisse auch auf andere Weise stillen. Dennoch konnte ich mich nicht zurückhalten, meine Lippen auf die Sommersprossen auf ihren Schultern zu pressen. Mit dem Mund zog ich den Träger ihres Nachthemds herunter, um sie weiter zu verwöhnen.

»Das fühlt sich so gut an«, murmelte sie und lehnte sich an mich.

»Bist du noch irgendwo anders verspannt?«

Clara drehte den Kopf und sah mir in die Augen.

»Kommst du gerade auf dumme Gedanken, X?«

»Süße, ich habe immer dumme Gedanken.« Mühsam drückte ich mich vom Bett hoch und kniete vor ihr nieder. Ich nahm ihren rechten Fuß in die Hände und massierte ihn sanft. »Was ist damit?«

»Nicht aufhören«, bettelte sie.

»Jede Nacht für den Rest deines Lebens«, versprach ich und küsste ihre Kniescheibe.

»Jede Nacht, solange ich schwanger bin, würde mir schon reichen.« Sie lachte leise, und der Klang drang in meine Brust wie ein warmes Licht.

»Habe ich ja gesagt, jede Nacht für den Rest deines Lebens«, neckte ich sie. »Falls du es nicht bemerkt haben solltest, ist das Kindermachen eine der wenigen Fähigkeiten, die wir nicht optimieren müssen.«

Ihr Lächeln verblasste, und ich begriff, dass ich eine Grenze überschritten hatte. Es gab so viele ungelöste Probleme zwischen uns. Mit jedem Augenblick, den ich mit ihr verbrachte, hatte ich unsere Zukunft klarer vor Augen, doch es war falsch anzunehmen, dass sie dieselben Visionen hatte. »Wahrscheinlich genießt du die Schwangerschaft weniger als ich.«

»Für dich ist es etwas leichter.« Sie seufzte, als ich ihren anderen Fuß zu massieren begann. »Es gibt nur …«

»Ja?«, drängte ich.

»Nichts«, murmelte sie. »Du musst nicht ewig weitermachen, sonst werde ich noch zu Wackelpudding.«

»Um dich so weit zu bringen, muss ich wohl noch ein wenig mehr reiben«, sagte ich und gab mir keine Mühe, die Zweideutigkeit zu überspielen. Während ich weiter ihren Fuß massierte, begann ich, ihre Schenkel zu küssen. »Ich muss etwas erledigen.«

»Hm?«, murmelte sie verträumt, als ich die weiche Haut ihres Innenschenkels erreichte.

Ich nahm einen tiefen Atemzug ihres reizenden Mandeldufts, bevor ich mich von ihr losriss. »Ich muss deinen Po überprüfen.«

»Oh!« Dieser Kurswechsel überraschte sie. »Warum?«

»Das gehört zu meiner Verantwortung. Es war sehr intensiv und …« Ich wollte sie nicht mit Informationen überladen. Es war besser, sie langsam in die Praktiken einzuführen.

»Soll ich?« Sie machte eine Geste, und ich nickte.

Clara stand auf, drehte sich um und zog das Nachthemd hoch, sodass sich mein Gesicht direkt vor ihrem Hintern befand. Als ich den purpurfarbenen Bluterguss auf ihrer linken Pobacke sah, musste ich tief einatmen. Über mir wand Clara sich und versuchte, ihr Hinterteil selbst zu sehen, während ich vorsichtig die Umrisse des Wundmals nachzog.

»Tut es weh?«, fragte ich, hin- und hergerissen zwischen Angst und Hochgefühl.

Sie schüttelte den Kopf. »Nur ein bisschen. An der Stelle bin ich ganz gut gepolstert.«

Ihr Scherz sollte die Stimmung lockern, doch er erinnerte mich nur daran, wie vollkommen Clara war und wie sehr ich es genoss, ihr den Hintern zu versohlen. Stille breitete sich zwischen uns aus, während ich bewundernd mein Werk betrachtete. Es hätte sich falsch anfühlen müssen, stolz darauf zu sein. Doch das tat es nicht. Ich hätte mich dafür hassen sollen, konnte es aber nicht.

»X?«, sprach sie mich mit der Scheu eines Lamms an, das sich einem Löwen näherte. »Ich fand es großartig.«

Ich schloss die Augen und ließ ihre Worte auf mich wirken, sie befreiten mich von all der Scham, gegen die ich angekämpft hatte, seit man mich Jahre zuvor aus einem Bondage-Club gezerrt und mir gesagt hatte, ich sei eine Schande für das Menschengeschlecht. Es hatte ihr gefallen. Sie fand nicht mich, sondern *es* großartig – den Moment, den wir miteinander geteilt hatten. Sie liebte es, sich zu unterwerfen, und ich liebte es, sie zu dominieren. Die Waagschalen waren ausgeglichen, im Mittelpunkt stand unsere Liebe und diese neuentdeckte Intimität.

Dennoch gab es ein paar Dinge zu bedenken. »Vielleicht würdest du das anders bewerten, wenn du es sehen könntest.«

»Dann zeig es mir«, sagte sie schlicht. Diese Antwort war so naheliegend gewesen, und wir waren nicht draufgekommen.

Wir gingen ins Bad, und ich zog einen Handspiegel aus der Schublade. Dann half ich ihr, ihn so zu halten, dass sie sich im großen Spiegel betrachten konnte. Als sie es sah, schnappte sie nach Luft.

Ich hielt den Atem an und wartete, dass sie etwas sagte. Mit dieser Reaktion hatte ich jedoch nicht gerechnet. Auf ihren Lippen erschien ein bezauberndes Lächeln – süß und lasziv. Ich wagte kaum zu atmen, als ihr Blick meinen im Spiegel fand. »Sehr hübsch.«

»Dann macht es dir also nichts aus?«, fragte ich. Ich spürte, wie meine Brust vor Stolz anschwoll.

»Ich fühle mich sexy«, flüsterte sie. Ihr Blick flackerte, und sie biss sich auf die Lippe. »Ist das falsch? Immerhin bin ich ein Neuling auf diesem Gebiet.«

»Du bist sehr, sehr sexy, und ich bin sehr stolz darauf, dass ich dieses Gefühl in dir geweckt habe. Ich wusste ja nicht, wie du darauf reagieren würdest«, gab ich zu.

»Tatsächlich nicht?«

Nun, ich hatte Hoffnungen gehegt. Ich hatte es mir in meinen dunkleren Momenten ausgemalt. Aber hatte ich es gewusst? Wenn es um Clara ging, waren Verlangen und Wissen untrennbar miteinander verwoben. Ich konnte nie auseinanderhalten, was ich mit Clara anstellen wollte und was ich glaubte, mit ihr anstellen zu können.

»Enthalte mir deine Gedanken nicht vor«, wies sie mich zurecht, und ich versprach es ihr mit einem Kopfnicken.

»Wir müssen Regeln aufstellen.« Ich küsste ihren Hals und genoss das sittsame Klimpern ihrer Wimpern bei dieser Berührung. »Grenzen.«

Clara wimmerte. »Später.«

»Das hier muss erst heilen«, fuhr ich fort.

»Bitte.« Sie schlang den Arm um meinen Nacken, und ich fragte mich, ob sie mich je wieder freilassen würde.

»Es gibt andere Möglichkeiten, wie ich dich in diesen Zustand bringen kann. Außerdem werden wir diese hübschen Wundmale noch tagelang bewundern können, Süße.«

»Ja, bitte.«

»Es ist schon spät«, sagte ich.

»Ich bin aber nicht müde.«

»Wenn ich nur …« Meine Gedanken schweiften zu Seilen und Stangen, Handschellen und Peitschen. Es würde schwierig werden, diese Sachen auf diskrete Weise zu besorgen, doch ich freute mich bereits darauf, sie in die Verwendung dieser Instrumente einzuführen. Ich würde ihr zeigen, wie stark ihr Körper war, indem ich ihn brach und neu zusammensetzte.

»Es sind ein paar Sachen im Schrank«, sagte sie mit einem verlegenen Lächeln. »Bei der Hälfte davon weiß ich nicht einmal, was es ist.«

»Als du sagtest, du würdest shoppen gehen, dachte ich kaum …«

»Die Sachen wurden geliefert.« Als sie die Missbilligung auf meinem Gesicht sah, riss sie die Augen auf und fügte hinzu: »Von einem sehr diskreten Dienstleister.«

»Darüber reden wir noch«, knurrte ich. Der herrische Teil von mir verlangte danach, diese Dinge selbst auszusuchen, doch ich konnte meine Erleichterung darüber nicht leugnen, dass ich ein paar Instrumente zur Verfügung hatte. »Setz dich aufs Bett.«

Die Tasche war mit Samt ausgeschlagen. Als ich begriff, wie sie an diese Dinge gekommen war, glitten meine Mundwinkel nach unten. Darüber würden wir wirklich dringend sprechen müssen. Andererseits hatte ich nun ein hübsches Set von Sachen und darunter das Instrument, das ich mir am meisten gewünscht hatte.

Clara betrachtete eingängig die lange Silberstange, mit der ich zum Bett zurückkehrte. Ich deutete auf das Kopfteil. »Setz dich da hoch und lehne dich an die Kissen.«

Sie rutschte auf dem Bett nach oben und wartete mit glänzenden Augen.

»Zieh dein Nachthemd aus und zeig mir deine Muschi«, befahl ich. Es war leicht, zu meiner dunklen Seite überzuwechseln. Ich wusste jetzt, dass ich ihr auch diesen Teil meines Wesens anvertrauen konnte.

Sie zog sich das Nachthemd über den Kopf und warf es zu Boden. Für einen Sekundenbruchteil schien sie zu zögern – eine wunderschöne, zaudernde Unschuld –, dann spreizte sie die Beine. Ich betrachtete fasziniert, wie ihr Schoß offen und wartend vor mir lag, während ich mein Hemd auszog. Die Vorfreude auf das Kommende steigerte sich, als wir uns gegenseitig betrachteten, ohne uns zu berühren.

»Es gibt nur eine Regel«, begann ich und hob einen Finger, als sie protestieren wollte. »Du wirst mich darum bitten aufzuhören, doch das werde ich nicht. Du wirst glauben, nicht noch mehr aushalten zu können, doch das kannst du. Das Einzige, was mich aufhalten wird, ist das Safewort. Hast du das verstanden?«

Sie nickte, aber das war mir nicht genug.

»Ich muss sicher sein, dass du verstehst, was ich sage. Ich werde deine Lust unter meine Kontrolle bringen. Dein Körper wird sich gegen mich wehren. Du weißt, wie es sich einen Augenblick vor dem Orgasmus anfühlt? Wenn deine Muskeln dagegen ankämpfen und an der Normalität festhalten, bevor sie alle Kontrolle aufgeben? Du wirst so lange in diesem Kreislauf bleiben, bis ich befriedigt bin. Ich werde jeden Gedanken und jedes Gefühl aus dir herausficken – wie es mir passt. Wenn du es nicht mehr aushältst, wirst du das Safewort benutzen. Wenn ich dir wehtue, wirst du das Safewort benutzen. Heute geht es nicht um Schmerz, verstehst du? Sag etwas.«

»Ich habe verstanden.« Vor Aufregung fuhr sie sich mit der Zunge über die Unterlippe, und ich unterdrückte ein Stöhnen.

Ich trat neben das Bett, legte die Spreizstange neben sie und genoss, wie sie das Instrument anstarrte. Es war eine lange Metallstange, an deren beiden Enden Fußfesseln angebracht waren. Ich ließ mich aufs Bett sinken, kniete mich zwischen ihre Beine und schloss eine Fußfessel um ihren Knöchel. Dann schob ich ihre Beine weit auseinander, legte die Stange dazwischen und schloss die zweite Fußfessel.

»Oh«, flüsterte sie.

»Du hast keine Stimme mehr«, rief ich ihr in Erinnerung. »Die hast du mir überlassen.«

Sie nickte, und wie eifrig sie mir ihre Zustimmung gab, jagte mir das Blut in die Lenden. »Sobald ich angefangen habe, darfst du Antworten geben oder betteln.« Ich hob die Stange, beugte mich darunter und legte ihre Beine über meine Schultern. Dann strich ich mit der Zunge über ihren Schenkel und genoss den salzigen Geschmack ihrer Haut. »Lust hat keine

Grenzen. Dein Körper glaubt noch, es gäbe welche, doch nicht mehr nach heute Nacht. Ich werde erst aufhören, wenn schon eine einzige Berührung dich zum Orgasmus bringt.«

Clara schluckte und presste die Lippen fest aufeinander.

»Sehr artig, meine Süße. Du folgst bereits den Regeln. Möchtest du, dass ich dich gleich vögle?«

»Ja, bitte.«

Ich hätte sie gar nicht länger mit Vorspielen quälen müssen – aus ihrer Scham troff es bereits –, doch die Qual war Teil des Genusses. Ich lehnte mich vor, küsste den oberen Rand ihrer Spalte und schob einen Finger in sie.

»Verdammt!«, rief sie aus, als ich den Finger bog und sie zu massieren begann. Sie war bereits kurz vor dem Höhepunkt.

Nun hätte ich gnädig sein können, doch es ging mir nicht um den ersten Orgasmus, sondern um all die anderen, die folgen würden.

»Lass dich gehen«, heizte ich sie an. »Du musst dich nicht zurückhalten, es werden noch so viele weitere kommen.«

Ihre Muskeln zogen sich um mich zusammen, ihre Knie kämpften darum, sich zu schließen, doch dann kam sie bereits, stimuliert von nur einem Finger. Ich wartete, bis ihr Genuss verebbt war, und ergötzte mich am Anblick ihrer Porzellanhaut, die nunmehr rosa glühte.

»Du bist wunderschön, wenn du kommst. Ich möchte es noch einmal sehen.«

Clara wimmerte, ihre Beine zitterten, und ihre Muskeln spannten sich an, als ich meinen Finger durch die Zunge ersetzte. Sie klammerte sich mit den Fäusten in das Laken, als hinge ihr Leben davon ab.

»Nein, nein, nein. Das ist zu viel«, stöhnte sie, während ich über ihr bebendes Fleisch leckte und jeder Strich meiner Zunge ihren Körper zucken ließ. Sie löste die Hände von den Laken und krallte sie stattdessen in mein Haar. Sie versuchte, mich von sich wegzuziehen, doch ich hörte nicht auf. Stattdessen legte ich den Mund auf ihre schwellende Knospe und begann zu saugen.

»Ich kann nicht mehr«, keuchte sie verzweifelt.

Sie konnte, das wusste ich, doch es hatte keinen Sinn, mit ihr zu diskutieren, während ich mich an ihrer Klitoris labte. Als sie kam, schlug sie wild um sich und schmetterte die Spreizstange auf meinen Rücken. Ihr Körper bäumte sich auf, sie schrie laut auf, dann sackte sie zurück in die Kissen.

»Noch ein Mal«, drängte ich sie, »und dann werde ich dich anständig ficken.«

»Nein.«

Ich diskutierte nicht mit ihr. Ihr Widerstand verstärkte meine Lust nur noch, und ich wollte ihr zeigen, wie unrecht sie hatte. Ich konnte ihr niemals genügend Genuss bereiten. Sie zu lieben war mein Lebenszweck, und das würde ich auf jede erdenkliche Weise tun.

Ich schob zwei Finger in ihre zuckende Muschi, worauf sie ein Kissen packte und es sich aufs Gesicht drückte. Mit der Zunge strich ich über ihre geschwollene Klitoris, gleichzeitig stieß ich die Finger wieder und wieder in sie hinein. Jetzt wurde sie von ihren Empfindungen überwältigt. Weder ihr Kopf noch ihr Körper waren länger imstande, die Flut zu verarbeiten. Daher würde es nun schwieriger sein, sie zu einem letzten Orgasmus zu bringen. Ich glitt mit dem Daumen über ihre lustnasse Scham, führte ihn noch weiter herunter und stieß ihn in ihre enge pinkfarbene Rosette.

Sie warf das Kissen auf meinen Kopf, verfehlte ihn, und ein erneuter Höhepunkt ließ sie erbeben. Während die letzten zitternden Wellen sie erschütterten, bearbeitete ich sie weiter mit der Zunge. Als ich den Kopf schließlich unter der Spreizstange hervorzog, lag sie nur da und rührte sich nicht mehr. Auf ihrem Gesicht lag ein Ausdruck von gequälter Glückseligkeit, und ich musste grinsen.

Ich befreite nacheinander ihre Knöchel und massierte die Abdrücke, wo sie gegen die Fußfesseln angekämpft hatte. Als ich ins Bett kroch und mich neben sie legte, hielt sie die Augen geschlossen.

»Süße, jetzt wirst du auf meinem Schwanz reiten.«

Ein leichtes Nicken verriet, dass sie mich gehört hatte, aber unfähig war zu sprechen. Ich schob einen Arm unter ihren Körper und hob sie auf meine Lenden. Als sie sich auf mich setzte, sackte sie gegen meinen Körper und murmelte etwas, das sich wie »Wackelpudding« anhörte.

Doch obwohl sie von ihren Gefühlen überwältigt war, reagierte sie auf meine Berührungen und ließ zu, dass ich sie über meinen Schaft hob. Sie legte die Arme um meinen Hals, und ich half ihr, Zentimeter um Zentimeter über meinem Schwanz herabzusinken. Nun übernahm ihr Körper die Kontrolle und handelte instinktiv, während ich begann, in sie zu stoßen. Zunächst bewegte sie die Hüften nur leicht, dann aber wurde sie fordernder, als auch ich den Rhythmus verstärkte.

»Nach all der Lust brauchst du noch immer meinen

Schwanz«, knurrte ich und stieß heftig in sie. »Du brauchst ihn, weil ich das so will. Was brauchst du?«

»Deinen Schwanz«, wimmerte sie und klammerte sich an mich.

Ich hob ihr Becken an, doch sie sank sofort wieder über mich. »So ist es gut. Mein Schwanz ist so hart geworden, als ich dir zugesehen habe, wie du dich gegen mich gewehrt hast und wieder und wieder gekommen bist. Was willst du jetzt von meinem Schwanz? Sag's mir, Clara.«

»Fick mich«, schluchzte sie, während sie ihren Körper über meinem Schaft hob und senkte und mich fast mit den Armen erwürgte. »Ich will, dass dein Schwanz mich fickt.«

»Warte, Süße.« Ich führte die Arme unter ihre Schenkel und legte sie auf den Rücken. Dann stützte ich mich ab und stieß in sie. »Sieh mich an.«

Sie öffnete die Augen, die so viel Liebe ausstrahlten, dass ich fast gekommen wäre. »Du. Gehörst. Mir.« Dann bewies ich es ihr, indem ich sie mit meinem Saft erfüllte.

16

Clara

Ich träumte gerade von Alexanders Mund, als er mir von einem schrillen Geräusch entrissen wurde. Ich drückte mir ein Kissen über die Ohren und wollte ihn nicht gehen lassen. Die Außenwelt drängte sich unbarmherzig in mein Bewusstsein, und ich setzte mich widerwillig auf. Ich blinzelte verschlafen und bemerkte, dass Alexander auf der Bettkante saß und leise in sein Handy sprach.

»Ich brauche noch einen Moment, dann komme ich.«

»Was ist los?« Ich gähnte. »Warum liege ich inmitten all dieser Kissen?«

Schließlich gelang es mir, mich aus der kleinen Festung zu befreien, die mein Mann um mich herum errichtet hatte.

»Ich wusste nicht genau, wie du am bequemsten liegst.«

Ich warf eines der Kissen auf den Boden. »Anscheinend hast du jeden Winkel ausgepolstert.«

»Das war meine Absicht, obwohl ich glaube, dass du dich kein einziges Mal bewegt hast.« Er ging um das Bett herum und küsste mich auf die Stirn. »Schlaf weiter. Ich muss etwas erledigen.«

»Was ist los?« Sofort schaltete sich mein Gehirn ein, und ich ergriff Alexanders Arm.

Mit einem hohlen Lachen machte er sich los. »Nichts, worum du dir Sorgen machen müsstest.«

»Falsche Antwort. Versuch's noch mal.«

Er seufzte wie ein Boxer, der wusste, dass er diese Runde verloren hatte. »Brex bringt gerade Sarah zurück. Anscheinend ist sie in einem noch schlechteren Zustand als gestern Nacht.«

Als ich mich am Vorabend aus dem Haus gewagt hatte, hatten mehr Reporter als üblich vor den Toren gelauert. Ein Blick in die Klatschspalten erklärte mir, warum. Ich konnte mir kaum vorstellen, dass Sarahs Zustand heute noch schlechter sein sollte. Ich kroch aus dem Bett und suchte auf dem Boden nach meinem Nachthemd. Dann zeigte ich darauf.

»Es ist nicht nötig, dass …«, setzte er an.

Mit einem finsteren Blick erstickte ich seinen Protest. Er hob das Nachthemd auf und reichte es mir. »Ich hole dir den Morgenrock.«

Während er das sagte, streifte sein Blick über mich, und ich sah eine köstliche dunkle Besitzgier in seinen Augen. Meine Gedanken wanderten einige Stunden zurück. Noch immer spürte ich den Beweis seiner Liebesbemühungen als Feuchtigkeit zwischen den Beinen, und dieses Gefühl weckte einen anderen Teil in mir – einen, der nicht Kleidung überstreifen und sich um die verlorene Schwester kümmern wollte.

Alexander reichte mir den Morgenrock, denn leider rief uns die Pflicht.

Wir konnten Sarah hören, noch bevor wir sie sahen. Schon zum zweiten Mal war ich dankbar für Edwards Vorschlag, sie auf einer anderen Etage unterzubringen. Wäre sie derart lärmend durch meine Gemächer gelaufen und hätte mein Baby geweckt, hätte ich ihr wahrscheinlich die »Willkommen«-Fußmatte unter den Füßen weggerissen.

»Eine Schlampe aus Devonshire!«, gackerte sie, als wir zu der Gruppe stießen. Brex und ein anderer Mann stützten Sarah, die voranstolperte, weil ihre Knie bei jedem Schritt nachgaben. »Kannst du dir das vorstellen? Und der andere ist schwul. Wobei – das hätte ich sehen müssen.«

Brex sah aus wie ein Mann, der dem Krieg entronnen war und diesen nun plötzlich vermisste. Er war locker doppelt so groß wie sie und bestand hauptsächlich aus Muskeln. Doch da Sarah in sich zusammengesackt war, als hätte sie keinen Knochen im Leib, war es schwierig, sie aufrecht zu halten. Georgia betrat den Raum und sah noch angewiderter aus als üblich.

»Was machst du hier?«, fauchte Alexander. »Du bist doch jetzt Claras Bodyguard.«

»Er hat mich angerufen.« Georgia deutete mit dem Daumen auf Brex.

»Ich habe dich beim ersten Versuch nicht erreicht«, sagte Brex und wollte mit den Achseln zucken, wobei er beinahe Sarah fallen ließ, die uns nun bemerkte.

»Oh! Alexander. Ich habe ein paar Exfreunde von mir besucht, damit ich ein neues Leben beginnen kann. Damit ich erwachsen werden kann und du stolz auf mich bist oder was auch immer du willst. Dabei habe ich festgestellt, dass ich mir wohl neue Freunde suchen muss.« Sie zeigte mit dem Finger in meine Richtung. »Nicht jedes Mädchen findet einen Prinzen.«

»Das werde ich mir merken«, sagte ich, verschränkte die Arme über dem Morgenrock und fragte mich, wie wir aus diesem Schlamassel wieder herauskommen sollten.

»Gleich zwei Nächte hintereinander?«, fragte Alexander, und ich bemerkte den beunruhigend gleichmütigen Unterton in seiner Stimme. Er hatte seine Gefühle abgeschaltet. Das tat er immer, wenn eine schwierige Situation zu bewältigen war.

»Immerhin habe ich zehn Jahre verloren.« Sie wand sich ruckartig aus Brex' Griff und steuerte auf mich zu. Mit Georgias Hilfe konnte ich sie gerade noch auffangen.

»Immer mit der Ruhe«, schlug Georgia vor und reichte Sarah an Brex zurück.

Er schien kurz die Lage zu bedenken und traf eine Entscheidung. Statt Sarah weiter zu stützen, beugte er sich vor und warf sie über seine Schulter. Sie versuchte, ihn zu treten, war jedoch alles andere als zielsicher.

»Lass mich runter!« Sie schlug ihm auf den Rücken. »Lass mich runter! Lass mich …« Dann setzte Stille ein. Herrliche Stille.

»Ich glaube, sie ist ohnmächtig geworden«, sagte der andere Kerl vom Sicherheitsdienst dankbar. Seinem erstaunten Blick nach zu urteilen, machte er so etwas zum ersten Mal. Ich konnte nur hoffen, dass er sich der Familie gegenüber als loyal erweisen würde. Andererseits würde er diese Geschichte wohl kaum noch an die Klatschblätter verkaufen können, denn wo immer Sarah an diesem Abend gewesen war, hatte sie sich wohl kaum bedeckt gehalten, sodass alle schon ihr Foto und die entsprechenden Informationen hatten.

Brex trug sie in ihr Schlafzimmer, und das unfreiwillige Gefolge schloss sich an. Dort angekommen, ließ er sie aufs Bett fallen.

Beim Eintreten erstarrte ich, fassungslos, was sie in der kurzen Zeit für ein Chaos geschaffen hatte. Der Boden war übersät mit Kleidungsstücken, Büchern und Illustrierten. Es sah aus, als hätte sie den Inhalt jeder Schublade und alle Gegenstände aus den Regalen auf dem Boden verstreut, um sich dann hineinzulegen und Schneeengel zu machen.

Ein derartiges Verhalten konnten wir nicht tolerieren. Wir konnten nicht länger so tun, als sei sie erwachsen oder als könnten wir ihr dabei helfen, die Vergangenheit aufzuholen. Die Ärzte, die sie betreuten, durften sich nicht nur auf die Behandlung ihres Körpers beschränken, und solange ihr Kopf nicht normal funktionierte, mussten wir sie beschäftigt halten.

Ich stapfte zu ihrem Bett hinüber und war entschlossen, die Sache am folgenden Morgen in Angriff zu nehmen. Im Augenblick hatte sie deutlich schlichtere Bedürfnisse. Der säuerliche Geruch von Gin vertrug sich nicht besonders gut mit dem Zustand einer schwangeren Frau, doch ich zwang meinen Magen zur Ruhe. Dann zeigte ich auf die Tür: »Raus!«

»Das ist nicht dein Problem«, sagte Alexander.

»Willst *du* vielleicht deine Schwester ausziehen und ins Bett bringen?« Ich stemmte die Hände in die Hüften und wartete, was er entgegnen würde. Doch meine Argumentation schien ihn zu überzeugen. »Georgia und ich kümmern uns darum.«

»Jemand sollte bei ihr bleiben«, schlug der neue Leibwächter vor und warf einen Blick auf den Stuhl in der Ecke.

Alexander fuhr ihn sogleich an: »Glauben Sie wirklich, ich lasse Sie in einem dunklen Zimmer mit meiner betrunkenen Schwester allein?«

Der Mann gab sofort nach, als er das Alphatier vor sich erkannte. »Ich wollte nur darauf hinweisen …«

»… dass jemand bei ihr bleiben sollte?«, schaltete Georgia sich ein und hatte einen derart ätzenden Blick aufgesetzt, dass sie damit die Farbe von den Wänden hätte entfernen können. Alexander würde seine Schwester in ihrem Zustand keinem Mann der Welt anvertrauen, andererseits war er nicht in der Verfassung, selbst zu bleiben. Je schneller wir ihn aus dem Zimmer beförderten, desto besser. »Ich werde bei ihr bleiben. Zufrieden?«

Keiner der Anwesenden schien mit irgendetwas zufrieden zu sein, dennoch nickte Alexander.

»Wir beide müssen uns unterhalten.« Alexander warf Brex einen Blick zu. Ich vermochte nicht zu sagen, wer von beiden wütender aussah, doch nachdem die Auslöserin ihres Ärgers ins Land der Träume abgedriftet war, ließen sie ihre Wut aneinander aus.

»Zum Glück hat sie nicht viele Klamotten an«, sagte Georgia und betrachtete Sarah, als wäre sie gezwungen, ein unerbetenes Geschenk auszuwickeln.

Ich hingegen hatte mich bereits meinem Schicksal ergeben. »Ich fange bei den Schuhen an.«

Ich setzte mich ans untere Bettende und begann, die Schnallen ihrer hochhackigen Riemchensandalen zu öffnen. Wahrscheinlich hatte sie sich betrunken, um den Schmerz ertragen zu können, den die Dinger ihr bereiteten. Georgia zwang Sarah, sich aufzurichten, und duckte sich, als das Mädchen im Halbschlaf vor sich hin murmelte und dabei mit den Armen fuchtelte.

»Sollte sie mich treffen, haue ich zurück«, warnte Georgia.

Sarah war gerade ein paar Tage zu Hause, setzte jedoch alles daran, die nächste Skandalgeschichte im Königshaus zu werden. Alexander hatte mit dem Parlament und Jacobson bereits genug um die Ohren. Wenn seine Schwester so weitermachte, würde sich die öffentliche Meinung noch mehr gegen uns richten. Das durften wir nicht zulassen.

»Sie wird für eine Menge Ärger sorgen«, sagte Georgia, die meine Gedanken wohl erraten hatte.

Ich nickte. »Ich dachte, Brex könnte sie im Zaum halten.« Ich wusste nur so viel von seiner militärischen Ausbildung, dass er Situationen nicht scheute, in denen es um Leben und Tod ging.

»Brex wird das nicht länger mitmachen«, klärte Georgia mich auf. »Alexander bringt ihn immer wieder in unmögliche Situationen. Wie soll Brex bitte mit einer erwachsenen Frau umgehen, die die Reife einer Sechzehnjährigen besitzt? Er kann ihr ihre Wünsche ja nicht abschlagen. Ebenso wenig kann er ihr Hausarrest erteilen.«

»Das kann Alexander auch nicht.« Genau das war der Kern unseres Problems. Wir hatten Sarah nach London eingeladen und uns keine Gedanken gemacht, wie wir ihr helfen konnten, wieder ins Leben zurückzufinden. Wir alle scheuten uns, uns einzugestehen, dass sie eben *keine* sechsundzwanzigjährige Frau war – zumindest nicht geistig und seelisch.

»Ehrlich gesagt habe ich keine Ahnung, was hierfür die Lösung ist. Aber dass Alexander so tut, als sei das nicht sein Problem, sondern das der anderen, macht die Sache nicht besser. Brex hat Wichtigeres zu tun.«

»Ich versuche mir ständig vorzustellen, wie sie sich fühlen muss.« Vielleicht war das ja der Schlüssel zur Lösung des Problems.

»Ich kann mir genau ausmalen, wie sie sich fühlt. Das ist das Einzige, was mich davon abhält, ihr den Hintern zu versohlen.«

»Ich habe mich schon gefragt, wie du das schaffst.« Doch vielleicht war es derselbe Grund, der auch mich davon abhielt. »Sie macht genau da weiter, wo sie in jener Nacht aufgehört hat. Sie geht wieder in Clubs. Hat wieder angefangen zu trinken.«

Ich konnte nur hoffen, dass diesmal keine Drogen im Spiel waren.

»Es ist, als würde sie nach etwas suchen. Vielleicht glaubt sie, sich dort wiederzufinden.« Doch es musste ihr jemand die Realität begreiflich machen: Die zehn Jahre, die sie verloren hatte, würde sie dort nicht zurückbekommen. Sie waren für immer verloren.

»Sie weiß ganz offensichtlich eine Menge über das Londoner Nachtleben«, sagte Georgia, während sie den Stempel eines Posthorns auf Sarahs Handgelenk musterte. »Sie hat bereits den angesagtesten Club der Stadt gefunden: Lot 49.«

»Das haben wir vermutlich Pepper zu verdanken.« Ich würde ihr ein persönliches Dankschreiben zusenden – inklusive eines herzlichen Postskriptums: dass sie sich von nun an bitte um ihr eigenes verdammtes Leben kümmern sollte.

»Brex sagte, sie habe dort jemanden getroffen, den er nicht kannte. Es hätte wie ein Date ausgesehen. Gott bewahre, dass sie inzwischen Tinder entdeckt hat.«

Sarah verlor keine Zeit. Andererseits war ihr viel Zeit genommen worden. Das Problem bestand darin, dass sie nur den Erfahrungsschatz eines Kindes hatte, und ihr Bruder und dessen Freunde waren nicht mehr verfügbar, um sie in Schach zu halten. Sie streifte durch die Straßen von London, mit einer schrägen Vorstellung davon, was sie verpasst hatte, und deutlich zu viel Selbstvertrauen.

Schließlich gelang es Georgia, Sarah das Kleid über den Kopf zu ziehen, Sarah sank in Unterwäsche auf die Matratze. Wir standen rechts und links von ihrem Bett und besprachen, was wir nun tun sollten.

»Ich denke, so ist es in Ordnung.«

»Ich könnte bei ihr bleiben«, bot ich an. Im Grunde war das nicht Georgias Aufgabe, außerdem würde ich ohnehin die halbe Nacht im Badezimmer verbringen, da die kleine Majestät in meinem Bauch meine Blase als Boxsack benutzte.

»Wenn du bleibst, bleibe ich auch, dann schlafen wir beide beschissen.« Damit war die Diskussion beendet. Georgia durchquerte den Raum und nahm einen Stapel Kleidung von einem Stuhl. »Hast du meine Lieferung erhalten?«

»Ja«, antwortete ich und war plötzlich dankbar, dass das Licht ausgeschaltet war. »Danke.«

»Ein Grund mehr, dass du wieder ins Bett gehen solltest.«

Ich zog die Tagesdecke unter Sarahs schweren Beinen heraus. Als ich sie um ihren Körper schlug und feststeckte, hob Sarah die Lider. Das Mondlicht fiel auf ihre glasigen Augen und zeigte ihre Verwirrung. »Arme kleine Prinzessin, eingesperrt in ihrem Zimmer.« Sie schob eine Hand unter der Decke hervor und strich damit über meinen Bauch. »Würdest du deine Prinzessin auch so einsperren?«

Ich wich einen Schritt zurück und starrte sie an, gleichzeitig legte ich die Hände schützend über meinen Bauch. Georgia war sofort an meiner Seite und schob sich zwischen mich und das Bett.

»Das hat sie nicht so gemeint«, sagte ich und versuchte, mich selbst davon zu überzeugen. Glaubte sie das tatsächlich? Dass sie weggesperrt und vergessen worden war? Ich kannte die Wahrheit. Sie hatten sie nie aufgegeben. Das war der Schlüssel, wie man ihr jetzt helfen konnte – man musste ihr beweisen, dass man sie nie aufgegeben hatte.

»Ab jetzt übernehme ich.« Georgia hielt den Blick fest auf Sarah gerichtet, die noch nicht wieder eingeschlafen war. Stattdessen war sie verstummt, und ihre Augen waren so leblos wie die einer Puppe.

»Sie muss die Wahrheit erfahren. Sie muss wissen, dass ihr Vater sie geliebt hat und dass Alexander nur versucht hat, sie zu beschützen.« Sarah war in Abwehrhaltung nach London zurückgekehrt, und wir hatten in ähnlicher Weise darauf reagiert.

Georgia nickte, wirkte aber nicht überzeugt. »Das mag richtig sein, aber du solltest mit deinem Mann reden. Ich glaube, seine Schwester braucht eine andere Unterkunft.«

»Wir kriegen das hin. Vielleicht in einem anderem Flügel des Palasts, damit sie das Baby nicht aufweckt …«

»Clara!«, unterbrach mich Georgia. »Ich glaube, es wäre besser, wenn sie überhaupt nicht im selben Haus wie ihr wohnen würde.«

Wenige Minuten später kam ich auf Zehenspitzen ins Schlafzimmer, wo Alexander wach auf dem Bett lag und an die Decke starrte. Er trug die Kleidung, die er übergeworfen hatte, als uns der Anruf erreichte.

»Ich lasse sie im Stich«, sagte er, als ich neben ihn ins Bett kroch.

Ich legte eine Hand auf seine Brust, um ihm zu bedeuten, dass ich zuhörte.

»Sie müsste damit zurechtkommen, sie müsste eine normale Sechsundzwanzigjährige sein. Sie hätte die Universität besuchen sollen, vielleicht heiraten. Nichts davon ist passiert, und ich habe keine Ahnung, wie ich ihr dabei helfen kann, erwachsen zu werden.«

»Was ihr widerfahren ist, ist nicht deine Schuld«, erinnerte ich ihn. Alexander mochte das Geheimnis bewahrt haben, doch er war nicht schuld an den Ereignissen, die zu ihrem Koma geführt hatten.

»Der Typ, der ihr die Drogen gegeben hat, war ein Freund von mir.«

»Und du hast versucht, sie nach Hause zu bringen.«

»Allerdings in besoffenem Zustand.« Er rollte sich auf die Seite, um mich anzusehen, streckte die Hand aus und strich mir mit einem Finger über die Wange. »Ich habe gerade hier gelegen und mich gefragt, wie es wäre, wenn *ich* ins Koma gefallen wäre. Dann hätte ich dich nie kennengelernt. Ich wäre nicht König. Ich wäre noch immer ein Junge.«

»Vielleicht hätte ich mich dann in Sarah verliebt«, neckte ich ihn, doch der Scherz war ebenso lau wie die Luft zwischen uns. »*Was wäre, wenn* ist der sichere Weg in den Wahnsinn.«

»Das stimmt, doch obwohl ich das alles weiß – obwohl ich es *verstehe* –, bin ich immer noch wütend auf sie. Ich habe genügend …« Er verstummte. »Schlaf jetzt. Du musst hundemüde sein, außerdem finden am Wochenende die Spiele statt.«

Ich drückte einen Kuss in seine Handfläche und kuschelte mich in das Kissen, konnte jedoch nicht einschlafen. Ich wusste, wie sein Satz weitergegangen wäre, er hatte genügend andere Sorgen. Keinesfalls wollte ich ihm zusätzlichen Stress verursachen, indem ich ihm Georgias Sichtweise auseinandersetzte.

Andererseits wusste ich nun auch, dass ich mit meinen Gefühlen bezüglich Sarahs Rückkehr nicht alleine war. Allerdings würde keiner von uns das jemals offen aussprechen.

Ich wünschte, sie wäre nie zurückgekommen.

17

Clara

Es war seltsam, den Königsspielen als Besucherin im Publikum beizuwohnen. War es tatsächlich nur wenige Monate her, dass ich die erste Veranstaltung als Gastgeberin ausgerichtet hatte? Hatte ich erst vor ein paar Wochen die Zügel an Edward übergeben, nachdem ich die Wahrheit über Anderson Stone erfahren hatte? Es fühlte sich an, als sei seither eine Ewigkeit vergangen. So viel war inzwischen geschehen. Dennoch befand ich mich nun in einem Zelt voller Menschen und machte Small Talk mit Leuten, deren Gesichter mir vertraut erschienen, die ich einmal getroffen, aber offensichtlich wieder vergessen hatte.

Als ich Henry in der Menge erblickte, verspürte ich große Erleichterung – insbesondere, da seine Mutter nicht in Sicht war.

»Du siehst reizend aus.«

Ich überprüfte den Sitz meines Kopfputzes und zog eine Grimasse, die nur er sehen konnte. »Ich fürchte, ich werde mich nie an das Tragen von Hüten gewöhnen. Verrate es bloß keinem, sonst werfen sie mich raus.«

»Dein Geheimnis ist bei mir in besten Händen«, versicherte er.

Noch immer hielt ich mich an Belles Ratschläge, wenn ich Veranstaltungen dieser Art besuchen musste. Sie hatte darauf bestanden, dass ich das neue grüne Kleid aus Tamaras Laden anzog. Dann hatte sie mir einen Kopfputz mit Pfauenfedern zugesandt, der ihr sicher großartig gestanden hätte, mit dem ich aber vermutlich ziemlich albern aussah. Ich wurde das Gefühl nicht los, ein Vogel wäre auf meinem Kopf gelandet. Doch diesen Gedanken behielt ich für mich, denn eine derartige Aussage würde eine Freundin selbst dann empörend finden, wenn sie aus dem Mund der Königin kam.

Henrys wollene Offiziersjacke hingegen passte hervorragend in diese Versammlung von altem Geldadel. Er nickte ein paar Leuten zu, die an uns vorübergingen, mit Sicherheit hatte *er* ihre Namen nicht vergessen.

»Es ist wahrscheinlich entspannter, am Spielfeldrand zu stehen und nur zuzuschauen«, sagte er, nachdem er ein paar entfernte Verwandte begrüßt hatte. Er musterte mich von oben bis unten. »Oder vielleicht auch nicht?«

»Ich bin froh, dass ich mich um die Spiele nicht mehr kümmern muss«, entgegnete ich und tätschelte meinen Bauch. »Das hier nimmt fast meine ganze Zeit in Anspruch.«

Doch das stimmte nicht. Was tatsächlich meine Zeit in Anspruch nahm, waren all die Dramen um mich herum.

Alexanders Differenzen mit dem Parlament und unser neues Familienmitglied ließen meine Hochrisikoschwangerschaft weniger wichtig erscheinen, als wahrscheinlich angemessen gewesen wäre.

»Dann ist da noch die andere Komplikation«, fügte er an.

»Komplikation?«, fragte ich. »In unserem Leben gibt es derzeit eine Menge Komplikationen. Du wirst dich schon etwas präziser ausdrücken müssen.«

»Anderson.«

»Ah.« Ich wandte mich dem Sprungwettkampf zu und hoffte, er würde das Thema nicht weiterverfolgen.

»Ich nehme an, es liegt nicht nur an der Schwangerschaft, dass du dich von den Spielen zurückgezogen hast«, sagte er bedeutsam.

»Überwiegend war es der Schwangerschaft geschuldet.« Das stimmte sogar. Ich war zurückgetreten, weil ich die Gesundheit meines Kindes schützen und deshalb Stress meiden wollte. Und mein Stresslevel konnte ich nun mal dadurch verringern, dass ich Anders und den Spannungen, die er zwischen mir und Alexander auslöste, aus dem Weg ging.

Vielleicht wäre es anders gelaufen, hätte ich die Wahrheit eher gewusst. Vermutlich hatte es Alexander mehr beunruhigt, dass sein Halbbruder und seine Frau sich unwissentlich anfreundeten, als dass er sich Sorgen wegen Anders' verwirrten Gefühlen mir gegenüber machte. Mein Mann wusste, dass mein Herz nur ihm gehörte. Andererseits hatte er schon früher einen Hang zur Eifersucht offenbart.

»Ich habe befürchtet, Alexander hätte dich vielleicht aufgefordert, dich zurückzuziehen«, murmelte Henry und applaudierte anlässlich einer sportlichen Leistung auf dem Platz.

»Nein, das hat er nicht.« Es war Zeit, das Thema zu wechseln. »Genießt du es, mal wieder in London zu sein?«

»Normalerweise bin ich gern in London, aber meine Mutter nicht …«

»Dann hast du keine gute Zeit hier?«, fragte ich.

»Das ist wohl das Schicksal des Betreuers. Das Wetter scheint ihr zu schaffen zu machen.« Er deutete auf den wabernden Nebel, der sich am Nachmittag über das Land gelegt hatte.

»Wirklich? Sie schien immer recht fit zu sein.« Zumindest fit genug, um scharfzüngige Äußerungen zu machen. Seit ich sie kannte, hatte sie kein Problem, mich mit höhnischen und verächtlichen Bemerkungen zu bedenken.

»Ich fürchte, um ihre Gesundheit steht es derzeit nicht so gut, und sie ist ziemlich vergesslich geworden. Das hält sie allerdings nicht davon ab, so fordernd wie immer zu sein«, fügte er mit einem kleinen Lächeln verschwörerisch an. »Aber es ist mühsam. Sie hat eine ihrer Arzneien – ein Herzmedikament – zu Hause vergessen und besteht nun darauf, dass wir ihren Arzt dort kontaktieren. Sie lässt mich nicht hier einen Arzt konsultieren, um es ihr zu besorgen. Ich glaube, sie will den Eindruck vermeiden, von irgendjemandem abhängig zu sein. Wer kann ihr das verübeln?«

»Ich habe morgen einen Arzttermin. Ruf einfach dort an und komm mich abholen. So kannst du die Arznei in ihre Tasche schmuggeln, wo sie sie dann selbst finden wird. So bewahrst du ihren Stolz«, schlug ich vor.

»Du bist ein Engel«, antwortete Henry lachend.

»Wie ein Engel fühle ich mich aber nicht gerade«, sagte ich.

»Nun, vielleicht eher ein verschlagener Engel, aber die Idee gefällt mir. Man braucht Köpfchen, um mit diesem Leben klarzukommen.«

»Ich weiß, ich weiß«, sagte ich leise.

»Fällt es dir schwer, dich an die vielen Veränderungen zu gewöhnen?«, fragte er mitfühlend. »Ich wollte vorbeikommen, aber dann hielt ich es für besser, ein wenig Zeit verstreichen zu lassen, bis ihr euch zusammengerauft habt. Außerdem war ich mir nicht sicher, ob Sarah schon bereit für Gesellschaft ist.«

»Es ist seltsam, sie mitten in unserem Leben zu haben.«

»Und in eurem Heim«, fügte er hinzu. »Das ist sicher schwierig.«

»Es macht uns wirklich nichts aus«, begann ich pflichtgetreu.

»Doch, es macht dir etwas aus«, unterbrach er mich. »Und das ist auch völlig normal, Clara. Du bist jung, du hast eine Familie. Alexander hat dich damit überfallen. Ich verstehe gar nicht, warum er es vor dir geheim gehalten hat.«

»Aber du wusstest es, oder?«, fragte ich. »Du hast mir von den königlichen Anwesen erzählt und mich damit in Sarahs Richtung gelenkt.«

»Alexander ist, genau wie sein Vater, selbst sein größter Feind. Als ich begriff, dass du es nicht wusstest, war mir klar, dass es nur eine Frage der Zeit war, bis du es herausfinden würdest. Und je später das passiert wäre …«

»… desto ärgerlicher wäre ich geworden.« Damit hatte er

recht. Allerdings konnte keiner voraussehen, dass Sarah aufwachen und Alexander zwingen würde, Farbe zu bekennen.

»Als man mir sagte, sie sei aufgewacht, fühlte ich mich schrecklich. Aber es stand mir nicht zu, dir die Wahrheit zu sagen.«

»Du hast nur versucht, Alexander vor sich selbst zu schützen.« Diese Angewohnheit schienen alle, die ihn liebten, zu haben.

»Es tut mir leid, dass du es auf diese Weise erfahren musstest.«

»Du hast das Richtige getan«, sagte ich, als ich bemerkte, dass er mich missverstanden hatte. »Ich musste es wissen, und auf diese Weise war Sarah zumindest nicht allein, als sie aufgewacht ist.«

»Alexander hat mir erzählt, du hättest sie ins Leben zurückgeführt. Er sagte, du bist das Licht, das ihn stets aus der Finsternis führt, und müsstest denselben Effekt auf Sarah ausgeübt haben.«

»Das hat er mir gar nicht gesagt«, gab ich zu.

»Dann bin ich froh, dass ich es getan habe. Du solltest wissen, welche Gefühle er für dich hegt«, antwortete Henry. »Wie lebt sie sich denn ein?«

»Du hast die Zeitung ja vermutlich gelesen. Sie ist der Mittelpunkt des Londoner Nachtlebens.«

»Gewiss. Ich wollte nur vorsichtig nachfragen«, gab er zu.

»Sie ist immer noch wie sechzehn, doch die Welt um sie ist eine andere. Alles hat sich verändert, alle außer ihr sind erwachsen geworden. Ich wusste nicht, was auf mich zukommt. Wahrscheinlich weiß ich das immer noch nicht, aber ich mache mir Sorgen um sie«, gestand ich Henry. Seit ich sie stockbetrunken ins Bett gebracht hatte, hatte ich diesen Gedanken für mich behalten.

»Gebt ihr Zeit«, riet er. »Habt ihr schon einmal daran gedacht ...« Er verstummte, da seine Mutter auf uns zuschlenderte.

Mary, die mich stets an eine Bulldogge erinnert hatte, war hager und ging gebeugt. Ich hatte sie erst vor ein paar Wochen zuletzt gesehen, doch die Veränderung war dramatisch.

»Warum sprichst du mit ihr?«, fragte sie, und ihr wachsamer Blick flackerte nervös zwischen uns hin und her. »Ich habe dir gesagt, du sollst dich von ihr fernhalten.«

»Mutter!«, sagte Henry in warnendem Ton.

»Sie hat nicht die leiseste Ahnung ...«

»Mutter, Clara ist jetzt Königin. Daher wirst du anfangen müssen, sie mit Respekt zu behandeln.«

»Hältst du mich etwa für respektlos?«, fauchte sie. »Ich sollte es ihr sagen. Dann ...«

»Es reicht.« Henry packte sie am Ellenbogen und zog sie weg, wobei er sich lautlos bei mir entschuldigte.

Da ein paar der Anwesenden den Wortwechsel verfolgt hatten, setzte ich ein breites Lächeln auf. Ich war Marys Feindseligkeit mir gegenüber zwar gewohnt, doch das machte es nicht einfacher. Sie gab mir die Schuld am Tod ihres ältesten Sohnes, der immerhin bei meiner Hochzeit umgekommen war, doch sie hatte mich schon davor nicht sonderlich gemocht. Es hatte keinen Zweck, weitere Versuche zu unternehmen, sie für mich zu gewinnen. Es war ein aussichtsloses Unterfangen, und meine Energie war aufgebraucht.

Ich sah mich um und wünschte mir zum hundertsten Mal, dass Alexander kommen möge. Er war später dran, als er gehofft hatte, wenngleich er mich vorgewarnt hatte, dass dies der Fall sein könnte. Es war ihm gelungen, einige Unterredungen mit potenziellen Verbündeten aus dem Parlament in seinen straffen Zeitplan zu quetschen. Diese Begegnungen waren wesentlich wichtiger für ihn, als den Spielen beizuwohnen. Unterdessen fühlte ich mich allein und kämpfte mit den Schwangerschaftshormonen und meinem Minderwertigkeitskomplex. Nachdem Edward nun Schirmherr der Spiele und Belle nicht hier war, hatte ich keine Freunde, die mich hätten retten können.

Ich bestellte mir ein Sodawasser an der Bar und entdeckte jemanden, der noch schlechter gelaunt aussah als ich. Anderson Stone war in die Fänge einer Dame geraten. Das passierte ihm wahrscheinlich häufiger, und eigentlich war es nicht an mir, ihn zu erlösen. Es hätte ihm die falschen Signale senden können. Allerdings belagerte ihn nicht irgendeine Frau, sondern Sarah – die begehrteste Frau der Spiele hatte den begehrtesten Junggesellen gefunden.

Doch ihre Ahnungslosigkeit konnte uns allen großen Schaden zufügen.

Als er mich sah, hellte sich Anders' Miene auf, und ich fühlte mich noch schlechter. Ursprünglich hatte ich vorgehabt, auf Abstand zu bleiben, jetzt ging ich direkt auf ihn zu.

»Clara!«, rief er, sobald ich in Hörweite war.

Sarahs Kopf flog herum, und sie sah aus, als werde sie gleich Gift versprühen. »Ach, *du* bist das.«

Offensichtlich war Sarah weniger erpicht darauf, den Frühling willkommen zu heißen, als wir. Sie war ganz in Schwarz gekleidet – von dem breitkrempigen Hut auf ihrem Kopf bis hin zu den Keilsandaletten an ihren Füßen. Dank ihrer Schönheit fiel sie in jeder Kleidung auf, doch die düstere Wirkung ihres Ensembles verlieh ihr eine besondere Anziehungskraft. Alle Anwesenden im Zelt warfen verstohlene Blicke in ihre Richtung. Andererseits war sie das Mädchen, das von den Toten zurückgekehrt war – also war ihr Outfit vielleicht sogar recht passend.

»Wie geht es dir heute Morgen?«, fragte ich süßlich. Die kleine Göre sollte sich nur daran erinnern, dass ich mitten in der Nacht ihren betrunkenen Hintern ins Bett befördert hatte.

»Gut. Ich vertrage ziemlich viel.« Garantiert erinnerte sie sich an gar nichts. Filmriss wahrscheinlich.

»Das sah letzte Nacht aber ganz anders aus«, murmelte ich, da ich es mir nicht verkneifen konnte.

Hätten Blicke töten können, hätte ich längst in meinem Blut vor ihr gelegen. »Mir geht's gut, wirklich«, sagte sie und wedelte mit der Hand, damit ich ging. »Du kannst dich also gern wieder um deine Schwangerschaft kümmern oder was du sonst so machst.«

Anderson öffnete den Mund, vermutlich, um mich zu verteidigen, doch das durfte ich nicht zulassen.

Daher kam ich ihm zuvor und sagte genau, was ich dachte: »Ich sorge dafür, dass der Thron nicht an eine königliche Schlampe übergeht. Das tue ich.«

Das hätte ich nicht sagen sollen.

Anders trat erschrocken zurück und versuchte gleichzeitig ein unbeteiligtes Gesicht zu machen. Doch Sarah sah aus, als hätte ich sie geohrfeigt. Verwirrt drehte sie sich um und stapfte davon.

»Wie ich sehe, versteht ihr zwei euch prächtig«, sagte Anders.

»Sie ist die Schwester, die ich nie hatte.«

»Hast du nicht schon eine Schwester?«, fragte er verwirrt.

»Doch. Aber die *mag* ich.«

»Verstehe.« Er kickte mit der Schuhspitze ins Gras und wagte kaum, mich anzusehen. Diese nervöse Geste ließ ihn eher wie einen Schuljungen wirken als wie einen berühmten Rennfahrer. Sie passte nicht zu dem offenen Hemd und dem absichtsvoll zerzausten blonden Haar. Er versuchte, cool und sorglos zu wirken, doch ich wusste es besser. »Dann nehme ich an, sie weiß nichts von …«

»Doch, sie weiß von dir«, flunkerte ich.

»Aber dann …« Anderson wurde so weiß wie ein leeres Blatt Papier. Ich befürchtete, er würde in Ohnmacht fallen, und ergriff seine Hand.

»Nur ein Witz.«

Auf seinem Gesicht zeichnete sich Erleichterung ab. Dann merkten wir im selben Moment, dass wir uns berührten. Ich ließ seine Hand los und zwang mich zu einem Lachen.

»Ich konnte nicht anders«, sagte ich. »Wenn ich keine Scherze mache, fange ich an zu heulen.«

»Wie geht es dir?«, fragte er und trat etwas näher zu mir.

Ich nahm seinen Körper auf eine Weise wahr, wie mir das bei den meisten anderen Männern nicht passierte. Ich hatte häufig Leibwächter um mich, doch das hier war etwas anderes.

Vielleicht, weil Anderson die Stimme gesenkt hatte und mir aus seinen Augen, die – wie ich gerade erst bemerkte – dasselbe Blau wie Alexanders hatten, genauso glühende Blicke zuwarf wie mein Mann. Es war unbestreitbar, dass er Gefühle für mich hegte. Daran konnte ich nichts ändern, egal wie sehr ich das wollte.

Als er mir seine Gefühle für mich gestanden hatte, hatte ich mit ihm nicht nur einen Freund verloren, sondern auch die Chance, ihn als meinen Schwager kennenzulernen.

»Schwanger«, antwortete ich. Ich musste ihm ins Gedächtnis rufen, dass ich meine Wahl getroffen hatte, lange bevor wir uns begegnet waren. »Das bringt mein derzeitiges Leben ziemlich gut auf den Punkt.«

Er nahm sich von einem vorbeikommenden Tablett ein Glas Champagner, womit er unauffällig wieder etwas Abstand zwischen uns brachte. Immerhin hatte er meinen Wink verstanden. »Dann hast du also noch nicht entbunden?«

»In knapp vier Wochen«, flüsterte ich.

»Danke, dann werde ich meine Wette noch ändern. Im Topf liegen gut fünfhundert Pfund.«

»Sag mir, dass das ein Scherz ist.«

»Im Ernst, wie geht es dir?«, bohrte er weiter. »Als ich diese Pressekonferenz gesehen habe …«

Sein Kiefer spannte sich an, und ich sah jenen Tag mit seinen Augen. Was musste er gedacht haben, als ich Alexander im Stich ließ? Ich musste ihm klarmachen, dass er sich keinesfalls Hoffnungen machen durfte.

»Wir schaffen das. Ich war nur wütend.«

»Dazu hattest du auch jedes Recht.«

»Aber Alexander und ich haben uns wieder vertragen.«

»Das freut mich zu hören«, sagte er, klang allerdings kein bisschen erfreut.

»Da bist du ja«, sagte eine freundliche Stimme in mein Ohr, und ein Arm legte sich um meine Schultern. »Ich habe meine Schwester davonstürmen sehen, also wusste ich, dass meine Schwägerin nicht weit sein kann.«

»Was soll das heißen?«, fragte ich Edward. »Ich war wahnsinnig nett zu ihr.«

»Vorhin habe ich mit angehört, wie sie allen erzählt hat, was für ein Monster du bist. Du hast sie gezwungen, aus ihrem alten Zimmer auszuziehen«, sagte er theatralisch.

Ich schnappte nach Luft und kniff die Augen zusammen. »Dann habe ich gut daran getan, ihr ins Gesicht zu sagen, dass sie eine königliche Schlampe ist. Es tut mir schon nicht mehr ganz so leid.«

Edward schnaubte belustigt. »Wir haben unterschiedliche Auffassungen von Gastfreundschaft. Mach dir nichts draus. Sie hat es niemand Wichtigem erzählt.«

Ein Problem war jedoch, dass sie es überhaupt jemandem erzählte. Darauf wollte ich Edward gerade hinweisen, als er seine Aufmerksamkeit auf Anders richtete. »Schön, dich zu sehen.«

»Gleichfalls«, sagte Anderson und sah dabei noch unbehaglicher aus als bei Sarahs Flirtversuchen.

»Ich weiß, dass Alexander ein bisschen heftig sein kann«, sagte Edward und klang dabei, als habe er diese Rede lange geprobt. »Aber es gibt auch ein paar normale Mitglieder in unserer Familie. Nun ja, im Grunde eigentlich nur uns.« Er deutete auf mich, dann auf sich selbst. »Mein Mann ist ebenfalls normal. Macht also drei normale Familienmitglieder.«

»Ich möchte die Sache nicht wichtiger nehmen, als sie ist«, erwiderte Anderson bedächtig. »Ich habe meine Mutter und mein Leben. Ich bin nicht wie ihr. Nichts für ungut. Aber ich brauche nicht …«

»… noch eine Familie.«

Das hatte er mir schon früher deutlich gemacht, und ich verstand ihn. Dennoch wollte ich ein paar Dinge mit ihm klären. Auch ich war nicht als Royal geboren. Auch ich war nicht in dieser Welt groß geworden. Wir hatten eine Menge gemeinsam. Ihm das zu sagen würde die Dinge jedoch nur verkomplizieren.

Edward machte ein langes Gesicht, fasste sich jedoch rasch und nickte. »Ich wollte lediglich ein Angebot machen – ich backe einen vorzüglichen Chess Pie und könnte dir im Notfall auch einen Adelstitel besorgen.«

»Ich ruf dich an, falls ich einen brauche«, sagte Anders und lachte sogar. »Wenn ihr mich jetzt entschuldigen möchtet.« Er zögerte einen Moment, sah mich an und biss sich auf die Lippe. Doch was immer er hatte sagen wollen, er behielt es für sich.

»Warum nur habe ich den Eindruck, als würde er lieber *dich* anrufen?«, murmelte Edward, während Anders sich entfernte.

»Fang bitte nicht damit an«, warnte ich ihn. Ich hatte Edward und Belle anvertraut, dass Anders eine Schwäche für mich hatte. »Sarah hat versucht, ihn sich zu krallen, also musste ich ihn retten. Wir müssen es ihr sagen.«

»Möchtest du es der Eiskönigin mitteilen?«

Ich runzelte die Stirn.

»Sorry, ich meinte, der Eis*prinzessin*. Die Eiskönigin bist natürlich du.« Er verbeugte sich leicht, und ich boxte ihn gegen die Schulter. »Wo ist dein Mann? Warum übertragen wir den Job nicht ihm?«

Als wir uns dem Dressurreiten zuwandten – eine Disziplin, deren Sinn mir schleierhaft war –, wollte ich Edward gerade sagen, dass Alexander auf dem Weg war, doch da stand er bereits vor uns.

»Oh, er ist da.« Edward schluckte und zupfte seine Fliege zurecht.

Als ich in Alexanders Gesicht blickte, wusste ich, dass er schon eine ganze Weile hier gewesen war.

18

Alexander

Gerade als ich Clara erblickte, hob sich der nachmittägliche Nebel, und Sonnenlicht durchflutete das Zelt. Angesichts der Person, mit der sie sich unterhielt, fühlte sich das jedoch eher wie ein böses Omen als wie ein Wunder an. Ich nickte den Leuten knapp zu und schlängelte mich zielstrebig durch die Menschenmenge. Ich hatte kein Interesse daran, Aufmerksamkeit auf mich zu ziehen. Tiefverwurzelte Eifersucht, die nicht leicht auszumerzen war, zog mich zu meiner Frau und meinen Brüdern.

Sie lachten. Als Anders sich entfernte, steckten Clara und Edward die Köpfe zusammen und tuschelten. Ich spürte, wie sich ein Schraubstock um mein Herz schloss, doch dann straffte ich die Schultern und ging auf sie zu. Anders zögerte einen Augenblick, als er auf halbem Weg zwischen mir und ihnen stand, sah sich noch einmal um, kehrte jedoch nicht zurück.

So ist's recht. Sie gehört mir.

Mit diesem Gedanken versuchte ich, ihn dazu zu bringen, den Abstand zwischen ihm und ihr zu vergrößern. Leider stieß er daraufhin mit mir zusammen.

»Anderson.« Meine Begrüßung klang eher wie ein Knurren.

Er antwortete in demselben Ton. »Majestät.«

»Du weißt schon, dass das ein Titel und keine Beleidigung ist, oder?« Ich wischte mir einen Fussel vom Ärmel, und er taxierte mich. Wusste er, dass er genau das für mich war? Eine Unannehmlichkeit? Eine Belästigung?

»Gewiss, Sir«, antwortete er.

»Du hast mit meiner Frau gesprochen.« Ich sah ihm in die Augen, und es war, als würde ich in einen Spiegel blicken. Noch nie hatte ich mein Spiegelbild so gehasst.

»Ich habe mit einer Freundin gesprochen«, korrigierte er mich, und seine rechte Hand ballte sich zur Faust.

Diesmal jedoch ließ ich mich nicht provozieren. Mich mit ihm zu prügeln würde in Clara nur weitere Zweifel schüren. Es gab bereits genügend Menschen, die uns fast auseinandergebracht hätten, Anderson eingeschlossen. Ich musste nicht noch dazu beitragen.

»Such dir eine andere«, riet ich ihm.

Seine Nasenflügel bebten, und er schüttelte den Kopf. Als er sich an mir vorbeidrängte, holte er zu einem letzten Schlag aus: »Edward hatte recht mit dem, was er über dich gesagt hat.«

Was zum Teufel meinte er damit? Ich machte mir nicht die Mühe, ihn zu fragen. Clara mochte der Meinung sein, dass

Anders keine Bedrohung darstellte, doch er war mit Sicherheit auch kein Verbündeter. Ich durfte mich von ihm nicht aus der Fassung bringen lassen.

Während unseres Wortgefechts hatte ich Clara aus den Augen verloren, nun suchte ich sie in einem Meer aus Damenhüten. Ein paar Schritte vor mir teilte sich die Menschenmenge, und ich sah sie und Edward, die sich gerade zu mir umdrehten.

Ich konnte nicht verstehen, was Edward sagte, nutzte jedoch die Gelegenheit, zu ihnen zu treten. Ich beugte mich hinunter und gab Clara einen Kuss, woraufhin ein Raunen durch die Menge um uns herum ging. Sie legte mir leicht eine Hand auf den Arm.

»Du hast Anders knapp verpasst«, sagte sie sanft, die Worte waren ein Friedensangebot. Sie wollte mich an etwas erinnern.

Ich hatte nichts zu verbergen und nichts zu befürchten. »Nein, habe ich nicht«, sagte ich steif.

»Alexander, geht es dir …« Sie verstummte und sah hilfesuchend zu Edward.

»Es war ein langer Morgen.« Der von einer albtraumhaften Situation gekrönt gewesen war, doch diese Information behielt ich für mich.

»Wie sind die Meetings gelaufen?«, fragte Edward.

»Kann ich so einen bekommen?« Ich deutete auf sein Champagnerglas.

»So gut also?«, sagte er trocken. »Ich werde dir eins besorgen.«

»Wo ist Norris?«, fragte Clara und ließ den Blick suchend über die Menschenmenge gleiten.

»Willst du sichergehen, dass mein Kindermädchen in der Nähe ist, damit ich meine guten Manieren nicht vergesse?«, blaffte ich.

»Ich will ihn nur bitten, mit Brex zu sprechen«, sagte sie kurz angebunden. Dann griff sie nach oben, glättete meine Krawatte und seufzte. »Du kannst nicht jedes Mal ausrasten, wenn du Anders begegnest.«

Vielleicht würde mir das irgendwann gelingen, aber erst wenn sein Interesse an Clara abgeebbt war. Doch es hatte nicht viel Sinn, ihr das zu sagen. Stattdessen konzentrierte ich mich lieber auf ihre Frage. »Norris überprüft die Umgebung. Ich fürchte, diese Aufgabe wird er niemals jemand anderem anvertrauen.«

»Ich fühle mich auch irgendwie sicherer, wenn er es macht«, räumte Clara ein.

Das hatte sie mir noch nie gesagt. Andererseits hatte Norris sie beschützt, seit sie in mein Leben getreten war. Tatsächlich fühlte auch ich mich besser, wenn er das tat – insbesondere, wenn meine Herzensdame in diesem Zelt herumwanderte.

»Sarah ist hier, und ich möchte, dass jemand sie im Auge behält«, erklärte Clara.

Richtig, dieses besondere Mitglied der Cambridge-Familie brauchte einen Babysitter, das war uns beiden klar. Seit ihrer Rückkehr nach London hatte Sarah sich von den Paparazzi den Hof machen lassen. Heute Morgen hatte sie sogar darum gebeten, ihr die Klatschblätter zu bringen, als sei sie stolz auf ihre Eskapaden.

»Ist es nicht Brex' Aufgabe, sie zu bewachen?«, fragte ich.

»Ich glaube, er meidet sie«, gestand Sarah.

»Er ist aber ihr verdammter Bodyguard.«

»Und das macht er sehr gut«, sagte Clara. »Wahrscheinlich schützt er sie vor sich selbst. Wenn ich mich mit ihr herumschlagen müsste …« Ihr Blick zuckte zu mir hoch, als hätte sie gerade erst bemerkt, dass sie das laut ausgesprochen hatte.

»Sprich ruhig weiter.« Ich musste über das Entsetzen meiner Frau schmunzeln. »Es ist nicht so, dass ich diesen Gedanken nicht auch schon gehabt hätte.«

Sie schüttelte heftig den Kopf, wobei sie fast ihren Kopfputz verlor. Sie griff danach, rückte ihn zurecht und murmelte leise ein paar deftige Worte. »Entschuldige. Erst verliere ich meinen Hut, dann fluche ich herum – kein sehr königliches Verhalten.«

»Ach Süße«, ich beugte mich zu ihr, damit ich die Zitrusnote ihres Parfums riechen konnte, »ich mag es, wenn meine Königin ein bisschen unartig ist, schon vergessen?« Dann glitt ich mit den Lippen so rasch über ihr Ohr, dass niemand die Berührung bemerken konnte.

Doch die Wirkung war unverkennbar. Clara stockte der Atem, und ihre Wangen färbten sich rosa. Ihre Reaktion blieb nicht ohne Wirkung auf mich, und ich drehte mich zu ihr – gerade nah genug, dass sie mein hartes Glied spüren konnte.

»Du siehst wunderschön aus«, sagte ich leise, und sie schloss die Augen, als spürte sie, wie die Worte über ihre Haut strichen.

Doch es war die Wahrheit. Ihr leuchtend grünes Kleid war eine seltsame Mischung aus zurückhaltend und sinnlich. Es war am Hals hochgeschlossen, doch der dünne Stoff verdeckte die anmutigen Kurven ihres Körpers kaum. Es bildete einen reizenden Kontrast zu ihrer blassen Haut, ließ ihre grauen Augen heller erscheinen und brachte die feinen roten Strähnen in ihrem Haar zur Geltung.

Clara schluckte, ihre Finger lagen auf meiner Krawatte, dann wandte sie den Blick ab. »Ich glaube, wir haben Edward verloren.«

»Den brauchen wir gerade nicht«, murmelte ich und drückte mich unauffällig näher an sie.

»Hier sind Dutzende von Leuten«, flüsterte sie.

»Ich rühre mich nicht von der Stelle«, versprach ich ihr mit schelmischem Grinsen. »Ich gebe dir nur einen kleinen Vorgeschmack auf das, was kommt.«

Sie fuhr sich mit der Zunge über die Lippen und sah etwas verträumt aus. Plötzlich gaben ihre Knie nach, und ich fing gerade noch rechtzeitig ihren Ellenbogen auf, doch ihr Taumeln hatte die Aufmerksamkeit der anderen auf uns gelenkt. Ich legte einen Arm um ihre Taille und bemühte mich redlich, meinen Ärger darüber zu verbergen, dass sich um uns eine Menschentraube bildete.

Unvermittelt tauchte Norris an meiner Seite auf und begann, die Gaffer zurückzudrängen. »Die Königin braucht einen Augenblick Ruhe. Ihr ist ein wenig zu heiß.«

»Sorry, Süße«, flüsterte ich und führte sie in Richtung Bar. »Ich hätte dich nicht so erregen sollen.«

»Wie bekommst du dein Riesenego überhaupt in dieses Zelt?«, fragte sie trocken. »Es ist ziemlich warm geworden. Meine Kleidung ist der Temperatur von heute Morgen angepasst.«

Die Temperatur war noch nicht einmal lau. Trotz des Sonnenscheins war die Luft ziemlich kühl, doch ich wollte nicht mit ihr streiten.

»Etwas Wasser, bitte«, bat ich den Kellner.

»Und ich soll diejenige sein, die Schwierigkeiten macht?«, schrillte Sarahs Stimme durch die Luft. Sie lehnte an der Bar und saugte eine Olive von einem Zahnstocher, bevor sie sie zurück in ihr Martiniglas warf. »Ich habe für heute Abend ein paar Freunde eingeladen.«

»Nutz eines der Prunkgemächer«, wies ich sie an. Zumindest würde sie dann nicht ausgehen. Wenn sie sich innerhalb der Palastmauern austobte, würde die Presse nichts davon mitbekommen. Ich musterte sie einen Augenblick und bemerkte ihr schwarzes Kleid sowie die blutrot geschminkten Lippen. »Warum hast du dich wie für ein Begräbnis angezogen?«

»Auch dir einen schönen Tag«, antwortete sie und rollte mit den Augen. »Ich wollte meinen Protest kundtun.«

»Protest wogegen?«, fragte ich.

»Gegen unmenschliche Behandlung.« Mit einem hämischen Grinsen musterte sie Clara, die mit wachsamem Blick an ihrem Wasser nippte.

»Hast du dich bei Clara dafür bedankt, dass sie sich letzte Nacht um dich gekümmert hat?«, fragte ich. Neben mir zuckte Clara zusammen und legte mir eine Hand auf den Arm. Ich ignorierte sie. »Meine Frau ist schwanger und hat Besseres zu tun, als dich nachts um drei ins Bett zu bringen.«

»Nein, habe ich nicht«, sagte Sarah in aufgesetzt süßlichem Ton. »Ich möchte doch nicht ihre Pläne durchkreuzen, mich zu verdrängen.«

»Wovon redest du überhaupt?« Ich presste meine Handfläche an die Stirn, ich spürte aufkommende Kopfschmerzen.

»Sie hat mir die Wahrheit gesagt, nämlich dass sie dafür sorgen muss, dass die Krone nicht mir zufällt.« Sarah neigte den Kopf, sodass ihr Haar wie ein Vorhang zwischen ihr und dem Rest der Welt hing. »Aber in einem Punkt irrt sie sich: Es sitzt bereits eine königliche Schlampe auf dem Thron.«

Clara verstärkte den Griff um meinen Arm, doch ich war zu entsetzt, um zu antworten. Als Sarah davonstolzierte, um den nächsten Dressurreiter zu sehen, wollte ich hinter ihr herlaufen, doch Clara hielt mich zurück. »Lass sie gehen.«

»Sie sagte, du bist eine …«

»Genau das habe ich vorhin auch zu ihr gesagt«, antwortete sie ruhig. Mein Blick, der bis dahin meiner Schwester gefolgt war, schoss zu meiner Frau.

»Ich musste sie doch irgendwie von Anders loseisen«, sagte sie achselzuckend.

»Eine deftige Wortwahl«, murmelte ich. »Komm jetzt.«

»Wir können nicht gehen«, sagte sie, während ich sie bereits aus dem Zelt führte.

»Ich möchte, dass du dich ausruhst – *fern* von der Hälfte des Adelsstands. Wir gehen nicht weit weg.«

Ich beobachtete Clara aufmerksam, während wir die kurze Entfernung zu Bingham House zurücklegten, einer Villa im Tudorstil, die zu dem Landsitz gehörte, auf dem die Reitveranstaltungen ausgetragen wurden.

Ich öffnete die Eingangstür und hielt sie für meine Frau auf, die sich nervös umsah.

»Du tust so, als würde dir das Haus gehören«, sagte sie.

»Wahrscheinlich stimmt das sogar«, antwortete ich. »Oder es wird treuhänderisch verwaltet, was auch immer.«

»Ist es okay, dass wir hier sind?«, fragte sie und sah sich um, als befürchtete sie, wir könnten von jemandem erwischt werden.

»Ich denke, keiner wird mich für unsere Anwesenheit zur Rechenschaft ziehen«, sagte ich trocken und zeigte auf eine Tafel des King's Trust, die neben der Tür angebracht war.

»Genau das ist dein Problem. Niemand zieht dich je zur Rechenschaft.«

»Das stimmt nicht.« Ich drängte sie an die Wand und führte meinen Mund nahe an ihr Ohr. »Du schon.

»Wir sollten uns nicht vom Personal beim Vögeln erwischen lassen«, sagte Clara und duckte sich weg, doch ich erwischte ihre Hand und zog sie in eines der Wohnzimmer.

»Ich werde aufhören, dir an die Wäsche zu gehen, wenn du mir versprichst, dich auszuruhen.« Ich führte sie zu einem Sofa, das viel zu dekorativ war, um bequem zu sein. »Das wird reichen müssen. Ich glaube, der Raum ist seit der Viktorianischen Zeit nicht mehr umgestaltet worden. Allerdings könnte es hier auch ein Schlafzimmer geben.«

»Ich dachte, du wolltest mir nicht an die Wäsche gehen?«

»Du kannst es einem Mann kaum verübeln, dass er es zumindest versucht, Süße.« Ich setzte mich auf das Sofa, schwang ein Bein auf die Sitzfläche und klopfte auf den Platz zwischen meinen Beinen.

Sie beäugte mich misstrauisch, doch sobald sie sich hingesetzt und mit dem Rücken an mich gelehnt hatte, seufzte sie zufrieden.

»Weißt du, worauf ich mich freue?«, fragte ich und strich mit der Hand über ihren Bauch. »Wenn das Baby erst mal da ist und wir allen sagen können, sie sollen sich verkrümeln.«

»Ich glaube kaum, dass ein König Vaterschaftsurlaub nehmen kann.« Sie kuschelte sich an mich, und ihre Handflächen strichen über meine Schenkel.

So gefiel mir Clara am besten – ruhig, zufrieden und ganz und gar in Sicherheit. Als ich festgestellt hatte, dass ich nicht mit ihr zu der heutigen Veranstaltung gehen konnte, war ich versucht gewesen, meine Termine ausfallen zu lassen. Seit Jacobson auf freiem Fuß war, machte mir der Gedanke Angst, meine Frau ohne mich eine öffentliche Veranstaltung besuchen zu lassen. Doch wenn ich Clara bei mir halten wollte, durfte ich sie nicht wegsperren. Also hatte ich kurzerhand das Sicherheitspersonal verdreifacht, ohne ihr etwas davon zu sagen.

»Wenigstens werde ich dann zu Hause sein«, sagte sie, da sie meine Gedanken erraten hatte.

»Wo ich mich um dich kümmern kann.«

»Dafür müssen wir nicht zu Hause sein.« Sie schob ihre Nase in meine Halsbeuge. »Du machst das gerade ganz gut.«

»Mich um dich zu kümmern hat viele verschiedene Aspekte.« Ich küsste sie auf die Stirn, wobei die Keuschheit dieser zärtlichen Geste ein wenig von meiner Hand unterminiert wurde, die ich auf ihre Brust gelegt hatte. »Und nachdem du nicht willst, dass ich dir an die Wäsche gehe, brauche ich dich zu Hause.«

»Es war *dein* Vorschlag, die Finger von mir zu lassen«, sagte sie und drängte den Oberkörper gegen meine Finger, die durch den Stoff ihres Kleides ihre Nippel massierten. »Ich habe nicht gesagt, dass ich einverstanden bin.«

»In diesem Fall …« Ich packte mit der anderen Hand ihre Hüfte und zog sie näher an mich, damit ihr Po gegen meinen Schwanz drückte. »Lass mich dir beweisen, wie aufmerksam ich sein kann.«

Ich streifte ihr den Rock hoch, streichelte ihren Oberschenkel und genoss das schwache Wimmern, das sie ausstieß, als sie in Reaktion auf meine Berührung die Beine spreizte. Ich führte die Finger unter ihren Spitzenslip und schob sie in ihren Schoß.

»Wir sollten das nicht tun, X«, sagte sie, doch das Kreisen ihrer Hüften unter meinen Händen strafte sie Lügen.

»Schhh«, beschwichtigte ich sie. »Alle hier sind dem Wohlbehagen des Königs verpflichtet – ich wiederum kümmere mich um das Wohlbehagen der Königin.«

Ich würde nie genug von Clara bekommen – davon, sie zu berühren, ihr zuzuhören, sie in den Armen zu halten. Einen Großteil meines Lebens war ich ungeduldig gewesen, war hemmungslos von einer Leidenschaft zur nächsten gestreift und mit Krisensituation unbekümmert umgegangen. Jetzt aber wollte ich ihren Körper genau erforschen, jeden Zentimeter ihrer Haut begutachten, jedes ihrer Geräusche wahrnehmen und tausend unterschiedliche Wege finden, sie zum Höhepunkt zu bringen.

»Berührst du dich selbst so, wenn ich nicht da bin?«, fragte ich und knabberte an ihrem Ohr.

»Manchmal«, wimmerte sie, und ihr Atmen wurde schneller.

»Beschreib mir, wie du es machst.« Ich verlangsamte das Kreisen meiner Finger und verzögerte damit den herannahenden Orgasmus.

Sie drängte sich gegen meine Hand und antwortete in verzweifeltem Ton: »Ich schließe die Augen.«

»Und mit der Hand machst du das hier?« Ich führte meinen Angriff auf ihre geschwollene Knospe fort.

»Ja«, stöhnte sie.

»Aber anders als ich?«

»Nein.« Sie schüttelte leicht den Kopf, während sie sich auf die Unterlippe biss.

»Was machst du sonst noch?«, drängte ich und verminderte erneut den Druck, woraufhin sie frustriert aufstöhnte.

»Ich stelle mir vor, was du mit mir machst und was ich mir von dir wünsche«, gestand sie.

»Sind deine Augen jetzt geschlossen?« Ich wartete, bis sie nickte. »Ich werde tun, was du willst, doch du musst mir erzählen, was du dir vorstellst.«

»Seile«, hauchte sie, und meine Hoden spannten sich, als die Erinnerung an ihren gefesselten Körper vor meinem geistigen Auge aufblitzte. »Ich kann mich nicht bewegen. Du hast mich gefesselt, und ich zeige dir mit dem Mund, wie sehr ich das liebe.«

Verdammt! Da wollte ich sie erforschen, und stattdessen erteilte sie mir Unterricht.

»Was macht dein Mund genau?«, fragte ich mit erstickter Stimme.

»Ich sauge an dir, bis du kommst.« Sie stöhnte und vergrub das Gesicht an meinem Körper, während ihre Glieder sich unwillkürlich anspannten. Doch ich war noch nicht fertig mit meiner Lektion. Ich hielt die Finger still und wollte mehr über ihre Fantasien erfahren, damit ich sie in die Wirklichkeit umsetzen konnte.

»Warum willst du gefesselt werden, Süße?« Auf meine Fragen gab es keine falschen Antworten.

»Weil du mich dann auf besondere Weise ansiehst.«

»Wie?«, wollte ich wissen. Ich wollte die Szene durch ihre Augen betrachten.

»Mit Liebe und Stolz«, flüsterte sie. »Dadurch fühle ich mich sicher, schön und als dein Eigentum.«

»Das bist du.« Ihre Worte entzündeten jeden Nerv in meinem Körper. »Und schon bald werde ich dich fesseln und aus deinem Wunsch eine Erinnerung machen. Willst du das?«

»Ja, bitte.« Ihre Lippen streiften über mein Kinn und suchten größere Nähe. Ich ließ sie über einer Klippe hängen, und sie war bereit, sich fallen zu lassen.

»Darauf musst du vorerst noch ein wenig warten.«

Als ich mit dem Daumen über ihrer Lustknospe kreiste, schlang sie einen Arm um meinen Nacken. Doch sie schloss nicht die Augen. Stattdessen hielt sie meinen Blick fest und erbebte heftig in meinen Armen, als ich sie zum Höhepunkt brachte. Als sie schließlich ruhiger wurde, küsste ich sie auf Nase und Wangen.

»Warum hast du die Augen nicht geschlossen?«, fragte ich.

»Weil ich keine Fantasien brauche, wenn du bei mir bist und mich berührst. Du bist alles, was ich brauche.«

Eine Ewigkeit hatte ich geglaubt, mich für meine Verdorbenheit schämen zu müssen und für den Wunsch, Clara zu besitzen. Ich hatte diesen Drang bekämpft, ohne die Situation mit ihren Augen zu betrachten. Doch ich brauchte meine Abgründe nicht zu fürchten, unsere Liebe wurzelte in der Finsternis. Clara hatte die Bestie nie zähmen müssen, weil sie zu keinem Zeitpunkt Angst vor ihr verspürt hatte.

19

Clara

Als wir einige Stunden später am Buckingham-Palast eintrafen, standen hinter den Toren eine ganze Reihe fremder Wagen. Wir waren geblieben, um Edward bei der Ehrung der Tagessieger zu unterstützen. Nun ging bereits die Sonne unter, die Dämmerung senkte sich rasch auf uns herab, und im Palast fand eine Party statt.

»Habe ich irgendwas verpasst?«, fragte Georgia von vorne.

»Ich habe ihr gesagt, sie soll nicht ausgehen«, sagte Alexander.

»Anscheinend hat sie sich den Club stattdessen hergeholt.« Routiniert lenkte Norris den Range Rover in die Garage, doch seine Stimme klang erschöpft.

Ich konnte es ihm nicht verübeln. Ich wollte eigentlich nur eine Dusche nehmen, ein bisschen Sex haben und dann schlafen.

Doch jetzt hatten wir einen Teenager im Haus.

»Sie sagte, ein paar Freunde kämen vorbei«, erinnerte ich ihn, als Alexander mir aus dem Wagen half. Alle hielten inne und starrten mich an. Georgia und Norris schwankten zwischen Belustigung und Gereiztheit. Alexander sah aus, als fühlte er sich betrogen.

»Diesen Teil habe ich euch mit Absicht nicht gesagt«, murmelte er.

»Weil du wusstest, dass es eine dumme Idee war«, stellte Georgia klar. »Vielleicht solltet ihr zwei euch mit der Erziehung des Teenies ein bisschen beeilen, wir können aber auch alle einfach weiter so tun, als sei sie erwachsen.«

»Oder wir schicken sie fort und betrauen sie irgendwo mit einer diplomatischen Aufgabe«, schlug ich vor.

»Nur wenn wir sowieso einen Krieg anfangen wollen«, sagte Alexander. »Ich kümmere mich um sie. Georgia, bring Clara in unsere Räume und stell sicher, dass sich keiner unserer *Gäste* verlaufen hat.«

»Ich sollte mitkommen …«

Alexander brachte mich mit einem Kuss zum Schweigen, der mich vergessen ließ, was ich sagen wollte. »Geh ins Bett.«

»Ich will mit dir ins Bett«, flüsterte ich an seinen Lippen.

»Oh, zum Teufel, ihr zwei habt eure Pflicht für Ehre und Vaterland jetzt wirklich erfüllt«, schaltete sich Georgia ein. »Ihr erwartet den zweiten Thronfolger. Habt ihr nicht allmählich genug …«

»Miss Kincaid«, sagte Norris leise.

Dass er sie mit dem Nachnamen ansprach, genügte als Ermahnung. Georgia marschierte aufs Haus zu.

Ich folgte ihr. Jedes Mal, wenn ich dachte, sie und ich würden uns näherkommen, erinnerte sie mich daran, was sie von mir hielt. »Ich muss los.« Ich gab Alexander einen letzten Kuss. »Beeil dich.«

»Wie lange es dauert, hängt davon ab, ob wir es mit einer kleinen Party oder mit einer ausgewachsenen Orgie zu tun haben«, sagte er.

Georgia wartete am Hintereingang auf mich und tippte ungeduldig mit dem Fuß auf.

»Musst du noch irgendwohin?«

»In der Tat«, schnaubte sie. »Ich muss Brex suchen und ihm eine verpassen.«

»Brex?«, wiederholte ich.

»Er sollte sie in Schach halten. Das hat Alexander deutlich gesagt. Und es haben eindeutig nicht all ihre Freunde eine Sicherheitsfreigabe. Brex wird vermutlich gefeuert.«

»Und das würde dir etwas ausmachen?« Ich spielte mit dem Feuer, doch Georgia hatte sich mir gegenüber noch nie in dieser Weise geöffnet, deshalb wagte ich den Vorstoß.

»Warum interessiert dich das?«

»Ich höre zu«, erklärte ich. Das schien ihr ein völlig fremdes Konzept zu sein. »Das tun Menschen, wenn jemand anders aufgewühlt ist. Sie hören zu.«

»Ich bin nicht aufgewühlt, ich bin sauer.« Sie ging um mich herum und deutete mit dem Finger auf mich. »Und *Menschen* tun das nicht. *Freunde* tun das.«

»Okay, stimmt«, gab ich zu und wollte gerade klarstellen, dass ich mir nicht einbildete, ihre Busenfreundin zu sein, als sie mir zuvorkam.

»Wir sind keine Freundinnen. Freundschaft macht alles kaputt.«

Ich hatte das Gefühl, dass es gerade nicht mehr um uns ging oder darum, ob wir befreundet waren oder nicht. Seit ich Georgia kannte, hatte ich sie für eine eiskalte Zicke gehalten. Doch allmählich begriff ich, dass, was ich für einen Charakterfehler gehalten hatte, lediglich eine Art Rüstung war. Darunter verbarg sich eine vollkommen andere Person. Vielleicht war diese Frau nicht meine Freundin, aber ziemlich sicher war sie auch nicht so ein harter Knochen, wie sie mich glauben machen wollte.

Als wir unsere Räumlichkeiten erreichten, bestand sie auf einer gründlichen Überprüfung. Ich versuchte nicht, sie aufzuhalten, denn ich wusste nur zu gut, dass eine Party Feinden ebenso die Tür öffnete wie Freunden.

Ich steckte den Kopf in Elizabeths Zimmer und stellte fest, dass sie bereits schlief. Die Nachtschwester winkte mir stumm zu.

»Was ist mit dir?«, fragte Georgia, als ich zurück ins Wohnzimmer kam.

»Ich hasse Tage wie diesen, an denen ich so sehr mit meinen Aufgaben als Königin beschäftigt bin, dass meine Rolle als Mutter zu kurz kommt. Ich habe ein schlechtes Gewissen.«

»Wenn du ein schlechtes Gewissen hast, weil du nicht genug für dein Kind da bist, dann bist du schon besser als neunzig Prozent der Eltern da draußen. Glaub mir«, fügte sie hinzu.

»Du bist nicht annähernd so gemein, wie ich dachte«, sagte ich, ohne nachzudenken.

»Ach ja?« Sie schnaubte und schüttelte den Kopf. »Und du bist nicht annähernd so verklemmt, wie ich dachte, aber vielleicht hat man dir einfach mal richtig schön den Hintern versohlt.«

Bei ihrer anzüglichen Erinnerung daran, dass sie deutlich mehr über mein Privatleben wusste als ich über ihres, zuckte ich zusammen.

»Siehst du? Ich habe ja gesagt, ich bin nicht gut mit diesem Freundinnenkram.« Georgia schob die Hände in die Hosentaschen. »Hier ist alles in Ordnung, aber ich schicke dir für alle Fälle jemanden, der vor der Tür bleibt.«

»Danke.« Ich dachte über Georgia Kincaid nach. Vielleicht konnte sie sich nicht vorstellen, dass wir Freundinnen wurden, weil sie noch nie eine richtige Freundin gehabt hatte. »Suchst du Brex?«

»Ja. Er sollte hoffen, dass ich ihn vor Alexander finde.«

»Nur eine Frage *als Freundin*: Hast du jemals daran gedacht, dass du vielleicht auch in ihn verliebt bist?«, fragte ich sanft.

Georgia erstarrte, die Finger am Türknauf. »Ich verliebe mich nicht«, sagte sie barsch, »und ich habe keine Freunde.«

Dann schlug sie die Tür hinter sich zu.

»Das ist ja super gelaufen«, sagte ich zu dem leeren Zimmer.

Der Abend entwickelte sich zu einer Katastrophe, und wir hatten Probleme, um die wir uns kümmern mussten. Ich konnte mir nicht vorstellen, was Alexander tat, wenn er Sarah fand, aber ich wusste, was ich zu tun hatte. Dies war eine Familienangelegenheit, und ich war es leid, diese Last mit Alexander allein zu schultern.

Ich holte meine Handtasche vom Tisch und fischte mein Handy heraus. Edward nahm sofort ab.

»Vermisst du mich schon?«

»Schaff deinen Hintern her.«

»Ist das eine offizielle Anweisung oder eine freundliche Bitte?«

Ich hörte David im Hintergrund und gab mir alle Mühe, mein schlechtes Gewissen zu verdrängen. Sein Mann hatte den ganzen Tag mit irgendwelchen Aristokraten geplaudert, und jetzt nahm ich ihm Edward schon wieder weg. »Und bring David mit. Noch ein vernünftiger Mensch kann nicht schaden.«

»Will ich wissen, was los ist?«

»Es wird Zeit, dass du dich um deine Schwester kümmerst.«

Aus dem Ballsaal, vermutlich einer der besseren Orte, um eine Party zu schmeißen, schallte Musik. Ich hatte Edward über die Details ins Bild gesetzt, wartete aber nicht, bis er eintraf.

An der Tür fing Brex mich ab und versperrte mir den Weg. »Ich würde da nicht reingehen.«

»Eine ausgewachsene Orgie«, murmelte ich vor mich hin.

»Wie bitte?« Seine Augenbrauen schossen nach oben.

»Nichts«, sagte ich. »Ist mein Mann hier?«

»Ja.«

Dann wollte ich hineingehen. Ich schob mich an Brex vorbei, der nicht mehr versuchte, mich aufzuhalten. Sobald ich im Raum war, merkte ich, warum er mich daran hatte hindern wollen. Es war keine Orgie, aber verdammt nah dran. Ich kannte keine einzige Person im Saal. Es sah aus, als wäre Sarah in den nächsten Club marschiert und hätte Blankoeinladungen an jeden verteilt, der mitkommen wollte.

Auf einmal war ich dankbar, dass Georgia unsere Räume so gründlich überprüft hatte.

Ich suchte den Saal nach meinem Mann ab, doch wenn er hier war, ging er in der Menge unter. Brex erschien an meiner Seite. Durch den Lärm konnten wir uns auf keinen Fall hören, doch die Bedeutung war klar: Er würde mich hier nicht allein herumlaufen lassen.

Ich hätte ihn gern gefragt, ob Georgia ihn gefunden hatte, doch dies schien mir nicht der geeignete Ort zu sein. Als er den Kopf drehte, entdeckte ich eine Prellung auf seiner Wange und fragte mich unwillkürlich, ob das eine Aufmerksamkeit von ihr oder von meinem Mann war.

Um uns herum rieben sich halbbekleidete Menschen aneinander. Ich war lange der Meinung gewesen, dass die Monarchie etwas lockerer werden sollte, aber das ging selbst mir ein bisschen zu weit.

Das erste bekannte Gesicht, das ich entdeckte, war zugleich das, das ich am wenigsten sehen wollte. Pepper hatte sich Alexanders Anweisung, sich von unserem Haus fernzuhalten, widersetzt und war von einer Gruppe *alter Freunde* umringt. Anscheinend hatten die Royalen Rotznasen am Wochenende nichts Besseres zu tun, als den Buckingham-Palast zu stürmen.

Peppers volle Lippen verzogen sich zu einem höhnischen Grinsen, als sie mich entdeckte, und sie beugte sich vor, um einer Rothaarigen etwas ins Ohr zu flüstern. Ich konnte mich absolut nicht daran erinnern, ob es Amelia oder Priscilla war, und es hätte mir nicht gleichgültiger sein können. Doch sosehr ich diese Blutsauger verteufelte, sie hatten vor Sarahs Unfall zu ihrem engeren Kreis gehört. Die meisten hatten anschließend vorgegeben, mit Edward befreundet zu sein, aber nur, um aufs Land und zu Veranstaltungen eingeladen zu werden. Sie standen auf meiner persönlichen schwarzen Liste, aber sie waren hier und wussten wahrscheinlich, wo Sarah sich versteckte – es sei denn, Alexander hatte sie bereits in Sicherheit gebracht. Ich lenkte Brex zu ihnen und ermahnte mich, dass ich die Königin war.

»Eure Majestät.« Priscilla deutete einen albernen Hofknicks an.

Offenbar sollte ich eher sie daran erinnern, dass ich tatsächlich die Königin war.

»Wo ist Sarah?«, fragte ich.

»Irgendwo.« Pepper lachte, ganz offensichtlich spontan von der jugendlichen Albernheit angesteckt, die Sarah mit nach London gebracht hatte.

Ich hatte die Nase voll.

Von wehleidigen, herablassenden Zicken. Von Menschen, die mich wie Alexanders Mätresse anstatt wie seine Frau behandelten. Von Fremden in meinem eigenen Haus.

Ich hatte es einfach satt.

Und ich war die Königin, somit war die Sache klar.

Ich stolzierte zu Pepper, packte sie an der Schulter und beugte mich dicht zu ihr. »Wo ist Sarah?«

Sie machte Anstalten, mich fortzuschieben, doch Brex war sofort bei mir.

»Finger weg«, lautete seine knappe Drohung, die umso einschüchternder wirkte, als er Pepper deutlich überragte.

»Sie hat angefangen …«

»Die Königin kann tun, was ihr gefällt«, informierte er sie. »Ich persönlich würde es begrüßen, wenn sie dir in deinen Hintern treten und dich rauswerfen würde, aber ich habe mich an die Rangordnung zu halten.«

»Oh, vergessen wir nicht, dass sie schwanger ist.« Pepper verdrehte dramatisch die Augen.

»Ich glaube, du verstehst nicht, wo dein Platz ist«, sagte Brex. »Vielleicht liegt es daran, dass du gar nicht hierher gehörst.«

»Sarah hat uns eingeladen«, schaltete sich Priscilla ein. Vielleicht war es wegen der jahrelangen königlichen Inzucht, jedenfalls hatte sie offensichtlich keinen Selbsterhaltungstrieb.

»Sarah ist hier nicht zu Hause.« Nicht mehr. Sie hatte ihr Wohnrecht verspielt.

»Aber du?«, stieß Priscilla hervor.

Brex und ich tauschten einen Blick. Wie dumm konnte man sein?

»Ja«, erklärte er ihr. »Sie ist die Königin.«

»Ich bin eine Prinzessin.« Priscilla streckte die Brust raus, als sei dies eine wichtige Tatsache.

»Und sie ist die *Königin*«, wiederholte Brex. »Du scheinst Schwierigkeiten zu haben, das zu verstehen. Soll ich dir eine Zeichnung machen?«

Noch nie hatte ich mir so sehr gewünscht, Stift und Papier zur Hand zu haben, doch ehe ich ihm sagen konnte, ich würde welches besorgen, deutete er in die Ecke, auf einen Mann.

Einen Moment später waren wir von vier Männern in Anzügen umringt.

»Diese Gäste müssen zum Ausgang begleitet werden.«

»Nein …« Peppers Protest erstarb auf ihren Lippen, als sie etwas an der Tür entdeckte.

Ich folgte ihrem erstaunten Blick und sah gerade noch, wie Sarah sich an einen mir bekannten Blondschopf klammerte und sich aus dem Saal stahl.

»Hurensohn«, sagte Pepper.

Da waren Pepper und ich ausnahmsweise einer Meinung.

»Sarah ist weniger nachtragend als ich«, sagte sie.

»Schafft sie hier raus«, befahl Brex. Die Truppe stapfte davon und warf mir böse Blicke zu. Ich erinnerte mich daran, wie sie mich bei unserer ersten Begegnung behandelt hatten. Gehässige Bemerkungen, gemischt mit Doppeldeutigkeiten. Sie hatten klargestellt, dass ich nicht zu ihrem Kreis gehörte.

Sie hatten recht – ich stand über ihnen.

»Sollten wir etwas dagegen unternehmen?« Brex deutete mit dem Daumen zur Tür, durch die sie gerade verschwunden waren.

»Wenn du Alexander nicht dabei helfen willst, eine Leiche zu vergraben, sollten wir ihn hier rausschaffen, bevor die zwei sich über den Weg laufen«, sagte ich.

Er nickte und wirkte nicht sonderlich beunruhigt von dieser Aussicht, was ich möglichst weit hinten in meinen grauen Zellen speicherte.

Es hatte ausgesehen, als wäre Sarah in Richtung Hof verschwunden. Ich überließ es Brex, die betrunkene Menge vor mir zu teilen, und fragte mich, warum um Himmels willen noch nicht alle vor die Tür gesetzt worden waren. Und wo war überhaupt Alexander? Sobald wir die Galerie erreichten, sog ich die frische Luft mit tiefen Atemzügen ein.

»Alles in Ordnung, Majestät?«, fragte Brex.

»Ich habe lange nicht mehr so viel Schweiß, Alkohol und Verzweiflung an einem Ort gerochen.« Ich rieb mir den Bauch.

»Vermisst du es?«, fragte er.

»Kein bisschen.« Ich legte den Kopf schief. »Ich vermute, sie sind im Hof.«

Gott bewahre, wenn sie Jonathan mit in ihr Schlafzimmer genommen hatte.

Sobald wir die Tür öffneten, drang Gelächter an mein Ohr. In dem kleinen Innenhof standen diverse exotische Pflanzen. Ein eigens dafür ausgebildeter Gärtner kümmerte sich um die besonderen Bedürfnisse der unterschiedlichen Sorten. Ich liebte es, hindurchzuspazieren, aber nach heute Abend würde es nicht mehr dasselbe sein.

Nicht, nachdem ich gesehen hatte, wie Jonathan mit heruntergelassener Hose Sarah gegen die Wand drängte. Bei dem üppigen Blattwerk um sie herum und den Geräuschen, die sie von sich gaben, hätte man meinen können, im Dschungel gelandet zu sein.

»Sollen wir …«, hob Brex leise an.

»… warten, bis sie fertig sind?« Ich zuckte die Achseln, so viel Rücksichtnahme wollte ich eigentlich nicht walten lassen. »Ich glaube, es wird sie so oder so nerven.«

»Verdammte Scheiße!«, schrie Sarah, als sie uns sah, schob Jonathan von sich und zerrte an ihrem Rock. Er taumelte und wäre bei dem Versuch, sich die Hose hochzuziehen, beinahe gestürzt.

»Die Party ist vorbei«, informierte ich sie.

»Nur weil du zu langweilig bist, um so etwas …«

Ich hob eine Hand. Wenn sie dachte, Alexander und ich hätten nicht dasselbe im Hof und in jedem Raum dieses Gebäudes getan, sollte sie sich dringend über den neuesten Palasttratsch informieren. »Gehen wir.« Ich wedelte mit dem Finger durch die Luft. »Sammele deinen Slip und deine Würde ein.«

»Was ist hier los?« Alexanders tiefe Stimme dröhnte durch den stillen Hof, und alle erstarrten.

»Na toll«, murmelte ich und warf Sarah einen Blick zu, der ihr bedeuten sollte, ja den Mund zu halten. »Ich habe Sarah gerade erklärt, dass es für ihre Freunde Zeit wird zu gehen.«

Ich ging um meinen Mann herum und wollte ihn am Ärmel mit mir hinausziehen, bevor er sah, mit wem Sarah hier war.

»Was haben die denn bloß alle?«, jammerte Sarah. »Ich habe seit zehn Jahren nicht mehr gevögelt. Ein Mädchen hat Bedürfnisse.«

»Du … was … mit wem?« Alexander stand kurz vor einem Herzinfarkt, darum versuchte ich weiterhin vergeblich, ihn fortzuziehen. Doch es war zu spät. Er sah sich um, und sein Blick landete auf Jonathan Thomson. »*Du.*«

Ich war auch nicht gerade Jonathans größter Fan. Auf der Uni hatte er Belle nach Strich und Faden betrogen und bei jeder Gelegenheit bewiesen, dass er ein Wichser erster Klasse war. Aber Alexander hasste ihn, und das aus gutem Grund. Jonathan war derjenige gewesen, der Sarah am Abend des Unfalls Drogen gegeben hatte.

»Was fällt dir ein, hier aufzutauchen? Und meine Schwester anzufassen – nach dem, was du getan hast?«, brüllte Alexander.

»Hilf mir«, rief ich Brex zu. Er kam und packte Alexanders anderen Arm, hielt jedoch inne, als Alexander fortfuhr.

»Du hast ihr Drogen gegeben. Sie ist fast gestorben. Sie hat zehn Jahre ihres Lebens verloren, und du kommst in dieses Haus und *fickst* sie?«

Brex ließ Alexanders Arm los und sah aus, als würde er sich gerade darauf einstellen, Jonathans Grab zu schaufeln.

»Hör auf«, forderte ich. »Jonathan geht.«

»Nein.« Sarah stemmte die Hände in die Seiten. »Eilmeldung, *ich* habe die Drogen genommen. Es ist also meine Sache, ob er bleibt – und ich will, dass er das tut!«

»Da seid ihr ja!«, rief Edward, schritt schwungvoll in den Hof und blieb abrupt stehen.

»Die ganze Bande versammelt«, murmelte Sarah und verschränkte die mageren Arme vor der Brust.

»Du siehst aus wie eine Frau, aber sobald du sprichst …«, hob Alexander an.

»X!« Ich fasste sein Kinn und zwang ihn, mich anzusehen. »Du musst gehen und das uns überlassen.«

Sein Blick brannte auf mir, die Muskeln in seinem Kiefer zuckten. Ich wusste nicht, was ihn mehr aufregte – der Angriff auf seine Autorität oder die Situation an sich.

Ehe ich ihn überzeugen konnte, trat Jonathan auf uns zu.

Er hatte das Sakko ausgezogen und krempelte sich die Ärmel hoch.

»Lass ihn los, Clara. Es wird Zeit, dass wir das ausfechten.« Er dehnte das Handgelenk.

»Du musst gehen.« Brex trat zu Jonathan, aber Alexander schüttelte den Kopf.

»Hat dir die letzte Tracht Prügel nicht gereicht?«, fragte er seinen früheren Freund. »Vielleicht wirst du ja gern verprügelt.«

»Ich habe das noch nicht ausprobiert. Was hält deine Frau denn davon?«, provozierte Jonathan.

Mir gefror das Blut in den Adern, und ich konnte mich nicht vom Fleck rühren. Edward nahm meine Hand und versuchte, mich in die Galerie zu ziehen, doch ich war wie festgewachsen.

»Oh mein Gott, er verprügelt dich.« Sarah schlug sich eine Hand vor den Mund, doch sie sah nicht erschrocken aus, sondern als würde sie sich das Lachen verkneifen.

»Nicht so, Kleine.« Jonathan grinste höhnisch. »Alexander hier steht darauf, die Frauen zu fesseln und auszupeitschen. Darum hat Daddy ihn nach Afghanistan geschickt, stimmt's?«

»Stimmt das?«, fragte Sarah und sah mich an wie eine vollkommen Fremde.

»Es ist ein schmutziges Familiengeheimnis. Aber, hey, vielleicht täusche ich mich ja. Ich habe gesehen, dass das hübsche Ding, mit dem du es früher getrieben hast, jetzt für den Sicherheitsdienst arbeitet. Vielleicht haben sie ein Arrangement getroffen.«

Kurz darauf krachte Alexanders Faust gegen Jonathans

Wange. Ich spürte, wie der Knochen brach, als wäre es meine Hand gewesen. Das Geräusch ging mir durch und durch.

Jonathan war Alexanders Kraft nicht gewachsen und taumelte zurück.

Doch es war egal, der Schaden war da.

Brex, der sich am Rand gehalten hatte, damit Alexander die Situation in die Hand nehmen konnte, stand jetzt mit offenem Mund da. Er setzte die eben gehörten Informationen im Kopf zusammen. Unangenehme Stille legte sich über den Hof, nur durchbrochen von Sarahs Kreischen wegen Jonathans Verletzung.

»Schaff sie hier weg«, flehte ich Edward an. »Bring sie irgendwohin. Ganz egal wohin.«

»In den Tower of London?«, schlug David vor.

Normalerweise hätte ich darüber gelacht, aber mir war nur zu bewusst, was Jonathan gerade getan hatte, auch wenn er es selbst nicht bemerkt hatte. Es war mir egal, was die Leute über Alexander und sein Privatleben dachten. Das war unsere Sache.

Sarah wehrte sich nicht, als Edward sie zur Tür zog. In dem Moment, in dem er hinter ihr den Hof verließ, tauchte eine neue Gestalt auf. Georgia verschaffte sich einen Überblick über die vor ihr liegende Szene, wobei ihr der eigentliche Schaden, der gerade entstanden war, verborgen blieb.

»Was ist los, Brex?«, fragte sie, während sie zu ihm schlenderte, den Blick jedoch auf Jonathan gerichtet hielt.

Brex sah aus seinen dunklen Augen von Georgia zu Alexander. Er sagte kein Wort. Stattdessen griff er in sein Sakko und holte die Waffe aus dem Holster. Stumm legte er sie vor meinem Mann auf den Boden und wandte sich zum Gehen.

»Brex?«, rief Georgia ihm mit bebender Stimme hinterher. Er zögerte kaum merklich, dann war er verschwunden.

Georgia wollte sich nicht verlieben, aber das hieß nicht, dass es ihr nicht dennoch passiert war. Sie sah fragend zu mir. Ich hätte sie gern in den Arm genommen, aber ich war mir ziemlich sicher, dass sie das noch weniger mochte, als von mir als Freundin bezeichnet zu werden.

»Ich erkläre es dir später«, sagte ich stattdessen.

Sie straffte die Schultern und wandte sich an Alexander: »Wir haben fast alle vom Gelände entfernt und wie gewünscht sämtliche Personalien aufgenommen. Norris erledigt den Rest.«

»Die Personalien aufgenommen?«

»Meine Schwester hat halb London eingeladen. Ich will wissen, wer hier war.« Alexander rieb sich die blutigen Knöchel. »Jetzt schafft den hier raus.«

»Alexander …«, sagte Jonathan, aber Georgia packte ihn am Kragen und zerrte ihn in Richtung Tor.

Nun standen wir allein im Hof. Ich wusste nicht, was ich sagen sollte. Alexander war einem alten Freund begegnet, der Dämonen in unser Haus geschleppt hatte. Ein anderer Freund hatte ihn gerade verlassen. Was sollte ich da sagen?

»Ich habe ihm gesagt, worauf Georgia steht«, gestand Alexander. »Ich habe ihn gewarnt, aber er hat sich trotzdem in sie verliebt.«

»Aber du hast ihm nicht erzählt, woher du diese Information hast?« Ich wusste nicht, warum ich die Frage überhaupt stellte, ich kannte die Antwort bereits.

»Jetzt weiß er es. Er weiß, was ich bin.« Alexander ließ den

Kopf hängen. »Gott, mir ist nie in den Sinn gekommen, dass die Leute denken könnten, Georgia und ich … Du hast jetzt ein besseres Verhältnis zu Georgia«, sagte er und hob den Kopf, um mich anzusehen. »Bitte sie, dir ihre Narben zu zeigen. Du weißt nicht, wozu ich fähig bin.«

»Du wirst mir keine Angst machen.«

»Da täuschst du dich. Du sagst, du liebst das Monster – dass du keine Angst vor ihm hättest. Das solltest du aber.«

»Darum haben wir Grenzen vereinbart und ein Safewort.« Ich weigerte mich, seine ständige Selbstkasteiung mitzumachen. »Wenn du mich jetzt in unser Zimmer schaffen und das klären musst, gehe ich mit. Ich habe keine Angst vor dir.«

Alexander trat einen Schritt zurück und schüttelte den Kopf, der Vorschlag schockierte ihn. Er hob eine Hand. »Siehst du, wie die zittert? Ich bin voller Wut und würde gern etwas schlagen, aber niemals dich. Nicht so. Ich werde dich nie anfassen, solange ich wütend bin. Das ist eine unumstößliche Regel – zu unser beider Wohl.«

Ich nickte und fragte mich, wie ich den Aufruhr in ihm lindern konnte. Die Antwort war so einfach, dass ich sie fast übersehen hätte. Ich ergriff seine zitternde Hand und verschränkte meine Finger mit seinen.

»Ich bin da, X«, erinnerte ich ihn. »Zusammen können wir alles schaffen.«

Er sah aus, als wollte er mir glauben.

20

Alexander

Es war nach Mitternacht, als die Nachricht kam, dass der Palast von Gästen geräumt sei. Clara döste im Büro, in einem Sessel neben dem Kamin, und wartete, dass der Rest der Gruppe zu uns stieß. Es hatte keinen Sinn, das Unvermeidbare noch länger aufzuschieben. Wir hatten uns bemüht, niemand konnte etwas anderes behaupten. Doch die drei Tage mit Sarah waren die Hölle gewesen, und ich musste eine andere Lösung finden.

Norris betrat den Raum und löste seine Krawatte. »Ich brauche eine Gehaltserhöhung.«

»Wird erledigt«, versprach ich.

Ich wusste nicht, was ich ohne ihn tun sollte, und hoffte, dass ich es nie herausfinden musste. So oft ich mich gegen seine Ratschläge sträubte, ich vertraute ihnen und vor allem vertraute ich dem Mann selbst.

Sobald ich gesehen hatte, wie viele Fremde Sarah in den Palast eingeladen hatte, hatte ich mich an ihn gewandt. Wie immer hatte Norris eine Lösung gewusst. Der Vorteil eines eingezäunten Gebäudes und einer Königlichen Leibgarde sowie eines diskreten privaten Sicherheitsdienstes war, dass jeder, der ging, an uns vorbeimusste. Das hatte gedauert.

Ich hatte gedacht, diese Zeit wäre gut genutzt, bis ich herausfand, dass meine Schwester mit dem verdammten Jonathan Thompson vögelte. Und dann? War die Hölle los gewesen.

»Scotch?«, bot ich Norris an, und er nickte. Dass er den Drink annahm, zeigte, wie groß das Ausmaß der nächtlichen Katastrophe war.

»Ich bin nicht mehr im Dienst«, sagte er, als ich ihm ein Glas reichte.

Das hatte ich ihn in all den Jahren, die ich ihn kannte, noch nie sagen hören. Schnell kippte ich meinen Whisky herunter. »Du musst nicht bleiben.«

»Ich bin als Freund hier. Ich …« Er zögerte einen Moment. »Ich muss frei sprechen können.«

»Und nicht als mein Berater?« Ich lehnte mich im Sessel zurück und überlegte, was das wohl für Folgen hatte. Soweit ich wusste, sprach Norris immer frei. Er hatte mich einen Mistkerl geschimpft. Er hatte sich unzählige Male auf Claras Seite gestellt. Wenn er da im Dienst gewesen war, wollte ich nicht wissen, wie er außer Dienst war …

»Du gehörst zur Familie«, sagte Clara schläfrig.

»Familienmitglieder bezahlt ihr nicht«, erinnerte Norris sie sanft.

»Mach dir nichts vor. Wir sind ein Familienbetrieb«, sagte sie mit höhnischem Schnauben. »Wir alle werden dafür bezahlt, eine Familie zu sein, und du gehörst eindeutig dazu.«

»Sie hat recht«, bekräftigte ich. »Du bist mir ein besserer Vater, als es meiner jemals war, und das weißt du.«

»Soll ich wiederkommen, wenn ihr mit dem Gesülze durch seid?«, fragte Georgia, die im Türrahmen lehnte.

Ich sah aufmerksam zu Clara, doch sie zuckte nicht mit den Wimpern.

»Unsere vergangene …«

»Warten wir, bis alle da sind«, unterbrach mich Clara.

Edward und David trafen als Letzte ein, obwohl ich nicht wusste, warum. »Wie lange dauert es, ein Mädchen in sein Zimmer zu bringen?«

»Ich habe damit nicht so viel Übung wie du«, gab Edward trocken zurück.

»Und besagtes Mädchen ist praktisch die Wände hochgegangen«, ergänzte David.

Edward sah seinen Mann über die Hornbrille hinweg böse an.

»Was ist?« David hob abwehrend die Hände. »Das stimmt doch. Wir mussten jemanden finden, der sich zu ihr setzt.«

»Dann ist sie …« Ich schüttelte den Kopf. »Ich hätte Jonathan wirklich eine Tracht Prügel verabreichen sollen.«

»Er hatte keine Drogen bei sich«, sagte Georgia und fügte schnell hinzu: »Beruhigt dich das?«

»Nein«, sagten Clara und ich wie aus einem Mund.

»Vielleicht sollte ich Elizabeth holen«, sagte Clara nachdenklich und biss sich auf die Lippe.

»Wir haben jeweils eine Wache in und vor ihrem Zimmer postiert, und eine sitzt in eurem Wohnzimmer. Elizabeth ist sicherer als die Kronjuwelen«, beschwichtigte Edward sie.

»Gut, das ist also geklärt«, sagte Norris und nippte an seinem Scotch. »Wo fangen wir an?«

»Mit der Wahrheit.« Ich riskierte einen Blick zu Georgia, unsicher, wie sie diesen Teil aufnehmen würde. »Was Jonathan gesagt hat, woher ich Georgia kenne. Es war …«

»Das wissen wir«, sagte Edward und ersparte mir weitere Erklärungen.

»Ach ja?« Ich wusste nicht, was ich davon halten sollte. »Seit wann?«

»Seit Dad sich jedes Mal, wenn er sauer auf dich war, bei Großmutter Mary beklagt hat. Und das war ziemlich häufig der Fall.«

»Nachdem ich aus Afghanistan zurück war?« Ich konnte nicht fassen, dass er es die ganze Zeit gewusst hatte.

»Seit er dich weggeschickt hat«, korrigierte mich Edward.

»Er hat vor dir davon gesprochen? Du warst noch ein Kind.«

»Ich war alt genug, um zu wissen, dass ich schwul war, und Dad war alt genug, es auch zu wissen«, sagte Edward und klang verbittert und resigniert zugleich. »Überwiegend hat er mich behandelt wie eine Topfpflanze – etwas, das ihm egal ist und um das er sich nicht kümmern muss. Ich habe viel mit angehört.«

»Aber nicht über Sarah?«, erkundigte sich Clara.

»Doch, ich glaube schon«, sagte Edward langsam. »Ich habe nicht verstanden, was er meinte, als er sagte, er müsse sich um sie kümmern. Ich glaube, mit diesen Informationen war er etwas vorsichtiger als mit …«

»… meinen perversen Vorlieben?«, beendete ich den Satz für ihn.

»Das ist nichts, wofür man sich schämen muss«, schaltete David sich ein und verzog die Lippen zu einem Grinsen. »Dein Bruder ist etwas devoter im Schlafzimmer, aber ich …«

»Ich würde euch morgen früh allen gern noch ins Gesicht sehen können«, unterbrach Norris mit einem schweren Seufzer, »ohne all die Bilder.«

»Sorry.« David grinste verlegen, und ich konnte nicht verhindern, dass auch meine Lippen zuckten.

Es musste noch etwas geklärt werden. »Sorry, Norris. Ich möchte noch etwas klarstellen. Was Clara und mich betrifft, unsere Beziehung …«

»… geht niemanden etwas an außer uns«, schaltete sich Clara ein. »Aber um dich zu beruhigen – Alexander hat mir nie wehgetan, und unsere Beziehung beruht auf absolutem Einvernehmen.«

»Wechseln wir das Thema.« Zu meiner Überraschung kam die Bitte von Georgia. »Vögelt und dominiert euch oder was auch immer, aber verschont uns damit. Also, was willst du wegen deiner Schwester unternehmen?«

Im Raum wurde es still. Es sagte einiges, dass wir uns alle lieber mit unseren privaten Geheimnissen beschäftigten als mit dem Problemkind Sarah.

»Sie muss hier weg.« Claras Ton duldete keine Widerrede. »Ich weiß, ich habe gesagt, sie könnte bei uns wohnen, aber …«

»Wohin soll sie?«, fragte ich.

»Sie verfügt über die emotionale Intelligenz eines Teelöffels«, führte Georgia aus, »und über ebenso viel Lebenserfahrung.«

»Windsmoor?«, schlug Edward vor, und alle starrten ihn an. »Was ist? Wahrscheinlich fühlt sie sich dort wohl.«

»Sie war fast die ganze Zeit, die sie dort war, bewusstlos«, erinnerte ich ihn. »Ich bezweifle, dass es sich für sie wie ein zweites Zuhause anfühlt.«

»Es gibt verschiedene Optionen in London und in der Nähe. Rose Cottage. Frogmore House. Die Liste geht noch weiter«, sagte Norris.

»Du hast schon darüber nachgedacht.« Ich musterte ihn einen Moment lang und fragte mich, ob er *darüber* offen sprechen wollte.

»Das haben wir alle«, sagte Edward.

»Sie ist erst ein paar Tage hier.« Ich kam mir wie ein Verräter vor, dass ich sie so schnell wegschickte – auch wenn ich sie genauso wenig hier haben wollte. Ich sah hilfesuchend zu Georgia. »Du hast es gesagt, sie kann nicht allein leben.«

»Ja, aber ich stimme den anderen zu«, sagte sie und zuckte die Schultern. »Ich finde nicht, dass sie hier wohnen sollte. Das habe ich Clara gestern Abend gesagt, nachdem …«

Clara brachte sie mit einem warnenden Blick zum Schweigen, und ich wandte mich an meine Frau.

»Nachdem?«, drängte ich.

Sie seufzte und starrte Georgia weiterhin wütend an. »Sarah war betrunken und hat Unsinn geredet. Es war keine Drohung.«

»Eine Drohung?«, wiederholte Norris. Er stand auf und lief im Zimmer auf und ab.

»Nicht wirklich«, sagte Georgia. »Ich denke nur, sie ist wütender auf dich, als sie zugibt.«

»Sie versucht, ihre Wut zu verbergen. Wir haben ein Problem«, sagte ich trocken.

»Es war nichts«, sagte Clara fest. »Aber wir können keine Partys und keine Fremden hier zulassen. Wir haben Kinder.« Sie tätschelte ihren Bauch, als ob sie mich daran erinnern wollte, dass wir bald die Verantwortung für zwei Kinder tragen würden.

»Das weiß ich.« Ich machte ein finsteres Gesicht.

»Dann weißt du, was du tun musst«, sagte Norris. »Jemand muss einen Platz für sie finden und ihre Taschen packen.«

»Das wird ihr nicht helfen, erwachsen zu werden«, merkte Edward an.

»Vielleicht kann sie bei Ihnen wohnen«, sagte Georgia süßlich.

»Nein!«

»Doch, genau!«, sagte Clara. »Sie braucht Hilfe, sich einzugewöhnen. Wahrscheinlich auch irgendeine verdammte Therapie, aber wenn wir uns die ganze Zeit mit ihr streiten, können wir ihr das nicht geben.«

»Und was ist mit der Jonathan-Sache?«, fragte Edward.

Es kostete mich große Beherrschung, überhaupt seinen Namen zu hören. »Das ist ihre Sache, aber ich will wissen, ob sie auf Drogen ist – und ob er etwas damit zu tun hat.«

Norris nickte – sosehr er sich auch bemühte, er war nie wirklich außer Dienst.

»Okay. Wir treffen die Vorbereitungen, und wir müssen einen neuen Leiter für ihre Leibgarde einsetzen«, fügte ich hinzu.

Niemand schien über Brex' Abgang sprechen zu wollen. Er hatte früher schon gekündigt, aber ich wusste nicht, ob ich ihn diesmal würde bewegen können zurückzukommen.

»Ich spreche mit Brex«, bot Georgia an. »Ich erkläre es ihm. Er hat falsche Vorstellungen.«

»Nein, eigentlich nicht«, korrigierte ich sie sanft. »Ich hätte es ihm erzählen sollen. Es gehört zu seinem Job, dass er über alles Kompromittierende informiert ist.«

»Wir gelten wohl kaum mehr als kompromittierend«, sagte Georgia.

»Er hätte es trotzdem wissen müssen«, stimmte Clara mir zu.

»Er wird darüber hinwegkommen«, sagte ich, aber diesmal wusste ich nicht, ob das stimmte. Ich kannte beide lange genug, ich hätte wissen müssen, dass sich etwas zwischen ihnen anbahnte. Erst heute Abend war mir klar geworden, dass Georgia seine Gefühle erwiderte.

»Nein, das wird er nicht. Nicht, solange ich da bin.« Georgia mochte ihn lieben, aber sie würde sich niemals gestatten, glücklich zu sein. Dafür war sie nicht gemacht. Dafür hatte jemand sie zu sehr verletzt, und ich konnte nur hoffen, dass nicht ich derjenige gewesen war.

»Es gibt noch ein weiteres Problem.« Clara holte tief Luft, dann zog sie die Augenbrauen zusammen. »Autsch! Sorry! Das Baby ist hellwach und tritt mich.«

»Was für ein Problem?«, drängte Georgia. Sie hasste es, mit

Claras Schwangerschaft konfrontiert zu werden. Darum fand ich Claras Entscheidung, sie zu ihrer ersten Leibwache zu machen, noch immer verwirrend.

»Anders«, sagte Clara und richtete den Blick auf mich.

»Was ist mit ihm?«, fragte ich ruhig.

»Sarah hat sich ihm vorhin an den Hals geworfen«, erklärte sie.

»Ich nehme an, er hat nicht ihre Telefonnummer bekommen«, erwiderte ich gelassen.

»Er wusste nicht, was er tun sollte.«

»Er wird sich von ihr fernhalten«, sagte Edward. »Er hat kein Interesse an der Familie.«

»Sie sollte es wissen«, beharrte Clara.

»Wozu soll das gut sein? Sie ist labil. Unberechenbar. Sie ist ein verfluchter Teenager.«

»Das sehe ich genauso, X, aber sie ist deine Schwester, Anders ist ihr Bruder.«

»Falls es dir entgangen sein sollte, er will nicht unser Bruder sein.« Ich hatte auch kein großes Interesse an ihm. Nicht, solange er Gefühle für meine Frau hegte. Ich vertraute Clara, aber ich konnte nicht mit ansehen, dass Anderson begehrte, was mir gehörte. »Er hat sein eigenes Leben. Dafür hat unser Vater gesorgt.«

»Sie sollte es aber wissen«, beharrte Clara stur.

»Da bin ich aber froh, dass jemand das so sieht.«

Ich brauchte einen Moment, um zu realisieren, wer gesprochen hatte. Alle im Raum musterten sich gegenseitig. Erst als sich die Täfelung neben dem Kamin öffnete, bemerkte ich meinen Fehler.

Sarah war in diesen Räumen aufgewachsen. Viele Dinge hatten sich verändert, doch die grundsätzlichen waren gleich geblieben. Sie trat ins Büro, an ihrem Smartphone war noch die Taschenlampenfunktion eingeschaltet, und schloss die Geheimtür hinter sich.

Es war nichts von dem verrückten Verhalten zu sehen, von dem Edward und David berichtet hatten. Sie wirkte wütend auf eine erschreckend vernünftige Art. Das, gepaart mit dem Wissen um die dunklen Gänge, die die Suite meiner Großmutter mit dem Arbeitszimmer des Königs verbanden, sagte mir, dass wir ausgetrickst worden waren. Ich konnte mir nicht vorstellen, warum. Außer sie hatte das die ganze Zeit geplant.

»Der Vorteil, wenn man zehn Jahre verloren hat und … wie haben Sie das genannt?« Sie sah zu Georgia. »… die emotionale Intelligenz eines Teelöffels besitzt? … ist, dass ich mich noch an die Kinderspiele erinnere. Verstecken – weißt du nicht mehr, Alex?«

Ihre Worte trafen mich umso mehr, als sie mich bei meinem alten Spitznamen nannte. »So hat mich seit Jahren niemand mehr genannt.«

»Das tut niemand mehr, oder?«, zischte sie. »Anders als ich bist du erwachsen. Du hast geheime Besprechungen und triffst Entscheidungen über *mein Leben*! Deine amerikanische Frau will, dass ich verschwinde, und das war's dann für mich. Du hast mich nie gefragt, ob ich überhaupt zurückkommen wollte. Aber vermutlich sollte mich das nicht überraschen. Du hättest schon vor Jahren den Stecker ziehen und mich sterben lassen können, aber dann hättest du ein Leben weniger gehabt, das du kontrollieren kannst, stimmt's?«

»Ich will nicht die Kontrolle über dein Leben.« Ich stand auf und trat vor sie. »Ich will mein eigenes kontrollieren, und das kann ich nicht, solange du hier bist.«

»Wo soll ich denn hin?« Sie lachte, als ginge sie die Möglichkeiten durch. »Vielleicht nimmt mein neuer Bruder mich auf. Aber warte! Er hasst dich ja auch. Ich frage mich, warum?« Sie tippte sich nachdenklich mit den Fingern auf die Wangen. Dann blickte sie mit schräg gelegtem Kopf zu Clara. »Danke übrigens, dass du verhindert hast, dass ich mit ihm gefickt habe.«

»Anderson weiß, dass er unser Bruder ist«, sagte ich.

Sie hob den Kopf und grinste. »Bist du dir sicher, dass ihn das aufhalten würde? Ganz offensichtlich will er seine Schwägerin vögeln. Andererseits fließt in Claras Adern nicht sein Blut, also vielleicht ist da die Grenze.«

»Norris, bring meine Schwester ins Gästezimmer – in eins ohne Zugang zu den Korridoren«, sagte ich mit zusammengebissenen Zähnen, »und feuere die Wachen, die auf sie aufgepasst haben.«

»Ja, Majestät.« Er deutete zur Tür. Aber Sarah schüttelte den Kopf.

»Selbst der arme Norris muss sich dir fügen.« Sie ging zur Tür. »Sperr mich wieder ein. Das bin ich gewöhnt.«

Als sie endlich weg war, blieben wir schweigend zurück. Es hatte keinen Sinn zu sprechen, denn wir dachten alle dasselbe. Wie viel größer konnte dieses Chaos noch werden?

21

Clara

»Und? Habt ihr zwei euch wieder vertragen?«

»Überwiegend«, bestätigte ich. Auf dem Weg zu meinem Arzttermin hatte ich Belle das Wichtigste berichtet. Sie war das Wochenende über in Schottland gewesen und hatte den Großteil der Dramen verpasst.

Sie bemerkte ein Detail, das ich für unwesentlich gehalten hatte. »Warum ist Alexander dann nicht mit dir hier?«

»Fang nicht wieder damit an.« Ich konnte nicht noch eine anstrengende Frau in meinem Leben gebrauchen. Meine Mutter hatte den ganzen Vormittag über angerufen. Sarah hatte uns nicht mit ihrer Anwesenheit beehrt, aber ihre Entrüstung war im ganzen Palast deutlich zu spüren gewesen, und Georgia hatte im Wagen kaum ein Wort gesagt. Nun saß sie mit gemeingefährlichem Gesichtsausdruck im Wartezimmer. »Ich brauche jetzt eine sanfte, freundliche Belle.«

»Die ist verschwunden, als das Sodbrennen angefangen hat«, erklärte sie mir. Seufzend musterte sie meine herunterhängenden Mundwinkel und besann sich. »Okay, *ich mache dir keine Vorwürfe*, aber wenn ihr zwei euch vertragen habt, solltest du es ihm sagen, finde ich.«

»Das habe ich versucht, aber ich wollte erst noch ein bisschen Zeit mit ihm haben, bevor er ...«

»... durchdreht?«, mutmaßte sie.

Ich nickte. »Und ich habe ihm von diesem Termin erzählt. Er wollte kommen, aber er hat eine Unterredung mit dem Premierminister.«

»König und Land kommen immer vor den zarten Frauen«, murmelte sie.

»Wie geht es dir?«, fragte ich.

»Gut«, sagte sie knapp, und ihr Lächeln wirkte angespannt.

Ich wollte gerade nachhaken, überzeugt, dass sie mir etwas verschwieg, als Doktor Ball mit dem Spezialisten hereinkam, bei dem ich vor einigen Wochen gewesen war.

»Jetzt ist es bald so weit«, sagte Doktor Ball mit der gezwungenen Fröhlichkeit eines Mannes, der gleich jemandem den Tag verderben wird. »Doktor Rolland kennen Sie ja bereits.«

Ich nickte zum Gruß und fragte mich, ob er hier war, weil sie noch etwas anderes entdeckt hatten.

»In knapp fünf Wochen.« Nicht, dass ich die Tage zählte. Die letzten Wochen der Schwangerschaft waren wie im Flug vergangen. Ich hatte Angst, mein Kind kennenzulernen, und war nervös, was als Nächstes kam.

»Ab übernächster Woche möchte ich Sie wöchentlich sehen«, erinnerte er mich. »Ich werde es so einrichten, dass ich in den Palast komme, das ist weniger auffällig. Als Grundlage müssen wir heute eine vollständige Untersuchung durchführen, obwohl ich nicht davon ausgehe, dass wir uns Sorgen wegen der Lage machen müssen. Das Baby scheint ziemlich weit oben zu liegen.«

Ich war dankbar für die Rücksichtnahme. Anders als viele andere Frauen in Großbritannien hatte ich mich entschieden, unser erstes Kind in einem Krankenhaus zur Welt zu bringen, was sich als klug erwiesen hatte. Dieses Mal *musste* ich in ein Krankenhaus gehen, und die Presse würde davor campieren. Ich war nicht scharf darauf, dass mir die Journalisten auch zu allen Terminen folgten. Wenn sie merkten, dass ich den Arzt häufiger als normal aufsuchte, würden die Spekulationen in den Medien unerträglich werden, und ich hatte so schon genug Sorgen.

»Darum würde ich heute gern einen Ultraschall machen«, sagte Doktor Rolland. »Einen weiteren müssen wir kurz vor dem Stichtag machen, doch wir sollten heute schon ein paar Entscheidungen treffen.«

Ich war mir schmerzlich bewusst, dass mein Mann nicht da war. Uns lief die Zeit davon, und jetzt musste ich über die Versorgung des Babys entscheiden.

Ich hatte mich auf eine Ultraschalluntersuchung eingestellt und eine Bluse angezogen, aber für eine vollständige Untersuchung musste ich etwas mehr ausziehen als geplant. Die Ärzte entschuldigten sich und verschwanden im Flur, damit ich mich entkleiden konnte. Belle, die permanent plauderte, um mich abzulenken, verstummte, als ich meinen Rock auszog.

»Was ist?«, fragte ich und drehte mich alarmiert zu ihr um.

»Nichts.« Sie wandte den Blick ab und nahm mit gespieltem Interesse eine Zeitschrift.

»Belle«, sagte ich, dann dämmerte mir, was ihre Aufmerksamkeit erregt hatte. Diesen Teil der Geschichte hatte ich ausgelassen. »Es ist nicht das, wonach es aussieht …«

»Es sieht aus, als wärst du ein böses Mädchen gewesen.« Sie unterdrückte ein Grinsen.

»Okay, dann ist es das, wonach es aussieht.« Ich bemühte mich, einen Blick auf mein Hinterteil zu erhaschen. »Ist es schlimm? Ich will nicht, dass der Arzt denkt …«

»Kein Problem«, beruhigte sie mich. »Der wird bis zum Handgelenk in deinem Innersten stecken und nichts bemerken.«

Bei dieser Vorstellung verzog ich das Gesicht. »Na, vielen Dank für die anschauliche Beschreibung.«

Ich schob mich auf den mit Papier ausgelegten Untersuchungsstuhl und bemühte mich, mein Hinterteil, so gut es ging, gegen die Oberfläche zu pressen, während ich ein Laken über meinen Schoß breitete. Die Ärzte kamen wieder herein, und Belle hielt meine Hand, als Doktor Rolland Gel auf meinen Bauch drückte.

»Da ist Ihr Baby«, sagte er und drehte den Bildschirm so, dass wir beide es sehen konnten. »Wollten Sie das Geschlecht wissen?«

Ich schüttelte den Kopf. »Ich glaube, es ist ein Junge.«

»Wir versuchen, das weiter geheim zu halten«, versprach er mir, »aber dann reden wir vorerst von *ihm*. Ich werde einige Messungen durchführen, anschließend besprechen wir das

Ergebnis. Ich möchte, dass Sie sich jetzt entspannen und daran denken, dass Sie ihn schon bald kennenlernen.«

Ich starrte auf den Bildschirm, und Liebe durchströmte mich. Er wuchs so schnell, nicht mehr lange und ich würde ihn in den Armen halten. Vielleicht hätte ich meine Gedanken wandern lassen und mir diesen Moment ausmalen können, wenn sich nicht sofort Schreckensszenarien davorgeschoben hätten. Das Entspannen fiel mir schwer, wo doch gerade untersucht werden sollte, was mit dem Baby nicht stimmte. »Geht es ihm gut?«

»Er sieht sehr fröhlich aus, wenn auch ein bisschen beengt«, sagte Doktor Rolland sanft.

»Habt ihr euch schon Namen überlegt?« Belle gelang es immer, mich vom Schlimmsten abzulenken.

»Nur ungefähr zehn, wir brauchen also noch zwanzig weitere«, antwortete ich trocken. Königliche Namenskonventionen machten die Wahl leichter und schwerer zugleich.

»Sag sie mir, und ich mache dir Vorschläge. Smith und ich diskutieren ständig. Ihm gefällt Charles – kannst du dir das vorstellen? Charles«, wiederholte sie und verzog das Gesicht, als würde sie in etwas Saures beißen.

»Der steht nicht auf unserer Liste.« Sie hatte es geschafft, mich zum Lachen zu bringen, und das Baby schien zu reagieren und streckte sich, als könnte es mich hören. »William für einen Jungen und Alice für ein Mädchen, glaube ich. Alexander gefällt Alice besser als mir.«

»Alice und Alexander ist süß«, sagte Belle.

»Ja«, sagte ich leise und probierte es selbst. »Alice und Alexander. Er wünscht sich noch ein kleines Mädchen.«

»Und du?«

An dieser Stelle gab ich die Standardantwort jeder werdenden Mutter, doch sie hatte eine tiefere Bedeutung. Nur mühsam brachte ich die Worte hervor. »Gesund. Ich will ein gesundes Baby.«

So viel zum Thema Ablenkung.

»William ist hinreißend«, sagte Belle. »Wir können ihn Wills nennen.«

»Wills«, wiederholte ich. Ich stellte mir vor, wie ich Wills kennenlernte. Wie Elizabeth sich auf das Baby stürzen würde – sie hatte in den letzten Wochen ein stärkeres Interesse an ihren Puppen entwickelt. Im Laufe der Zeit würde er hinter ihr hertapsen und versuchen, alles nachzuahmen, was sie tat. Ich sah ein ganzes fröhliches Leben vor mir, und plötzlich hatte ich keine Angst mehr.

Ich hatte mich entschieden.

Nichts würde mir dieses Kind nehmen. Ich hatte Zugang zu hervorragender medizinischer Versorgung. Ich hatte Geld.

Belle und ich gingen die zahlreichen weiteren Namen durch, die das Baby bekommen würde. Ihr gefiel Edward als Zweitname ziemlich gut. »Annabelle wäre auch ein hübscher zweiter Name.«

»Das merke ich mir.«

Als der Arzt mit der Ultraschalluntersuchung fertig war, folgte der unangenehmere Teil. Wie er erwartet hatte, war das Baby noch nicht nach unten gerutscht, was eine Erleichterung war.

»Das Kinderzimmer ist noch gar nicht fertig«, gestand ich.

»Ohhh, das macht Spaß«, sagte Belle. »Dabei helfe ich dir.«

»Alexander wollte das übernehmen, aber …« Ich hatte mit meinem Mann seit Ewigkeiten nicht mehr darüber gesprochen. Bei Elizabeths Zimmer hatte er mich überrascht und es mit seinem Bruder zusammen eingerichtet. Damals, als er dem Vatersein noch ziemlich skeptisch gegenübergestanden hatte, hatte ich darin ein Zeichen gesehen. Doch in das fehlende Zimmer wollte ich jetzt nichts hineindeuten. Er war beschäftigt gewesen, aber meine ängstliche Seite fragte sich, ob er wohl ahnte, dass mit dem Baby etwas nicht stimmte. Ob wir uns nicht auf seine Ankunft vorbereiteten, weil wir es tief im Inneren wussten.

»Ich werde ihn daran erinnern«, sagte Belle, als wollte sie diesem Gedankengang ein Ende setzen.

Nachdem ich mich angezogen hatte, kehrten beide Ärzte mit gezwungenem Lächeln zurück, um das Ergebnis mit mir zu besprechen. Sobald Doktor Rolland anhob, wusste ich, warum.

»Doktor Ball sagte mir, dass er Sie bereits über unseren Anfangsverdacht informiert hat. Die gute Nachricht ist, dass ich keine weiteren Anomalien festgestellt habe.«

»Keine weiteren Anomalien« hieß, dass wir die eine immer noch hatten.

»Aber das Herz des Babys muss operiert werden?« Ich sprach es aus, weil ich der Tatsache ins Auge sehen musste. Bis jetzt hatte ich mich verrückt gemacht, indem ich mir vorstellte, was schieflaufen konnte. Dann hatte ich mich damit beruhigt, dass es zu früh war, um etwas mit Sicherheit sagen zu können. Jetzt war es nicht mehr zu früh.

»Ja.« Doktor Rolland sprach leise und freundlich, aber in seinen Worten lag eine Bedrückung, die nicht dazu passen wollte. »Wir müssen bei seiner Geburt Medikamente bereithalten, die den Ductus Arteriosus offen halten, damit er atmen kann. Anschließend müssen wir ihn beobachten und entscheiden, wie schnell wir die Operation durchführen.«

Ich hatte mich über die Krankheit informiert und wusste, dass die Operation normalerweise innerhalb von Tagen oder Wochen durchgeführt wurde. »Wie bald?«

»Idealerweise so bald wie möglich. Wir wollen dem Baby Zeit geben, eine Bindung zu seinen Eltern aufzubauen, aber dann sollten wir es gleich tun«, sagte Doktor Rolland.

»Es ist im Interesse des Babys, dass wir Ihren Kaiserschnitt im Voraus festlegen. Es wäre mir lieber, wenn Sie gar nicht erst Wehen bekommen«, sagte Doktor Ball. »Je mehr Kontrolle wir über die Situation haben, desto mehr Kontrolle haben wir über das Ergebnis. Ich würde den Termin gern heute festlegen und ihn nur ändern, wenn es Anzeichen gibt, dass das Kind früher kommen will.«

Tränen traten mir in die Augen, als ich begriff, dass ich den Geburtstag des Babys festlegen sollte.

»Ich verstehe, dass Sie das vielleicht mit Ihrem Mann besprechen wollen.« Es war kein Geheimnis, dass Alexander sich für seine Kinder engagierte. Als ich mit Elizabeth schwanger war, hatte er keinen einzigen Untersuchungstermin verpasst.

»Sie muss es ihm zuerst sagen«, bemerkte Belle, und die Ärzte reagierten überrascht.

»Der König weiß es nicht …« Doktor Rolland verstummte, als er merkte, dass er seine Gedanken laut aussprach.

»Noch nicht. Er war sehr beschäftigt. Und schließlich ist es mein Körper«, entgegnete ich trotzig, um mich zu schützen.

»Und wir respektieren das Patientengeheimnis, egal wer der Patient ist«, sagte Ball bedeutungsvoll.

»Natürlich«, pflichtete Rolland ihm bei, wirkte über die Aussicht allerdings nicht glücklich.

»Ich sage es ihm. Heute Abend«, fügte ich hinzu. »Darf ich Sie wegen des Termins morgen anrufen?«

»Natürlich.« Ball machte sich eine Notiz auf seinem Klemmbrett, dann schob er den Stift in die Tasche. »Die Schwester wird mit Ihnen den nächsten Termin bei Ihnen zu Hause vereinbaren, und sie hat Marys Medikament. Sorgen Sie bitte dafür, dass Henry sich die Nebenwirkungen durchliest.«

Fast hätte ich vergessen, es mitzunehmen. Als ich nickte, kam ich mir mehr wie ein Wackeldackel als wie ein Mensch vor. Zu mehr war ich nicht in der Lage, ich konnte nicken und hinnehmen, was kam.

Belle ging neben mir den Flur hinunter, nahm das Medikament entgegen, das die Schwester mir zu geben versuchte, und zwang mich, auf ihre Fragen zu antworten. Dienstag. Der Arzt würde genau in zwei Wochen kommen. Ja, ich hatte die Nummer des Büros, um den Geburtstermin zu vereinbaren. Nein, ich hatte keine Fragen mehr.

Ich hatte Antworten – Antworten, die ich nicht haben wollte.

»Clara, alles wird gut«, versprach Belle, als wir das Wartezimmer erreichten. »Du und Alexander, ihr seid Kämpfer. Dieses Baby wird erst recht einer sein.«

»Was stimmt nicht mit ihr?« Georgia taxierte mich, als wir uns in der Halle trafen. Sicher hatte sie bemerkt, dass ich aufgewühlt war, aber konnte sie wissen, dass etwas nicht in Ordnung war?

»Das Baby kommt schneller als erwartet, und sie wünschte, Alexander wäre zum Ultraschall hier gewesen«, log Belle mühelos.

An Georgias durchdringendem Blick erkannte ich, dass sie ihr nicht glaubte, doch sie hakte nicht weiter nach, und ich sagte ihr nicht die Wahrheit. Vielleicht waren wir am Ende doch keine Freundinnen.

Zurück in Buckingham lehnte ich Belles Angebot ab, mit ihr zu Mittag zu essen, und ging direkt zu Alexanders Büro. Ich wollte die schlechten Nachrichten loswerden. Ich fürchtete mich zwar davor, es Alexander zu sagen, aber ich hatte keine Energie mehr übrig, mich um etwas anderes als um das Baby zu sorgen. Seine Tür war verschlossen.

Ich konnte riskieren, in eine vertrauliche Unterredung mit dem Premierminister zu platzen, oder draußen warten. Die Minuten fühlten sich wie Tage an. Natürlich musste ich jetzt, wo ich bereit war, warten. Als die Tür endlich aufging, war ich überrascht, als Henry vor mir stand.

»Oh, ich dachte, du hättest einen Termin mit Premierminister Clark«, sagte ich zu Alexander, ohne meine Bitterkeit darüber zu verbergen, dass die wichtige Unterredung nicht das gewesen war, was ich gedacht hatte.

»Das hatte er auch«, versicherte mir Henry. »Wir haben über die junge Sarah gesprochen.«

»Was ist mit ihr?«, fragte ich vorsichtig.

»Sie kann eine Weile bei Mary und mir wohnen. Wenn sie einverstanden ist …«

»Natürlich.« Im Geiste packte ich bereits ihre Sachen. Es war mir egal, ob sie die Kronjuwelen forderte, ich würde allem zustimmen, um sie loszuwerden.

»Ist dein Termin gut verlaufen?«

Ich war immer noch von der Fantasie gebannt, Sarah in einem Wagen davonfahren zu sehen, darum murmelte ich nur: »Ja.«

»Du musst mit Alexander sprechen. Ich gehe.«

Sein Abschied riss mich aus meinem Tagtraum. »Warte!« Ich öffnete meine Tasche und holte die Tabletten heraus, die man mir für Mary mitgegeben hatte. »Wie versprochen.«

»Sie ist ein Engel, Alexander«, rief Henry ins Büro. Er nahm das Medikament und küsste mich auf die Wange. »Ruh dich ein bisschen aus. Du siehst müde aus. Bald hast du es geschafft.«

Alexander sah nicht auf, als ich eintrat. Seine Gedanken schienen schwer auf ihm zu lasten, und ich wünschte, ich könnte ihm die Last von den Schultern nehmen. Doch vielleicht konnte ich das. Es gab einen Ort, an dem wir zusammen für ein paar Momente frei sein konnten. Bei dem Gedanken an die Erlösung erwachte Lust in meiner Mitte.

Doch sobald ich ihm erzählt hätte, was der Arzt gesagt hatte, könnte ich mich glücklich schätzen, wenn er mich überhaupt noch berührte. Auf keinen Fall würde er meine Unterwerfung akzeptieren.

»Was wollte Clark?«, fragte ich und trat hinter ihn, um

seine Schultern zu massieren. Er lehnte sich gegen meine Hände und stöhnte halb genussvoll, halb gequält.

»Die Besprechung hat nur fünf Minuten gedauert. Ich hätte dich begleiten sollen.«

Ich war froh, dass er nicht mitgekommen war. Doch ich musste es ihm sagen, ehe er es auf andere Weise herausfand.

»Wie war's beim Arzt? Tut mir leid, dass ich nicht da war, Süße.« Er nahm meine Hand und presste sie an seine Lippen.

Ich beschloss, mich langsam zu meinem Geständnis vorzuarbeiten. »Er denkt, wir sollten einen Termin für einen Kaiserschnitt festlegen«, sagte ich, als sein Handy vibrierte.

»Ist das nötig? Wir hatten doch besprochen, dass du es mit einer natürlichen Geburt probierst. Die Risiken …« Ein weiteres Vibrieren des Telefons unterbrach ihn.

»Das ist das Problem …«

Er sah auf das Display seines Smartphones. »Gott, es tut mir leid. Einen Moment bitte.«

Da nur eine überschaubare Zahl von Leuten seine persönliche Nummer kannte, war jeder Anruf wichtig, und jetzt versuchte eindeutig jemand, ihn zu erreichen. Ich hatte das Gefühl, mit einer Hand über einem Abgrund zu baumeln und darauf zu warten, dass er mich rettete.

Das Gespräch war kurz und Alexanders Stimme hart.

»Was ist los?«

Er hob einen Finger, während er eine Nachricht öffnete, die er erhalten hatte. Ich beugte mich über seine Schulter, um auf das Display zu schauen, wo ein Artikel erschien. Als ich die Schlagzeile las, vergaß ich, warum ich hergekommen war. Ich klammerte mich an seine Schultern, und meine Gedanken begannen zu rasen. Wir wussten beide, was wir als Nächstes zu tun hatten.

Und vor allem, wen wir anrufen mussten.

22

Alexander

In dem Bemühen, den Verrat zu begreifen, las ich die Schlagzeile immer wieder aufs Neue. Am Ende war es eigentlich gar nicht kompliziert. Aus dem Artikel ging hervor, dass es der Presse gelungen war, in den wenigen Stunden, seit sich Sarahs Post wie ein Lauffeuer verbreitet hatte, alle Fakten korrekt zu recherchieren. Es wäre eine nette Abwechslung, wenn die Presse ausnahmsweise nicht vorhätte, meine Familie noch weiter zu spalten.

»Wie konnte sie nur?«, flüsterte Clara an meiner Schulter.

»Du wolltest es ihr sagen«, erinnerte ich sie ausdruckslos.

Keiner von uns hatte Sarah die Wahrheit gesagt. Sie hatte uns belauscht und das Geheimnis anschließend jedem, der es hören wollte, bereitwillig erzählt. Ein weiterer Beweis, dass wir ihr nicht trauen konnten.

Es dauerte einen Moment, bis Norris eintraf. Innerhalb

einer Stunde waren wir vollzählig, nur Brex fehlte. Ich überlegte, ihn anzurufen. Ich brauchte Menschen, denen ich vertrauen konnte, doch davor musste ich Wiedergutmachung leisten, und dafür war jetzt keine Zeit.

Clara beobachtete das Geschehen ruhig von einem Sessel in der Ecke aus.

»Wer hat Sarah erlaubt, die sozialen Netzwerke zu benutzen?«, fragte ich.

Norris, der auf und ab gelaufen war, hielt inne und sah mich von oben herab an. »Das ist ja schließlich nicht verboten. Man muss nur mit ihnen umgehen können.«

Seine Aussage war klar. Auch an dieser Stelle hatten wir versagt und Sarah nicht entsprechend auf die Rückkehr in ihr altes Leben vorbereitet. In der Zeit seit ihrem Unfall hatten sich die sozialen Netzwerke von einem harmlosen Zeitvertreib zu einem gefährlichen Instrument entwickelt. Sie beeinflussten Wahlen und verbanden Terroristen miteinander. Die Familie hatte eine proaktive Haltung dagegen eingenommen. Keiner von uns besaß einen Account.

Darum hatte keiner von uns daran gedacht zu überprüfen, ob Sarah einen hatte. Wir hatten ihr ein Smartphone gegeben, ohne zu begreifen, dass das gefährlicher war als eine geladene Waffe.

»Hat irgendjemand Kontakt zu Anders aufgenommen?«, fragte Clara, während ich innerlich tobte.

»Er ist nicht zu erreichen«, sagte Norris bedauernd. »Sie hat es gestern Abend spät gepostet.«

»Dann sind sie in Silverstone?«

Ich liebte meine Frau dafür, dass sie sich so sorgte, aber es störte mich enorm, dass sie sich um den Mann sorgte, der sie mir, ohne mit der Wimper zu zucken, ausspannen würde.

»Die gute Nachricht lautet, dass sie angenommen haben, er wäre nach Silverstone zurückgefahren«, informierte Norris uns. »Aber er ist bei einem Freund in London geblieben. Das ist alles, was wir wissen. Wir versuchen, sein Handy zu orten.«

Er war also so vernünftig gewesen, sein Handy auszuschalten – das war immerhin etwas. Als Rennfahrer hatte er einige Erfahrung mit Paparazzi, doch darum war er noch lange nicht darauf vorbereitet, wie verrückt sie sein konnten. Er mochte mein Bruder sein, doch aufgrund seines inoffiziellen Status schützten ihn die diversen Gesetze nicht, die erlassen worden waren, um die Blutsauger auf Abstand zu halten. Das musste geändert werden, sobald dieser sture Idiot mich endlich in seinem Namen eingreifen ließ. Nachdem die Welt nun die Wahrheit kannte, musste er das akzeptieren.

»Wir könnten es leugnen«, sagte Georgia. »Die Presse denkt sich doch ständig wilde Geschichten aus.«

Das stimmte, aber für die unerschrockenen Reporter war es ein Leichtes, genügend Fakten auszugraben, um daraus eine glaubwürdigere Theorie zu machen. Andersons Mutter hatte nach dem Tod meiner Mutter für meinen Vater gearbeitet. Wenige Monate vor der Geburt war sie untergetaucht. Dann hatte man mich fotografiert, wie ich mich vor Wochen mit ihm gestritten hatte. Alles deutete auf die Wahrheit hin.

»Das könnten wir, aber die Gerüchte würden nicht verstummen«, sagte ich.

»Wir sollten die Sache herunterspielen«, sagte Norris.

Ich legte die Hände flach auf den Tisch und atmete tief durch. »Genau. Sobald wir dazu stehen, gibt es für die Presse keine Story mehr.«

»Auf keinen Fall!« Georgias Blick sprang hilfesuchend zu Clara, doch sie war mit ihrem Handy beschäftigt.

»Ein Skandal ist wie eine Leiche. Der Geruch verschwindet, sobald man sich um sie kümmert«, erklärte Norris. »Wenn man versucht, sie zu ignorieren, hält sich der Geruch beharrlich.«

Clara kümmerte sich nicht um diesen charmanten Vergleich. Vielmehr wirkte sie zunehmend aufgelöst und rieb sich geistesabwesend mit der Hand über den Bauch, während sie mit dem Daumen auf ihrem Smartphone scrollte.

»Das ist unglaublich.« Angewidert schleuderte sie das Telefon auf den Tisch.

»Wäre es das nur«, murmelte ich. »Dann müssten wir uns keine Sorgen machen.«

»Diese Zeitung behauptet, wir hätten Anders für die Spiele ausgewählt, weil er uns erpresst hat«, schnaubte sie, ganz offensichtlich an seiner Stelle gekränkt. »Die haben wohl vergessen, dass er einer der erfolgreichsten Rennfahrer ist, die wir haben. Er war berühmt, bevor wir ihn überhaupt angesprochen haben! Wenn wir ihn nicht gefragt hätten, dann würden sie jetzt behaupten, wir hätten versucht, ihn zu verstecken.«

Ich wies meine Frau nicht darauf hin, dass, hätte sie ihn nicht um die Teilnahme an den Spielen gebeten, das alles wahrscheinlich nie passiert wäre. Ich hätte das Geheimnis meines Vaters weiter für mich behalten. Niemand wüsste davon, und Anderson Stone würde sich nicht irgendwo in London verstecken. Er wüsste nicht, dass er mein Bruder war, und wäre nicht in meine Frau verliebt.

Der ganze Ärger hatte mit den Spielen begonnen, eine Tatsache, die ich jedoch für mich behielt.

»Du sagst ja gar nichts«, sagte Clara vorwurfsvoll, als ich nicht auf ihre Tirade reagierte.

»Ich überlege, was wir tun sollen.« Ich stand auf, ging zu ihr und nahm ihr das Telefon ab. »Diese Geschichten machen dich nur verrückt.«

»Behalte es.« Wütend starrte sie auf das Telefon, als wäre es eine gefährliche Schlange. »Ich habe die ganzen Lügen satt.«

Das war das Problem mit Lügen, die einen wahren Kern hatten, sie trafen einen tiefer als eine bloße Täuschung. Wir waren aufgelöst, weil wir alle an dieser Vertuschung beteiligt gewesen waren und man uns nun sehr genau beobachten würde.

»Wir müssen eine Presseerklärung abgeben«, beschloss ich.

»Nicht noch eine Pressekonferenz«, grummelte Georgia.

»Ich glaube, davon haben wir alle genug. Nur eine Erklärung, aber erst wenn wir Anders gefunden haben.«

Norris und Georgia gingen, um sich nach dem Stand bei der Suche nach Anders zu erkundigen, und ließen mich mit meiner Frau allein. Ich kniete mich vor sie und legte meine Wange in ihren Schoß.

»Weißt du noch, wie ich um deine Hand angehalten habe?«, fragte ich sanft.

»Du hast mir ganz London zu Füßen gelegt.« Ich hörte das Lächeln aus ihrer Stimme heraus. Es war beruhigend, dass sie die Erinnerung noch immer erheiternd fand.

»Hast du deine Meinung schon geändert?«

»Noch nicht«, versprach sie und strich mir das Haar aus der Stirn. »Wir kriegen das schon hin.«

»Wie?«

»Wie wir es immer hinkriegen. Wir werden uns dem Problem stellen und es überwinden.«

»Das wird ewig dauern«, sagte ich düster. Wir kämpften noch mit dem öffentlichen Aufschrei über Sarah. In ihrem Fall waren die Leute vor allem daran interessiert, wie sie nach dem Koma wieder ins Leben zurückfand. Ich konnte nur hoffen, dass Anders keine derart bunte Show für jene bot, die *ihn* beobachten würden.

»Du hast nur die Hälfte des Plans gehört«, sagte sie. »Während wir uns damit befassen, haben wir jede Menge Sex.«

»Der Plan klingt zunehmend reizvoll.« Ich strich mit der Nase über ihren Bauch. »Und ein Baby – das ist die beste Ablenkung.«

»Und ein Baby«, wiederholte sie. »Als Ablenkung für die Presse?«

»Nein«, sagte ich scharf. Niemals würde ich meine Kinder auf diese Weise benutzen. »Es ist die beste Ablenkung für mich – unser Kind im Arm zu halten, zuzusehen, wie du für sie sorgst.«

»Oder für ihn.«

»Oder für ihn«, stimmte ich widerwillig zu.

»Belle gefällt William«, sagte Clara und lenkte meine Gedanken auf angenehmere Dinge. »Und Alice.«

»William oder Alice. Das Baby wird bald da sein.« Ich sah zu ihr hoch. »Du hast gesagt, der Arzt wollte einen Termin für einen Kaiserschnitt vereinbaren.«

»Ja, aber erst in einigen Wochen.« Sie winkte ab. »Das können wir später klären.«

»Es kann nicht früh genug kommen«, sagte ich und meinte es ernst.

Nachdem Clara meine schäumende Wut so weit gelindert hatte, dass sie nur noch simmerte, entschied ich, das Unausweichliche nicht länger hinauszuzögern. Anders war noch nicht geortet worden, aber ich wusste, wo die andere fragliche Person zu finden war. Um kurz nach zwölf legte sich Clara zu einem Mittagsschlaf hin. Ich unterdrückte den Drang, ihr ins Schlafzimmer zu folgen und mich einige Stunden in ihr zu verlieren. Stattdessen ging ich zu Sarahs Zimmer, dann fiel mir wieder ein, dass ich Norris gebeten hatte, sie woanders unterzubringen. Ich holte mein Telefon heraus und rief ihn an.

»Es gibt noch nichts Neues«, meldete er sich.

»Das habe ich mir schon gedacht, da ich nichts gehört habe«, gab ich trocken zurück. »Wo hast du meine liebste Schwester untergebracht?«

»Ich glaube nicht, dass das eine gute Idee ist.«

Ich hörte, dass, wo immer er war, ich jetzt seine ganze Aufmerksamkeit hatte. Er musste gewusst haben, dass ich sie irgendwann aufsuchen würde. Es wurde Zeit, dass sie sich mit dem auseinandersetzte, was sie getan hatte.

»Sag mir, wo sie ist, Norris.«

»Ich bringe dich zu ihr«, bot er an.

»Du hast Wichtigeres zu tun, und ich habe mich im Griff. Ich muss nur mit ihr sprechen.«

»Alexander …«

»Ich rufe Georgia an.« Ich legte auf, was bedeutete, dass mir nicht viel Zeit blieb. Wo immer er sie versteckt hatte, er war auf dem Weg zu ihr. Ich war auf gut Glück in den Nordflügel gegangen. Es war unwahrscheinlich, dass er sie nach der Auseinandersetzung von gestern Nacht in der Nähe meiner Familie untergebracht hatte. Das schränkte die Möglichkeiten ein. Die Personalräume kamen nicht in Frage. Unvorstellbar, welchen Schaden sie anrichtete, wenn sie die Angestellten mit Geschichten versorgte.

Georgia war auf meiner Seite. Das wusste ich, weil sie abnahm und nur drei Worte sagte. »Die Belgische Suite.«

»Danke.« Ich beendete das Gespräch, steckte das Handy in die Hosentasche und ignorierte einen ankommenden Anruf. Norris würde mir nicht ausreden, zu ihr zu gehen.

Ich bezweifelte nicht, dass Sarah auf der Belgischen Suite bestanden hatte, die wichtigen ausländischen Würdenträgern vorbehalten war – tadellos eingerichtet und gut gesichert.

Wenn sie meinte, dass ich mich durch gute Schlösser aufhalten ließ, hatte sie sich getäuscht. Doch sie versuchte gar nicht, mich aufzuhalten. Die Tür war unverschlossen, und sie erwartete mich.

»Ich habe früher mit dir gerechnet.« Sie saß an dem kleinen Frühstückstisch und nippte an einem Tee.

»Zieh dich an«, stieß ich hervor. »Das ist unwürdig.«

»Da ist ja unser Vater.« Sie schlug sich die Hand auf die Wange und starrte mich an wie einen Geist. »Er setzt sich immer mehr durch, stimmt's? Er hätte mich allerdings schon vor Ewigkeiten aufgespürt.«

»Du verlässt das Haus«, erklärte ich. »Ob im Morgenrock oder nicht, überlasse ich dir.«

Sie zog das Revers ihres roten Seidenmorgenmantels zusammen und runzelte die Stirn. »Wohin soll ich? Wie willst du mich kontrollieren?«

»Ganz offensichtlich kann ich dich nicht kontrollieren«, knurrte ich. Das war das Problem.

»Diesbezüglich bist du nicht wie er.« Ihr Kopf sank zurück, und sie starrte an die Decke, als würde sie in Erinnerungen versinken. »Es war ihm nicht bewusst. Er hat es gehasst.«

»Du warst damals sechzehn. Er hatte die Kontrolle über dich und …«

»Er war unser Vater. Bla, bla, bla. Das ist eine lahme Ausrede. Du bist jetzt König, Alexander, zumindest erzählen mir das alle ständig. Ich muss zugeben, dass es so wirkt, als hätte deine Frau das Sagen.« Sie ließ den Blick sinken und sah mich mit einem vergifteten Lächeln an. »Musst du sie deshalb fesseln? Damit du die Kontrolle über jemanden hast?«

Ich ging auf die Beleidigung nicht ein. »Das ist kein Kinderspiel. Du zerstörst Leben, und damit ist jetzt Schluss.«

»Schluss ist, wenn ich es sage.« Sie schlug mit der Faust auf den Tisch, dass die Teetasse wackelte.

»Du hast es selbst gesagt: Ich bin jetzt König, Sarah. Wenn du das nicht respektierst, werde ich dich dazu zwingen.«

Alle Hoffnung, dass meine Schwester zurückkehren und uns als Familie näher zusammenbringen würde, war dahin. Ich machte mir keine Illusionen mehr. Sie zerschlug die Familie und verteilte die Scherben weiträumig. Ich würde nicht zulassen, dass sie noch mehr zerstörte.

»Es gibt ernsthafte Probleme, mit denen sich die Familie befassen muss. Deine Eskapaden kann ich nicht dulden.«

»Was für Probleme?«, schrie sie. »Das darf ich wohl nicht wissen, oder? Du redest immer von der Familie, als würde ich dazugehören, aber du willst mich nicht hier haben.«

»Du hast nicht das Recht, es zu erfahren. Du willst Respekt? Vertrauen? Verdien dir Respekt, und hör auf, dich wie ein verzogenes Gör zu benehmen.«

»Gib es zu«, sagte sie. »Als ich aufgewacht bin …«

»… habe ich mir gewünscht, du wärst nicht aufgewacht«, brüllte ich, »und jetzt wünsche ich mir, wir hätten dich vor zehn Jahren gehen lassen.«

»Alexander«, sagte Norris in scharfem Ton hinter mir, doch meine Worte hatten ihr Ziel getroffen.

»Raus hier! Raus! Verschwinde!«, schrie Sarah, und Schluchzen erschütterte ihren Körper.

Ich erwartete, Schuld zu empfinden, aber alles, was ich fühlte, war kalte Wut. Wenn Sarah nicht erwachsen werden wollte, musste ich sie zwingen – eine andere Option gab es nicht.

Ich wandte mich zum Gehen, blieb jedoch noch einmal stehen, um einen letzten Befehl zu erteilen: »Nimm ihr das Telefon weg.«

Ich hatte mich noch nicht von der Dunkelheit abgewandt. Ich hatte sie in Energie umgewandelt, doch jetzt überwältigte sie mich. Anstatt in mein Büro zu gehen, suchte ich meine Frau. Ich stand neben unserem Bett und betrachtete sie im Schlaf – die leicht geöffneten Lippen und den auf der Seite zusammengerollten Körper.

Welchen Tribut forderte all das von ihr? Der Stress und die Verzweiflung, die ich empfand, spiegelten sich auf ihrem Gesicht. Es gab nur einen Weg, wie wir dem beide entfliehen konnten.

Ich legte mich zu ihr ins Bett und strich mit einem Finger über ihr Rückgrat. Dann presste ich meine Lippen auf ihren Nacken und holte sie aus ihren Träumen.

»X?«, murmelte sie.

»Ich brauche dich, Süße.« So sehr, dass ich mich kaum beherrschen konnte. Das Verlangen riss an mir und drängte auf Erlösung.

Sie tastete nach der Hand, die über ihre Brust strich, und drückte sie an ihren Busen. »Ich brauche dich auch.« Sie zögerte, und ich spürte das Verlangen in ihrer Berührung. »Bist du denn nicht mehr wütend?«

»Doch.« Ich wollte sie nicht belügen, das passte nicht zu dem Leben, das wir uns aufbauten.

»Frag mich nicht«, bat sie.

Ich verstand. Wenn ich sie fragte, würde sie sich mir furchtlos unterwerfen.

Dieses Risiko durfte ich nicht eingehen. Ich war zu wütend, zu weit auf der dunklen Seite. Ich ließ ihre Hand los und glitt aus dem Bett, entschlossen, mich von der Wut zu befreien, die mich im Griff hatte.

»Komm wieder zu mir!«, rief sie mir hinterher.

Ich versprach, es zu versuchen.

Draußen vor der Tür lehnte ich mich an die Wand, ich fühlte mich bereits gestärkt. Es war die richtige Entscheidung gewesen und die schwerste, aber gehörte das nicht dazu?

Mein Blick landete auf der gegenüberliegenden Tür. Wenn Clara Mittagsschlaf hielt, tat Elizabeth es auch.

Ich steckte den Kopf ins Kinderzimmer und erschreckte Penny, die einen Roman verschlang.

»Sir?«, flüsterte sie.

»Ich wollte meine Tochter im Arm halten.« Ich schuldete ihr keine Erklärung, und sie fragte nicht weiter nach. Sie schlug ihr Buch zu und sagte mir im Hinausgehen, wo ich sie später finden konnte. Ich trat an die Wiege und merkte, dass Elizabeth ein neues Bett brauchte. Sie war kein Baby mehr. Eine bittersüße Traurigkeit erfüllte mich. Ich konnte mich noch auf so vieles in ihrem Leben freuen, aber alles ging so schnell.

Wie lange würde ich sie im Arm halten können? Wie lange würde sie noch auf meinen Schoß klettern oder nach meiner Hand greifen?

Ich nahm sie hoch, und sie strampelte, beruhigte sich jedoch sofort, als ich sie wiegte. Ich trug sie zum Sessel, setzte mich und schaukelte sie sanft.

Es hatte eine Zeit gegeben, in der ich dachte, ich könnte niemals lieben. Clara hatte mir gezeigt, dass ich mich irrte, und dann hatte sie mir dieses wundervolle Geschenk reiner Liebe gemacht.

Ich hatte keine Ahnung, wie lange ich dort saß. Die Zeit mit meiner Tochter würde mir niemals lang werden. Als sie sich schließlich rührte, legte sie ihre winzige, vom Schlaf warme Hand auf meine Wange.

»Daddy«, plapperte sie, ehe sie die Stirn an meiner Brust vergrub, unzufrieden, weil sie noch verschlafen war.

»Wach auf, meine Hübsche, die Welt wartet auf dich«, rief ich.

Sie linste zu mir hoch und kicherte. Das Geräusch vertrieb meine letzte Wut. Wenn ich von so viel Liebe erfüllt war, war für Wut kein Platz.

Wir fanden Penny im Wohnzimmer, und die zwei gingen, um etwas zu essen zu besorgen.

Als ich ins Schlafzimmer zurückkehrte, klopfte ich leise an, weil ich Clara nicht wecken wollte, falls sie noch schlief. Kurz darauf öffnete sie die Tür.

»Da bist du ja«, murmelte sie. Sie trat zur Seite, um die Tür zu öffnen, und mein Blick fiel auf das Seil, das sie sorgfältig ans Fußende gelegt hatte. »Lass uns für einen Moment alles vergessen.«

23

Clara

Immer aufs Neue die gleichen Fehler zu machen konnte man nur als verrückt bezeichnen. Nachdem der erste Schreck abgeklungen war und das Interesse etwas nachließ, weil Anders sich in der Öffentlichkeit nicht hatte blicken lassen, überzeugte Alexander ihn, zu uns zu kommen. Wir wählten einen Nachmittag unter der Woche, weil dann am wenigsten Touristen unterwegs und die meisten Londoner bei der Arbeit waren.

Doch nach der Miene zu urteilen, mit der Anders durch den Besuchereingang trat, waren diese Vorsichtsmaßnahmen umsonst gewesen. Ich war hinuntergegangen, um ihn zu begrüßen, Alexander hatte sich kategorisch geweigert, mich zu begleiten. Eigentlich hatte ich ihm draußen entgegengehen wollen, überlegte es mir jedoch anders, als ich sah, welche Menschenmenge sich gegen die Absperrung vor den Toren drängte. So viel zu unseren Plänen.

»Bist du das Empfangskomitee?«, fragte er, und seine finstere Miene wich einem Lächeln. Es war die Art von Begrüßung, von der die meisten Frauen träumten. Ganz bestimmt fanden die meisten Frauen Anders äußerst attraktiv, insbesondere so – in schwarzer Jeans und Lederjacke. Wenn er die Bedeutung der Sache herunterspielen wollte, hätte er sich nicht wie das schwarze Schaf der Familie kleiden dürfen.

»Georgia kümmert sich um Sarah und ist mit ihr auf ihrem Zimmer«, informierte ich ihn in knappem, professionellem Ton. »Edward und Alexander warten in seinem Büro.«

»Und schicken dich?« Er klang nicht glücklich.

Das war mir unangenehm – so entstand immer wieder Abstand zwischen uns. Ich mochte Anders sehr, aber ich würde nie *solche* Gefühle für ihn haben.

»Ich habe es angeboten.« Ich war diejenige gewesen, die alle Parteien zu diesem Treffen überredet hatte.

»Seine idiotische Schwester hat also …«

Ich räusperte mich.

»*Unsere* idiotische Schwester …«, korrigierte er sich. Das hatte ich nicht gemeint, aber es war okay. »… wird also auch dabei sein?«

»Nein«, antwortete ich entschieden. Sarah befand sich noch immer in der Belgischen Suite. Nachdem sie sie geräumt hatte, würden wir sie wahrscheinlich ausräuchern müssen, um sie wieder bewohnbar zu machen. Wir waren uns jedoch alle einig gewesen, dass es keine gute Idee wäre, sie in das Gespräch einzubeziehen. »Sie bereitet sich auf ihren Umzug vor.«

»Ist sie nicht gerade erst eingezogen?« Er legte den Kopf

schief, als würde er sich intensiv bemühen, diese Familie zu verstehen.

»Und das läuft super.« Ich griff nach der Türklinke, doch er sprang vor, um mir die Tür zum Nordflügel aufzuhalten. Ich lächelte angespannt. »Danke.«

»Also, worüber werden wir reden? Muss ich das königliche Protokoll lernen oder so einen Mist?« Er strich sich durch den wirren blonden Haarschopf.

Gesten wie diese erinnerten mich daran, dass er Alexanders Bruder war. Beide konnten nicht sehen, wie ähnlich sie sich waren. Denn etwas, was sie beide im Übermaß besaßen, war ihre Sturheit.

»Über unsere Optionen.« Ich beschränkte meine Antworten auf das Nötigste, ich wollte ihm unter keinen Umständen neuen Stoff liefern. Er hatte sich aus ein paar wenigen Gesprächen eine Liebesgeschichte zusammenfantasiert.

»Wie wird das aussehen?«, fragte Anders mit sanfter Stimme, blieb in der Halle stehen und zwang mich, dasselbe zu tun. »Edward tut, als könnten wir alle eine große, glückliche Familie sein, und Alexander behandelt mich wie Dreck?«

Er trat näher, hielt inne und senkte die Stimme. »Und du benimmst dich wie ein Roboter, weil du die Wahrheit nicht zugeben kannst?«

»Welche Wahrheit? Anders, ich kann dir deine Gefühle nicht vorschreiben, aber ich kann dir sagen, was ich empfinde.«

»Dann gib es zu. Gib zu, dass du etwas für mich empfindest.« Er streckte die Hand aus, um meine Schulter zu streicheln, doch ich wich aus.

»Ich mag dich als Freund.« Wie landeten wir nur immer wieder an diesem Punkt?

»Weil er dich verwirrt hat. Du bist so damit beschäftigt, es ihm recht zu machen, dass du nicht mehr weißt, was real ist«, sagte er barsch.

»Ich habe kein Problem mit der Realität. Im Gegenteil: Sie und ich sind gute Bekannte. Während du dich in Soho versteckt und Whisky getrunken hast, habe ich mir hier eine Strategie überlegt, *dir* zu helfen. Und Alexander ebenso.« Ich sprach leise. Wir waren jetzt nur noch wenige Schritte von Alexanders Büro entfernt, und ich wusste nicht, ob er uns hören konnte.

Anders nahm weniger Rücksicht. »Soll ich etwa dankbar sein? Er hat mich überhaupt erst in diese Sache hineingezogen.«

»Keiner von euch kann etwas für seine DNA«, unterbrach ich ihn. »Es gibt nur einen lebenden Menschen, den du dafür verantwortlich machen kannst, also sprich mit ihr, wenn du jemandem Vorwürfe machen willst.«

»Lass meine Mutter aus dem Spiel«, warnte er mich. »Sie hat mich großgezogen.«

»Mit Alberts finanzieller Unterstützung.« Ich hob die Hand, ehe er wegen dieser vermeintlich dreisten Antwort in die Luft gehen konnte. »Ich glaube nicht, dass du einem von uns etwas schuldest. Wir wollen dir nur helfen, dich daran zu gewöhnen.«

»Woran?« Anders lachte, und ich verspürte den Impuls, ihn zu ohrfeigen. Dieses Gefühl kannte ich nur zu gut von seinem Bruder. »Für mich wird sich nichts ändern. Ich bin nur am Rande in euren neuesten Skandal verwickelt.«

»Du täuschst dich.« Ich schüttelte den Kopf und war um seinetwillen etwas bedrückt, vor allem jedoch gereizt. Ich hatte auch einmal gedacht, die Presse würde kein Interesse an mir haben. Doch selbst während Alexanders und meinen kurzen Trennungsphasen waren die Journalisten mir auf Schritt und Tritt gefolgt.

Einmal ein Royal, immer ein Royal.

»Ich fürchte, meine Frau hat recht!«, rief Alexander vom Eingang aus. Mir entging nicht, wie viel Betonung er auf »meine Frau« legte.

»Jungs, lasst uns vernünftig sein«, mahnte ich, ging an beiden vorbei und trat durch die Tür.

Sie folgten mir mürrisch, nahmen in gegenüberliegenden Sesseln Platz und mieden es dann tunlichst, sich anzusehen. Das würde eine anstrengende Unterredung werden.

»Ich habe Tee bestellt«, sagte Edward fröhlich. »Ich wusste nicht, wie du ihn trinkst, darum haben sie alles gebracht.« Er hielt Anders eine Tasse mit Untertasse hin, der sich daraufhin vorbeugte und sie mit leichtem Zögern nahm.

»Ich trinke ihn ganz einfach. Bei uns zu Hause gab es keinen Firlefanz.« Anders trank seinen schwarzen Tee pur.

Edwards Lächeln wirkte gezwungen, als er seinem Milch und Zucker hinzufügte.

»Mit dem Geld, das unser Vater euch geschickt hat, hättet ihr euch Firlefanz leisten können«, sagte Alexander. Er hatte sich in seinem Sessel ausgebreitet, als wollte er klarmachen, wem alles hier im Raum gehörte. Ich behielt ihn im Auge. Wenn die zwei begannen, auf gefährlichere Weise ihr Gebiet zu markieren, musste ich einschreiten.

»Geht das jetzt die ganze Zeit so weiter?«, fragte ich. »Wir waren uns doch einig, dass wir uns zusammensetzen und besprechen wollen, was wir tun können. Anders, wir sagen dir nicht, wie du mit der Situation umgehen sollst, aber wenn du willst, bieten wir dir Rat und Beistand an. Und wenn du das nicht willst, bist du ein Schwachkopf. Alexander, wir sind uns alle deiner Position in diesem Raum, in dieser Familie und in diesem Land bewusst, also hör auf mit diesem Getue. Edward, ich nehme einen Tee.«

Er schenkte mir aus einer zweiten Kanne Kräutertee ein und schmunzelte über die Zurechtweisung, die ich seinen Brüdern erteilt hatte.

»Weißt du was«, sagte er nachdenklich, als er mir die Tasse reichte, in die er Zucker gegeben hatte, »jetzt bin ich nicht mehr der Jüngste.«

Ich hob eine Augenbraue und führte die Tasse an meine Lippen. »Nein, das stimmt.«

»Aber er ist wohl auch kaum das Küken der Familie.«

»Ich bin nicht *was*?« Anders schien der Unterhaltung nur mit Mühe folgen zu können.

»Daran wirst du dich gewöhnen müssen. Die zwei sprechen ihre eigene Sprache«, sagte Alexander. »Ich vermute, ich kriege auch noch mein Fett weg.«

»Darauf kannst du wetten«, sagte Edward, und Anders grinste.

»Siehst du?« Ich stellte meine Tasse auf die Untertasse und kehrte zum Couchtisch zurück. »Ihr drei benehmt euch schon wie eine Familie – verbündet euch und bildet Fraktionen gegeneinander.«

»Wie schön«, sagte Alexander.

»Nachdem wir die Höflichkeiten nun hinter uns haben, sprechen wir über das, was anliegt«, sagte ich.

»Alexander tut nur so, als hätte er das Sagen«, murmelte Edward Anders zu.

»Schluss jetzt«, warnte ich ihn. »Wir haben eine Presseerklärung vorbereitet.«

»Du meinst, ich muss nicht noch eine Pressekonferenz über mich ergehen lassen? Hervorragend.«

»Davon hatten wir vorerst genug«, stimmte Alexander ihm zu. Unsere letzten Pressekonferenzen hatte keiner von uns in guter Erinnerung. Sie waren alle beinahe im Desaster geendet.

»Was wollt ihr sagen? Wie wollen wir das vertuschen?« Anders leerte seine Tasse und wartete.

Ich sah zu den anderen und fragte mich, ob er es besser von mir oder von ihnen hörte. »Wir wollen es nicht leugnen.«

»Wie meinst du das? Hört zu, der Tee ist sehr gut, aber ich will mit diesem Leben nichts zu tun haben.«

»Das wissen wir«, sagte Alexander mit überraschender Aufrichtigkeit. »Das würde ich an deiner Stelle auch nicht wollen.«

»Du weißt überhaupt nichts über mich«, entgegnete Anders kühl.

»Ich weiß, dass du dir schon viermal die Rippen gebrochen hast und dass es deine Mutter fast das Haus gekostet hat, als du deinen ersten Wagen zu Schrott gefahren hast. Ich weiß, dass du dich in ein Mädchen verliebt hast, das mit deinem besten Freund durchgebrannt ist. Ich weiß mehr, als du denkst.« Alexander beugte sich vor und nahm die Milch. »Ich weiß auch Dinge, die du selbst nicht weißt. Dieser Wagen? Unser Vater hat sich darum gekümmert. Einmal ist er eingeschritten, als du fast vom Gymnasium geflogen wärst.«

»Was soll das?«, zischte Anders. »Hast du mich herzitiert, damit du mir beweisen kannst, dass ich dir was schulde?«

»Wenn ich all das weiß – und es war nicht schwer, diese Dinge herauszufinden, nachdem wir deinen Namen kannten –, wird die Presse es auch irgendwann herausfinden. Die werden nicht lockerlassen. Die Medien lassen sich eine saftige Schlagzeile nicht entgehen – und du hast ihnen den Mund wässrig gemacht.«

»Er hat recht«, stimmte Edward zu.

»Was soll ich jetzt machen?« Anders sackte in seinem Sessel zusammen.

»Wir geben eine Presseerklärung heraus, die die Geschichte bestätigt und genügend Details preisgibt, dass es weniger Anreiz gibt, noch weiter zu graben.«

»Wir kommen ihnen mit der Geschichte zuvor«, erklärte ich.

»Wessen geniale Idee war das?«

»Unsere«, sagte Alexander.

»Ihr habt euch ohne mich getroffen und besprochen, wie ihr mit meinem Leben verfahren wollt?«, fragte Anders und klang ein bisschen gekränkt.

»Wir haben versucht, dich zu erreichen«, sagte ich tonlos.

»Sie werden nicht aufhören, wenn sie es wissen.«

»Nein, wahrscheinlich wird es erst mal schlimmer werden«, gab ich zu und verfolgte skeptisch, wie sein Blick zur Tür schoss, als überlegte er zu fliehen. »Für eine Weile. Irgendwann werden sie das Interesse verlieren.«

»Blödsinn«, sagte Anders. »Sie haben an keinem von euch das Interesse verloren. Sie diskutieren noch immer über eure Hochzeit«, er zeigte auf Edward, »und analysieren jeden Verstoß gegen das Protokoll, den Clara begeht, und wir wissen alle, wie sie über Alexander denken.«

»Hilf mir auf die Sprünge«, sagte Alexander.

»Du bist paranoid, leidest unter Verfolgungswahn und siehst Bedrohungen, wenn nur irgendwo Rauch aufsteigt«, sagte er zu Alexander. Es war weniger ein Zitat als ein Vorwurf.

»Wo Rauch ist, ist normalerweise auch Feuer. Erste Lektion.«

»All diese Bedrohungen sind real.« Ich holte tief Luft. Er hatte nicht gut auf unseren Vorschlag mit der Presseerklärung reagiert. Der nächste Teil würde ihm noch weniger gefallen. »Darum müssen wir deinen Personenschutz erhöhen.«

»Erhöhen?«, wiederholte Anders. »Ich habe Personenschutz?«

»Er scheint dich ja bislang nicht sehr zu beeinträchtigen«, bemerkte Alexander trocken.

»Ich kann auf mich selbst aufpassen«, gab Anders zurück.

»Davon kann mein Kiefer ein Lied singen«, erwiderte Alexander, »aber wir haben es hier nicht mit einer Kneipenschlägerei zu tun.«

»Sondern? Ist an diesem Gerede über Jacobson etwa etwas dran?«

Irgendwie wusste ich, dass er es nicht glauben würde, wenn Alexander es ihm sagte, darum antwortete ich: »Jedes Wort.«

»Shit.« Zum ersten Mal hatten wir ihn erreicht.

»Warum?«

»Das ist eine lange Geschichte«, warnte Alexander. »Ich erzähle sie dir gern, aber es gibt noch andere Dinge zu bedenken.«

»Personenschutz und Presseerklärung sind noch nicht genug?«

Alexander linste zu mir und überließ mir die Führung. Das Nächste war meine Idee, und die anderen waren nicht begeistert davon. »Wir wollen einen Betreuer einschalten.«

»Einen Leibwächter? Das habt ihr schon gesagt.«

»Eher so etwas wie einen Pressesprecher«, sagte ich langsam. »Jemand, der sich ums Krisenmanagement kümmert und das Richtige zu sagen weiß, wenn es um dich geht.«

»Einen Pressesprecher? Beim Rennstall haben wir einen«, hob Anders an.

»Es muss jemand sein, den wir kennen und dem wir vertrauen«, unterbrach ihn Edward.

Anders bekam schmale Augen, widersprach jedoch nicht. »Wer?«

Als das Treffen zu Ende war, war ich körperlich und seelisch erschöpft. Diesmal brachte Edward Anders zum Ausgang. Die zwei schienen allmählich miteinander warm zu werden. Und Alexander und Anders? Ihr Verhältnis war immer noch recht kühl.

»Das ist gut gelaufen«, sagte Alexander, woraufhin ich ihn wütend anstarrte. »Ich mein's ernst.«

»In welcher Besprechung warst du eigentlich? Meine hat

sich nicht so toll angefühlt.« Uns blieb nichts anderes übrig, als Anders in unsere familiären Turbulenzen mit hineinzuziehen. Ich bildete mir nicht ein, dass er uns aus irgendeinem anderen Grund als aus bloßem Eigeninteresse zugehört hatte – und es hatte lange genug gedauert, ihn überhaupt so weit zu bringen.

»Er hat uns zugehört.« Alexander hielt mir beide Hände hin und half mir aus dem Sessel hoch. »Ich glaube, auf mehr können wir im Moment nicht hoffen.«

»Vermutlich.«

»Du siehst müde aus.« Mein Mann zog mich an sich – zumindest so weit, wie das dieser Tage möglich war. Seine Hände schlossen sich um das runde Hindernis zwischen uns.

»Noch ein Monat«, erinnerte ich ihn.

»Habe ich dir schon gedankt?«, fragte er plötzlich.

Ich legte den Kopf schief und sah in seine leuchtend blauen Augen. »Wofür?«

»Dass du ein Baby von mir bekommst«, murmelte er.

»Da hatte ich keine große Wahl«, neckte ich ihn, überwältigt von den gemischten Gefühlen, die seine Bemerkung in mir auslöste. »Wenn man so viel vögelt wie wir, muss das unweigerlich passieren.«

»Darum geht es nicht. Du hast die ganze Last und bringst das Kind zur Welt. Dafür wollte ich dir danken, und in diesem Sinne …« Er verschränkte seine Finger mit meinen und zog mich in den Flur.

»Was hast du vor?«, fragte ich, als er mich zum Aufzug führte.

»Ich wollte dir zeigen, wie dankbar ich bin.«

Wir traten in den Lift, und ich legte einen Arm um seinen Nacken und hob das Gesicht zu ihm. »Ich höre. Woran denkst du?«

»Ich frage mich, woran *du* denkst.« Er strich mit den Lippen über meine.

»Ich bin hauptsächlich ein wandelnder Hormonhaufen«, erklärte ich.

»Ach ja?« Er schluckte und legte den Daumen auf meine Unterlippe.

Ich knabberte daran. »Ja.«

»Das ist eine Schande.« Er löste sich von mir, als die Aufzugtüren aufglitten.

»Das ist nicht gerade das, was eine Frau hören will«, murmelte ich und schlich hinter ihm her.

»Ich muss dir was zeigen«, sagte er, und ehe ich wusste, wie mir geschah, hatte er mich gegen die Wand gedrängt. Seine Lippen strichen an meinem Hals hinunter und hielten inne, um mein Schlüsselbein zu würdigen. »Aber anschließend …«

Ich legte die Hand auf seinen Schwanz und streichelte ihn durch den Stoff hindurch. »Bist du dir sicher?«

»Fuck, Süße. Das ist hart.« Seine Bartstoppeln strichen über meine Haut, und er drängte stöhnend seine Erektion gegen meine Hand.

»Genau, X.«

Er löste sich von mir und stützte sich mit den Armen rechts und links von mir ab. »Später werde ich dich ficken, bis du nicht mehr weißt, wie du heißt, und weil deine Muschi so bedürftig ist, darfst du entscheiden. Mit dem Mund. Damit«, er schob sich fester gegen meine Hand, »oder damit«, er strich mit einem Finger über meine Brüste. »Wo immer du gefickt werden willst, egal, wie du gefickt werden willst oder wie oft.«

»Ja, bitte.«

»Aber jetzt«, sagte er, trat zurück und knöpfte sich das Sakko zu, »tun wir so, als würde mein Schwanz nicht jeden Moment meine Hose sprengen und als wärst du nicht bei dem Gedanken daran schon ganz nass – und ich zeige dir dein Geschenk.«

»Moment«, sagte ich und blinzelte schnell, »ich bekomme ein richtiges Geschenk? Ich dachte, das wäre eine Umschreibung.«

»Du denkst immer nur an das eine, meine geile Königin.« Er reichte mir den Arm, und als ich mich widerwillig von der Wand löste, trat er hinter mich und hielt mir die Augen zu.

»Das ist ein Schritt in die richtige Richtung, aber wie wäre es mit einer Augenbinde?«

»Ich kann mir nicht vorstellen, was du getan hättest, wenn ich dir die Augen verbunden hätte.«

»Mir die Kleider vom Leib gerissen«, antwortete ich wahrheitsgemäß.

Alexander lachte, führte die Lippen an mein Ohr und flüsterte: »Spar dir den Dirty Talk für später auf, Süße, sonst sind wir für einen weiteren königlichen Skandal verantwortlich.«

Ich wollte gerade fragen, was er meinte, als er mich einige Schritte weiter führte und die Hände von meinen Augen nahm.

»Überraschung!«

Ich brauchte eine Sekunde, bis ich realisierte, dass ich vor meinen Freunden und meiner Familie stand. Und als ich es begriff, war ich dennoch verwirrt. Wir befanden uns in einem Zimmer, in dem ich noch nie gewesen war.

»Wo sind wir?«, fragte ich und drehte mich um.

»Am Ende des Korridors, an dem unser Schlafzimmer liegt«, erklärte Alexander.

»Im Babyzimmer«, quietschte Belle, rannte auf mich zu und umarmte mich. »Du hast gedacht, er hätte es vergessen!«

»Und du wusstest es!«, gab ich vorwurfsvoll zurück.

»Nun ja, nachdem Familienmitglieder von den Toten auferstanden und neue aufgetaucht sind, hatte er alle Hände voll zu tun. Wir haben ein bisschen mitgeholfen«, sagte Edward und fügte schnell hinzu: »Aber es war alles seine Idee.«

Alexander legte mir die Hände auf die Schultern, während ich mich staunend umsah. »Was war hier vorher?«

»Das Ankleidezimmer, von dem du gesagt hast, dass wir es niemals benutzen werden«, sagte er.

»Was eine Tragödie ist«, sagte Belle streng. »Welche Frau gibt freiwillig ein Ankleidezimmer auf?«

Edward tätschelte ihr mitfühlend den Rücken. »Wir haben es versucht.«

»Wahrscheinlich werden wir es vorerst nicht viel benutzen, aber der Raum war frei«, sagte Alexander beiläufig, als hätte er mir nicht gerade das hinreißendste Geschenk der Welt gemacht.

Unterbrochen von der Begrüßung meiner Eltern und meiner Schwester, die er zur Einweihung eingeladen hatte, machte Alexander mit mir eine Runde durch das Zimmer.

»Du beharrst weiter darauf, dass es ein Junge ist, darum wollte ich die Einrichtung neutral halten«, sagte er.

»Also hast du Edward gefragt«, vermutete ich.

»Genau.«

Sie hatten warme Grautöne mit silbernen Akzenten ausgewählt. Als mein Blick auf der vergoldeten Wiege landete, blieb ich stehen. »Ist das Elizabeths?«

Edward und Alexander tauschten einen Blick. »Wir haben sie heute Morgen hergebracht. Sie ist ihr zu klein geworden.«

»Ich weiß«, sagte ich leise, doch mir wurde ein wenig schwer ums Herz.

Die Wände hatten eine neue Tapete aus zartem silbrigem Damast bekommen, der das Nachmittagslicht einfing, das wunderschön durch die bauschigen weißen Gardinen hereinfiel. Anstelle des Puppenhauses, das Alexander in Elizabeths Zimmer aufgestellt hatte, hatte er für dieses ein kunstvolles Schloss gefunden und Stofftiere drum herum postiert – Krokodile, Teddybären und Tiger. Vor dem Kamin standen zwei mit gestreifter Seide bezogene Sessel und ein großer Sitzhocker.

»Zwei?«, fragte ich.

»Es macht das Vorlesen leichter, wenn wir jeder eins nehmen können«, raunte er mir ins Ohr.

Ich schluckte gegen den Kloß an, der sich in meinem Hals bildete, und drehte mich zu ihm um. »Es ist wundervoll.«

»Und es ist neutral, sodass du ergänzen kannst, was immer du willst«, fuhr er fort und verdrehte die Augen, weil er offensichtlich etwas wiedergab, das Belle oder Edward ihm eingeredet hatte.

»Hör auf, meine beste Freundin mit Beschlag zu belegen, und lass sie endlich ihre Geschenke auspacken«, forderte Belle und versuchte erfolglos, mich aus Alexanders Fängen zu lösen.

»Hör auf, mir meine Frau wegzunehmen.« Er warf ihr einen Seitenblick zu.

»Gut, aber ich esse jetzt Torte.«

»Torte?« Ich befreite mich von ihm. »Es gibt Torte?«

»Nimm's nicht persönlich.« Edward legte seinem Bruder einen Arm um die Schultern. »Mit Torte kann niemand konkurrieren. Selbst du nicht.«

Die Torte hatte ebenfalls die Form eines Schlosses, es gab sogar einen Schlossgraben und eine Zugbrücke.

»Passend für einen kleinen Prinzen oder eine kleine Prinzessin«, sagte meine Mutter und reichte mir ein Tortenmesser, »aber wie schneidet man die?«

»Das übernehme ich.« Lola schnappte meiner Mutter das Messer weg und trat zurück, um zu überlegen, wie sie vorgehen sollte.

»Gibst du mir eine Minute mit meiner Schwester?«, flüsterte ich Belle zu.

»Madeline«, sagte Belle und legte einen Arm um meine Mutter, »ich wollte mit dir über mein Kinderzimmer sprechen.«

»Nun ja, da gibt es viele Möglichkeiten.« Äußerst geschmeichelt von der Aufmerksamkeit legte sie sich eine Hand auf die Brust. Madeline Bishop hatte zu allem eine Meinung, und ich schuldete Belle etwas dafür, dass sie sich das nun alles anhörte.

»Hey, ich brauche deine Hilfe«, sagte ich zu Lola.

»Meine?« Sie zögerte und balancierte ein Stück Torte auf einen Teller.

»Weißt du, wer Sofia King ist?«, fragte ich.

»Die Frau, die gerade Isaac Blue geheiratet hat?« Lola rollte mit den Augen. »Ich lebe nicht hinter dem Mond. Ich habe zusammen mit allen anderen Frauen auf der Welt den ganzen Tag lang geheult. Belle ist auf ihrer Hochzeit gewesen. Keine Ahnung, wie sie das geschafft hat. Ich hätte mich geweigert.«

Ich hatte Isaac kennengelernt, und obwohl er sicher charmant war, konnte er nicht mit meinem Mann mithalten. Das sagte ich Lola allerdings nicht.

»Ich habe Belle gebeten, sie zu kontaktieren, aber sie ist im Dauerurlaub«, erklärte ich.

»War sie nicht so eine Art Promi-Vertreterin?«

»Genau.« Ich nickte und fragte mich, wie viel ich Lola erzählen musste. »Sie hat vor allem ihre Krisen geschaukelt und ihren Ruf wiederhergestellt.«

»So hat sie sich Isaac geschnappt«, sagte Lola und schob ein Tortenstück etwas zu schwungvoll von dem Servierlöffel. Es platschte auf den Teller. Stirnrunzelnd betrachtete sie das Schlamassel und stellte den Teller zur Seite. »Ich hätte ihn auch haben können!«

»Genau!« Sie war ohne mich darauf gekommen, doch sie begriff es noch nicht ganz.

»Obwohl ich es zu schätzen weiß, dass du glaubst, ich hätte mit meinen phänomenalen PR-Fähigkeiten den schärfsten Filmschauspieler auf Erden haben können, der Dampfer ist abgefahren – auf die Fidschi-Inseln, wie ich hörte.«

»Sie sind auf den Seychellen«, korrigierte ich sie.

»Worum geht es hier?«, fragte Lola und starrte mich an, als wäre mir ein zweiter Kopf gewachsen.

»Es geht darum, dass du das doch auch könntest, stimmt's?« Ich nahm mit dem Finger etwas von der Glasur und leckte ihn ab.

»Klar, aber ich brauche keinen Job. In Belles Mode-Business gibt es genug zu tun.«

»Ich brauche dich«, unterbrach ich sie, »und ich habe schon mit Belle gesprochen. Es wäre nur für ein paar Wochen. Sofia hat sogar zugestimmt, dich per Telefon anzuleiten.«

»Wobei?« Lola kniff die Augen zusammen. »Wessen Leben soll ich in Ordnung bringen?«

»Anderson Stones.«

Ihr fiel die Kinnlade herunter. Ich wartete, doch ihr schien es die Sprache verschlagen zu haben.

»Wir gehen an die Öffentlichkeit«, sagte ich.

»Womit?« Endlich hatte Lola ihre Stimme wiedergefunden.

»Es stimmt. Er ist Alberts Sohn«, flüsterte ich.

»Ich wusste es!« Lola stampfte mit dem Fuß auf. »Im Ernst, Mom hat gesagt, dass du …«

»Lola«, unterbrach ich sie. »Das erfordert auch Diskretion. Wir brauchen jemanden, der ihm die nächsten Wochen zur Seite steht und ihn unterstützt. Höchstens ein paar Monate.«

»Monate?«, wiederholte sie und klang unsicher.

»Es muss jemand sein, dem wir vertrauen. Es sind … wir müssen uns leider noch um ein paar andere Dinge kümmern.«

Sie schürzte die Lippen, als würde sie über meine Frage nachdenken.

»Natürlich wirst du dafür bezahlt.«

»Ich brauche kein Geld«, erinnerte sie mich. »Ich verstehe nur überhaupt nichts vom Motorsport.«

»Ich bezweifle, dass du viel damit zu tun haben wirst«, sagte ich trocken. »Triff dich einfach mit ihm und sieh, was dabei herauskommt, okay?«

»Okay, aber nur weil du meine Schwester bist.« Geschickt zerteilte sie mit dem Tortenmesser einen der Türme.

»Er ist ziemlich süß.«

»Nicht mein Typ.« Lola zuckte mit den Schultern.

Nun ja, zumindest würde das die Dinge nicht verkomplizieren. Ich verzichtete darauf, ihr zu erzählen, dass Anders ebenfalls nicht völlig überzeugt von dem Plan war. Es war die beste Chance, die wir hatten, die Situation gut zu überstehen. Nachdem Alexander wegen Jacobsons Freilassung alle Hände voll zu tun hatte, brauchten wir an dieser Front jemanden, der uns nahestand und die Lage managen konnte. Jeder, der unsere Mutter bei Laune hielt, verdiente einen Orden. Lola war die perfekte Wahl.

Ich hatte gerade einen Teller für Alexander genommen, als ich Sarah an der Tür entdeckte. Unsere Blicke trafen sich, und sie wandte sich eilig ab. Ich entschuldigte mich und folgte ihr.

»Sarah!«, rief ich, als ich sie im Wohnzimmer einholte.

Sie fuhr herum und verschränkte die Arme vor der Brust. Sie war ungeschminkt, und erst ohne das dick aufgetragene Make-up, hinter dem sie sich sonst versteckte, war zu erkennen, wie hübsch sie war. Dann bemerkte ich die zarte silbrige Narbe, die von ihrer Stirn bis zu ihrem Wangenknochen verlief.

»Die ist von dem Unfall«, sagte sie und wandte sich von mir ab.

»Ich habe dir ein Stück Torte mitgebracht.« Ich hielt ihr den Teller hin.

»Pepper sagt, ich darf keine Kohlenhydrate mehr essen.« Aber ihr Blick ruhte auf dem Tortenstück.

»Du brauchst neue Freundinnen. Am besten solche, die auf dich aufpassen und nicht auf deinen Hintern achten.« Ich trat näher und hielt ihr den Teller entgegen.

»Edward hat mich eingeladen«, sagte sie und stieß gierig die Gabel in die Torte. »Ich habe mich nicht selbst eingeladen.«

»Pass auf, es mag für alle etwas ungünstig sein, dass du hier wohnst, aber du gehörst zur Familie. Du solltest bei Feiern dabei sein. Ich hätte dich eingeladen, aber …«

»Es war eine Überraschung.« Sie schob sich einen Happen Kuchen in den Mund. »Das muss schön sein.«

»Was?«, fragte ich.

»So eine Feier«, erwiderte sie. »Menschen, die dich so lieb haben, dass sie so etwas für dich tun.«

»Sarah, deine Familie hat dich lieb«, begann ich.

»Dann plant ihr also auch eine Überraschungsparty zu meinem Geburtstag nächste Woche?«

Ich suchte nach einer passenden Antwort, was eindeutig Antwort genug war.

»Das habe ich mir gedacht.« Sie zuckte die Achseln, aber ihre Augen funkelten, als sie sich den nächsten Bissen in den Mund schob. »Warum sollte jemand daran denken? Vermutlich haben sie nicht jedes Jahr an meinem Geburtstag schluchzend zusammengesessen.« Sie wischte sich mit dem Handrücken die Nase und murmelte »albern«.

»Das ist nicht albern«, sagte ich sanft und wünschte, ich hätte ein Taschentuch.

»Neulich musste ich nachrechnen, weil ich nicht wusste, wie alt ich eigentlich werde – und dann ist mir klar geworden, dass es sowieso egal ist. Ich werde für alle immer sechzehn bleiben«, sagte sie jämmerlich.

»Sarah, ich kann mir nicht vorstellen, wie du dich fühlst, aber eins weiß ich: Sie machen sich große Sorgen um dich. Du verhältst dich genauso wie vor dem Unfall. Sie wollen dich nicht wieder verlieren.«

»Sie haben mich nie verloren.« Sie sagte es so zaghaft, dass ich merkte, sie glaubte es selbst nicht. Es war mehr ein Wunsch.

Sie war zurückgekommen, und wir hatten versucht, sie in unser Leben zu quetschen, als hätte sich nichts geändert. Wir hatten uns auf die Öffentlichkeit und auf den Personenschutz konzentriert und uns nicht gefragt, was sie eigentlich brauchte. Das war ein Fehler gewesen. Deswegen hatte sie einfach so weitergemacht wie vor dem Unfall und nach Aufmerksamkeit gelechzt. Wir hatten uns mehr um die öffentliche Meinung als um ihre Gefühle gekümmert, genau wie Albert es getan hätte. Darum hatte sie genau das getan, womit sei früher um die Aufmerksamkeit ihres Vaters gebuhlt hatte.

Doch Alexander war nicht ihr Vater, und mit der Zeit würden wir herausfinden, wie wir alle miteinander klarkamen.

»Du hast sie auch nie verloren. Sie sind deine Familie«, erinnerte ich sie.

»Alles hat sich verändert. Alex ist erwachsen. Ich meine, niemand nennt ihn mehr Alex! Und er regiert das Land *und* ist verheiratet. *Edward* ist verheiratet! Er ist mein kleiner Bruder. Und dann ist da noch Anderson, oh mein Gott, ich habe mit ihm geflirtet!« Jetzt strömten die Geständnisse nur so aus ihr heraus, und zum ersten Mal wusste ich, dass sie genauso unsicher war wie wir.

»Komm.« Ich fasste sie am Ellbogen. »Komm mit zurück zur Feier.«

»Ich will nicht stören«, wich sie aus.

»Das tust du nicht. Du gehörst zur Familie.« Und zum ersten Mal fühlte es sich auch so an.

24

Alexander

Die vielen Gesetzesmaßnahmen, die das Parlament eingeführt hatte, um geheime Treffen und Absprachen zu verhindern, erwiesen sich als untauglich, wie ich erkannte, als ich eine Einladung ins White's erhielt, einen exklusiven Herrenclub. Seit er im 17. Jahrhundert für die obersten der oberen Zehntausend gegründet worden war, hatte sich hier nicht viel verändert. Mein Vater hatte mich bei meiner Geburt als Mitglied eintragen lassen, aber ich war nie dort gewesen – bis heute.

Mir war klar, dass mich die neunköpfige Kommission, die meinen Umgang mit den königlichen Privilegien überprüfen sollte, eingeladen hatte, um mir bildlich gesprochen den Hintern zu versohlen – es handelte sich um eine Gruppe von Männern, die gern ihre Macht demonstrierten.

Am Eingang wurden wir von einem Portier aufgehalten, der uns nach unseren Mitgliedernamen fragte.

»Alexander, König von England, Most High and Noble«, sagte ich ausdruckslos, das Engagement des Mannes beeindruckte mich wenig.

»Und?«

»Das sind meine Männer«, sagte ich. Keiner von ihnen regte sich über das Würstchen auf, das nicht zu wissen schien, wann er sich zu fügen hatte.

»Sind das offizielle Gäste? Dann müssen wir sie ins Buch eintragen«, sagte er.

»Herrgott«, grummelte Smith neben mir.

»Mr. Smith Price, Esquire«, fügte ich hinzu.

»Norris, Königlicher Berater.« Norris tippte auf das Buch. »Mit zwei R, Junge.«

»Wir sind mit Lord May verabredet.«

»Dann möchten Sie in den Zigarrenclub. Die Treppe hoch, auf der linken Seite.« Er deutete auf die Treppe, die einen Großteil des Erdgeschosses einnahm.

»Eure Majestät«, drängte Norris den Mann leise. »Es gibt Momente, in denen man sich von der Gegenwart eines Mitglieds des Clubs beeindruckt zeigen sollte. Dies ist ein solcher Moment.«

»Eure Majestät«, fügte der Kerl schwach hinzu.

»Der Junge bekommt noch einen Herzinfarkt«, murmelte ich Norris zu, als wir die Treppe hinaufgingen.

»Es kann wohl kaum das erste Mal sein, dass ihn jemand in die Schranken weist, insbesondere hier.« Smith musterte die Umgebung mit der Haltung eines Mannes, der geheime Treffen gewohnt war, bei denen man zuerst den Fluchtweg sondierte. Angesichts der Gesellschaft, in der er sich den Großteil seines Lebens bewegt hatte, war das Verhalten tief in ihm verwurzelt. Was ein weiterer Grund war, weshalb er eine wertvolle Ergänzung für mein Team gewesen wäre.

Keiner von uns war von der protzigen Einrichtung beeindruckt, sie roch etwas zu stark nach altem Geld, und schließlich lebte ich in einem Palast. An den Wänden hingen eine Reihe unbezahlbarer Porträts, vermutlich aus Privatsammlungen, Plaketten verkündeten die großzügigen Stifter. Antiquitäten aus den letzten vierhundert Jahren standen in jeder Nische und auf jedem Absatz.

»Der Laden könnte eine weibliche Hand vertragen«, sagte Norris leise und erntete dafür den wütenden Blick eines mürrischen Kerls, der uns überholte.

»Ich glaube, das schöne Geschlecht ist froh, dass es das nicht ertragen muss«, entgegnete Smith.

Im White's waren bekanntermaßen ausschließlich Männer zugelassen. Viele andere alteingesessene Londoner Clubs hatten sich der sexuellen Revolution geöffnet, doch wir befanden uns hier in der letzten Bastion des Sexismus – und vermutlich noch einiger anderer -ismen.

Am Eingang zum Zigarrenzimmer war deutlich sichtbar ein »Rauchen verboten«-Schild angebracht. Anscheinend mussten sich sogar Frauenfeinde an die öffentliche Gesundheitsordnung halten. Für mich war das okay. Wenn ich mit einem nach Zigarrenrauch stinkenden Anzug nach Hause käme, würde Clara meine Kleidung verbrennen.

Der Rest der Truppe war bereits versammelt, um offenbar die Strategie zu diskutieren und teuren Scotch zu trinken – zwei Sachen, die die meisten von ihnen besonders gut konnten.

»Meine Herren«, grüßte ich locker.

»Sie haben Freunde mitgebracht.« May hielt sich nicht mit einer Begrüßung auf. Er war bereits lange Mitglied des Oberhauses, und es nervte ihn, schon mit dem dritten König im Laufe seines Lebens zu tun zu haben – noch dazu mit dem, den er vermutlich am wenigsten mochte.

»Meine Berater«, erklärte ich.

»Dies ist eine äußerst vertrauliche Angelegenheit, weshalb wir Sie an einem Ort sprechen wollten, an dem Diskretion garantiert ist.«

»Sie haben eine höhere Meinung von Ihren Kollegen als ich.« Ich knöpfte mein Sakko auf und setzte mich. Smith und Norris nahmen rechts und links von mir Platz.

Ohne dass es einem von ihnen bewusst war, handelte es sich hier um eine Art Probe. Ich war mir nicht sicher, ob ich Smith Price als Mitarbeiter gewinnen konnte, aber ich wollte es versuchen.

»Und wer ist das?« Lord Byrd deutete mit einem Gehstock auf Smiths Füße.

Smith bleckte die Zähne, dann antwortete er: »Smith Price, Anwaltsassessor.«

»Assessor?« Byrd schnaubte.

»Bevor er ein Sabbatical genommen hat, hat man ihn für den Rat des Königs vorgeschlagen.« Ich wusste, was Einfluss Männern wie diesen bedeutete.

May ließ die Zeitung sinken und musterte Smith über den Rand seiner Lesebrille hinweg. »Er ist zu jung.«

»Wie es aussieht, sind überdurchschnittliche Fähigkeiten wichtiger als das Alter«, gab ich kühl zurück.

»Genug«, sagte Premierminister Clark, der offenbar weder mit dem Verlauf der Unterhaltung noch mit der Umgebung glücklich war.

Er schien nicht in diese Gruppe zu passen. Er war aus dem Unterhaus aufgestiegen, und obwohl er in privilegierten Verhältnissen aufgewachsen war, gehörte er nicht zu diesen erlauchten Kreisen.

Ein Kellner erschien und bot mir eine Karte mit Brandys an, doch ich winkte ab. Smith folgte schlecht gelaunt meinem Beispiel.

Was ihm entgangen war, war der kaum merkliche Schatten, den ich gerade auf die Runde geworfen hatte. Den anderen allerdings nicht. Wenn man sich bei alten Männern auf eins verlassen konnte, dann war es die sture Hinnahme sinnloser Traditionen.

Wenn der König nichts trank, tranken sie auch nichts.

Norris lächelte neben mir und richtete seine Krawatte. Zeit, zum Geschäftlichen zu kommen.

»Sie haben mich hergebeten«, erinnerte ich sie, lehnte mich in meinem Sessel zurück und breitete die Arme aus.

»Im Parlament hat eine große Mehrheit Sorgen hinsichtlich Ihres Umgangs mit den königlichen Privilegien geäußert. Sie haben den Eindruck, dass die Verhaftung von Oliver Jacobson gegen das Gesetz verstößt.«

»Das letzte Mal, als ich mich damit befasst habe, stand ich dem Gesetz vor«, sagte ich und tippte auf die lederne Armlehne meines Stuhls.

»Als Repräsentant«, korrigierte mich Clark. »Mit dem befristeten vom Parlament beschlossenen Gesetz und dem …«

»Ich bin nicht hergekommen, um mir eine Lektion in Staatsbürgerkunde erteilen zu lassen«, unterbrach ich ihn. »Es gibt Umstände, unter denen ich gewisse Rechte ausüben darf. Es steht außer Frage, dass mein Handeln durch den Mord an meinem Vater und den Angriff auf die königliche Familie gerechtfertigt ist.«

Ich sah zu Smith. Er nickte, presste jedoch die Lippen zusammen, als wollte er sagen, dass ich mich hier in einer Grauzone bewegte.

»Aber wenn das Handeln des Königs das Parlament in seinem Handeln einschränkt, haben wir ein Problem.« In Mays Worten lag eine sorgsam verschlüsselte Botschaft. »Für solche Fälle gibt es bestimmte Vorgehensweisen.«

»Wenn ich dürfte«, schaltete sich Smith ein und ignorierte die schockierten Blicke der mürrischen alten Männer. »Es gibt Beweise, dass die Krone das Opfer einer fortgesetzten Verschwörung ist, die zum Ziel hat, die Monarchie auszumerzen.«

»Versuche, die Monarchie abzuschaffen, hat es immer gegeben. Sie haben aber nie zu etwas geführt«, sagte Byrd laut.

»Es gibt Versuche, und es gibt Hochverrat«, sagte ich leise. »Jacobson war an Letzterem beteiligt.«

»Was ist mit diesem Angriff auf das Child Watch Symposium, das angeblich die Königin zum Ziel hatte? Da war er in Haft!«

»Wir sind doch alle intelligente Männer.« Smith veränderte seine Haltung und lächelte knapp, dann fuhr er fort: »Eine Verschwörung dieser Größenordnung ist nicht das Werk eines einzelnen Mannes. Vielmehr haben wir den Verdacht, dass Jacobson nur eine Figur in einem deutlich größeren Spiel ist.«

»Wer weiß, wie tief die Wurzeln gehen«, sagte ich und betonte jedes Wort.

»Ich höre da eine Anspielung, die mir nicht gefällt.« Byrd tippte mit seinem Stock auf den Boden.

Allmählich verlor ich die Geduld. In den letzten Wochen hatte ich in einer ganzen Reihe von Unterredungen mit anderen Mitgliedern des Parlaments gesessen, die ihre Gefühle gegenüber der Krone geäußert hatten. Ich hatte keine Ahnung, wo diese Männer hier standen, und war mir nicht sicher, ob es mich überhaupt interessierte. Sie gehörten zu den ältesten noch lebenden Mitgliedern des Oberhauses und verdankten ihr Ansehen einer Zeit, in der andere Maßstäbe galten. »Warum wollten Sie mich sprechen?«

»Diese Vorwürfe machen uns Sorgen. Wir können nicht einfach zulassen, dass Sie einen der Unsrigen weiter in Haft halten, ohne dass dies Konsequenzen hat«, sagte May zu meiner Überraschung.

»Als wir das letzte Mal gesprochen haben, waren Sie anderer Meinung«, sagte ich und erinnerte ihn damit an unser Treffen im Februar.

»Es gibt widerstreitende Interessen.« Sein Blick zuckte zu meinen Begleitern. »Es wäre klug, sich das in Erinnerung zu rufen. Das Oberhaus wünscht nicht, die Monarchie abzuschaffen.«

»Na, da bin ich aber froh«, sagte ich spöttisch.

»Wir werden jedoch nicht zulassen, dass Sie unsere Autorität untergraben«, fuhr er unbeirrt fort. »Dass Sie Oliver Jacobson ohne das Wissen und die Unterstützung des Parlaments festgenommen haben, können wir nicht dulden.«

»Die Männer haben Ihren König umgebracht«, sagte Norris und fuhr fort, ehe sie ihm widersprechen konnten. »Vielleicht hat er nicht den Abzug betätigt, aber er wurde benutzt, um die Waffe zu laden.«

Clark räusperte sich. »Dieser Position hätten wir uns gern angeschlossen, hätte man uns in die Festnahme einbezogen.«

»Premierminister, bei allem Respekt, aber überlassen Sie das den großen Jungs«, bellte May.

Der Minister verstummte, und in diesem Moment begriff ich, dass man mich zum Geisterrat eingeladen hatte. So wie Norris sich abrupt aufrichtete, war ihm das ebenfalls gerade klar geworden.

»Interessant«, sagte ich. Ich verschränkte die Finger und überlegte, wie ich auf die Wendung der Ereignisse reagieren sollte. »Dann reden Sie, und wir entscheiden, ob wir dieses Gespräch fortsetzen. Haben Sie meinen Vater umgebracht? Ich versichere Ihnen, ich würde es verstehen. Er konnte ein echter Mistkerl sein.«

»Das stimmt«, bestätigte May knapp, »aber nein. Albert war unserer Ansicht, was die Rolle des Parlaments angeht. Wir hatten keinen Grund, uns wegen seiner Regentschaft zu sorgen.«

»So entscheiden Sie das?« Gegen meinen Willen durchfuhr mich ein Schauder.

»Es spielt eine Rolle«, gab May zu.

»Und was mich angeht?«, fragte ich.

»Sie sind noch jung«, entgegnete Byrd scharf. »Der Jugend kann man einiges verzeihen. Ich nehme an, dafür haben Sie angesichts der Schwierigkeiten mit Ihrer Schwester Verständnis. Aber Verständnis sollte nie mit Erlaubnis verwechselt werden.«

»Verstanden.« Ich stand auf und knöpfte mir das Sakko zu. »Meine Herren, das war erhellend.«

»Wir bleiben in Kontakt«, sagte May schlicht.

Ich bedeutete Norris und Smith, sich mir anzuschließen. Sobald wir aus der Tür waren, fragte Smith: »Was war das denn?«

»Nicht hier«, entgegnete ich mit zusammengebissenen Zähnen. Ich nickte einigen Männern zu, die stehen geblieben waren und uns beobachteten.

Wir schwiegen, bis wir den Range Rover erreichten. Sobald wir im Wagen saßen, wandte ich mich an Smith und erklärte: »Haben Sie schon mal vom Geisterrat gehört?«

»Ja, aber ich habe auch vom Buhmann gehört«, erwiderte er schulterzuckend, »und ich hatte schon als Kind keine Angst vor ihm.«

Norris beobachtete uns im Rückspiegel. »Sie haben gerade einen Albtraum erlebt, mein Junge.«

»Nennt er jeden ›mein Junge‹?«, fragte Smith, noch immer ahnungslos.

Offenbar verstand er nicht, was wir soeben erfahren hatten. »Der Geisterrat ist eine Art Gutenachtgeschichte, die man kleinen Adeligen erzählt, damit sie sich auf der Gartenparty um ihre eigenen Angelegenheiten kümmern. Ich habe nie gedacht, dass es ihn wirklich gibt.«

»Moment.« Smith drehte sich um und starrte zurück zum White's. »Wollen Sie etwa sagen …?«

»Sie haben gerade die Königsmacher kennengelernt – das

ist der Teil der Geschichte, den sie den Kindern erzählen, die im Palast schlafen«, sagte ich grimmig. »Eine Gruppe von acht – offenbar gehört Clark nicht dazu –, die über die Autorität einer Art Schatten-Magna-Carta verfügt. Wenn der Rat der Ansicht ist, ein König sollte abgesetzt werden, bedeutet das sein Ende.«

»Und Ihr Vater?«, fragte Smith. »Glauben Sie ihnen?«

Ich verstand, was er eigentlich fragte: Hatten wir gerade die Männer getroffen, die Jacobson wie eine Marionette lenkten? Ich schüttelte den Kopf. »Mein Vater war keine Bedrohung für sie. Er war ein Arschloch, aber er wusste, zu wem er halten musste. Wobei ich bezweifle, dass er wusste, wer zum Rat gehört.«

»Warum machen die sich dann die Mühe, Sie zu treffen?«, fragte Smith.

»Es kam mir vor, als hätten sie versucht, mir auf ihre eigene verdrehte Art einen Rat zu geben. Gott weiß, Clark hat nicht viel für die Beziehung zwischen Krone und Parlament getan.« Ich neigte den Kopf. »Ich dachte eigentlich, Sie könnten mir übersetzen, worum es geht.«

»Auf mich wirkte das ziemlich einfach. Meiner Ansicht nach bestreiten sie weniger Jacobsons Rolle, als dass sie beleidigt sind, weil man sie nicht einbezogen hat, und das ist Ihr Problem.« Smith rieb sich nachdenklich das Kinn. »Sie müssen an Ihrer Auffassung der königlichen Befugnisse arbeiten.«

»Ach ja?« Ich fand das unwillkürlich amüsant. Das Konzept schien mir ziemlich einfach: Ich war König. Ende der Geschichte.

»Es gibt Grenzen, Maßnahmen, die das Parlament ergriffen hat, um eine handlungsfähige Regierung darzustellen.«

»Dennoch trifft eine Gruppe alle Entscheidungen«, führte ich aus.

»Aber werden Sie diese Schlacht beim Volk gewinnen? Denn dort wird sie geführt. Die Gesetze sollen den Willen des Volkes schützen, und wer setzt sich mehr für die Bedürfnisse des Volkes ein: Sie oder die?«

Es schien mir ziemlich offensichtlich, dass jeder seine eigenen Interessen im Blick hatte. »Ich will das Beste für mein Volk, aber ich werde alles tun, um meine Familie zu schützen. Ich fordere jeden Mann heraus, der etwas anderes behauptet.«

»Du bist kein normaler Mann«, sagte Norris.

»Darum der Klaps auf die Hand«, sagte Smith. »Es scheint mir, als wollten die, dass Sie mehr im Einklang mit dem Gesetz handeln.«

»Und wie mache ich das?«, fragte ich gereizt.

»Ich glaube, die wollen einbezogen werden.«

»Ich soll eine Einheit bilden«, murmelte ich, »mit dem verdammten Parlament.«

»Wenn Sie recht haben und das der Geisterrat ist, dann sind Sie allerdings gut beraten, die Sorgen von denen ernst zu nehmen.«

»Ich lasse mir nicht von einer Gruppe von Männern, die an irgendwelchen veralteten Ansprüchen festhalten, vorschreiben, was ich zu tun habe.«

»Das ist nicht der Grund, weshalb Sie auf die hören sollten«, sagte Smith und lachte hohl. »Wenn das die Königsmacher sind – ist dieser Geisterrat der stärkste Verbündete, den wir finden können. Gegen wen auch immer wir hier gerade antreten, derjenige verfügt über Geld und Verbindungen – und es steht viel auf dem Spiel. Wir brauchen den Geisterrat.«

»Da wäre noch ein weiterer Punkt«, sagte ich und fasste Smith scharf ins Auge. »Wenn ich diesen Kampf aufnehme, brauche ich jemanden, der sich mit dem Gesetz auskennt und kein Problem hat, sich an dessen Rand zu bewegen. Ich weiß, Sie wollten dieses Leben hinter sich lassen, aber es scheint noch nicht bereit zu sein, Sie zu entlassen. Arbeiten Sie für mich.«

»Das kommt darauf an.« Smith drehte sich um und sah mir in die Augen. »Ich muss wissen, dass Sie bereit sind, einen Pakt mit dem Teufel einzugehen, und keine Angst vor der entsprechenden Hitze haben.«

»Sie werden mich in der Hölle tanzen sehen«, schwor ich.

25

Clara

»Warum machen wir das noch mal?«, fragte Belle, nachdem sie den zehnten Anruf an diesem Vormittag beendet hatte. Sie hatte es sich in Yogahose und weitem Sweatshirt auf meinem Sofa gemütlich gemacht, als sie nach dem Frühstück aufgetaucht war und gejammert hatte, sie werde helfen – wenn sie vorher nicht an Schlafmangel sterben würde.

»Weil meine Schwester spüren soll, dass wir sie lieb haben«, erinnerte Edward sie.

»Ich finde, dass keiner von uns sie ermordet hat, ist Beweis genug«, sagte David und blätterte durch eine Illustrierte. Er amüsierte sich von uns allen am besten, das Planen von Partys lag ihm. Wenigstens einer von uns hatte Spaß. Ich konnte nicht ganz vergessen, dass fast jede große Party, die ich jemals gegeben hatte, im Desaster geendet hatte.

»Er hat recht.« Georgias Beitrag bestand darin, uns zu beobachten, die Füße lässig auf den Tisch gelegt, der alt und vermutlich unbezahlbar war.

»Warum ist sie hier?« Belle starrte wütend zu Georgia.

Ich zuckte mit den Schultern. In gemischter Gesellschaft wollte ich nicht das F-Wort fallen lassen. Zudem schwächte die Tatsache, dass Georgia kategorisch jegliche Beteiligung an der Partyplanung verweigerte, die zwischen uns aufkeimende Freundschaft.

»Ich hasse diese Gästeliste«, verkündete Edward, »darum wird Sarah sie großartig finden.«

Er reichte sie mir, und ich überflog die Namen. Die Liste bestand zur Hälfte aus Menschen, die einen Würgereiz in mir auslösten. Die andere sagte mir nichts. Das war bei den meisten königlichen Veranstaltungen der Fall, an denen ich gezwungenermaßen teilnehmen musste.

»Du hast Sarah doch nicht etwa um diese Liste gebeten, oder?«, fragte ich. Die Party sollte eine Überraschung sein. Irgendwie hoffte ich, Sarah würde denken, wir hätten die Feier schon geplant, bevor sie mich an ihren Geburtstag erinnert hatte.

»Eine Gästeliste für Sarah ist leicht zusammenzustellen«, sagte er. »Ich habe jeden eingeladen, den ich nicht auf meiner Hochzeit hätte haben wollen.«

»Auf deiner Hochzeit waren nur zehn Personen«, sagte ich. Am Ende hatten sich Edward und David für eine einfache, intime Zeremonie im engsten Kreis entschieden. Ich war mehr als ein bisschen eifersüchtig auf das Fehlen jeglichen Spektakels gewesen.

»Du hattest weniger«, erinnerte er mich.

»Bei der ersten oder der zweiten Hochzeit?«, fragte ich.

»Wir hatten eine Gästeliste, bevor wir uns entschieden haben, heimlich zu heiraten«, schaltete sich David ein. »Wir führen seit Jahren eine Liste mit Idioten. Sarah wird sich wohlfühlen.«

»Erinnert mich daran, dass ich euch nie eine Party für mich planen lasse«, murmelte Georgia, schwang die Füße vom Tisch und schnappte ihm die Illustrierte weg.

Ich zog die Augenbrauen hoch, sparte mir jedoch eine Bemerkung. Mir gegenüber grinste Belle, die offensichtlich dasselbe dachte wie ich. Georgia begann uns zu mögen, ob es ihr gefiel oder nicht.

»Sollen wir Pepper wirklich einladen?« Belle zog die Nase kraus, als sie die Gästeliste las. Von uns allen hatte sie am meisten Grund, Pepper Lockwood zu hassen, und das sollte etwas heißen.

»Sie ist derzeit Sarahs beste Freundin«, erinnerte ich Belle.

»Können wir sie zumindest an die Toilette setzen?«, fragte sie.

»Weißt du, wie oft ich derzeit aufs Klo muss?« Ich schüttelte den Kopf. »Ich will nicht alle fünfzehn Minuten an ihr vorbeilaufen. Die Küche?«

»Wenn sie nicht das Essen vergiftet, wird sie hineinspucken«, sagte Edward abwesend und starrte auf seinen Computer, in den er Informationen über die Gäste eingab.

»Setzt sie neben die Band«, schlug David vor. »Da geht sie unter.«

»Die Royalen Rotznasen bei der Band, verstanden.« Ich machte mir eine Notiz.

Belle kicherte und schüttelte den Kopf. »Ich liebe diesen Namen.«

»So habe ich gemerkt, dass ich meinen Seelenverwandten getroffen habe«, sagte Edward.

»Entschuldigt!«, rief David mit gespielter Gekränktheit.

»Wir brauchen auch einen Namen«, sagte Belle. »Wenn die einen haben.«

»Ihr habt schon einen«, sagte Georgia. Alle drehten sich zu ihr um und starrten sie an. Sie sah von ihrer Illustrierten auf, als wäre das offensichtlich. »So wie Alexander euch nennt.«

»Alexander hat einen Spitznamen für uns?«, fragte ich gedehnt und war nicht sicher, ob ich ihn hören wollte. Ich verstand mich gerade gut mit meinem Mann und wusste nicht, ob das die Dinge ändern würde.

»Er nennt euch Team Queen. Wusstet ihr das nicht?« Sie klappte die Zeitschrift zu. »Das sagt er ständig zu uns.«

»Moment«, sagte Edward, »von welchem Kontext sprechen wir hier?«

»Ich glaube, das funktioniert auf zwei Ebenen«, gab ich zu.

»Immer wenn ihr zum Mittagessen oder Einkaufen ausgeht oder was auch immer«, sagte Georgia herablassend, »werden wir beauftragt, uns um das Team Queen zu kümmern.«

»Ach, wirklich?« Plötzlich interessierten die Menüvorschläge mich überhaupt nicht mehr. »Und wie genau kümmerst du dich um uns, wenn ich fragen darf?«

»Du bringst mich in Schwierigkeiten mit solchen Fragen«, grummelte Georgia mit schmalen Augen.

»Findest du? Ich könnte auch meinen Mann anrufen und ihn fragen.«

»Wir sollen in der Nähe bleiben. Wir sollen ein Auge auf euch haben, aber nie so nah kommen, dass wir euch hören.«

»Wir?«, echote ich. »Als wir bei Tamara einkaufen waren, warst nur du dabei.«

»Ich bin nie allein.« Sie lachte, als hätte ich etwas besonders Putziges gesagt.

»Wie viele?«, fragte ich unumwunden.

»Das kommt darauf an, wohin du gehst. Sobald wir einen Ort kennen, wird die entsprechende Anzahl Personal bereitgestellt, um alle Ausgänge des Gebäudes zu sichern.« Sie zögerte und musterte mich. »Du wusstest das wirklich nicht.«

»Nein«, sagte ich. »Das ist vollkommen unnötig.«

»Da ist er anderer Meinung.« Georgia ließ einen Moment den Kopf hängen, dann fuhr sie fort, als bliebe ihr keine andere Wahl. »Es werden nur *beschädigte* Personenschützer geschickt.«

»Beschädigte?«, fragte ich dumpf. Was zum Teufel hieß das?

»Es bedeutet, dass wir schon mal eine Kugel abbekommen haben.«

»Wozu soll das gut sein?« Edward hatte den Laptop zugeklappt und hing an Georgias Lippen.

»Weil er weiß, dass wir es können«, sagte sie schulterzuckend. »Uns einer Kugel in den Weg stellen, meine ich.«

Belle hatte eine Teetasse an ihre Lippen geführt. »Wow.«

»Immer?«, hakte ich nach.

»Jetzt auch«, sagte Georgia. »Nur nicht, wenn er bei dir ist.«

»Weil er selbst *beschädigt* ist«, sagte ich leise.

Sie nickte, ihr Blick war unheilvoll. »Du weißt, dass er sich einer Kugel in den Weg stellen würde, um dich zu schützen. Schließlich hat er es schon getan.«

David, der bis jetzt geschwiegen hatte, schaltete sich wütend ein. »Ihr habt alle kein Talent zum Partyplanen.«

»Da hat er recht«, pflichtete Edward ihm bei und lachte verlegen. Belle stimmte ein. Doch eine Wolke hatte sich über den Raum gelegt.

»Entschuldigt mich.« Ich ging ins Bad und ließ den Kopf über das Waschbecken hängen, unsicher, ob ich mich übergeben musste oder nicht.

»Ist alles okay?«, fragte Georgia hinter mir.

Ich blickte in den Spiegel, wo ich sie wegen meiner Tränen nur verschwommen sah. »Du musst das nicht tun«, erklärte ich ihr. »Du bist hier, weil er will, dass du in der Nähe bist.«

Sie stöhnte und stemmte sich vom Türrahmen ab. Dann tat Georgia Kincaid das Letzte, was ich erwartet hätte. Sie nahm mich in den Arm.

Hätte ich mir jemals vorgestellt, wie es sich anfühlen würde, von Georgia umarmt zu werden, hätte ich gedacht, es wäre kurz und unangenehm. Doch sie hielt mich fest und ließ mich weinen.

»Wir sind Freunde, zufrieden?«, flüsterte sie. »Gott, das fühlt sich albern an. Ich weiß noch nicht mal, ob ich es richtig mache.«

Ich rückte von ihr ab, wischte mir die Augen, und sie griff ein Taschentuch vom Tresen. »Das war gut«, sagte ich und nahm ihr das Tuch ab.

»Clara, du wusstest immer, warum wir da sind.«

»Ich wusste es, aber ich wusste nicht das mit der Beschädigung. Ich wusste nicht, dass er …«

»Doch, du wusstest es«, sagte sie. »Dieser Mann würde, ohne zu zögern, für dich sterben und dir mit seinem letzten Atemzug danken.«

»Das ist es nicht.« Es war schwierig zu erklären. »Ständig macht er sich Sorgen. Auch wenn wir zusammen sind. Er wartet immer auf den nächsten Schuss. Wie lässt man sich von jemandem so sehr lieben?«

»Ich weiß es nicht. Auf diesem Gebiet habe ich keine Erfahrung.«

»Brex«, hob ich an.

»Er ist Soldat. Das zählt nicht. Er läuft aufs Feuer zu. Außerdem haben wir nie …«

»Ihr habt nie?«, wiederholte ich fassungslos.

»Manche von uns können ihre Libido kontrollieren.« Sie deutete mit dem Kopf zur Tür. »Brauchst du einen Moment für dich, oder wollen wir zurückgehen und weiter die Party für Prinzessin Tobsucht planen?«

Ich schüttelte den Kopf. »Dieser Spitzname …«

»Daran arbeiten wir noch«, sagte sie, als wir zu den anderen zurückgingen.

Bis zum Abendessen hatten wir uns auf die wichtigsten Details geeinigt. Als sich meine Freunde verabschiedeten, schaute ich in seinem Büro nach Alexander, aber dort war er nicht. Schließlich fand ich ihn, tief in Gedanken versunken, im Park.

Alexander lächelte, als er mich sah, und die Welt blieb stehen und setzte sich nur wieder in Bewegung, um sich um ihn zu drehen. Er hatte Anzug und Krawatte abgelegt, sogar die Schuhe ausgezogen. So friedlich hatte er schon lange nicht mehr ausgesehen. Er streckte eine Hand aus, und ich ging zu ihm, eine Hand auf meinen Bauch gelegt.

»Wie war der Tag mit deinen Freunden?«, fragte er.

Ich hatte ihn mit dem Team Queen ärgern wollen, verkniff es mir jedoch. »Wir haben alles organisiert. Aber ich bin mir nicht sicher, ob alles so kurzfristig ranzuschaffen ist.«

»Du darfst gern an der einen oder anderen Stelle meinen Namen fallen lassen, wenn das hilft.«

Er hatte meinem Plan, eine Geburtstagsparty für Sarah zu geben, unter der Bedingung zugestimmt, dass die Party woanders stattfand. So kurzfristig etwas in London zu finden, war eine echte Herausforderung. »Das Victoria & Albert hatte Mitleid mit mir«, sagte ich.

Er zog eine Augenbraue hoch. »Du verziehst sie.«

»Es ist groß genug. Ich glaube, sie wird für Furore sorgen.«

»Hat sie das nicht schon genug getan?«, fragte er.

»Wie war deine Besprechung?«

Alexanders Griff um meine Hand verstärkte sich. »Nicht jetzt, Süße. Sei einfach ein paar Minuten bei mir.«

Dem wollte ich mich nicht widersetzen. Wir hatten in den letzten Wochen genug Aufregung gehabt. Wenn wir einen friedlichen Moment für uns hatten, sollten wir ihn genießen. Der Frühling hatte fast überall in den königlichen Gärten frische Blumen sprießen lassen. »Es ist wunderschön. Ich glaube, ich entdecke jeden Tag etwas Neues.« Alexander neigte den Kopf, als würde er nachdenken, dann erschien ein breites Grinsen auf seinem Gesicht. »Ich weiß, was du heute entdecken solltest.«

Während die Sonne versank und uns allmählich dem Abend überließ, führte er mich einen Weg entlang. Als er schließlich stehen blieb und auf etwas zeigte, rang ich um Atem. Die Glyzinien um das Sommerhaus hatten zu blühen begonnen, sanft schwangen die violetten Blüten vor den gläsernen Türen.

»Woher wusstest du das?«, fragte ich. Ich hatte ihre Blüte immer verpasst, sie ging so schnell vorüber wie so vieles in der erstaunlichen Natur.

»Es waren die Lieblingsblumen meiner Mutter. Sie hat uns hierher mitgenommen, um sie uns zu zeigen, und dann hat sie Sarahs Geburtstagstisch mit ihnen geschmückt.«

Das würde ich mir merken. »Wir sollten zurückgehen. Du bekommst kalte Füße.«

Das Wetter schien mir zuzustimmen, denn kaum hatte ich die Worte ausgesprochen, landete ein erster Regentropfen auf meiner Nase.

»Im April in London sollte man immer einen Regenschirm dabeihaben«, sagte ich seufzend. Ich würde es nie lernen.

»Wenn man einen Regenschirm dabeihat, wird man nicht vom Regen überrascht.« Alexander beugte sich zu mir herunter, um mich zu küssen, und legte mir eine Hand in den Nacken. Und schon vergaß ich meine Abneigung gegen das Wetter. »Komm.«

Wir eilten zum Sommerhaus und gingen hinein.

»Es hört gleich wieder auf«, sagte er und sah zum Himmel.

Ich starrte meinen Mann an – der stets auf mich achtete, mich immer beschützte – und spürte, wie sehr ich ihn liebte.

Er drehte sich um, suchte meinen Blick und bemerkte, dass ich ihn anstarrte. »Was hast du?«

»Ich liebe dich«, murmelte ich.

»Und ich liebe dich mehr als alles andere.« Er strich mir über die Wange.

Das wusste ich. Ich hatte es immer gewusst, aber in diesem Moment überwältigte es mich – das Gefühl, zu jemandem zu gehören und durch ihn ganz zu werden. So empfand man nur bei dem einen Menschen, der einem bestimmt war. Ich würde niemals erfahren, warum das Schicksal uns zusammengeführt hatte, aber ich würde auch niemals aufhören, dafür dankbar zu sein.

»Süße«, sagte er.

»X«, hauchte ich und stellte mich auf die Zehenspitzen, um ihn zu küssen.

Zunächst war es ein zarter Kuss, doch das Verlangen floss wie elektrischer Strom zwischen uns. Bald würde sich unser Leben wieder ändern, es änderte sich ständig. Alles, was wir hatten, war dieser eine Moment. Es war die einzige Sicherheit.

Darum küsste er mich jedes Mal so.

Und sosehr mir die Vorstellung widerstrebte, ständig in Angst zu leben, jetzt merkte ich, dass die Angst uns auch drängte, aus dem Vollen zu schöpfen. Daraus entstand die Leidenschaft, die wir seit der ersten Berührung empfanden und die mich auch jetzt entflammte.

Alexander hielt meine Unterlippe zwischen seinen Zähnen, doch ich war nicht an rauem Sex interessiert, ich wollte ihn verwöhnen. Ich wollte ihm zeigen, dass er in meinen Augen nicht beschädigt war. Unsere Narben machten uns stärker.

»Nein«, flüsterte ich und schob ihn sanft gegen die Tür.

Alexander schloss halb die Lider, während ich sein Hemd aufknöpfte und es über seine Schultern schob. Noch immer versuchte er die Narben auf seinem kraftvollen Körper zu verbergen, aber ich liebte sie, weil sie bewiesen, dass er mit dem Tod gerungen und gewonnen hatte. Ich neigte die Lippen zu seiner Brust und küsste die Narbe von der Kugel, die ihn mir fast entrissen hätte, dann die von der, die ihn nur gestreift hatte.

Er sog lautstark die Luft ein, als würde ich ihn von etwas befreien, von dem er gar nicht gewusst hatte, dass es ihn belastete. Ich wollte mich nach unten bewegen und jede seiner Narben küssen, wollte ihn von der Schuld befreien, die er mit sich herumtrug, aber er fasste meinen Nacken und führte meine Lippen wieder an seine.

Seine Hände glitten nach unten, hoben mein Kleid hoch, und ich brach den Kuss nur ab, um es abzustreifen.

»Meine Clara. Ich will dich jedes Jahr lieben, wenn die Glyzinien blühen«, flüsterte er an meinen Lippen. »Und jeden Winter am Feuer und an allen Tagen dazwischen.«

Es war so leicht, im Wirbel der Welt unterzugehen. Ständig den nächsten Moment zu planen und sich zu sorgen, ob man es bis zum nächsten Tag schaffte – sich vor dem zu fürchten, was vor einem lag. Aber in diesem Moment wusste ich, dass jeder Sonnenuntergang uns auf den nächsten gemeinsamen Tag vorbereitete.

»Liebst du mich?«, fragte ich, und das tat er.

26

Alexander

Es gab nur sie und das leise Geräusch des Regens auf den Fensterscheiben. Ihre Lippen strichen über eine weitere Narbe, und das Gefühl steigerte sich zu einem Vibrieren, das sich in einem Knurren entlud. Sie würde immer das Tier freilassen, das ich in mir an der Leine zu halten versuchte. Sie allein hatte jetzt die Macht dazu, ich hatte sie ihr übergeben.

»*Liebe mich.*«

Ihre Worte verlangten etwas anderes von mir, sie wollte nicht dominiert oder erlöst werden.

Was Clara brauchte, war deutlich intimer. Sie wollte sich mir auf eine Weise hingeben, die nichts mit ihrem Körper zu tun hatte.

Sie schenkte mir ihr Herz – ihre Seele.

Ihr Vertrauen.

Ich hatte es mir wieder verdient, und ich hatte keine Ahnung, wie. Aber ich würde es nicht noch einmal verspielen. Später würde ich ihr von meiner Besprechung erzählen, wir würden *gemeinsam* entscheiden, was zu tun war.

Aber jetzt? Jetzt wollte ich sie lieben. Ich wollte sie verwöhnen. Ich würde ihr zeigen, dass ich mit jeder Faser für sie lebte. Ich hatte alles aufgegeben, was ich war, um der Mann zu sein, den sie verdiente, und ich würde den Rest meines Lebens damit verbringen, der Mann zu werden, den sie brauchte.

Sie strich weiter mit den Lippen über meine Narben und sandte mir eine Botschaft, die ich nicht ganz verstand. Ich fragte mich, warum sie sich von ihnen so angezogen fühlte – wie sie den Beweis meiner Schwäche lieben konnte. Doch mit jedem Kuss linderte sie den Schmerz, den ich unablässig empfand. Normalerweise entzündete ihre Berührung alle meine Nerven, doch diesmal überkam ein tiefes Gefühl von Frieden mich, als ihre Hände sanft über meinen Leib fuhren, und ich merkte, dass sie mir eine Erlaubnis erteilte.

Die Erlaubnis, sie zu lieben.

Sie zu beschützen.

Sie zu brauchen.

Jetzt verstand ich. Clara war nicht schwach. Sie hatte bei jeder Gelegenheit um ihre Unabhängigkeit gekämpft, und sie hatte sich gewehrt, wann immer sie das Gefühl hatte, dass ich übervorsichtig war. Zugleich hatte sie sich mir immer wieder hingegeben. Sie hatte sich für mich entschieden, als ich gelogen hatte. Als ich versagt hatte. Sie hatte sich für mich entschieden, als ich es selbst nicht konnte. Sie hatte mich immer beschützt. Clara achtete besser auf mein Herz als auf ihr eigenes, sie war stärker, als ich es je sein würde.

Clara sah ihrer Angst ins Auge und stellte sich ihr.

Ich konnte ihr nur meinen Körper anbieten – als Schild, als Schutz. Mein Herz war ihrem nicht gewachsen. Ihres war genauso mächtig und wunderschön wie die Frau, die es mir geschenkt hatte.

In dem Moment wusste ich, dass sie auf das Leben unserer Kinder aufpassen würde. Sie würde weiterhin die Last tragen, die ich nicht tragen konnte. Sie würde die Kraft hinter meiner Stärke sein und ich ihr Beschützer.

Ich umfasste ihr Kinn und zog ihre Lippen auf meine. Sie seufzte in den Kuss, als ob sie wüsste, dass ich verstand, was sie mir zu sagen versuchte. Ich wollte ihr meinerseits eine Botschaft senden. Meine Zunge fand ihre und liebkoste sie, ich würde nie genug von ihr bekommen. Mit jedem Moment wurde sie schöner auf eine Weise, die nichts mit ihren vollen Lippen und ihren faszinierenden Augen zu tun hatte. Ihre Anmut, ihr Geist, ihre Verletzlichkeit und ihre Kraft machten sie anbetungswürdig für mich.

Ich hob sie hoch, trug sie zu einem glänzenden runden Tisch in der Mitte des Raums und legte sie darauf. Sie erblühte wie die Blume in den Intarsien der Tischplatte. Ich streichelte ihre weichen Schenkel, und sie erblühte noch mehr und schenkte mir ihren Körper, wie sie mir zuvor ihr Herz gegeben hatte. Ich bewegte mich nach oben zu ihrem Bauch, in dem ein neues Leben heranwuchs. Als ich ihr den Slip herunterzog, fiel mein Blick auf die Narbe, die dort verborgen war. Ich ging auf die Knie und legte meine Lippen auf die Stelle.

Sie hatte ihre eigenen Narben. Diese hier war mehr als jede

andere ein Beweis unserer Liebe. Ich küsste an der Narbe entlang, und Clara erzitterte und umfasste mit den Händen die Tischkante.

Ohne dass wir ein Wort gesprochen hatten, war nun alles klar. Ihre Narben zeigten nicht ihre Schwäche – sie zeigten, wie stark sie war.

Wie stark ich war.

Wir würden alles füreinander erdulden, daran konnte nichts etwas ändern. Wir waren sogar bereit, für jeden glücklichen Moment zu sterben, den wir diesem Leben stahlen.

»Weißt du, wie stark du bist?«, murmelte ich, bewegte mich zum Kern ihrer Weiblichkeit und verweilte dort. »Meine Krone? Mein Leben? Alles ist unbedeutend im Vergleich zu dir. Weißt du, warum das so ist?«

»X«, keuchte sie und bemühte sich, mich anzusehen. Doch sie musste mich nicht sehen, sie musste mich nur hören. Sie musste verstehen, dass ich ihr die einzige Wahrheit sagen wollte, die von Bedeutung war.

»Weil du mein Herz bist. Meine Seele. Ohne dich bin ich nichts. Du hast mich zu dem gemacht, was ich bin. Du bist meine bessere Hälfte. Du bist mein Glaube.« Ich küsste ihre heiße, weiche Haut und wurde mit einem Stöhnen belohnt. »Ich bin König, weil du meine Königin bist.«

»Du täuschst dich«, flüsterte sie. »Du hast mich zur Königin gemacht.«

»Nein, Liebste, du bist immer eine Königin gewesen. Weißt du, woher ich das weiß?« Ich zog meine Zunge über ihre Spalte und schmeckte ihren süßen Saft. Ein Beben durchfuhr sie, und ich lächelte an ihrer feuchten Haut. »Weil mein

Platz immer hier gewesen ist, auf den Knien vor dir. Nur eine wahre Königin zwingt einen König auf die Knie.«

Sie mühte sich auf die Ellbogen hoch, und schließlich fand ihr Blick meinen. Während ich begann, an ihr zu lecken und zu saugen, sahen wir uns tief in die Augen. Sie ließ die Lider sinken und versuchte, die Kontrolle zu behalten. »Ich habe vom ersten Moment an, in dem wir uns begegnet sind, vor dir gekniet. Du hast mich von dort nach oben gezogen«, seufzte sie.

»Du bist eine Königin«, erwiderte ich, und die Worte strichen über ihre Muschi. »Selbst jetzt beherrschst du dich. Verkündest die Wahrheit. Wie Sie wünschen, Majestät. Sie haben bewiesen, dass ich recht habe.«

»X, du ...«

Ich ließ meine Zunge in sie hineingleiten und damit jedes weitere Argument auf ihren Lippen ersterben. Clara stöhnte und ließ sich zurück auf den Tisch sinken, während ich sie mit meinem Mund befriedigte. Ich schlang die Arme um ihre Schenkel und verwöhnte sie mit Lippen und Fingern. Ich dankte ihr für das Geschenk, das sie mir gemacht hatte. Dankte ihr dafür, dass sie mir gehörte, bis sie die Glieder anspannte und die Beine um meinen Kopf schloss, während die Welle der Lust sie mit sich riss.

Als sie schließlich zur Ruhe kam, half ich ihr auf. Sie stützte sich am Tisch ab, und ich schob einen Sessel zurück und genoss den Anblick ihres trägen, weichen Körpers. Ich setzte mich, sah ihr in die Augen und führte meine Finger an die Lippen, um ihren Saft zu schmecken. Sie öffnete stumm die Lippen, und ihre Augen strahlten.

»Es ist nie genug«, sagte ich stöhnend und wollte mehr von

ihr. »Es wird niemals genug sein. Verstehst du? Ich werde dich jede Minute an jedem Tag begehren – mit meinem Mund, meiner Haut. Aber heute Abend will ich, dass du deinen Platz als Königin einnimmst.«

Clara beobachtete stumm, wie ich nach meinem Gürtel griff und ihn löste. Ich befreite meinen Schwanz und winkte sie mit dem Finger heran.

»Nimm deinen Platz ein, meine Königin«, drängte ich. »Herrsche über mich.«

Langsam schloss sie den Abstand zwischen uns, verharrte einen Moment über mir und beugte sich dann herunter, um ihre Hände auf meine Brust zu stützen und mich in den Sessel zu schieben.

»Mein König«, murmelte sie und setzte sich rittlings auf mich. Meine Hände fassten ihre Hüften, um sie zu stützen, doch sie schüttelte den Kopf. »Du willst beherrscht werden?«

Ich nickte, schluckte gegen den Kloß in meinem Hals an und ließ die Hände sinken. Sie war so wunderschön – so stark und so sicher. Ich würde niemals erfahren, warum man sie mir anvertraut hatte – warum das Leben sie mir geschenkt hatte.

Clara hielt sich an meinen Schultern fest und ließ sich so langsam auf meine Schwanzspitze sinken, dass ich die Augen verdrehte vor Begehren. Es kostete mich meine ganze Beherrschung, nicht die Hüften anzuheben und in sie zu stoßen. Sie lachte – eine niederträchtige Melodie.

»Geduld«, stöhnte sie, als sie sich weiter nach unten sinken ließ. »Ich will jeden Zentimeter von dir fühlen. Gott, du hast recht. Es ist zu viel und doch nie genug.« Sie ließ sich ganz auf mich sinken, und endlich füllte ich sie komplett aus.

»Wenn du nicht in mir bist, fehlt mir was«, gestand sie und begann sich zu wiegen. »Warum ist das so?«

»Weil wir nicht zwei Menschen sein sollen«, flüsterte ich und küsste ihre Hände, die noch immer meine Schultern umklammerten. »Wir sind eins – untrennbar miteinander verbunden. Ein Körper. Ein Herz.«

»Für immer«, stimmte sie mir zu, bevor sie sich nahm, was ihr schon immer gehört hatte.

27

Clara

Irgendwann würde ein gütiger Engel eine Methode erfinden, wie man sich in weniger als einer Stunde für eine Party zurechtmachen konnte. Aber noch nicht heute, und so waren wir zu spät dran, als ich endlich ein Kleid gefunden, mir das Haar hochgesteckt und mich fertig geschminkt hatte. Natürlich musste Alexander lediglich seinen Smoking anziehen, aber dieser Mann konnte anziehen, was er wollte, er sah immer besser als der Rest der Welt aus.

Das Museum war nicht weit von Buckingham entfernt, dennoch dauerte die Fahrt lange genug, dass ich mir Sorgen machte. Alexander schien ebenfalls in Gedanken zu sein und starrte abwesend aus dem Fenster. Unsere verschränkten Hände waren die einzige Verbindung zwischen uns. Wenn wir erst die Party erreicht und es an den unvermeidlichen Schaulustigen mit ihren Kameras vorbeigeschafft hatten, würde ich mich entspannen. Es war für alles gesorgt, ich musste mich um nichts kümmern. Außerdem war Edward da, für den Fall, dass uns ein Detail entgangen war, und er war deutlich kompetenter als ich in Sachen Party.

Als wir das Victoria & Albert Museum erreichten, schenkte Alexander mir ein schwaches Lächeln, bevor er aus dem Range Rover stieg. Absperrungen trennten die Menge von den eintreffenden Gästen. Alexander öffnete mir die Tür und half mir aus dem Wagen. Ich lächelte der Menge zu, und um uns herum flammten Blitzlichter auf. Alexander legte schützend eine warme Hand auf meinen Rücken und lenkte mich zum Eingang.

»Du bist eine Göttin«, raunte Alexander mir ins Ohr.

Und so fühlte ich mich in dem weißen Seidenkleid, das sich locker um meinen Körper schmiegte und am Rücken tief ausgeschnitten war. Tamara hatte bei unserem letzten Einkaufstrip darauf bestanden, mir dieses Abendkleid für Schwangere zu schicken, obwohl ich eingewandt hatte, dass es keinen Anlass gab, zu dem ich ein so elegantes Kleid tragen konnte. Sie hatte mir zugezwinkert und gesagt, dann sollte ich es eben für die nächste Schwangerschaft aufheben. Ich hatte gedacht, ich würde es niemals tragen, doch die Party war die perfekte Gelegenheit. Zusammen mit einem Paar silberfarbener Louboutins sah es elegant und sexy aus – und so ganz anders als die typischen Schwangerschaftskleider.

Auf den Stufen, die zum Eingang des Victoria & Albert Museums führten, lag ein dunkelroter Teppich. Ich hatte mich vom Königshaus inspirieren lassen. Sarah war eine Prinzessin, ob sie sich so fühlte oder nicht, und heute Abend wollte ich jeden daran erinnern. Doch die Dekoration des Innenraums hatte ich ganz Belle und Edward überlassen – mit einer wichtigen Ausnahme.

Sobald wir den großen Raum betraten, der dem Museum normalerweise als Eingangshalle diente, wechselte die Atmosphäre von konservativ zu großzügig und sinnlich. Glyzinien hingen an den Säulen, die den Raum umschlossen, und die Cocktailbar, die zurückhaltend mit violetten Lichtern beleuchtet war, hatte schon einige Gäste angelockt. Wir gingen durch die Menge und blieben hier und da stehen, um Freunde von Alexanders Familie zu begrüßen.

Alexander löste seine Hand nur von meinem Rücken, um sie um meine Hand zu schließen, als habe er Angst, mich zwischen den Fremden zu verlieren. Meine Gedanken wanderten zu dem, was Georgia mir neulich erzählt hatte – dass ich stets von Personenschützern umgeben war, es sei denn, Alexander war bei mir. Heute Abend schien sein Besitzanspruch wie ein Energiefeld von ihm abzustrahlen, und ich merkte, dass ich mich davon angezogen fühlte und mich dichter an ihn drängte.

Doch nicht etwa, weil ich Angst vor irgendeiner Gefahr hatte, vielmehr wusste ich, dass meine Nähe den heftigen Schmerz in ihm linderte, den nichts anderes zu dämpfen vermochte.

Als wir den Flur in Richtung Galerie erreichten, zog Alexander mich blitzschnell in eine Nische und küsste mich langsam und genüsslich. Ich rang an seinem Mund nach Atem und vergrub meine Finger in seinem Haar. Als er von mir abließ, stand Leidenschaft in seinen Augen.

Doch ehe ich etwas sagen konnte, zog er mich wieder zwischen das Partyvolk.

»Wofür war das?«, fragte ich leise.

Er führte meine Hand an seinen Mund und küsste sie. »Für die Glyzinien.«

Ich hatte es für ihn und Sarah getan, damit heute Abend die Erinnerung an ihre Mutter lebendig war. Doch für mich war mit den Blumen jetzt eine andere Erinnerung verbunden – beschlagene Glasscheiben und Alexanders Hände auf meinem Leib.

In der Raphael-Galerie waren auf Tischen in hohen Glasvasen noch weitere zarte Blüten arrangiert. Die modernen Tafelaufsätze standen in wundervollem Kontrast zu den Renaissance-Gemälden, die die Räume beherrschten. Eine angesagte Band hatte Edwards Angebot angenommen, auf der Party zu spielen, und bereits ein paar Leute zum Tanzen animiert.

In der Nähe der Torte unterhielt sich Belle angeregt mit einer Frau, die ich nicht kannte. Ich ging voran, und Alexander folgte mir, ebenso bemüht, den gutgemeinten Begrüßungen zu entgehen, wie ich.

»Passt du auf die Torte auf?«, fragte ich Belle.

»Irgendjemand muss es ja tun«, sagte sie. »Ist die nicht toll?«

Es war ein Meisterwerk der Konditorkunst, mit fünf verschiedenen Ebenen, alle mit einer indigofarbenen Glasur und tropfenden Perlen bedeckt. Ich war gespannt, ob die Champagner- oder die Zitronenebene köstlicher war.

»Ich muss gehen. Es war nett, Sie kennenzulernen«, sagte das Mädchen, strich Belle zum Abschied über die Hand und nickte uns zu, dann verschwand sie in der Menge.

Ich sah fragend zu Belle.

»Sie hat sich für ein Praktikum beworben«, erklärte sie, »aber sie wurde in ihre Heimat zurückbeordert.«

»In ihre Heimat?« Vielleicht erklärte das, warum sie auf der Gästeliste stand.

»Ihr Vater ist Senator. Sie ist mit einem von Edwards Schulfreunden gekommen«, sagte Belle. »Zu schade. Ich glaube, sie wäre gern in London geblieben.«

Ehe ich mehr über das Mädchen herausfinden konnte, teilte sich die Menge für Smith und Georgia, die intensiv in ein Gespräch vertieft waren. Smith wirkte eindrucksvoll in seinem Smoking, und als er Belle sah, glitt ein Lächeln über sein Gesicht, das allerdings verblasste, als er registrierte, mit wem sie zusammenstand.

»Darf ich Sie einen Moment sprechen?«, fragte Smith und trat zu uns. Überrascht merkte ich, dass er Alexander meinte.

Mein Mann sah mich an. »Wenn unsere Frauen nichts dagegen haben …«

»Geht und führt eure wichtigen Gespräche«, neckte ich. »Wir bleiben bei der Torte.«

»Sicher?«, fragte er.

Ich stieß ihn gegen die Schulter und strahlte zu ihm hoch. »Mir geht's gut. Die passen schon auf mich auf.«

Er küsste mich auf die Stirn, doch als er sich umdrehte, sah ich, wie er Georgia stumm einen Befehl erteilte. Jetzt hatte sie die Verantwortung für mich.

»Brauchst du was?«, fragte sie.

»Wasser?« Alle um mich herum tranken, aber ich hatte noch nichts Antialkoholisches auf einem Tablett vorbeikommen sehen. Es schien unwahrscheinlich, dass noch etwas kam.

»Warte hier«, wies sie mich an.

Als sie weg war, kam Belle näher und senkte die Stimme, was angesichts der Musik vollkommen überflüssig schien. »Hast du Philip gesehen?«

Mein Blick zuckte alarmiert über die Menge. Ich hatte die Gästeliste abgenommen, Edward hatte sie zusammengestellt. Wie um alles in der Welt war Philip Abernathy, Belles betrügerischer Exverlobter, darauf gelandet?

»Es tut mir leid«, sagte ich besorgt und fasste ihren Arm. »Ich kann ihn rauswerfen lassen. Keine Ahnung, wie er es auf die Liste geschafft hat.«

Sie löste meine Finger von ihrem Arm und kicherte etwas zu heftig, dafür dass sie vermutlich gleich dem Mann begegnen würde, den sie fast geheiratet hätte. »Machst du Witze? Ich habe ihn auf die Liste gesetzt. Er kennt alle diese Leute, darum war ich mir sicher, dass er kommen würde. Er hat sich noch nie eine Gelegenheit entgehen lassen, sich einzuschleimen.«

»Warum?« Ich verstand nicht, wie sie etwas Nettes für den Mann tun konnte, der den Großteil ihrer Verlobungszeit Pepper Lockwood gevögelt hatte.

»Das ist besser als ein Klassentreffen«, sagte sie, als wäre das offensichtlich. »Ich sehe scharf aus.« Zur Verdeutlichung zeigte sie auf ihr Kleid, und ich nickte. Das leuchtende Blau stach aus der Menge heraus, und das Kleid betonte ihren Körper an genau den richtigen Stellen, einschließlich des Babybauchs. »Ich bin schwanger.« Sie zeigte ihre rechte Hand. »Und ich bin glücklich verheiratet.«

»Rache ist süß.« Ich musste unwillkürlich lachen.

»Das ist schrecklich oberflächlich von mir, aber das ist mir egal«, gab sie grinsend zu.

Philip verdiente es, dass sie ihm ihr Glück unter die Nase rieb. Vielmehr verdiente er viel mehr als das, doch da er, soweit ich das beurteilen konnte, nur zwei Gefühle kannte – gelangweilt und angeödet –, würde er es vielleicht noch nicht einmal bemerken.

»Was sagt Smith dazu?«, fragte ich. Ich konnte mir nicht vorstellen, was Alexander tun würde, wenn mein Exfreund auftauchte.

»Sieh doch selbst.« Belle deutete mit ihrem Wasserglas in Richtung Bar. Smith lehnte am Tresen, nippte an einem Drink und beobachtete Philip mit Adleraugen. »Ich glaube, er will, dass Philip zu mir kommt, damit er einen Vorwand hat, ihm eine reinzuhauen.«

»Weiß er nicht, dass du das schon selbst regeln kannst?«, fragte ich trocken. Nie würde ich den Abend vergessen, an dem Belle Philip in flagranti ertappt hatte.

»Doch«, sagte sie schulterzuckend, »aber warum sollte nur ich mich amüsieren? Wenn Pepper aus der Reihe tanzt …« Sie rieb sich mit der linken Hand die rechte Faust.

»Wenn Pepper aus der Reihe tanzt, entfernst du dich, weil du nämlich schwanger bist«, sagte ich entschieden. »Kein Drama heute. Ich brauche eine Pause.«

»Wir auch. Smith sollte endlich das Haus kaufen in …« Plötzlich verstummte sie.

»Wie bitte? Welches Haus?«, hakte ich nach.

»Ach, nichts.«

Aber das stimmte nicht, das spürte ich. »Gehen wir ein bisschen an die frische Lust«, schlug ich vor.

Der Garten war so weit von der eigentlichen Veranstaltung entfernt, dass nur wenige Leute in dieser Richtung unterwegs waren. Das war etwas schade, denn selbst der Brunnen und die ellipsenförmigen Wasserstrahlen waren violett erleuchtet. Die Wirkung war überirdisch und friedlich, sofort entspannte ich mich.

»Geht's dir gut?«, fragte Belle, als ich die hohen Pumps abstreifte. Sie beugte sich hinunter, um die Pumps aufzuheben.

»Danke«, sagte ich und nahm sie ihr ab. »Weißt du was? Bei diesen Veranstaltungen fühle ich mich immer fehl am Platz.«

»Du hast sie geplant«, erwiderte sie.

»Ich weiß.« Es war schwer zu erklären, dass ich mich auch nach einigen Jahren in Londons mächtiger Oberschicht immer noch nicht zugehörig fühlte, insbesondere nachdem ich neben Alexander zur Königin gekrönt worden war.

»Nein, ich meine, du hast sie *geplant*«, wiederholte sie. »Clara, es hat Zeiten gegeben, da bist du auf einer Party im Boden versunken. Niemals hättest du eine geplant.«

»Jetzt verstecke ich mich auch.«

»Du machst eine Pause«, korrigierte sie mich und drehte sich zu mir um. »Anschließend wirst du zurückkehren, Small Talk betreiben, anmutig nicken und *Hand in Hand* mit deinem Mann umherspazieren.«

»Das weiß ich, aber ich fühle mich trotzdem wie eine Außenseiterin.«

»Weil du eine bist«, schnaufte Belle. »Du bist die Königin. Im Grunde hast du dich vom Partypuper – ich hab dich lieb, aber das stimmt – zu jemandem entwickelt, der über allen anderen steht. Du gehörst nicht dazu, weil du immer etwas Besonderes warst.«

»Wann bist du so klug geworden?«, fragte ich und kniff die Augen zusammen.

»Die Liebe bewirkt merkwürdige Dinge. Ich verspreche, dass ich es mir nicht zu Kopf steigen lasse«, sagte sie.

Ich hatte ein unglaubliches Glück, solche Freunde zu haben, denn sie waren real. Status, Geld, Macht – all das bedeutete ihnen nichts. Sie sahen in mir keine Außenseiterin. Für sie war ich Clara. Ich wusste nicht, was ich ohne sie tun würde, weshalb ich auch Belle nach draußen gelotst hatte. »Spuck's aus. Was ist das mit dem Haus? Zieht ihr etwa um? Ich dachte, du liebst Holland Park.«

Das Haus war groß genug für ein oder zwei Babys oder sogar mehr, aber ich hatte seit Monaten den Eindruck, dass Smith Price sie dort weglocken wollte.

»Das spielt keine Rolle.« Sie schüttelte den Kopf. »Nicht, seit…«

»Seit?«, drängte ich, und mein Herz schlug schneller. Ihr Ausweichen beunruhigte mich nur noch mehr.

»Wir kaufen ein Anwesen in Schottland«, platzte sie heraus und sprach schnell weiter, als sie mein langes Gesicht sah. »Zumindest wollten wir das. Ich glaube, wir machen es auch, aber es ist nicht als ständiger Wohnsitz gedacht.«

»Ihr zieht zeitweilig nach Schottland?«, fragte ich schwach.

»Es sind doch nur ein paar Autostunden, mit dem Hubschrauber noch weniger. Und du kennst jemanden, der die Dinger fliegt«, neckte sie, wirkte jedoch nicht überzeugt.

»Darum seid ihr ständig in Schottland. Ich habe mich schon gewundert.«

Ich erinnerte mich, wie sehr Smith Weihnachten auf Balmoral genossen hatte.

»Wie kannst du mich hier allein lassen? Wann sehe ich mein Patenkind?«

»Dein Patenkind?« Sie zog die Augenbrauen nach oben.

»Das sollte es doch wohl sein.«

»Sie«, sagte Belle leise, und über ihre Lippen huschte ein Lächeln.

»Sie?«, wiederholte ich. »Es ist ein Mädchen?«

Ich vergaß, dass ich sauer auf sie war, und zog sie in meine Arme. Belle lachte und drückte mich, und wir quietschten. »Bring mich nicht zum Weinen. Das ruiniert mein Make-up.«

»Scheiß auf dein Make-up«, sagte ich, rückte von ihr ab und starrte sie wütend an. »Du darfst mir nicht mein Patenkind und Elizabeths beste Freundin vorenthalten.«

»Beste Freundin?«

»Oder vielleicht Alice' beste Freundin.« Ich tätschelte meinen Bauch.

»Oder Williams künftige Freundin?«, schlug ich vor.

Ich nahm ihre Hände und bettelte: »Du darfst nicht umziehen.«

»Es wäre ja nicht die ganze Zeit. Hör mir zu.«

Sie erklärte mir, Smith wolle, dass das Baby reichlich Platz und Belle weniger Stress hatte. »Ich muss nicht jeden Tag im

Büro sein, und wir haben ein Kindermädchen zur Unterstützung. An Besprechungen kann ich online teilnehmen, und Lola kann hier alles regeln.«

»Lola ist vielleicht anderweitig beschäftigt«, erinnerte ich sie.

»So viel Unterstützung wird Anders nicht brauchen.« Belle ging etwas zu schnell über dieses Problem hinweg.

»Und was ist nun schiefgelaufen?«, fragte ich.

»Smith war neulich mit Alexander bei einer Besprechung. Er hat keine Details erzählt, aber ich glaube, es hatte mit Jacobson zu tun.« Sie zögerte und biss sich auf die Lippe. »Hat er dir davon erzählt?«

»Ein bisschen.« Alexander hatte mir erzählt, dass er Smith mit zu einer Besprechung genommen hatte, bei der es um die Entlassung von Jacobson gegangen war. Da die Männer ein gemeinsames Interesse hatten, den Verbrecher vor Gericht zu bringen, schien mir das nicht ungewöhnlich. »Als er nach Hause kam, wirkte er irgendwie aufgewühlt, aber er wollte nicht wirklich darüber reden.«

»Natürlich will er dich in deiner Situation nicht noch zusätzlich belasten. Ich hätte gar nicht davon anfangen sollen.«

Jetzt hatte ich ein schlechtes Gewissen. »Ich habe ihm das mit der Herz-OP fürs Baby noch nicht gesagt«, gestand ich. »Ich wollte es neulich tun, und dann ist der ganze Mist mit Anders passiert, und wir waren mit anderen Dingen beschäftigt.«

»Du drückst dich darum, es ihm zu sagen«, warf sie mir vor.

»Ihm was zu sagen?«, schaltete sich eine scharfe Stimme

ein. Georgia reichte mir eine Wasserflasche, und ich verzog das Gesicht.

Ich hatte ganz vergessen, auf sie zu warten, aber Georgia hatte mitbekommen, dass ich die Party verlassen hatte, auch wenn ich nicht gemerkt hatte, wie sie mir gefolgt war. Schließlich hatte ich auch nicht gemerkt, dass ich ständig bewacht wurde. Ich strengte meine Augen an und sah mich in dem dunklen Hof nach weiteren Wachleuten um, aber alles, was ich sah, waren betrunkene Adelige. Sie wirkten nicht, als wären sie im Notfall eine große Hilfe. Doch Georgia war immer in der Nähe, das hätte ich wissen müssen.

Das pechschwarze Abendkleid, dessen Ärmel sich bis zu den Handgelenken um ihre schlanken Arme schmiegten, wäre eine schlichte Tarnung gewesen, wäre da nicht der Ausschnitt gewesen, der ihr bis zum Nabel reichte. Sie ging in der Dunkelheit unter und fiel trotzdem auf. Ganz Georgia – ein Widerspruch in sich.

»Hast du uns belauscht?«, fragte Belle und versuchte ganz offensichtlich, von dem abzulenken, was Georgia gehört haben könnte.

»Ich will nur ein bisschen mit meinen Freundinnen plaudern.« Georgia verzog die blutroten Lippen zu einem Raubtierlächeln. »Und ihr zwei seid so laut, dass jeder euch hören kann.«

Mein Blick flog über den Garten. Wer hatte etwas gehört? Ich drehte den Deckel von der Flasche und trank schnell einen Schluck Wasser.

»Wir unterhalten uns über Babykram«, sagte Belle. »Das interessiert keinen.«

Georgia und ich warfen ihr einen ungläubigen Blick zu, und sie ruderte sofort zurück. Sie senkte die Stimme zu einem Flüstern: »Okay, wahrscheinlich schon, aber es war kein interessanter Babykram.«

Neulich waren an die zehn Artikel erschienen, die sich damit befassten, welche Säureblocker Georgia in einer Apotheke für mich erstanden hatte. Das hier war deutlich interessanter gewesen.

»Werden wir jetzt gerade überwacht?«, fragte ich Georgia.

Sie sah mich an, als wollte sie sagen: Bist du dumm?

»Können wir irgendwohin gehen, wo wir nicht beobachtet werden?«

»Auf die Toilette oder in dein Schlafzimmer«, sagte sie ausdruckslos.

Ich war froh, dass ein paar Dinge noch heilig waren. Wenn ich wählen durfte, wären das die zwei Ausnahmen gewesen, um die ich gebeten hätte. »Die Toilette.«

Damit wir die Toilette für ein vertrauliches Gespräch nutzen konnten, musste erst der gesamte Raum geräumt werden, was mir schrecklich unangenehm war, dann wurden zwei Wachen vor der Tür postiert.

»Zufrieden?«, fragte Georgia, nachdem sie ein letztes Mal die Kabinen überprüft hatte. »Also, jetzt raus damit.«

»Ach, nichts.« Stumm bat ich Belle, mich zu retten. Normalerweise war sie gut darin, eine Lüge zu erfinden, doch sie schüttelte den Kopf.

»Du kannst genauso gut üben. Georgia ist fast so furchteinflößend wie Alexander«, sagte Belle und lehnte sich mit verschränkten Armen gegen ein Waschbecken.

»Ich verspreche dir, dass ich deutlich furchteinflößender bin.«

»Das ist nicht hilfreich«, erklärte ich ihr. Ich gab vor, mich im Spiegel zu betrachten, doch da wir gerade einmal eine Stunde auf der Party waren, gab es nichts zu richten.

»Du musst es ihm sagen. Bald macht der Arzt Hausbesuche, dann wird er es sagen«, argumentierte Belle.

»Das darf er nicht«, erinnerte ich sie. »Nicht, wenn ich ihn bitte zu schweigen.«

Belle zog die Mundwinkel nach unten. Als ich ihre enttäuschte Miene sah, fühlte ich mich noch schlechter.

»Was ist los?«, fragte Georgia leise.

Fast hatte ich vergessen, dass sie da war, doch als sich unsere Blicke trafen, wurde mir klar, dass ich diesen Raum nicht verlassen würde, ehe ich reinen Tisch gemacht hatte.

»Was ist los?«, wiederholte sie und trat näher. »Du verschweigst Alexander etwas, das mit einem Arzt zu tun hat – bist du verrückt?«

Ich brauchte einen Moment, um ihre plötzliche Wut zu verdauen. Sie hatte mich buchstäblich in die Ecke gedrängt. »Ich habe dir doch tatsächlich geglaubt, als du gesagt hast, wir wären Freundinnen.«

»Das sind wir«, bestätigte sie. »Sie«, Georgia zeigte auf Belle, »ist diejenige, die mit dir shoppen geht und dir hilft, die passende Tasche zu deinen Schuhen zu finden. Ich«, Georgia zeigte auf sich, »bin diejenige, die keinen Schlaf bekommt, wenn du und Alexander Streit habt, und die hinter dir geht, um auf dich aufzupassen.«

Belle machte große Augen und trat einen kleinen Schritt

auf uns zu. »Du solltest es ihr erzählen. Es ist nicht zu ändern.«

Und das war das Problem. Es war nicht zu ändern. Ich konnte es verheimlichen oder ignorieren. Irgendwann musste ich mich dem stellen – wir alle mussten es –, und der Moment würde bald kommen.

»Tu so, als wäre sie Alexander«, schlug Belle vor. »Das ist eine gute Übung.«

Georgia sah aus, als wäre ihr diese Vorstellung alles andere als angenehm, widersprach jedoch nicht.

»Erzähl es mir«, sagte sie mit sanfterer Stimme, aber nichtsdestotrotz mit Nachdruck.

»Es gibt da ein Problem.« Ich schniefte und versuchte, nicht zu weinen. Wenn ich schon zusammenbrach, wenn ich es Georgia erzählte, wie sollte ich es dann Alexander beibringen? Ich straffte die Schultern, zwang mich zur Ruhe und sagte mir, dass alles gut werden würde. »Das Baby hat einen Herzfehler. Es muss nach der Geburt operiert werden.«

»Ist das dein Ernst?« Georgia schüttelte fassungslos den Kopf. »Wie konntest du das für dich behalten?«

»Wir waren nicht sicher. Ich musste zu einem Spezialisten.«

»Seit wann weißt du, dass es vielleicht ein Problem geben könnte?«, fragte sie.

»Ein paar …«

»Ich hoffe, du wolltest Minuten sagen«, zischte sie. »Du weißt es seit Tagen?«

»Wochen«, sagte ich leise.

»Was hast du dir nur dabei gedacht?«, fragte sie.

»Du imitierst Alexander echt gut«, sagte Belle, »aber

ich glaube, sie braucht jetzt unsere Unterstützung, nicht unsere …«

»So funktioniert Freundschaft *für dich.*« Georgia fuhr zu ihr herum. »Meine Version hat mit etwas mehr Verantwortung zu tun.«

»Ich weiß, ich hätte es ihm sagen sollen.« Vor lauter Schreck über ihre Reaktion musste ich nicht mehr weinen. Stattdessen wurde ich wütend.

»Selbst wenn du es ihm nicht erzählen konntest, *ich* hätte es wissen müssen. Dein *Team* hätte es wissen müssen.«

»Du berichtest an Alexander …«, hob ich an.

»Und an dich«, fügte sie hinzu. »Wir verdienen unser Geld damit, dass wir Geheimnisse bewahren, und wenn die Königin ein Geheimnis hat, behalten wir es für uns. Verstehst du das? Als du nach Windsor wolltest, habe ich ihn nicht angerufen. Ich erzähle ihm nicht, worüber wir sprechen. Aber so etwas muss ich wissen. Wie kann ich dich beschützen, wenn ich nicht weiß, dass es ein ernsthaftes gesundheitliches Problem mit dem Baby gibt? Was, wenn du einen Unfall hast, und niemand weiß Bescheid?«

»Es tut mir leid«, sagte ich leise. Mir war nicht in den Sinn gekommen, dass Team Queen es wissen müsste. Es hatte sich wie eine Privatangelegenheit angefühlt, aber in meinem Leben gab es im Grunde nichts Privates mehr. Warum konnte ich das nicht akzeptieren?

»Es war dumm und leichtsinnig.« Sie schüttelte den Kopf. »Ich habe mehr von dir erwartet. Normalerweise bist du die Schlaue.«

Sie stürmte Richtung Tür, und Belle und ich sahen uns an.

»Gib mir einen Moment!«, rief ich Georgia zu, als sie die Tür öffnete.

»Keine Sorge. Da ist ein ganzer Trupp Narren, der darauf geifert, sich zwischen dich und eine Kugel zu werfen. Ich muss nachdenken.« Sie hielt noch einmal inne, ehe sie aus der Tür trat. »Clara, sag es ihm, oder ich werde es tun.«

Dies war keine leere Drohung, und das wusste ich.

»Na, das ist ja super gelaufen«, murmelte Belle.

Ich ließ mich an der gekachelten Wand nach unten gleiten und schloss die Arme um das Baby, das in mir heranwuchs. »Sie hat recht. Ich wollte mich nicht damit auseinandersetzen, darum habe ich versucht, es zu ignorieren. Ich habe Ausreden gesucht, warum es okay ist, es für mich zu behalten. Die ganze Zeit habe ich das Baby in Gefahr gebracht.«

»Du bist zu den Untersuchungen gegangen. Du achtest auf dich«, sagte Belle fest. »Vielleicht hättest du es ihnen sagen sollen, aber es gibt keinen Grund, dich für die Vergangenheit zu verurteilen.«

»Ich muss es ihm erzählen«, sagte ich, »sobald wir nach Hause kommen.«

Ich wollte nicht Sarah die Party verderben, indem ich es ihrem Bruder jetzt erzählte. In dem unwahrscheinlichen Fall, dass die Information gebraucht wurde, wusste Georgia nun Bescheid.

»Komm, suchen wir deinen Mann. Bei ihm wirst du dich besser fühlen.« Belle zog mich auf die Füße hoch und stützte mich, als ich wieder in die Pumps schlüpfte.

Aber ich würde mich nicht besser fühlen. Nicht ehe ich das geklärt hatte.

Belle brauchte zwei Anläufe, um meinen verschmierten Mascara zu korrigieren. Es störte mich nicht. Lieber hing ich auf der Toilette fest, als zu lächeln und so zu tun, als wäre alles in Ordnung.

»Bereit für den Kampf?«, fragte Belle, als mir nichts mehr einfiel, um mich zu drücken.

Ich schüttelte den Kopf, und sie lächelte mitfühlend. Wir wussten beide, dass es hier nur einen Weg heraus gab, und der führte zurück auf die Party.

Vor der Tür blieb ich stehen, um den Personenschützern zu danken, die allmählich etwas beunruhigt wirkten. Wir hatten es gerade ein paar Schritte in Richtung der Halle geschafft, die zur Raphael-Galerie führte, als eine Stimme lauthals meckerte: »Das wurde aber auch Zeit.«

Ich schloss die Augen und fasste Belle am Arm, ehe sie sich mit Pepper anlegen konnte. Doch Pepper war nun einmal eine Sadistin und ließ uns nicht so leicht entkommen.

»Es ist wirklich unverschämt, alle hier draußen warten zu lassen, nur damit ihr zwei euch schminken könnt. Findet euch damit ab, dass das bei euch sowieso nichts bringt, Mädels!«, rief Pepper uns zu, doch keine der Frauen, die mit ihr warteten, lachte. Noch nicht einmal Sarah, die ihrer Freundin hier draußen Gesellschaft geleistet hatte. Es war lediglich vereinzelt ein nervöses Kichern zu hören. Pepper stutzte.

»Fühlst du dich nicht genug gewürdigt?«, fragte ich kühl. Ich hätte ihr gern gesagt, dass niemand sie hier haben wollte, aber heute Abend ging es um Sarah, und der würde ich nicht die Feier verderben, auch wenn ihre beste Freundin wirklich eine Schnepfe war.

»Ich weiß nicht«, sagte sie und kniff die Augen zusammen. »Wie fühlt sich das an? Ich bin mir nicht sicher, ob du dich da auskennst.«

»Hör auf«, sagte Sarah und zog sie in den Waschraum, wo sich die anderen in eine Schlange stellten, froh, dem Zickenkrieg zu entkommen.

Neben mir sagte Belle leise: »Ich weiß, was du gesagt hast, aber ...«

»Nein«, erwiderte ich entschieden. Ich würde nicht zulassen, dass meine schwangere beste Freundin Pepper einen Haken versetzte, auch wenn ich noch so gern Peppers Reaktion gesehen hätte.

»Bitte«, jammerte sie.

»Was ist los?«, rief Pepper, als Sarah versuchte, sie an der Tür vorbeizuschieben. »Hält Clara dich an der kurzen Leine?«

Ich ließ Belle absichtlich los, ich konnte sie nicht mehr halten, manchmal war ein Zickenkrieg halt auch in Ordnung.

Ehe Belle Pepper erreichte, trat Sarah ihr in den Weg und stellte sich vor ihre Freundin. »Du bist Claras Gast.«

»Ich bin *dein* Gast.« Pepper schob die Unterlippe nach vorn, während sie den Schock über Sarahs Reaktion verdaute. »Ich habe dir doch gesagt, dass die zwei Abschaum sind.«

»Ja, ich weiß.« Sarah atmete tief durch und sah zwischen Pepper und uns hin und her, als würde sie eine Entscheidung treffen. »Aber allmählich denke ich, dass eher du Abschaum bist.«

Pepper stieß einen erstickten Schrei aus und stürzte sich auf Sarah, die zu überrascht war, um auszuweichen. Ich hielt Belle davon ab, sich einzumischen, und gab den Wachleuten ein Zeichen, die Pepper bereits an den Schultern packten und sie wegzogen. Sie wehrte sich kurz, dann merkte sie, dass es zwecklos war.

»Hoheit?«, drängte der Wachmann Sarah und wartete auf Anweisungen, bis er seinen Fehler bemerkte und zu mir sah.

Ich schüttelte den Kopf und zeigte auf Sarah. Diese Entscheidung würde ich ihr überlassen. Sie zögerte eine Sekunde, dann riss sie den Blick von Pepper los. »Ich glaube, du solltest gehen.«

Unter Protest wurde Pepper abgeführt, und Belle winkte ihr hinterher.

»Weißt du, was mit Abschaum passiert, Pepper?«, rief Belle. »Man spült ihn den Abguss runter.«

»Das hast du ein bisschen zu sehr genossen«, murmelte ich ihr zu.

»Es war immerhin softer, als ihr die Nase zu brechen wie beim letzten Mal«, verteidigte sich Belle.

»Du hast ihr die Nase gebrochen?« Sarah starrte Belle ehrfurchtsvoll an. »Ich habe schon gedacht, dass sie irgendwie anders aussieht. Was sie gesagt hat, tut mir leid. Ich weiß nicht, warum sie euch so sehr hasst.«

Belle und ich sahen uns an und rasselten die aktuelle Liste herunter.

»Ich habe ihr die Nase gebrochen.«

»Sie war hinter Alexander her.«

»Sie hat meine Verlobung zerstört, aber Philip hat sie sitzen gelassen«, erklärte Belle.

»Dann habe ich öffentlich gemacht, dass sie mit deinem Vater geschlafen hat.«

»Bevor Philip sie verlassen hat, hat er mich angefleht, ihn zurückzunehmen. Und das habe ich ihr erzählt.«

»Und Alexander hat sie verbannt, weil sie Palast-Interna an die Presse verkauft hat.«

»Meine Güte!«, sagte Sarah und senkte verwirrt den Blick.

»Sorry«, sagte ich und schlug mir eine Hand vor den Mund. »Wahrscheinlich hätte ich dir das nicht alles erzählen sollen, vor allem nicht das mit deinem Vater.«

»Ich bin froh, dass du es getan hast. Das ist …« Sie schien kein passendes Wort für diese Ungeheuerlichkeiten zu finden.

»Irre?«, bot Belle an, als wir zur Party zurückgingen.

Sarah nickte. »Aber warum habt ihr sie überhaupt eingeladen?«

»Sie ist deine Freundin, und es ist dein Geburtstag.«

Sarah sah aus, als würde sie gleich in Tränen ausbrechen, darum zog ich sie in meine Arme. »Übrigens sind wir total schlecht mit Partys. Ich werde nie wieder eine für dich veranstalten.«

»Alles läuft schief«, stimmte Belle mir zu.

»Meine Hochzeit?«, sagte ich.

»Legendär«, bestätigte Belle. Ich warf ihr einen Blick zu. »Ich meinte das nicht auf eine gute Art, aber du weißt …«

»Also sollte ich mich amüsieren?« Wir hatten Sarah zum Lachen gebracht, und ich atmete erleichtert auf. Nur weil sich dieser Abend für die Älteren als weitere Pleite entpuppte, musste das nicht dasselbe für sie heißen.

»Ich für meinen Teil möchte meinen Mann suchen und mit ihm tanzen«, sagte Belle verschmitzt, »und ich bin mir ziemlich sicher, dass jeder männliche Single da unten darauf wartet, dass du mit ihm tanzt.«

Wir erreichten die Galerie, als gerade Anderson im schwarzen Smoking auftauchte. Sarah schnaubte und deutete mit dem Kopf in seine Richtung. »Gibt es noch mehr Singles, die meine Halbbrüder sind? Ich bin derzeit etwas vorsichtig, wenn ich mit Fremden flirte.«

»Das ist der Einzige«, sagte ich und verkniff mir zu sagen, *von dem wir wissen*. Schließlich wollte ich nicht, dass das arme Mädchen auf Dauer Single blieb.

»Vielleicht sollten wir in eine andere Richtung gehen«, schlug ich vor und sah mich nach einem anderen Eingang um.

»Das ist der einzige Weg, auf dem man nicht schrecklich viele Treppen nehmen und weit laufen muss«, sagte Belle geradeheraus. »Er wird dich schon nicht beißen.«

»Aber er würde gern, stimmt's?« Als wir sie wütend ansahen, hob Sarah abwehrend die Hände. »Ich versuche nur, auf dem Laufenden zu bleiben. Sorry.«

»Sorgt dafür, dass er mich nicht sieht«, sagte ich, als wir zurück in den Raum schlenderten.

»Klar«, sagte Edward, trat zu uns und legte Belle und mir die Arme um die Schultern. »Niemand wird merken, dass die drei schönsten Frauen zurück in den Raum kommen. Hervorragender Plan. Hast du mal eine Karriere als Kriminalermittlerin in Erwägung gezogen?«

»Ich will daraus keine große Sache machen«, erklärte ich.

Er schüttelte den Kopf. »Dann tu's auch nicht.«

Er trat vor uns und reichte seiner Schwester die Hand.

»Lust zu tanzen? Ich kann dir die zeigen, die zu haben sind, und dich vor den Schwulen warnen.«

»Verräter«, sagte ich, als er sie mitnahm.

»Oh, äh, da ist Smith«, sagte Belle und biss sich auf die Lippe.

Seufzend scheuchte ich sie fort. Anders hatte mich nicht entdeckt, darum lief ich an der Tanzfläche entlang und suchte Alexander. Ich wollte gerade aufgeben und jemanden mit einem Funkgerät suchen, der mit Sicherheit wusste, wo Alexander war, als sich eine kräftige Hand auf meine Schulter legte.

»Da bist du ja.«

Ich fuhr lächelnd herum und vergaß meinen Bauch, woraufhin ich gegen ihn prallte.

Anderson grinste und blickte zu Boden, während er etwas Abstand zwischen uns brachte. »Ich fürchte, das war meine Schuld.«

»Es war … schon gut«, sagte ich atemlos.

»Ich habe gehofft, du würdest mit mir tanzen«, sagte er.

»Ist das …?«

»Das ist die Idee deiner Schwester«, sagte er schnell. »Ich muss zeigen, dass wir uns alle gut verstehen. Niemand soll denken, wir würden uns hassen.«

Ich war mir nicht sicher, ob ein Tanz mit Anders diesen Eindruck vermitteln würde, und ich bezweifelte, dass Lola ihm das ausdrücklich vorgeschlagen hatte. Aber da mich meine besten Freunde im Stich gelassen hatten, fiel mir keine vernünftige Ausrede ein.

Anderson und ich gingen auf die Tanzfläche, und er legte einen Arm um mich.

»Es ist momentan etwas schwer, meine Taille zu umfassen«, sagte ich entschuldigend.

»Auf meiner ersten Party in der Grundschule sind die Lehrer herumgelaufen und haben uns auseinandergeschoben, damit wir nicht zu eng miteinander tanzen«, sagte er. »Das hier macht es deutlich einfacher.«

Ich lachte und wünschte, es könnte immer so locker und unkompliziert zwischen uns sein. Aber bis er begriffen hatte, dass ich wirklich nicht mehr zu haben war, war das womöglich schwierig. »Hast du mit Lola gesprochen?«

»Ja«, sagte er und holte tief Luft. »Sie ist etwas dominant.«

»Ja, ist sie, aber sie weiß mit dieser Sippe umzugehen.«

»Hat sie dir damals auch geholfen?«, fragte er.

»Ich bin ins kalte Wasser gesprungen.« Als meine Beziehung zu Alexander mehr als nur eine Affäre wurde, hatte ich schon herausgefunden, wie man sich über Wasser hielt. »Ich hätte sie um Hilfe bitten sollen. Sie arbeitet mit Belle in deren Unternehmen, und sie hält mir immer den Rücken frei, wenn meine Mutter sich zu sehr einmischt.«

»Das klingt nach einer interessanten Familiendynamik.« Er lächelte.

»Ach, die ist nicht annähernd so schräg wie die von meinem Mann.«

»Was du nicht sagst. Vor einem Jahr gab es nur meine Mutter und mich. Und jetzt?« Er sah sich im Raum um. »Das ist nicht meine Welt.«

»Ich weiß, wie du dich fühlst«, sagte ich, »aber ihre Welt ist es auch nicht. Das wirst du noch sehen. Im Grunde sind wir schrecklich langweilige Leute …«

»Mit Privatflugzeugen, Familienanwesen und Kronjuwelen.« Er hob eine Augenbraue und hatte mich überführt.

Ich legte den Kopf schief. »Ja, aber der Rest der Zeit ...«

»Danke für den Tanz«, sagte Anders, ließ mich los und trat einen Schritt zurück, »aber ich glaube, da möchte mich jemand ablösen.«

Mit blieb keine Zeit, ihn zu fragen, wer, schon wirbelte er mich in die Arme meines Ehemannes.

28

Alexander

Dass Clara vor Überraschung der Atem wegblieb, entsprach dem Gefühl, das mich selbst jedes Mal überkam, wenn ich sie sah. Ich nickte Anders höflich zu. Es war das Mindeste, was ich tun konnte, schließlich zeigte er, dass er begriffen hatte, wo sein Platz war. Nicht, dass ich es gern sah, wenn mein Bruder meine Frau anfasste, aber ich war froh, dass er sich um sie gekümmert hatte, als ich nicht da gewesen war. Als ich ihre Hand nahm und wir uns zu wiegen begannen, sah sie besorgt unter ihren Wimpern zu mir hoch.

»Hast du ein schlechtes Gewissen, Süße?«, fragte ich und genoss das Gefühl ihrer Hand, die sie auf meine Brust gelegt hatte. Eine andere Frau hätte sie mir um den Hals gelegt oder meinen Arm berührt, aber Clara platzierte sie auf meinem Herzen.

»Ich bin nervös«, sagte sie.

Ich bog sie leicht zurück und strich schnell und unauffällig mit meinen Lippen über ihren Hals, bevor ich uns in eine Drehung führte. »Warum das?«

»Ich habe mit deinem Bruder getanzt.«

Ich lachte über ihre kluge Wortwahl. Sie war inzwischen eine echte Politikerin. »Und alle haben es gesehen.«

»Ja«, sagte sie und klang noch beunruhigter.

»Ging es nicht darum?«, fragte ich.

Sie legte den Kopf schief, wodurch ihre milchweiße Schulter zur Geltung kam, und ich widerstand dem Drang hineinzubeißen. »Worauf willst du hinaus, X?«

»Nur darauf, dass man euch tanzen sehen sollte. Ich nehme an, das hat er dir gesagt«, erklärte ich, dann drehte ich sie und führte sie wieder zurück zu mir.

Sie schmiegte sich an mich. »Ja. Hattest du dabei die Hände im Spiel?«

»Norris hat mir Bescheid gesagt.« Ich verzog den Mund über ihre verstimmte Miene. Nur Clara konnte sauer auf mich sein, wenn ich mich anständig benahm. »Er schien sich Sorgen zu machen, dass ich eine Prügelei anfangen könnte.«

»Wie kommt er denn auf so was«, sagte sie, und ich konnte den Anflug eines Lächelns in ihren Augen aufblitzen sehen.

»Ich dachte, du willst, dass wir uns verstehen«, flüsterte ich.

»Mit einem solchen Sinneswandel habe ich nicht gerechnet«, erwiderte sie.

»Ich kann dich beruhigen«, sagte ich leise. »Es hat mir nicht gefallen, dass er dich angefasst hat. Am liebsten hätte ich dich weggezogen, und das habe ich ja dann auch getan. Er war so vernünftig, mir zu überlassen, was mir gehört, darum gab es kein Problem.«

»Ist das so?« Sie schüttelte den Kopf, als hätte ich etwas Albernes gesagt.

»Dass du mir gehörst?«, fragte ich. »Ich dachte, das hätten wir geklärt, aber vielleicht brauchst du eine kleine Erinnerung.« Die Hand, die ich auf ihren Rücken gelegt hatte, glitt nach unten, und ich umfasste ihr Hinterteil. Nur für einen Moment, mehr war nicht nötig.

Clara biss sich auf die Lippe und wand sich leicht in meinen Armen. »Was meinst du?«

»Du wirkst schuldbewusst und ein bisschen verwirrt, und ich werde den Gedanken nicht los, dass eine Bestrafung dir guttun könnte«, murmelte ich und merkte, wie sich ihre Nippel bei meinen Worten aufrichteten.

»Bestrafung?«, wiederholte sie. »Ich dachte, du würdest mich nicht anrühren, solange du wütend bist.«

Ich zwinkerte ihr zu. »Wirke ich wütend?«

»Aber Bestrafung?«, sagte sie und betonte das letzte Wort.

»Ich bin frustriert, Süße«, sagte ich ehrlich.

»Meinetwegen? Warum?« Ihre Frage war arglos und unschuldig, und das verstärkte nur mein Verlangen, sie zu nehmen.

»Weil du in dieser weißen Seide, die jeden Zentimeter von deinem Körper zeigt, atemberaubend aussiehst. Deine Nippel sind fest, und jeder Mann um uns herum fickt meine Frau mit den Blicken, während ich sie in den Armen halte.« Ich bewegte meinen Mund zu ihrem Ohr, erpicht darauf, jeden Laut zu hören, den sie von sich gab, während ich sprach. »Die

Männer fragen sich, wie es ist, eine Königin zu berühren, und sie wissen, dass sie nie eine Frau wie dich bekommen werden. Aber deshalb will ich dich gar nicht bestrafen.«

»Warum sonst?«, murmelte sie, und ich wusste, dass sie genauso erregt von meinen Worten war wie ich von ihrem Körper in diesem Kleid.

»Warum ich dich bestrafen will? Weil du so ein umwerfendes kleines Luder bist. Weil ich mein Jackett nicht öffnen kann, damit die Leute nicht sehen, wie hart du mich machst. Weil andere Männer ansehen, was mir gehört.« Ich hielt inne und raunte ihr den wichtigsten Grund zu: »*Weil ich es kann.*«

Ich fragte nicht, ob es okay war. Ich nahm ihre Hand und führte sie fort von der Party – von unseren Freunden, der Familie und den Gästen. Ich konnte diesen Abend unmöglich überstehen, ohne sie zu berühren, zu schmecken, zu erobern. Ich nickte einem meiner Männer zu, der sein Gespräch mit einem Gast mitten im Satz unterbrach und ihn stehen ließ, um uns den Weg frei zu machen. Einige folgten uns und gingen in der Menge unter, bis wir eine weitere Galerie erreichten. Carla merkte nichts, bis wir plötzlich allein waren.

Sie musterte die Männer und ging wortlos an ihnen vorbei.

»Sehr unauffällig«, scherzte sie.

Auf der anderen Seite standen noch mehr. Sie waren informiert, dass ich einen Moment mit meiner Frau allein brauchte. Als wir die Skulpturengalerie betraten, sah Clara sich überrascht um.

»Wir sind allein«, stellte sie fest.

»Ja.« Ich strich mit dem Finger von ihrem Kinn zu ihrem

Schlüsselbein und genoss es, wie ihre Nippel sich durch meine Berührung zu Perlen formten.

»Du hast das geplant«, stellte sie vorwurfsvoll fest.

»Du hast mir erzählt, wo die Party stattfindet«, sagte ich und fühlte mich kein bisschen schuldig. Als sie das Victoria & Albert erwähnt hatte, war mir sofort die Skulpturengalerie in den Sinn gekommen und ich hatte von diesem Moment geträumt. Ich hatte nicht planen können, wie sie aussehen würde, obwohl ich daran hätte denken sollen. Oder wie die Männer auf ihr Aussehen reagieren würden.

»Dieses Kleid ist schrecklich freizügig«, sagte ich. »Ich bin fast gestorben, als ich dich darin gesehen habe.«

»Du hättest mir sagen können, dass ich mich umziehen soll.« Sie runzelte die Stirn und sah an sich hinunter.

»Ich mag es freizügig. Ich mag, wie die anderen Männer dich ansehen – wie stark und selbstbewusst du bist«, ich küsste ihre Schulter und schob den dünnen Träger herunter, »weil ich weiß, dass ich der einzige Mann bin, dem du dich beugst.«

»Du bist mein König«, flüsterte sie und hielt den Atem an, als ich die Zähne in ihrer Schulter versenkte.

Ich biss nicht fest zu, bei ihrer Aufmachung würde sonst Getuschel entstehen. Bei dem Gedanken zuckte mein Schwanz. Ich wollte, dass sie es wussten. Ein Teil von mir wollte allen zeigen, was nur ich mit Claras perfektem Körper tun konnte, aber ich würde ihn niemals auf diese Weise mit ihnen teilen. Es machte mich schon verrückt zuzusehen, wie sie in diesem Hauch von einem Kleid herumlief.

Doch ich konnte sie nicht entkommen lassen, ohne dass ich meinen Anspruch auf sie geltend gemacht hatte.

»Ich habe etwas zu erledigen.« Ich streifte den anderen Träger von ihrer Schulter und schob einen Finger darunter, sodass das gesamte Kleid daran hing.

Clara atmete schwer, ihr Blick lag auf meinem Gesicht, zuckte jedoch hin und wieder zu den Kameras in der Ecke.

»Stört es dich?«, fragte ich und stellte sie auf die Probe. »Dass uns jemand beobachten könnte?«

Sie spannte den Kiefer an, dann schüttelte sie den Kopf. »Nein.«

»Braves Mädchen«, lobte ich, »denn ich treffe hier die Entscheidungen, stimmt's?«

Sie nickte und begann, das sich entwickelnde Szenario zu verstehen.

»Die Kameras sind ausgeschaltet. Ich würde dich niemals zur Schau stellen – dich niemals mit jemandem teilen. Du bist mein Schatz.« Ich neigte mein Gesicht, sodass sich unsere Lippen fast berührten. »Aber sag mir, erregt dich das – die Vorstellung, dass andere zusehen, wie ich dich erobere? Dass ich ihnen zeige, dass du mir gehörst? Du darfst sprechen.«

»Ja«, sagte sie schwach und klang unsicher.

»Schäm dich nicht. Es fühlt sich gut an, jemandem zu gehören. Es macht dich stolz, meine Süße, und so solltest du dich fühlen, wenn du dominiert wirst.« Ich sah genüsslich zu, wie sie bei diesen Worten schluckte, und fragte mich, ob ihre Kehle brannte. »Doch ich werde es nicht zulassen, auch wenn ich gern mit dir angeben würde.«

Clara wimmerte, und für den Bruchteil einer Sekunde dachte ich, sie könnte zusammenbrechen.

»Ich glaube, du bist überhitzt«, sagte ich. »Kümmern wir

uns darum.« Ich ließ den Träger ihres Kleides los, das daraufhin auf ihre Hüfte glitt und ihre Brüste entblößte.

»Perfekt«, sagte ich, beugte mich hinunter und nahm einen Nippel in meinen Mund, ohne jedoch daran zu saugen. Stattdessen biss ich hinein. Clara keuchte und klammerte sich an meine Haare. Sie versuchte nicht, sich mir zu entziehen, wand sich nur leicht. Ich ließ von ihr ab und bewunderte die Bissspuren auf ihrer Brust. »Und die andere?«

Wieder schluckte sie, dann nickte sie, und ihre Augen leuchteten. Ich würde nicht aufhören, bis das Leuchten verblasste und ich wusste, dass sie einen anderen Ort betreten hatte, an den nur ich sie bringen konnte.

Ich nahm ihren anderen Nippel, biss hinein und saugte dann so fest, bis sie aufschrie. Als ich aufhörte, zitterte sie. Ich hielt inne und überzeugte mich davon, dass sie vor Lust zitterte.

Ich richtete mich auf und schob ihr Kleid auf den Boden. Es sammelte sich zu ihren Füßen, und ich half ihr herauszutreten. Dann nahm ich ihre Hand und führte sie zur Wand.

»Weißt du, dass ich schon seit Tagen vorhatte, dich hier zu nehmen? Dass ich mir vorgestellt habe, wie du nackt zwischen Skulpturen stehst, die andere für unschätzbar wertvoll halten? Das hier sind Meisterwerke, und du überstrahlst sie alle.« Ich drehte sie mit dem Gesicht zur Wand und ließ den Blick über ihr Hinterteil gleiten, wo die letzten Spuren, die ich dort hinterlassen hatte, verblasst waren. Ich hob ihre Hände und legte sie an die Wand, dann kniete ich mich hinter sie. Ich fasste ihre Hüften, küsste ihr Steißbein und strich mit der Zunge bis zur Wölbung ihres Hinterns nach unten.

»Meine Markierung ist verblasst«, sagte ich und küsste die Stelle. »Willst du eine neue haben?«

»Ja, bitte.«

»Bitte, was?« Ich wollte, dass sie es aussprach. Ich musste hören, dass sie es genauso schamlos aussprach, wie sie ihre Lust zeigte. Zu wissen, dass sie sich mir nicht nur ganz hingab, sondern dass sie es genauso sehr wollte wie ich, war das Heißeste auf der Welt.

»Bitte markiere mich. Bitte nimm mich«, flüsterte sie. Es klang nicht schüchtern, sondern ehrfurchtsvoll.

»Ich werde erst aufhören, wenn ich befriedigt bin und du richtig gezeichnet bist, Süße. Ich werde erst aufhören, wenn du das Safewort benutzt. Ich werde nicht aufhören, wenn du schreist«, ich lachte, »wobei man das draußen hören wird. Die Wachen werden niemanden hereinlassen, aber vielleicht solltest du den Arm neben deinen Mund legen.«

Clara bewegte ihren Arm zu ihrer Wange. Ich liebte es, wie sie auf jeden Vorschlag wie auf einen Befehl reagierte, ihre Unterwerfung war für sie inzwischen so natürlich, wie ich es mir erträumt hatte. Sie stöhnte, als ich die Zähne in ihr weiches Fleisch stieß und sanft daran zog. Der erste Biss war sanft. Würde mich dieser schlichte Akt ausreichend befriedigen? Meine Hände zuckten bei dem Gedanken, ihr den Hintern zu versohlen, sie zwischen diesen Kunstwerken zu schänden. Doch das Geräusch würde gut zu hören sein, und diese Sessions mussten unter uns bleiben – diese frevelhafte Vereinigung, die doch reiner war als jede andere.

Als ich sie losließ, massierte ich die Stelle, dann wandte ich mich der anderen Pobacke zu. Diesmal biss ich fester zu und achtete auf den Widerstand der Haut, bis ich wusste, ich hatte es so weit getrieben, wie ich konnte. Clara wankte auf ihren hohen Pumps, und als ich mich von ihr löste, hatte sie die Lippen auf ihren Arm gepresst, um ihre Schreie zu ersticken. Ich rieb über die Stelle und lobte leise: »Perfekt und deutlich. Deine Haut liebt es genauso sehr wie ich.«

Ich fuhr fort und nahm jedes Zucken ihres Körpers wahr, jedes Wimmern. Doch das Safewort wurde nicht ausgesprochen, und mit jedem meiner Bisse stieg mir ihr Duft in die Nase. Als Bissspuren ihre zarte Haut bedeckten, strich ich mit den Händen darüber und spürte die Markierungen unter meinen Fingerspitzen. Clara ließ den Kopf zur Seite sinken und atmete schwer. Mein Schwanz schmerzte vom Anblick der Röte, die ihre Backen bedeckte.

»Du gehörst mir.« Ich küsste jede Markierung, ehe ich ihre Beine spreizte und den Kopf neigte, um an ihrer feuchten Hitze entlangzustreichen.

»Oh«, keuchte sie, als ich die Zunge in sie tauchte. Sie schmeckte göttlich – soweit ein Mann wie ich dem Göttlichen nahe kommen konnte. Ich fuhr fort, sie zu verschlingen, doch diesmal kümmerte ich mich nur um ihre Lust. Kein Schmerz, bis auf das verbleibende Brennen ihrer Unterwerfung.

»X«, rief sie, als ihr Körper weiter zitterte, »du musst mich ficken! Bitte, ich brauche deinen Schwanz!«

Es war schwer, sich zu verweigern, auch wenn ich mit meinen Plänen noch nicht am Ende war. Das konnte ich ihr niemals verweigern. Ich stand auf, löste den Gürtel und öffnete meine Hose, um meinen Schwanz zu befreien. Er fiel schwer in meine Hand.

»Dank Gott für hohe Absätze«, sagte ich, als ich hinter sie trat. Sie kicherte, und es klang wie Gesang. Ich lehnte mich gegen sie, zog ihre Hände über ihren Kopf und hielt sie mit einer Hand fest. »Etwas weiter.«

Sie spreizte die Beine und gewährte mir besseren Zugang, ich führte meinen Schwanz an ihre Öffnung und tauchte die Spitze hinein.

»Du hast brav gefragt, aber was hast du falsch gemacht, Süße?« Sie war meiner Gnade ausgeliefert, was die beste Gelegenheit für eine Lektion war.

»Ich habe gesprochen.« Sie klang geknickt.

Ich küsste ihre Schulter, um sie zu trösten. »Du darfst immer mit mir sprechen, aber wenn du dich mir unterwirfst, hast du nur ein Wort.«

Sie nickte.

»Braves Mädchen«, beruhigte ich sie. »Jetzt darfst du wieder sprechen. Worum musst du mich bitten?«

»Mich zu ficken«, sagte sie und klang nahezu verzweifelt. Ich konnte schon spüren, wie sie sich um meine Spitze zusammenzog. Sie würde keinen einzigen Stoß durchhalten. »Kannst du mich bitte ficken?«

»Ja, Süße.« Ich wollte in sie stoßen. Stattdessen schob ich mich Zentimeter um Zentimeter in sie, weil ich wusste, dass das aus ihrem Höhepunkt einen andauernden Schmerz machen würde, der sie für einen weiteren Orgasmus vorbereitete.

Sie schrie auf angesichts dieser Qualen, und ich genoss jedes Muskelzucken, mit dem sie meinen Schwanz umschloss und mich meinem eigenen Höhepunkt entgegentrieb. Aus ihrem Atmen wurde ein Keuchen, flach und beinahe panisch, als der Orgasmus nicht nachließ.

»Jetzt bist du bereit«, flüsterte ich, dann stieß ich zu. Wir bewegten uns gemeinsam in einem Rhythmus, der nur uns gehörte – eine Symphonie aus Schmerz und Glück, die wir zusammen komponiert hatten.

Schließlich stieß sie einen erstickten Schrei aus und sackte in sich zusammen, ich fing sie auf und hielt sie fest. Sie ließ sich gegen mich sinken und drehte mir das Gesicht zu, um mir ihren Mund darzubieten. Das Letzte an ihr, das ich noch erobern musste. Ich presste meine Lippen auf ihre, löschte den Rest ihrer Welt aus und ersetzte sie durch mich.

Wir verweilten in der Galerie auf einer Bank, sie auf meinem Schoß, während ich ihre Schultern küsste und wartete, dass sie zurück in die Gegenwart fand. Als sie so weit war, half ich ihr in das Kleid und ließ ihr Zeit, die Bissspuren auf ihren Brüsten zu bewundern. Ich würde sie später fragen, welche Art der Unterwerfung ihr lieber war, aber ich bemerkte ihre Lust an unserer neuesten Entdeckung.

»Bin ich so vorzeigbar?«, fragte sie, als sie aus dem Waschraum kam. Ich hatte vor der Tür gewartet und selbst auf sie aufgepasst, unfähig, diese Verantwortung jemand anderem zu überlassen.

»Du bist nicht nur vorzeigbar«, sagte ich und beugte mich vor, um sie zu küssen. »Du bist absolut heiß.«

»Das war nicht mein Ziel.« Sie drängte sich an mich. »Wenn wir jetzt nicht zurückgehen, gehen wir nie mehr – man könnte uns vermissen.«

Wir schlenderten durch die große Halle und gaben uns keine Mühe, unser Lächeln zu verbergen. Als wir um die Ecke bogen, trafen wir auf Edward, der uns angaffte.

»Wo seid ihr gewesen? Seit einer Stunde suche ich nach euch!«

Ich studierte meine Finger und dachte daran, wie ich diese Stunde verbracht hatte. »War das so lange?«

Clara kicherte, und auch ihre geröteten Wangen verrieten, wie wir diese Zeit verbracht hatten.

»Offensichtlich muss ich euch zwei an öffentlichen Orten trennen«, sagte er knurrend. »Das ist eine Party, und da ist Torte, und ziemlich viele Leute bekommen schlechte Laune, weil sie darauf warten, sie zu essen.«

»Mit ziemlich vielen Leuten meinst du Belle«, vermutete Clara.

»Ja. Sarah will, dass die Familie ihr beim Anschneiden hilft.«

»Geht ruhig, ihr zwei.« Als wir protestieren wollten, hob sie eine Hand. »Ich muss mich setzen.«

»Bist du sicher, dass das geht?«, fragte ich möglichst beiläufig und hoffte, dass mein Bruder die unterschwellige Bedeutung nicht verstand.

»Ja, geh! *Mir geht's gut.* Ich suche Belle.«

Ich trennte mich erst von ihr, als wir wieder auf der Party waren und in Sichtweite der Security.

Als wir zur Torte gingen, drängte meine Großmutter zu mir. »Wir haben dich gesucht.« Ihr Blick wanderte zu Edward. »Wir konnten dich nicht finden.«

Ich fasste sie sanft an den Schultern, besorgt, weil sie etwas derangiert aussah. Ich hatte sie gesehen, als sie mit Henry eingetroffen war, aber jetzt sah sie krank aus. Auf ihrer Stirn glänzte ein dünner Schweißfilm, und sie klammerte sich an meinen Arm.

»Warum siehst du nicht zu?«, schlug ich vor. »Wir besorgen dir einen Stuhl.«

»Ja, einen Stuhl.« Sie deutete auf Edward, damit er die Aufgabe übernahm.

Ich hörte, wie er leise vor sich hin murmelte, dass er jetzt auch noch bestraft würde, weil er nicht im V&A gevögelt hätte.

»Ich muss mit dir reden«, sagte sie. »Es ist sehr wichtig.«

»Ja«, versprach ich leicht gereizt. Ich sah mich nach Henry um. »Suchen wir Henry, damit er sich zu dir setzt, wenn wir die Torte anschneiden.«

»Nein! Ich muss jetzt mit dir sprechen. Ich kann es fühlen.«

»Mutter?« Henry trat hinzu und musterte sie besorgt. »Geht es dir gut?«

Sie ließ von mir ab und schien sich etwas zu beruhigen, als sie Henry sah. »Ja, ich setze mich hin.«

»Das ist gut.« Er tätschelte ihre Hand. »Dann essen wir Torte.«

Sie lächelte und hob eine behandschuhte Hand, um sich die Stirn zu wischen. »Ja, Torte.«

Edward kam mit einem Stuhl zurück, und wir stellten ihn neben den Tortentisch.

»Was war das?«, murmelte er.

»Ich glaube, sie ist verwirrt. Henry hat mir erzählt, dass sie Schwierigkeiten mit dem Gedächtnis hat.« Darum sollten wir uns kümmern. Ich wollte ihr nicht erklären müssen, dass sie

Feiern künftig fernbleiben müsse, aber wenn sie überfordert davon war…

Sarah stand mit säuerlicher Miene und dem Tortenheber in der Hand wartend neben dem Tisch. »Können wir jetzt anfangen? Sonst gibt es noch Randale.«

»Du willst doch nicht etwa, dass ich eine Rede halte, so wie Dad früher?«, fragte ich unschuldig.

Sie rollte mit den Augen und erinnerte mich an all die Geburtstage, die wir *davor* gefeiert hatten. »Nein, ich…«

Doch bevor sie zu Ende sprechen konnte, brach die Hölle los.

29

Clara

Ich setzte mich zu Belle und Smith, und alles an mir war noch taub, bis auf mein Herz, das fast schmerzhaft erfüllt war. Meine beste Freundin beobachtete mich amüsiert, behielt ihre Kommentare jedoch vor Smith für sich.

Ich war mir sicher, dass sie später nicht mehr so zurückhaltend sein würde. Vermutlich würde sie mich auf die Toilette schleppen, um Einzelheiten aus mir herauszupressen. Doch was zwischen mir und Alexander gewesen war, ging nur uns etwas an. Ich hatte noch nie viel über Sex gesprochen. Seit ich ihn kannte, war das ohnehin überflüssig geworden, denn was er mit mir anstellte, stand mir deutlich ins Gesicht geschrieben. Auch jetzt glühten meine Wangen. Und auch noch andere Stellen an meinem Körper.

Auf der anderen Seite des Raums ging Alexander zu seinem Bruder und seiner Schwester, um die Torte anzuschneiden.

Es war schwierig zu begreifen, dass dies meine Familie war – mein Leben. Er hatte es mir geschenkt, und er würde niemals zulassen, dass es mir jemand wegnahm.

Sie lachten, und ich war überrascht, dass sie sich amüsierten, es freute mich zu sehen, dass sie sich näherkamen. Sie waren …

Ein Schrei gellte durch den Raum, dann noch einer. Als ein Stuhl umfiel, stand ich auf.

»Clara!«, rief Belle, doch ich war bereits auf dem Weg zum Tortentisch. Die Menge versperrte mir die Sicht, aber ich drängte mich zwischen den Leuten hindurch, die hinzugeeilt waren, um zu helfen. Edward und Alexander knieten neben Mary, Alexander drückte wieder und wieder auf ihre Brust und versuchte mit derart viel Kraft, Leben in ihren Körper zu pumpen, dass ich hörte, wie eine Rippe brach. Neben ihm gab Edward Anweisungen.

Ich sah auf und entdeckte Sarah, die hinter der Torte stand und sich den Mund zuhielt. Es fühlte sich an, als würde mein Körper nach oben schweben, als wäre er losgelöst von der Szene vor mir. Ich handelte aus reinem Instinkt, ging zu Sarah, legte ihr einen Arm um die Schultern und zog sie mit mir fort.

Es war nicht gut, wenn sie das mit ansah. Sie warf sich an meine Schulter, hielt sich die Augen zu und begann zu weinen. Es gab nichts zu sagen, dennoch versuchte ich es, allerdings schien mir ein Gedanke sinnloser als der andere zu sein. »Hilfe ist unterwegs. Alexander ist ausgebildet. Alles wird gut.«

Aber das würde es nicht. Mary sah schrecklich aus, als ich sie das letzte Mal gesehen hatte. Sie ging auf die neunzig zu.

Ich machte Versprechungen, die ich nicht halten konnte, und als mir das bewusst wurde, schwieg ich.

Es dauerte länger, als es eigentlich sollte, bis der Rettungswagen eintraf, doch im Augenblick des Todes fühlte sich das wohl immer so an – als hätte sich die Zeit verlangsamt und würde einen zwingen, jeden bitteren Bissen auszukosten. Als die Sanitäter endlich da waren, machte die Menge ihnen Platz und versperrte uns erneut die Sicht. Das war das Beste.

Als ich Norris entdeckte, winkte ich ihn mit der freien Hand heran. Er war den Großteil des Abends weg gewesen, zweifellos hatte er jedes Fenster in diesem Palast überprüft. Nun eilte er herbei, und wir tauschten besorgte Blicke. Keiner von uns sagte, was er dachte, doch das war nichts Neues.

»Wir sollten sie hier rausschaffen«, sagte ich.

Er nickte und schob uns durch einen Notausgang. Sarah japste nach Luft, als wir draußen waren, doch das schien ihren Tränenfluss nur noch zu verstärken. Norris trat zur Seite und rief einen Wagen.

Vorsichtig löste ich mich von Sarah, ging zu ihm und sagte leise, sie im Auge behaltend: »Wo bringen die Mary hin?«

»Ins St. James«, sagte er. »Aber …«

Ich schloss die Augen, unsicher, ob ich noch mehr Leid ertragen konnte. Mary hatte ihren Enkelkindern nicht nahegestanden, das löste eine andere Form der Trauer aus – eine, die sich mit Zweifeln und Wut paarte. Alexander und Edward kannten sich mit diesem Gefühl aus, aber Sarah …

»Sollen wir sie hinbringen?«, fragte ich ihn. Er drückte auf sein Ohr und lauschte auf eine Information in seinem Kopfhörer.

Es war eine schwierige Situation. Im Krankenhaus wäre es chaotisch, Entscheidungen mussten getroffen werden. Ich war mir nicht sicher, wie Sarah damit zurechtkam. In diesem Moment wurde mir schlagartig bewusst, wie wenig Erfahrung sie mit so etwas hatte.

»Alexander und Edward fahren mit Mary. Ich glaube nicht, dass …«

Heute war der Abend der unvollendeten Sätze.

»Nach Hause?« Ich wusste nicht, was wir dort sollten, wir konnten nur herumsitzen und warten.

»Sollen wir sie fragen?«, schlug er vor.

Eigentlich schien sie zu einer solchen Entscheidung nicht in der Lage zu sein, aber ich wusste nicht, was ich sonst tun sollte. Die Gewissheit, die ich vorhin gespürt hatte, hatte mich verlassen, und ich war voller Zweifel.

»Sarah«, sagte ich leise und berührte ihren Arm. »Man wird Mary ins Krankenhaus bringen. Wir können dorthin fahren oder nach Hause.«

»Nach Hause«, sagte sie mit brüchiger Stimme.

Ich nickte und überprüfte, ob Norris es gehört hatte. Mehr konnte ich heute Abend nicht für sie tun.

Der Range Rover hielt vor dem Seiteneingang, und Norris half Sarah beim Einsteigen. Als er die Tür hinter ihr geschlossen hatte, kam er zu mir, um mir noch etwas zu sagen, ehe ich zu ihr stieg.

»Ich habe Alexander Bescheid gesagt. Er will, dass ich euch begleite. Georgia bleibt hier.«

Ich wusste nicht, ob Georgia immer noch sauer auf mich war oder ob es einen anderen Grund dafür gab. Wenn sie ihre Gefühle in einem solchen Moment nicht beherrschen konnte, mussten wir uns ernsthaft unterhalten.

Norris fasste den Türgriff und sah mit schmalen Augen auf etwas in meinem Rücken.

»Was ist?«, fragte ich und spähte über meine Schulter. »Da ist nichts …«

Als ich mich wieder zurückdrehte, sah ich, dass er leichenblass war und noch immer in dieselbe Richtung starrte. Er öffnete den Mund und brachte nur ein Wort heraus. »Blau.«

Gefolgt von jeder Menge Blut.

Blut, das rot war wie das Taschentuch, das man mir auf den Mund drückte. Blutrot wie die Farbe hinter meinen Lidern, kurz bevor mir schwarz vor Augen wurde …

30

Alexander

Ein Stapel mit albernen Illustrierten bot die einzige Ablenkung, sie waren ein paar Wochen alt und behaupteten überwiegend, geheime Details aus meinem Leben preiszugeben. Krankenhäuser waren meine persönliche Hölle. Ich lief im Zimmer auf und ab und erntete einen vorwurfsvollen Blick von meinem Bruder, der es anscheinend unterhaltsam fand, über sein eigenes Leben nachzulesen. David war auf dem Stuhl neben ihm eingeschlafen, und Henry lief genauso unruhig durchs Zimmer wie ich.

Smokingjacken, Westen und Krawatten lagen überall verstreut – wir hatten uns von allem befreit, waren in Hemd und Hose, die einen starken Kontrast zu den nackten weißen Wänden und widerlichen gelben Stühlen bildeten. Ich hasste alles an diesem Ort, vor allem die Erinnerungen.

Man hatte mich an meinem Hochzeitstag hergebracht.

Nach dem Autounfall war ich hergekommen. Meine Mutter war in diesen Mauern gestorben. Das einzig Gute, was hier jemals passiert war, war die Geburt von Elizabeth, aber ein Leben konnte kaum die ganzen Toten ausgleichen.

Die Tür wurde aufgestoßen, doch es war nur Georgia. Sie sah sich im Raum um. »Wo ist Clara?«

»Norris hat sie und Sarah nach Hause gebracht«, erklärte ich ihr. So war es für beide besser. »Typisch Großmutter, zu sterben, wenn jemand Geburtstag hat«, murmelte ich.

»Sie ist noch nicht tot«, sagte Henry scharf.

Es war kalt von mir, so zu empfinden. Vermutlich war er genauso abhängig von ihr wie sie von ihm. Er hatte so lange allein gelebt, war bis zum Tod meines Vaters immer das weniger geliebte Kind gewesen. Doch er hatte zu wenig Zeit mit seiner Mutter gehabt – genau wie ich.

Bevor ich mich entschuldigen konnte, kam der Arzt, und sein müdes Gesicht verriet das Offensichtliche. Für mich war es schon im Museum offensichtlich gewesen, als ich versucht hatte, sie wiederzubeleben. Es hätte natürlich ein Wunder passiert sein können, aber die waren rar.

»Es tut mir leid«, sagte der Arzt und kam direkt zum Punkt. Er hielt inne und ließ Henry einen Moment Zeit, diese Information zu verarbeiten. Mein Onkel wirkte zittrig, und David sprang auf, um ihm auf einen Stuhl zu helfen.

»Was ist passiert?«, fragte ich.

»Ein Herzinfarkt. Es war nichts mehr zu machen. Er war zu heftig. Wir konnten den Sinus-Rhythmus nicht wieder aktivieren. So wie es aussah, hat sie womöglich schon seit einigen Tagen kleinere Infarkte erlitten.«

Darum hatte sie sich so merkwürdig verhalten. Ich bekam ein schlechtes Gewissen, als mir klar wurde, was sie mir auf der Party zu sagen versucht hatte, aber warum war sie zu mir gekommen?

»Sie schien verwirrt zu sein«, sagte ich.

»Das ist normal«, sagte der Arzt. »Vielleicht hat ihr Gehirn nicht genügend Sauerstoff bekommen. Einige Patienten leiden unter Gedächtnisverlust oder Verwirrung.«

Gedächtnisverlust. Sie war zu mir gekommen, weil ich der König war, und ein König hatte sich schließlich ihr ganzes Leben lang um sie gekümmert – ich hatte sie enttäuscht.

»Sie wird jetzt untersucht, unser Toxikologe hat ein paar Unregelmäßigkeiten bemerkt. Welche Medikamente hat sie eingenommen?«

»Nichts Ungewöhnliches«, sagte Henry. »Etwas gegen ihre Herzrhythmusstörungen.«

»Und hat sie das Medikament auch wirklich eingenommen?«, fragte der Arzt skeptisch.

»Ja. Nun ja, als wir nach London zurückgekommen sind, hat sie ein paar Tage ausgesetzt. Clara musste es ihr erst besorgen«, sagte Henry.

»Clara?«, fragte ich überrascht.

»Sie hat ihre Hilfe angeboten, als ich ihr meine Sorge mitgeteilt habe. Eure Großmutter hat darauf bestanden, dass sie das Medikament nicht bräuchte. Dass sie zu Hause zum Arzt gehen würde. Kann das der Auslöser gewesen sein? Dass sie es ein paar Tage nicht genommen hat?« Henry wirkte niedergeschlagen und ließ den Kopf hängen. »Ich hätte darauf bestehen sollen.«

»Haben Sie die Tabletten, die sie genommen hat?«, fragte der Arzt.

»Sie sind in ihrer Tasche.« Henry deutete auf die Tasche, die er mitgebracht hatte.

»Darf ich?«

Ich nickte dem Arzt zu und fragte mich, warum wir uns so viel Mühe machten. Meine Großmutter war eine verbitterte, alte Frau, die lange genug gelebt hatte.

Der Arzt holte das Glas heraus und musterte es einen Moment. »Die würde ich gern dem Toxikologen zeigen.«

»Natürlich«, sagte Henry abwesend. Edward war neben ihn getreten und begann, leise mit ihm zu sprechen.

Ich folgte dem Arzt in die Halle. »Wozu brauchen Sie die Tabletten?«

»Vermutlich schadet es nichts, wenn ich Ihnen sage, dass wir seltsame Rückstände im Blut Ihrer Großmutter gefunden haben. Es sieht so aus, als hätte sie etwas eingenommen, das sie nicht einnehmen sollte«, sagte er und schüttelte das Glas mit den Tabletten. »Es wäre gut, wenn wir auch ihre anderen Medikamente hätten.«

Ich nickte. »Wir lassen sie Ihnen schicken. Ich bin allerdings nicht sicher, ob ich Sie richtig verstanden habe. Gab es einen Fehler? Hat sie das falsche Medikament genommen? Hat das den Herzinfarkt ausgelöst?«

Diesmal zögerte er, und die Pause trieb mir einen Schauder über den Rücken. »Schwer zu sagen. Bei einem normalen Herzinfarkt sehen wir so etwas eigentlich nicht.«

»Wie meinen Sie das?«, hakte ich nach. »War es ein Herzinfarkt oder nicht?«

»Ja«, sagte er fest, »aber er scheint keine natürliche Ursache gehabt zu haben.«

»Sie war neunzig«, platzte ich heraus, ehe ich die Bedeutung seiner Worte ganz begriff.

»Und bei ihrer letzten ärztlichen Untersuchung vor sechs Monaten bei hervorragender Gesundheit«, sagte er.

»In sechs Monaten kann viel passieren.«

»Ja«, räumte er ein, »aber es ist unsere Aufgabe, so etwas nachzugehen – es sei denn, Sie bitten uns, es nicht zu tun.«

Er überließ mir die Entscheidung, doch ich hatte keine Wahl. Wenn die Möglichkeit bestand, dass sie keines natürlichen Todes gestorben war, musste ich das untersuchen lassen. Es wäre nicht das erste Mal, dass so etwas in meiner Familie vorkam. Zudem würde ein weiterer Beweis, dass die Krone Grund zur Sorge hatte, mir beim Parlament helfen.

»Natürlich sollten Sie dem nachgehen. Wir werden Sie in jeglicher Weise unterstützen.«

»In diesem Fall müssen wir mit allen sprechen, die Zugang zu ihren Medikamenten hatten.«

»Das war überwiegend Henry«, sagte ich. »Ich werde meinen Onkel fragen, ob noch jemand vom Personal Zugang zu den Medikamenten hatte.«

»Ich danke Ihnen für Ihr Entgegenkommen«, sagte der Arzt, »aber ich muss Sie warnen – das heißt, dass wir auch mit Ihrer Frau sprechen müssen. Sie hat Ihrer Großmutter das Medikament besorgt.«

Als ich eine Stunde später nach Hause kam, war der Nordflügel dunkel. Die offizielle Presseerklärung konnte bis morgen warten. Mein Handy brach meine Versuche, Norris und Clara zu erreichen, ständig ab – zu wenig Empfang, eine nervige Eigenart alter Gebäude, die die Luftangriffe der Deutschen im Zweiten Weltkrieg überstanden hatten.

Ich ging in unser Schlafzimmer und erwartete, dort auf Clara zu treffen, die sicher noch wach war. Sie würde nicht schlafen können, bis ich mit Neuigkeiten zurückgekehrt war. Ich wünschte, ich wüsste das nicht bereits aus Erfahrung. Doch unser Bett war leer.

Ich ging zum Kinderzimmer und öffnete die Tür: Penny war auf der Fensterbank eingeschlafen, und Elizabeth hatte sich in ihrem neuen Bett zu einer Kugel zusammengerollt.

Ich schloss die Tür, öffnete unruhig eine weitere und ging schließlich in jedes Zimmer im gesamten Flügel und ins Büro. Gerade war ich auf dem Weg zur Belgischen Suite, als mein Telefon vibrierte.

Doch es war weder Norris noch Clara. Es war eine Textnachricht von einem anonymen Absender.

Von innen heraus.

31

Clara

Kalt. Hart. Nackt.
Rot. Blau. Schwarz.

Langsam bildeten sich aus den einzelnen Wörtern vollständige Gedanken. Im Zimmer war es kalt.

Der Boden war hart.

Ich war nackt.

Ich rappelte mich hoch, schlang die Arme um meinen Körper und lauschte. Es waren meine Zähne. Ich konnte sie nicht unter Kontrolle halten. Dann spürte ich, wie mich ein Zittern durchfuhr und meinen Körper erfasste.

Die nächsten Bilder waren undeutlich. Ich sah, wie das Rot hinter meinen Augenlidern verblasste, mir wurde ein Tuch auf den Mund gedrückt, und dann sah ich Norris. Aus seinem Mund kam Blut, und er versuchte, mir etwas zu sagen.

»Blau.«

Das ergab keinen Sinn. Ein schrecklicher Gedanke schoss mir durch den Kopf, und ich stand taumelnd auf. Ich hatte keine Ahnung, wo ich mich befand. Der Raum war schwach erleuchtet, und es gab eine Tür. Ich ging darauf zu, riss daran und taumelte rückwärts, als sie sich problemlos öffnen ließ.

Ein neues Wort ging mir durch den Kopf: Korridor.

Ich legte weiterhin schützend die Arme um meinen Bauch. Über meinem Kopf flackerte Licht. Ich suchte nach Fenstern und fand Türen. Diese waren verschlossen.

Mein Ehering war noch da.

Als ich die letzte Tür auf der linken Seite erreichte, stieg ein merkwürdiges Gefühl in mir auf. Die Tür ließ sich öffnen, und ich unterdrückte ein Schluchzen, als Wärme meinen Körper umhüllte.

Dort stand ein Bett mit Kleidern. Ich stürzte darauf zu, zog mich an und musterte währenddessen meine Umgebung. Die Sachen waren mir zu klein, aber ich war dankbar dafür.

Neben dem Bett stand eine Kommode mit Schubladen, in der sich noch mehr Sachen fanden. Ich öffnete jede Schublade und geriet immer mehr in Panik, nichts als Kleidung.

Auf einem Regal standen eine Handvoll Bücher – eine Bibel und die zerlesenen Reste eines Romans. Mit zitternden Händen nahm ich den Umschlag in die Hand und dachte an das Wort »blau«.

Blau. Der Range Rover war blau gewesen. Nicht schwarz.

Es war nicht unserer.

Norris hatte es gesehen, und sie hatten …

Mir fiel der Umschlag aus den Händen und flatterte in

einem Wirbel aus Schwarz, Rot und Weiß auf den Boden. Ich musste würgen, ging auf die Knie und erbrach mich auf den Boden.

Ich setzte mich zurück, wischte mir den Mund ab und spürte, wie sich mir erneut der Magen umdrehte und das Baby zu treten begann.

Und dann ging die Tür auf, und vor mir stand eine Fremde, die mir vertraut war.

Leseprobe

Geneva Lee

Royal Secrets

Band 10 der Royals-Saga

Die Intrigen am Königshof haben ihren Höhepunkt erreicht. Alexander und seine engsten Vertrauten kommen einer politischen Verschwörung unermesslichen Ausmaßes auf die Spur. Kaum jemandem kann er noch trauen. Die Verräter befinden sich in seiner unmittelbaren Nähe. Und es ist Clara und ihr ungeborenes Kind, auf die sie es abgesehen haben. Ihr Leben steht auf dem Spiel, und um sie zu retten geht Alexander ein hohes Risiko ein. Er könnte alles verlieren – seine Krone und seine Zukunft. Doch für die Liebe zu Clara ist er bereit, all das in Kauf zu nehmen …

I

Alexander

Keiner von uns hatte geschlafen, und es bestand nicht die geringste Aussicht, dass sich in absehbarer Zeit jemand ausruhen würde. Nicht heute Nacht. Nicht, bevor wir sie gefunden hatten. Mein engster Kreis war in den letzten Monaten beträchtlich angewachsen, doch das war es nicht, was sich jetzt nicht richtig anfühlte. Es hatte Zeiten gegeben, in denen nur Norris und Brex in einer solchen Krise bei mir gewesen waren. Heute Abend war keiner der beiden hier. Stattdessen gab es Fragen, die ich nicht beantworten konnte. Ich vertraute meinen neuen Verbündeten, aber das machte es nicht leichter, die Abwesenheit von Brex und Norris zu ertragen – insbesondere da einer von ihnen der Letzte war, mit dem man Clara gesehen hatte.

»Noch mal«, wiederholte ich und wurde meiner eigenen Frage langsam überdrüssig. Wir mussten etwas übersehen haben, irgendeinen Hinweis darauf, was sich zwischen dem

Herzinfarkt und meiner Feststellung, dass Clara nicht da war, ereignet hatte.

Sarah schluckte und sah sich hilfesuchend nach einem Retter um, doch niemand sprang ihr zur Seite. Sie hatte sich umgezogen und trug eine weite Hose und einen Pullover, die nicht zusammenpassten. Ihr dunkles Haar war von der Party noch elegant gelockt, ihr Make-up jedoch tränenverschmiert. »Norris und Clara haben mich nach draußen gebracht. Norris hat einen Wagen gerufen. Er ist vorgefahren, und Norris hat mir hineingeholfen. Ein oder zwei Minuten später ist der Fahrer ohne die beiden losgefahren und hat mich hergebracht.« Sie zögerte und biss sich auf die Unterlippe, während sich ihre Augen erneut mit Tränen füllten. »Es tut mir leid, Alex. Ich dachte, sie würden doch dableiben wollen oder … Eigentlich habe ich nicht wirklich nachgedacht. Ich war … war …«

»Schon okay«, sagte Edward müde und bemühte sich, Mitgefühl aufzubringen. Ich hörte deutlich die Verzweiflung in seiner Stimme. Er hatte sich nicht umgezogen. Nachdem er das Krankenhaus verlassen hatte, war ihm nicht genügend Zeit geblieben, dann hatte ich schon angerufen und ihn hergebeten. Irgendwo unterwegs hatte er Smokingjacke und Krawatte verloren. Sein Mann war, immer noch vollständig bekleidet, an seiner Seite und wirkte zutiefst erschüttert. »Du warst aufgelöst. Niemand macht dir Vorwürfe«, sagte er mit fester Stimme zu Sarah.

Doch, ich, weshalb ich jetzt lieber schwieg. Wie konnte sie nicht bemerkt haben, was vor sich ging? Warum hatte Norris sie zuerst in den Wagen gesetzt? Das ergab alles keinen Sinn. Die Teile passten nicht zusammen, sie ergaben kein klares Bild – sie ergaben gar kein Bild. »Warum hast du den Fahrer nicht gefragt, wo sie sind?«

»Ich habe nicht nachgedacht!« Sie ließ den Kopf hängen und weinte stumme Tränen. »Ich habe einfach angenommen, sie würden mit einem anderen Wagen kommen, oder sie wären wieder reingegangen oder …«

Gegenüber von ihr zwang sich Belle zu einem mitfühlenden Lächeln. Die beste Freundin meiner Frau hatte noch kein Wort gesagt, seit sie mit ihrem Mann vor einer Stunde gekommen war. Doch während Belle benommen und abwesend wirkte, verfolgte Smith aufmerksam jedes Wort. Ich konnte fast sehen, wie er alles für eine spätere Analyse in seinem Kopf ablegte.

Doch was würde er entdecken, was ich nicht schon wusste? Sarah hatte uns erzählt, woran sie sich erinnerte, und es kostete mich Mühe, nicht noch mehr vorwurfsvolle Fragen zu stellen. Ihre Geschichte hatte sich kein bisschen verändert, seit ich sie vor ein paar Stunden geweckt hatte. Sie hatte, noch in ihrem Partykleid, auf einem Sofa in der Belgischen Suite gelegen und fest geschlafen. Die Erleichterung, die ich empfunden hatte, als ich sie fand, war von kurzer Dauer gewesen. Sie war allein, und ihre Erklärung, wie sie nach Hause gekommen war, ergab keinen Sinn. Nicht weil sie nicht klar war. Ich glaubte ihr, dass sie ichbezogen genug war, nicht darauf zu achten, dass die anderen nicht mitgekommen waren. Was keinen Sinn ergab, war die Verletzung des Protokolls.

Was ganz einfach keinen Sinn ergab, war Norris.

Er hätte Sarah nicht mit einem Fahrer nach Hause geschickt, wenn ich ihn bat, sie nach Hause zu bringen. Er hätte meine Frau nicht in einen anderen Wagen gesetzt. Doch was er nicht getan hätte – die Dinge, die schon geschehen waren –, war nichts, verglichen mit dem, was er getan *hätte*.

Er hätte meine Frau beschützt, als wäre es seine eigene.

Er hätte sie sicher nach Hause gebracht, wenn ich ihn darum gebeten hätte.

Er würde ans Telefon gehen.

Ich konnte mir nicht erklären, warum er nichts von alledem getan hatte oder warum ich ihn selbst jetzt, Stunden später, nicht erreichen konnte. Vielleicht weil ich der einzigen Erklärung, die zu meinem besten Freund und vertrauensvollen Berater passte, nicht ins Auge sehen wollte. Nur eine Sache hätte ihn davon abgehalten, und diese Möglichkeit mochte ich mir nicht vorstellen, schon gar nicht, solange Clara vermisst wurde.

Im Türrahmen erschien eine Gestalt, ich hob den Blick und sah Georgia, die sich wachsam im Raum umschaute. Nachdem Norris vermisst wurde und Brex gegangen war, hatte sie, ohne mit der Wimper zu zucken, die Führung übernommen, die normalerweise einem von ihnen oblag. Ich wäre dankbar gewesen, wenn ich nicht auch auf sie wütend gewesen wäre.

»Die Suche ist abgeschlossen«, sagte sie im Ton von jemandem, der über vermintes Gelände schleicht. Sie zögerte einen Sekundenbruchteil, ehe sie mir erklärte, was ich bereits wusste. »Weder Norris noch Clara befinden sich auf dem Gelände. Wir haben das Material aus den Überwachungskameras gesichtet, die zwei sind nie durchs Tor gekommen. Wir versuchen, den Fahrer zu orten, der Sarah nach Hause gebracht hat.«

Ich wartete auf das *Aber,* das auf den Satz folgen würde.

»Aber wir werden ihn nicht finden«, sagte ich, als sie es nicht tat. »War er auf dem Material aus der Überwachungskamera?«

»Der MI-5 schuldete mir noch einen Gefallen. Der Fahrer hat seine Strecke sorgfältig gewählt.« Die Aussage war schlicht, aber mit Bedeutung aufgeladen. Georgia schien – ebenso wie ich – zu verstehen, in was für einer heiklen Lage wir uns befanden. Würden wir diese Information jetzt genauer analysieren, ohne dass wir mehr wussten, würden wir die anderen womöglich in Panik versetzen. Und es gab noch eine andere Überlegung.

Wir vertrauten allen Personen in diesem Raum. Das hieß aber nicht, dass wir ihnen auch vertrauen sollten.

»Ich verstehe das nicht«, platzte Edward heraus. »Wo soll sie sein? Wo ist Norris? Denkst du, dass sie gegangen ist? Ich weiß, dass ihr zwei darüber gesprochen habt.«

Bei seinen Worten setzte mein Herz aus, ich war überrascht, dass sie mit ihm darüber gesprochen hatte. Vor allem, weil sie sich nach dem Streit, in dem ich sie um ihren Auszug gebeten hatte – um sie und die Kinder vor mir zu schützen –, strikt geweigert hatte, überhaupt darüber nachzudenken. »Das hat sie dir erzählt?«

»Sie erzählt mir eine Menge«, sagte er sanft.

»Sie hat mir erzählt, dass sie nicht ausziehen würde.« Seine Stimme brach, als ihm die Bedeutung seiner Worte bewusst wurde.

In diesem Moment wünschten wir uns alle, sie hätte mich ganz einfach verlassen. Wir alle wünschten es uns, weil wir eine Sache mit Sicherheit wussten: Clara würde nicht gehen.

Mit jeder Minute, die verstrich, ohne dass wir etwas von ihr oder Norris hörten, wurde klarer, dass es keine harmlose Erklärung für das gab, was passiert war. Wir würden nicht herausfinden, dass sie um einen Ausflug gebeten, sich aufs Land zurückgezogen oder einen Unfall gehabt hatte. Mit jedem Moment schied eine weitere Möglichkeit aus und brachte uns dem Albtraum näher, dem ich mich nicht stellen wollte.

»Kann man sie irgendwie orten?«, fragte Smith steif und sah von Georgia zu mir.

»Sarah ist nicht mit unserem Wagen hergebracht worden«, sagte ich. »Wir müssen davon ausgehen …« Ich konnte mich nicht überwinden, auszusprechen, was mein Gehirn wusste, mein Herz aber nicht akzeptieren konnte.

»Nicht über den Wagen«, stellte er klar.

Belle, die ins Feuer geblickt hatte, drehte sich um und starrte ihn an. Vor Schreck stand ihr der Mund offen, während sie verarbeitete, was er gefragt hatte. »Sie orten?«

»Nein«, sagte ich kühl. Selbst ich war nicht besitzergreifend genug, um meiner Frau einen Peilsender einsetzen zu lassen. Ich versuchte die leise Stimme in mir zu ignorieren, die sich wünschte, ich hätte es getan, als ich es vor einigen Wochen erwogen hatte. »Wir können sie nicht orten.«

Nicht so.

Sarah entfuhr ein Schluchzer, und sie zog die Knie an die Brust und schlang die Arme darum. »Das ist alles meine Schuld.«

Ein guter Mann hätte seine Schwester vielleicht getröstet, aber ich hatte keine Zeit, mich um sie zu kümmern. Nervenzusammenbrüche brachten uns nicht weiter. Wir brauchten einen Plan, wir mussten alle Möglichkeiten in Betracht ziehen. Tränen und Selbstvorwürfe waren Störungen, die wir uns nicht leisten konnten. »Du solltest ins Bett gehen.«

Sie wischte sich durchs Gesicht und schüttelte den Kopf. »Ich sollte bleiben. Vielleicht fällt mir noch etwas ein.«

Das bezweifelte ich und, den Gesichtern der anderen nach zu urteilen, sie auch. David legte ihr einen Arm um die Schultern. »Komm. Ich bringe dich zurück in die Suite.«

Sarah ließ sich von ihm aufhelfen, blieb jedoch an der Tür stehen. »Alex, darf ich in meinem alten Zimmer bleiben – nur für heute Nacht?«

Ihre Angst drang zu mir durch und hinterließ einen kleinen Riss in der Rüstung, hinter der ich mich verbarg. Alle benahmen sich, als würden wir eine Beerdigung planen, merkte ich, nicht, als würden wir eine Strategie besprechen. Ich schob diesen Gedanken beiseite und nickte. »Natürlich.«

Sie waren noch nicht ganz aus der Tür, als Brex mit grimmiger Miene im Türrahmen auftauchte und zur Begrüßung nickte, als sie an ihm vorbeigingen. Doch als sie weg waren, trat er nicht ein. Stattdessen wartete er, dass ich ihn aufforderte, die Schwelle zu meinem privaten Arbeitszimmer zu übertreten. Eine ganze Weile sahen wir uns durchdringend in die Augen. Das übliche Lächeln war aus seinem Gesicht verschwunden, seine Augen waren Scherben aus schwarzer Kohle.

»Ich habe ihn angerufen«, erklärte Georgia. »Wir werden seine Hilfe brauchen.«

Sie hatte ihn angerufen, und er war gekommen. Ich hatte ihn ebenfalls anrufen wollen, hatte mir jedoch keine Illusionen gemacht, dass er käme, wenn ich anriefe. Aber wenn Georgia ihn bat, kam Brex, und ich war froh, dass sie es getan hatte.

»Mein Zugangscode war noch gültig«, sagte er. In seinen Worten steckte eine Frage.

Ich vertraute Brex. Ich hatte gehofft, dass er zurückkommen würde. Allerdings nicht unter diesen Umständen. »Ich bin froh, dass du da bist.«

Das genügte nicht. Eines Tages mussten wir darüber sprechen, warum er überhaupt gekündigt hatte. Ich musste ihm erklären, warum ich meine frühere Beziehung mit Georgia geheim gehalten hatte. Ich musste mich entschuldigen. Aber wahre Freunde tauchten immer auf, wenn man sie brauchte, egal wie sehr man sie verletzt hatte.

Brex trat zu uns ins Büro, wollte sich jedoch nicht setzen, sondern lehnte sich lieber an die Wand. Georgia nahm in dem Sessel Platz, den Sarah gerade verlassen hatte, und atmete tief durch. Dann blickte sie zu meiner Überraschung zu Edward und Belle.

»Wir müssen es ihm sagen. Er muss es wissen«, forderte sie leise, aber mit fester Stimme. Belle öffnete den Mund, sagte jedoch nichts, sondern sah stattdessen mit flehender Miene zu Georgia. Edward ließ den Kopf in die Hände sinken, dann sah er auf und traf ihren Blick.

Ich hatte keine Ahnung, was die drei mir hätten zu sagen haben können, aber mir lief ein eiskalter Schauer über den Rücken. Ich wartete und fürchtete mich mit jeder Sekunde mehr vor dem, was es sein könnte. Georgia war Claras Leibwächterin, Edward und Belle waren ihre besten Freunde. Clara hatte eine andere Beziehung zu ihnen als zu mir. Sie gingen zusammen shoppen und tratschten, und bis zu diesem Moment war ich niemals eifersüchtig auf einen von ihnen gewesen. Ich bildete mir ein, dass meine Frau mir alles Wichtige erzählte. Bis jetzt hatte ich nie Grund gehabt, etwas anderes zu vermuten.

»Mir *was* sagen?« Ich zwang die Frage über meine Lippen. Eine Million Möglichkeiten schossen mir durch den Kopf. Vielleicht hatte ich mich getäuscht. Vielleicht wollte sie mich verlassen. Hatte mein Bruder das Thema deshalb aufgebracht? Gab es einen anderen? Diese Möglichkeit war lachhaft, aber als das angespannte Schweigen zwischen ihnen anhielt, zwang ich mich zu der Einsicht, dass ich meine Frau vielleicht nicht so gut kannte, wie ich dachte.

Georgia sah erwartungsvoll zu Belle. »Sag es ihm.«

»Ich?« Belle suchte die Hand ihres Ehemannes.

Eifersucht ergriff mich. Sie hatte jemanden, der sie tröstete und ihr Kraft gab, sich dem Grauen zu stellen.

»Du weißt mehr als ich«, drängte Georgia, »und er muss so viel wissen wie möglich.«

Belle schloss kurz die Augen, und ich erkannte die Geste wieder. Sie bezog Kraft aus einer Quelle, tief in ihrem Inneren – irgendwie schienen alle Frauen eine derartige Quelle zu besitzen. Bei zahlreichen Gelegenheiten hatte ich Clara dasselbe tun sehen. Immer kurz bevor sie mir etwas gesagt hatte, das ich nicht hören wollte.

Ich machte einen Schritt auf den Schreibtisch zu und umfasste die Kante, um mich zu stützen.

»Es geht um das Baby«, begann Belle, und ich verstärkte den Griff um das Holz. Sie schien es zu bemerken und zögerte.

»Was ist mit dem Baby?« Ich musste mich ermahnen zu atmen, während ich auf ihre Antwort wartete.

»Es gibt ein Problem mit dem Herzen des Babys«, sagte Edward, als offensichtlich wurde, dass Belle es nicht konnte.

»Wie meinst du das?«, presste ich heraus.

Nachdem Edward die Bombe hatte platzen lassen, schien Belle in der Lage zu sein weiterzusprechen. »Es gibt ein Problem mit einer Herzkammer. Das Baby wird … muss nach der Geburt operiert werden. Clara wollte nicht, dass du dir Sorgen machst. Sie dachte, du würdest vielleicht …«

Mehr hörte ich nicht, obwohl sich ihre Lippen weiter bewegten. Das Herz des Babys. Clara hatte mich absichtlich von den Arztterminen ausgeschlossen, weil etwas mit dem Herzen des Babys nicht in Ordnung war.

»Alexander?«, drängte Georgia, als ich nichts sagte.

Ich schüttelte den Kopf und wollte, dass sie fortfuhren. Es kostete mich Kraft, mich auf das zu konzentrieren, was sie sagten, denn innerlich war ich tief erschüttert.

»Sie war bei einem Spezialisten. Er hat ihr geraten, Stress zu vermeiden.« Belle weinte, aber ich konnte kein Mitgefühl für sie aufbringen.

Ich konnte nichts fühlen außer Scham. Man hatte ihr was geraten? Wie lange hatte sie es gewusst? Wie viel Stress hatte ich ihr in dieser Zeit zugemutet? Warum hatte sie zugelassen, dass ich sie dominierte, wenn sie es gewusst hatte? Hatte sie deshalb Erlösung bei mir gesucht? Ich dachte an den Moment nach der Pressekonferenz zurück. Ich hatte sie wegschicken wollen, hatte ihr gesagt, es wäre vorbei. Jetzt sah ich vor mir, wie sie auf dem Boden zusammengebrochen war, um Atem gerungen und mich angefleht hatte, sie etwas anderes fühlen zu machen.

Damals hatte sie es bereits gewusst.

Daran bestand kein Zweifel. In der Erinnerung an diesen Moment konnte ich es sehen – ich würde ihn niemals aus meinem Gedächtnis löschen können. Er war wie ein Tattoo in meine Seele eingebrannt. Ich hatte mich so sehr bemüht, sie aufzugeben – und wenn ich es getan hätte …

Wäre sie dann jetzt in Sicherheit? Hätte das Baby gelitten? Gab es irgendeine Entscheidung, die uns nicht vernichten würde?

»Was passiert?«, murmelte ich und brachte nicht die Kraft auf, lauter zu sprechen, Belle hörte mich trotzdem. »Was passiert mit dem Baby, wenn …?«

Ich konnte es nicht aussprechen. Ich konnte es nicht denken. Ich konnte nicht zugeben, was ich bereits wusste.

Was passiert mit dem Baby, wenn wir sie nicht rechtzeitig finden?

Claras Freunde – ihre wahren Vertrauten – tauschten einen Blick, der genug sagte. Dann flüsterte Belle die Worte, die mich töteten.

»Es tut mir so leid.«

2

Clara

Sie war weg. Einen Wimpernschlag lang hatte ich sie gesehen, und schon war sie wieder in das Loch geflüchtet, aus dem sie gekrochen war – doch das erklärte nicht ihre geisterähnliche Erscheinung. Einen Moment hatte ich sie für jemand anders gehalten. Dann war ich näher getreten und hatte meinen Fehler bemerkt.

Es war nicht Sarah, was bedeutete, dass Alexanders Schwester woanders war. War sie entkommen? Welche Chance hatte sie, nachdem …?

Ich verdrängte das Bild von Norris' Gesicht, von dem Blut, das aus seinem Mund strömte, doch zu spät. Mein Magen rebellierte.

Vielleicht spielte mir meine Fantasie einen Streich. Vielleicht hatte ich mir das Mädchen nur eingebildet. Ich musste unter Schock stehen oder unter irgendwelchen Nebenwirkungen von dem, was auch immer sie mir verabreicht hatten. Ich rieb mir schützend über den Bauch und spürte einen beruhigenden Tritt. Hauptsache, dem Baby ging es gut, das war alles, was zählte.

Fürs Erste.

Aber wie lange würde das der Fall sein? Ich wusste nicht, wo ich war oder warum ich hier war.

Das Zimmer war warm, wenn auch so gemütlich wie eine Gefängniszelle. Ich wollte es nicht verlassen, um etwas hinterherzujagen, das ein Produkt meiner Fantasie gewesen sein könnte. Doch das Mädchen war das erste Zeichen von Leben, das ich gesehen hatte, was bedeutete, dass mir keine andere Wahl blieb. Nicht, wenn ich uns sicher hier herausbringen wollte.

Der Flur lag genauso still und verlassen vor mir wie vor einigen Minuten. Als ich den Hall meiner nackten Füße auf dem kalten Betonboden hörte, zuckte ich zusammen. Konnten sie mich hören? Wer auch immer mich hergebracht hatte? Ich suchte nach Kameras, konnte jedoch keine entdecken.

Egal wie sehr ich mich bemühte, das alles ergab keinen Sinn. Wer war sie? Warum war sie hier? Warum war ich hier?

Angst stieg in mir auf und krampfte meinen Magen zusammen, bis ich dachte, ich müsste mich wieder übergeben. Ich kämpfte gegen die Übelkeit an. Ich konnte es mir nicht erlauben, noch mehr Flüssigkeit zu verlieren.

Es gab einen Hoffnungsschimmer in diesem Albtraum: Ich war nicht aus Versehen hier gelandet. Man hatte mich hergebracht. Das tröstlich zu finden war merkwürdig, aber es bedeutete doch sicher, dass jemand kommen würde. Irgendwann.

Und wenn es so weit war, würde ich Antworten erhalten. Ich würde danach verlangen.

Und dann würde ich sie um das Leben meines Kindes anflehen.

Das war ein ernüchternder Gedanke. Ich hatte mich die letzten Monate darauf vorbereitet, um dieses Baby zu kämpfen – dafür zu sorgen, dass er oder sie leben würde. Mit so einer Situation hatte ich jedoch nicht gerechnet.

Ich strich mit der Hand über die Wand, aber die Betonsteine gaben nichts preis. Es gab keine geheimen Gänge, keine versteckten Türen. Die einzigen waren die, die mir von den beiden Enden des Flurs entgegenstarrten – sie waren verschlossen. Sie führten zu unbekannten Orten.

Es gab auch keinen Hinweis auf das Geistermädchen. Ich musste es mir eingebildet haben. Nach allem, was heute Abend geschehen war – wenn es immer noch heute Abend war –, konnte ich mir nicht trauen.

Ich dachte zurück und ging noch einmal den gesamten Abend durch. Wir waren zu der Geburtstagsfeier gefahren. Alexander und ich hatten uns davongestohlen und uns im Museum geliebt. Meine Gedanken wanderten zu dem Gefühl seiner Zähne in meinem Fleisch. Instinktiv strich ich mit den Fingern über meine Brüste und spürte die empfindlichen Stellen, an denen er mich gezeichnet hatte.

Diese Erinnerung war real. Ein Teil von mir wollte dahin fliehen – zu diesem letzten Moment, in dem ich sicher und beschützt in seinen Armen gewesen war. Doch die Bissspuren erinnerten mich noch an etwas anderes: Ich war stärker, als irgendjemand vermutete.

Das hatte Alexander mir gezeigt.

Jemand meinte, mich brechen zu können. Das war der erste Fehler. Ich rechnete damit, dass noch weitere Fehler folgen würden.

Ich wollte mich nicht von dieser Erinnerung lösen, doch sie half mir nicht weiter. Dennoch gestattete ich mir, noch eine Sekunde daran zu denken, wie sich seine Haut auf meiner angefühlt hatte, konnte ihn noch zwischen meinen Beinen spüren. In mir drohte etwas zu zerbrechen. Wie viel Zeit war seit diesem Moment vergangen? Suchte er jetzt nach mir? Ich sandte ihm einen stillen Gruß.

Er sollte wissen, dass ich am Leben war. Dass ich den Weg zu ihm zurück finden würde. Ich wünschte, er spürte in diesem Moment meine Liebe. Ich schob den Schmerz beiseite, der mich zu überwältigen drohte, und konzentrierte mich wieder auf die Details der Party. Ich hatte mit Anders getanzt.

Nein, das war, bevor Alexander mich entführt hatte.

Rechtzeitig zum Anschneiden der Torte waren wir auf die Party zurückgekehrt. Mein Magen drehte sich erneut um, und das Baby trat, als wäre es verstimmt über dieses Wechselbad der Gefühle.

Mary hatte einen Herzinfarkt oder einen Schlaganfall erlitten.

Warum war alles so verschwommen, je näher ich dem Moment meiner Entführung kam?

Etwas hatte ich übersehen, etwas, das nicht an diesem Abend passiert war … Schlagartig fiel mir ein, wie man mich aus dem Child Watch Symposium geschafft hatte. An jenem

Tag hatte Alexander auf mich gewartet. Was wäre passiert, wenn er heute Abend auf mich gewartet hätte?

Doch das war unmöglich gewesen. Er war mit seiner Großmutter beschäftigt. Er war mit ihr ins Krankenhaus gefahren. Norris hatte sich um mich gekümmert.

Ich schlug mir die Hand vor den Mund und sank an die Wand.

Wir hatten nicht aufgepasst, weil wir alle auf Mary konzentriert gewesen waren. Wir waren abgelenkt gewesen.

Dass bei dem Angriff auf Child Watch niemand verletzt wurde, war kein Wunder gewesen. Der Angriff war ein Testlauf, bei dem sie die zwei wichtigsten Fakten über mein öffentliches Leben erfahren hatten – Alexander würde immer kommen, um mich zu holen, und Norris würde mich mit seinem Leben beschützen.

Und nun hatten sie beide Hindernisse aus dem Weg geräumt.

Alexander war abgelenkt, weil er ins Krankenhaus gefahren war. Was sie mit Norris gemacht hatten, unserem besten Freund und ständigen Begleiter, wollte ich mir gar nicht vorstellen.

Wenn sie dazu fähig waren, wozu waren sie noch in der Lage?

Ich musste dieses Mädchen finden. Ich hatte sie mir nicht eingebildet. Ich wurde nicht verrückt. Ja, man hatte mir Drogen verabreicht und mich hergebracht, aber jetzt funktionierte mein Kopf wieder einwandfrei. Sie war aus Fleisch und Blut – und die einzige Hoffnung auf Antworten.

Bislang war ich auf und ab getigert und hatte gewartet, dass sie sich zeigte, während ich die Ereignisse durchgegangen war, die mich hierhergebracht hatten. Jetzt packte mich neue Entschlossenheit. Ich eilte zur ersten Tür und drehte den Türknauf. Er bewegte sich nicht.

Der zweite ebenso wenig.

Auch der dritte nicht.

Keiner.

Selbst der Raum, in dem ich aufgewacht war, war jetzt verschlossen. Es gab nur einen Raum, den ich betreten konnte, doch dort warteten keine Antworten auf mich, nur ein zerlesenes Buch und eine Kommode mit Kleidung, die für jemand anders bestimmt war.

Das Geistermädchen.

Ich wusste nicht, wie ich sie sonst nennen sollte. Befand sie sich hinter einer dieser Türen? Warum war sie zu mir gekommen? Das hier musste ihr Zimmer sein. Sie musste mich gesehen haben oder gehört haben, dass man mich hergebracht hatte. Vielleicht hatte sie Antworten.

Die Tatsache, dass sie sich hinter einer dieser verschlossenen Türen befand, bedeutete allerdings, dass sie keine Verbündete war.

Panik stieg in mir auf, und das Baby wand sich und reagierte auf irgendeinen Hormoncocktail, den meine Angst auslöste.

»Beruhige dich«, befahl ich mir. Alexander würde inzwischen nach mir suchen. Sarah hatte gesehen, was passiert war. Es sei denn, sie war hier.

Es sei denn, sie war bei Norris …

Wenn ich mir aber um ihre Sicherheit Sorgen machte,

konnte ich nicht herausfinden, wo ich war. Ich musste zwei Dinge tun – Ruhe bewahren und dieses Mädchen finden.

Das Herz des Babys kam an erster Stelle, aber es war nicht leicht, in dieser schrecklichen Situation buddhistisch gelassen zu sein. Das musste ich aber, zu unser beider Wohl.

Ich klopfte an die nun verschlossene Tür des Raums, in dem ich aufgewacht war. Ich war lange genug benommen herumgelaufen. Ich hatte lange genug gewartet, dass eine Tür aufging. Ich hatte die Nase voll.

»Hallo?«, rief ich. »Warum zeigt ihr feigen Arschlöcher euch nicht? Soll das ein Scherz sein?«

Das war es nicht. Zumindest nicht die Art Scherz, bei dem man am Ende feststellte, dass Freunde einen die ganze Zeit über gefilmt hatten, während man sich zum Affen machte. Ich wünschte, es wäre so. Ich wünschte, dass eine Tür aufgehen und meine besten Freunde lachend hereinkommen und verkünden würden, dass das der schlechteste Scherz der Welt war.

Nein, dies war kein Scherz. Sobald es um Leben und Tod ging, gab es nichts zu lachen. Ich hatte das schon einmal erlebt. Ich hatte dem Tod ins Gesicht gesehen und würde es jetzt wieder tun.

»Mein Mann findet euch!«, schrie ich, und meine Wut kam wie ein Bumerang zurück und verstärkte meinen Ärger noch. Er würde kommen. Das wusste ich. Das Baby trat so fest, als wollte es diese Meinung unterstreichen. Er oder sie war genauso renitent wie ich.

Gut so, das Baby musste ein Kämpfer sein. Es sollte bald zur Welt kommen und würde bei der Operation die ganze sture Beharrlichkeit seiner Mutter und seines Vaters brauchen.

Aber es konnte auch hier geboren werden.

Diese Erkenntnis traf mich wie ein Schlag. Das Baby sollte noch nicht kommen, aber wenn, was würde dann passieren?

Es war niemand da, um uns zu helfen. Es gab keine lebensrettende Operation. Keine Hoffnung.

Danach suchte ich aber – nach Hoffnung. Ich hätte alles genommen. Einen Fetzen Hoffnung. Einen Krümel.

Doch je länger ich mich umsah und immer dieselben verschlossenen Türen erblickte, desto schwerer wurde es, die Panik zu unterdrücken. Ich wusste nicht, wo ich war. Ich wusste nicht, warum ich hier war.

Ich sank auf dem abgewetzten Teppich in dem kleinen Zimmer am Ende des Flurs auf die Knie und schickte ein Gebet gen Himmel.

Ich betete für Alexander.

Wenn Sie wissen möchten,
wie es mit Clara und Alexander weitergeht, lesen Sie

Geneva Lee
Royal Secrets

978-3-7341-0886-0

Blanvalet

Auch als E-Book erhältlich
978-3-641-25736-1

Jillian & Liam –
sie wollte ihn nur für eine Nacht.
Doch er will sie für immer!

380 Seiten. ISBN 978-3-7341-0638-5

Jillian Nichols weiß, dass sie nicht wie andere Mädchen ist. Dass sie nie eine Zukunft, nie ein normales Leben haben wird. Doch sie will kein Mitleid und tut alles, um ihr Geheimnis vor allen zu verbergen. Darum gibt es für sie klare Regeln, wenn es um Jungs geht – einen Tanz, einen Drink, eine Nacht und niemals mehr. Das geht so lange gut, bis sie Liam trifft. Der schottische Austauschstudent ist nicht nur superhot und supernett, sondern auch superstur. Liam will nicht nur eine Kerbe an Jillians Bettpfosten sein und ihre Regeln sind ihm völlig egal. Er ist wild entschlossen, an Jillians Seite zu bleiben. Doch wird sie ihm jemals vertrauen?

Lesen Sie mehr unter: **www.blanvalet.de**